D1515824

1Q84

a novel

BOOK 3

10月～12月

〔日〕村上春树 著

施小炜 译

南海出版公司

新经典文化有限公司
www.readinglife.com
出　品

1Q84

a novel

BOOK 3
10月～12月

目 录

1Q84 A novel
BOOK 3
10月—12月

第1章　牛河
冲击意识的遥远边缘

"能不能请您别抽烟，牛河先生？"矮个子男人说。

牛河盯着隔桌而坐的对手看了一会儿，目光转向夹在指间的七星。烟并没有点燃。

"实在不好意思。"那男人完全是礼仪性地补充道。

这种东西怎么会拿在自己手上？牛河露出困惑的表情。"哎呀，真对不起。太不像话了。当然，我是不会点上的。可还没觉察到，这只手竟然就自己动起来了。"

男人的下颌上下动了大概一厘米，视线却纹丝不动，焦点牢牢对准牛河的眼睛。牛河把香烟塞回烟盒，收进抽屉。

头发梳成马尾的高个子男人站在门口，后背似靠非靠地轻倚着门框，用看墙上污迹般的目光看着牛河。一对可怕的家伙，牛河想。跟这两个家伙见面相谈是第三次了，但无论见过几次，都一样令人惴惴不安。

牛河的办公室不太宽敞，放着一张桌子。矮光头坐在牛河对面。他的使命是开口说话。马尾则始终沉默不言，像摆在神社门口的石狮子般一动不动，只是死死盯着牛河。

"三个星期了。"光头说。

牛河拿起台历，确认写在上面的记录，点点头。"可不是嘛。上次见面到今天，刚好三个星期。"

"这期间一次也没接到您的汇报。记得上次我就告诉过您，这可是分秒必争的事态。我们没有富余的时间，牛河先生。"

"这个我明白。"没了香烟，牛河这次又在指间玩弄着金色的打火机，说，"咱们没时间磨磨蹭蹭。这个我一清二楚。"

光头等着牛河说下去。

牛河又说："可是，我这个人说话办事不愿意零敲碎打，也不喜欢东一下西一下。我希望看清整体，将各种事情串起来，查出背后的来龙去脉。半生不熟的信息只会招来不必要的麻烦。这话听上去有点自以为是，但这就是我的行事风格，稳田先生。"

叫稳田的光头冷冷地望着牛河。牛河知道这家伙对自己没有好印象，但毫不介意。在他的记忆里，从来没人对他有好印象。这对他来说可谓常态。没让父母兄弟喜爱过，没被老师同学喜欢过，甚至没得到过妻子儿女的敬爱。如果什么人对他有好感，他倒会担忧，反之却不在意。

"牛河先生，如果有可能，我们也愿意尊重您的风格，实际上以前一直尊重您。但这次情况不同了。非常遗憾，我们没有多余的时间干等着事情水落石出。"

"话虽这么说，稳田先生，你们大概也不会什么都不做，只是悠闲地等着我联系吧？"牛河说，"我这边在行动，你们那边肯定也在想方设法调查，不是吗？"

稳田没有回答。他的嘴唇依旧抿成一条直线，表情也毫无变化。然而牛河感觉自己的指摘并未偏离靶心。这三个星期以来，他们组织上下倾巢出动，恐怕是沿着不同于他的途径，追踪一个女人的下落，只是没取得什么成果。所以，这对令人不快的家伙才会再次跑来他这里。

"蛇道自有蛇知道。"牛河摊开两只手掌，像透露有趣的秘密似的说，"没什么好遮遮掩掩的——我就是蛇。您瞧我这模样，外表一无可取，但鼻子灵敏极了，凭借一星半点气味就能一路找到核心。但原本就是蛇嘛，所以只能按照自己的做法、自己的节奏做事。我当然很清楚时间就是关键，但还是得麻烦你们再等几天。如果不耐心等待，只怕要本利皆空的。"

稳田耐着性子看牛河摆弄打火机，然后抬起脸。

"能不能把您目前掌握的情况先告诉我一部分呢？我知道您有您的苦衷，可是不带一点具体成果回去，不好和上头交代呀。我们自然是脸面丢尽，就连牛河先生您，恐怕也会处境艰难的。"

牛河想，这帮家伙也被逼得走投无路了。他们两人公认长于格斗，因而得到重用，当上了领袖的保镖。然而就在两人眼皮底下，领袖被杀了。但没有直接的证据说明是死于他杀。教团的几位医生检查了尸体，没发现任何外伤。不过教团的医疗设施内只有简单的器械，时间也不充裕。如果进行司法解剖，由法医进行彻底检查，或许会有所发现。然而为时已晚。遗体早在教团内秘密处理掉了。

总而言之，没能保护好领袖，这两人的处境变得十分微妙。他们眼下正奉命追踪那个失踪的女人。上面要求尽一切可能找到她，可他们还未发现实质性的线索。说到警卫和保镖工作，他们的确有相应的技能，但不知如何追踪下落不明的人。

"明白了。"牛河说，"我告诉您几件已经查清楚的事。和盘托出当然不可能，不过一小部分的话，倒可以和您说说。"

稳田眯着眼，过了片刻才点头道："这样就行。我们也知道一点情况，也许您有所知晓，也许并不知情。我们把各自的信息拿出来共享好了。"

牛河放下打火机，两只手放在桌上，指头交叉。"那个姓青豆的年轻女子被叫到大仓饭店的套房里，为领袖做肌肉舒展。那是九月初，市中心雷电交加大雨倾盆那一晚的事，她在另一个房间做了大约一个小时的舒展，之后领袖睡着了。那女人说，让他保持当时的姿势不动，睡上两个小时。你们照做了。但领袖不是睡了，当时他已经死亡。找不到外伤，看上去很像心脏病发作。但紧接着那个女人就失踪了，房子提前解除了租约。房间里空空如也，一样东西也没留下。辞呈也在第二天送到了体育俱乐部。如此看来，一切都是照计划实施的。因此，这就不是单纯的事故了。我们不得不认为，这位青豆小姐是有意图地杀了领袖。"

稳田点点头，没有异议。

"你们的目的在于查明事件真相，所以无论如何都得抓到那个女人。"

"那个姓青豆的女人是不是真的导致了他的死亡？假定是的话，其中又有怎样的理由和原委？这些我们有必要查个究竟。"

牛河将视线投向自己在桌上交拢的十指，就像在观察未曾见惯的物体，然后抬眼看了看对面的男人。

"你们已经查过青豆的亲属关系了，对不对？全家都是'证人会'的虔诚信徒。她的父母至今还在积极地四处劝人入教。三十四岁的哥哥在小田原的总部工作，已婚，有两个孩子，太太也是'证人会'的热心信徒。全家只有这位青豆脱离了'证人会'，按照他们的说法就是叛教，所以都跟她断绝了关系。已经将近二十年没见到这个家庭有和青豆接触的形迹。不用考虑他们把青豆藏匿起来的可能性。这个女子在十一岁时亲手斩断了和家人之间的纽带，之后大体是依靠自己的力量生活下来。虽然在舅舅家住过一段时间，但从考进高中开始，实际上就独立生活了。了不起。是个意志坚强的女子。"

光头一言不发。这些信息他大概也掌握了。

"可以认为'证人会'同这次事件无关。'证人会'以彻底的和平主义和无抵抗主义著称于世，不可能倾巢出动夺取领袖的性命。这一点您也同意吧？"

稳田点点头。"'证人会'同这次的事没有关系。这个我知道。为慎重起见，我跟她的哥哥谈过话。可以说是慎之又慎。不过，他一无所知。"

"慎之又慎，把指甲都剥掉了吧？"

稳田对这个问题充耳不闻。

"这当然只是说笑。一个无聊的玩笑。您不必将面孔板得那么可怕。总之那位先生对青豆的行为和下落都一无所知。"牛河说，"我是天生的和平主义者，绝不会有粗暴的举动，但多少还是知道一点。青豆与她的家人以及'证人会'毫无关联。但怎么想她都不可能是单独行动。一个人干不了这么复杂的事。是有人投入了大量的人力和金钱，巧妙地安排好了，而她按照制订的步骤冷静地行动。隐匿行踪的方法也高明之至。是青豆背后的某些人或某个组织，因为某种理由强烈地希望领袖死去。他们为此做足一切准备。在这一点上，我们能否统一意见？"

稳田点点头。"大概可以。"

"不过那是怎样的组织，我们毫不知情。"牛河说，"你们当然也查过她的交友圈子吧？"

稳田默默地点头。

"可结果怎样呢？她根本没有值得一提的交友圈子。"牛河说，"没有朋友，好像也没有恋人。虽然在工作的地方多少有点人际交往，可一走出那里，她跟谁都没有私交。至少我没发现青豆和别人亲密交往的形迹。一个年轻健康、长相也不差的女子，为何会这样呢？"

牛河说着，看了看站在门口的马尾男。他从刚才起丝毫没有改变过姿势和表情。原本就没有表情，改变当然无从谈起。这家伙有名字吗？牛河暗忖。就算没有，他也不会大惊小怪。

"只有你们亲眼见过青豆的长相。"牛河说，"觉得怎么样？她有什么特别之处吗？"

稳田微微摇头。"正如你说的，她是个很有魅力的年轻女子。但还不算令人瞩目的美女。文静沉稳，看上去似乎对技术很有自信。但此外没有特别让人注意的地方。外观的印象异常淡薄，很难回忆起她的脸是什么样子，简直让人觉得不可思议。"

牛河又望了一眼门口的马尾。他也许有话要说，但丝毫没有要张口的意思。

牛河看着光头。"你们一定查过青豆这几个月的通话记录吧？"

稳田摇摇头。"还没查到那一步。"

"我劝你们查查看。非常值得一查。"牛河脸上浮出笑意，说道，"人会给各种地方打电话，各种地方也会有电话打来。只要查一查通话记录，一个人的生活形态就会自然地显露出来。青豆也不例外。想把个人通话记录搞到手当然不容易，但也不是没办法。您看，不管怎么说，蛇道自有蛇知道嘛。"

稳田默默地等着他说下去。

"于是我仔细看了青豆的通话记录，查明了几件事。青豆好像不太喜欢打电话聊天，这在女性来说非常罕见。通话次数少，时间也不算长。偶尔也夹杂着时间长点的，但都是例外。几乎全是工作上的通话，不过她半是自由职业者，也会接一些私人业务。就是说不通过体育俱乐部的前台，而是同顾客直接交涉来安排日程。这样的电话也常有。乍一看，每次通话都不会让人生疑。"

牛河歇了一下，从各种角度观察手指上染的烟垢的颜色，想起烟来。在脑海中点燃香烟，把烟雾吸进去，再吐出来。

"不过有两个例外。一个是她给警察打过两次电话，但不是拨打一一〇报警，而是打给警视厅新宿警局交通科的，对方也打来过几次。她不开车，而一个警察不会请高级体育俱乐部的人进行私人授课。所以，她可能认识这个部门的什么人。不清楚是谁。还有一件事让人在意。她还和另外一个来历不明的号码长谈过好几次。都是对方打过来的，她一次也没有打过去。这个号码我想尽办法也查不出来。当然，总有一些电话号码是做过手脚的，以便隐姓埋名。但只要动足了脑筋总能查到。但这个电话怎么查也查不出名字来。壁垒森严。一般来说做不到这个程度。"

"这么说，这个对手能做到一般人做不到的事？"

"没错。毫无疑问，有专家插手其中。"

"另一条蛇。"稳田说。

牛河用掌心摩挲着谢了顶的奇形怪状的脑袋，微微一笑。"没错。另一条蛇。而且这家伙相当厉害。"

"但我们至少渐渐弄清了一点，她背后可能有专家参与。"稳田说。

"不错。青豆身后存在一个组织。而且不是一群外行人没事闹着玩的东西。"

稳田半合起眼睑，从那下面盯着牛河看了一会儿。然后回过头，与站在门口的马尾对视一眼。马尾微微点头，示意明白。稳田再度将目光转向牛河。

"然后呢？"

"然后，"牛河说，"该轮到我问您了。你们有没有什么线索？有没有什么团体或组织可能杀害你们的领袖？"

稳田将长眉皱在一起，鼻子上现出三条皱纹。"我说牛河先生，请您好好想一想。我们毕竟是个宗教团体，追求心灵平静和精神价值。

与自然共生，每日埋头从事农业劳动和修行。究竟有什么人居然会把我们视为敌人？干这种事究竟又有什么好处？"

牛河嘴边浮出暧昧的笑意。"任何世界里都会有狂热的信徒。而狂热的信徒会生出什么怪念头来，谁都弄不清楚。不是吗？"

"像这样的线索，我们这里根本没有。"稳田无视他话中暗藏的讽刺，面无表情地答道。

"'黎明'呢？他们的余党会不会还在暗中活动？"

稳田再一次——这次是明白无误地——摇头。意为绝无可能。为了消除后顾之忧，他们大概把"黎明"彻底歼灭了。恐怕是不留一丝痕迹。

"那好。你们手头也没有线索。不过现实问题是有某个组织企图要你们领袖的命，还当真夺去了。手法非常巧妙，非常高明。而且就像一缕轻烟，忽然消失在空中。这可是无法隐瞒的事实。"

"所以我们必须把背景调查清楚。"

"和警察无关。"

稳田颔首道："这是我们自己的问题，不关司法的事。"

"很好。那是你们自己的问题，不关司法的事。你的话明白易懂。"牛河说，"我还有个问题想请教你们。"

"请。"稳田说。

"在教团里有几个人知道领袖已经去世？"

"我们两个知道。"稳田说，"还有两个帮忙搬运遗体的人，是我的部下。教团的最高干部里有五个人知道。这样是九个人。还没有告诉三位巫女，不过她们早晚会知道。因为她们照顾领袖的起居，不可能长期隐瞒下去。还有牛河先生您，当然也是知道的。"

"总共十三个人。"

稳田一言不发。

牛河深深叹了一口气。"我可以坦白说说自己的意见吗？"

"请。"稳田说。

牛河说："现在再讲这种话已经毫无意义。不过在弄清领袖已经死亡的那一刻，你们就应该报警。不管怎样，应该把死讯公诸于众。这么重大的事情不可能一直隐瞒。有超过十个人知道的秘密，就根本不算是秘密了。你们可能很快要被逼进走投无路的绝境了。"

光头的表情毫无变化。"对此做出判断不是我的工作。我只不过是奉命行事。"

"那么究竟由谁来判断呢？"

没有回应。

"是取代领袖的人吗？"

稳田仍旧保持沉默。

"那好。"牛河说，"反正你们是接受了上面某个人的指示，把领袖的尸体秘密处理了。在你们组织内部，来自上方的命令是绝对的。可是站在司法的立场来看，这明摆着是损坏遗体罪，这可是重罪。您当然清楚吧？"

稳田点点头。

牛河再次深叹一口气。"刚才我说过了，万一事态发展到了要警察插手的地步，关于领袖死亡这一节，请你们当我是一无所知吧。我可不愿被追究刑事罪。"

稳田说："牛河先生没有被告知过任何有关领袖之死的事，仅仅是作为外聘的调查员接受我们的委托，在调查一位姓青豆的女子的行踪。没有任何违法行为。"

"这样就行。我什么也没听说。"牛河说。

"如果可能，我们也不想把领袖遇害的事告诉您这样的局外人。但是对青豆进行身世调查并给她放行的，正是牛河先生您，您已经和这件事有了瓜葛。要查访她的下落，就需要您的帮助。而且您据说是个守口如瓶的人。"

"保守秘密是我这一行的原则中的原则。你们大可不必担心。秘密绝不会从我口中泄露出去。"

"如果这个秘密泄露出去，而我们知道源头就是您，可要发生什么不幸的事了。"

牛河将视线投向桌面，再度望了望十根圆滚滚的手指，露出惊讶不已的表情，像是偶然才发现这是自己的手指。

"发生什么不幸的事。"他抬起脸，重复对方的话。

稳田微微眯眼。"领袖死亡的事，无论如何都必须隐瞒到底。所以也会有不择手段的时候。"

"我自会保守秘密，这一点您大可放心。"牛河说，"到目前为止，我们的合作都很成功。我多次暗中协助调查你们不便出面的事。有时还是相当艰苦的工作，但我也得到了丰厚的报酬。我的嘴巴牢牢地上了两道拉链。虽然我毫无信仰之心可言，但得到过已去世的领袖种种关照，因此正全力搜寻青豆的下落。眼下在努力搞清她的背景，而且就要渐入佳境了。所以请你们耐着性子再等几天。用不了多久，肯定有好消息报给你们。"

稳田在椅子上稍微改变了姿势。门口的马尾仿佛也与之呼应，将重心移到了另一只脚上。

"你可以告诉我的信息，眼下就这些吗？"稳田问道。

牛河考虑了一下，说："刚才我也说过了，青豆往警视厅新宿警局交通科打过两次电话。对方也打来了好几次。查不出此人的姓名。怎么说那也是警察局，从正面打听的话肯定不加理会。不过，我这笨拙的脑袋里忽然闪过一个念头：警视厅新宿警局交通科，我有印象！哎呀，我冥思苦想了好久。到底对警视厅新宿警局交通科有什么印象？究竟是什么东西挂在我这可怜的记忆边缘上？我花了好长时间才想起来。年岁增长可真是桩讨厌的事，一上岁数，记忆的抽屉就不好拉了。从前我可是什么事都能马上想起来的。不过大约在一个星期前，我好不容易想到了。"

牛河闭上嘴，浮出故弄玄虚的笑意，盯着光头的脸看了一会儿。光头耐心地等着他说下去。

"那是今年八月的事，警视厅新宿警局交通科的一位年轻女警在涩谷圆山町的情人旅馆里被人杀害。一丝不挂，手上还铐着警用手铐。这自然成了不大不小的丑闻。而青豆跟新宿警局某人的几次通话，就集中在事件发生前的几个月里。理所当然，在这件事之后就再也没有通过话。如何？要说是偶然，未免也太巧了吧？"

稳田半晌沉默不语，然后说："您的意思是，青豆联系的可能就是那位遇害的女警？"

"中野亚由美——这就是那位警察的名字。二十六岁，长着一张相当可爱的脸。出身警察世家，父亲和哥哥都是警察。工作好像也十分出色。警方当然在拼命侦破，但凶手始终无影无踪。向您打听这个也许很失礼：关于这件事，您说不定会知道点什么吧？"

稳田用刚从冰河中切下来般的坚硬僵冷的眼神盯着牛河。"您的话我可听不懂。"他说，"您认为我们也许跟这起事件有关，牛河先生？您怀疑是我们的人把那位女警带进了下流的旅馆，铐上手铐，勒死了她。是不是？"

牛河撅着嘴，摇摇头。"哪里哪里，绝无此意。怎么会呢？这种事我压根儿没想过。我想打听的，只不过是在这件事上你们会不会有点线索，仅此而已。对对，不管什么都行，任何一点细微的线索对我来说都很宝贵。就算我绞尽脑汁，也找不出涩谷的女警命案和领袖遇害之间有什么关联性啊。"

稳田用测量尺码般的目光盯着牛河看了片刻，然后缓缓吐出胸间郁积的气息。"我明白了。会向上面汇报这条信息。"他说，然后取出小本子做笔记，"中野亚由美。二十六岁。新宿警局交通科。可能与青豆有关。"

"没错。"

"还有吗？"

"还有一件事，我得向您打听一下。教团内肯定有某个人最先提到了青豆的名字，说起东京有一位精通肌肉舒展的健身教练之类的话。于是，就像刚才您指出的那样，我对这位女子进行了身世调查。我并不是要为自己辩解，但的确一如既往，尽心尽力地彻底调查了。连一丝一毫的可疑之处、瑕疵之处都没发现。从头到脚都很干净。所以你们把她请到了大仓饭店的套间。后来的事你们一清二楚。究竟是什么人推荐她的？"

"不清楚。"

"不清楚？"牛河说，然后露出孩子听到不能理解的词语般的表情，"这么说，应该是教团内部的某个人提起了青豆的名字，你们却想不起那人是谁。是吗？"

稳田面不改色地答道："是的。"

"好奇怪。"牛河说，似乎觉得不可思议。稳田闭嘴不语。

"无法理解啊。不知何处不知何时，她的名字就冒了出来。没人推进，事态就自己不断进展。是这样吗？"

"说老实话，最热心地推进事态的人是领袖自己。"稳田慎重地斟词酌句，"干部里面，也有意见认为他把自己交给来历不明的人未免危险。我们身处警卫的角度，当然也有相同的意见。可是他毫不介意，反而坚决主张推进事态的发展。"

牛河再次拿起打火机，打开盖子，像检测性能般点着了火，然后迅速合上盖子。

"照我的理解，领袖是位非常谨慎的人。"他说。

"正是。他是一位极其谨慎、极其小心的人。"

随后是一段深深的沉默。

"还有一件事我想问一下。"牛河说，"是关于川奈天吾的。他和一位叫安田恭子的年长的有夫之妇交往。她每星期去一次他的住所，共度一段亲密时光。呃，年轻人嘛，难免会干出这种事来。可是有一天，她丈夫忽然打来一个电话，宣告以后她再也不能去拜访他了。从此她就音讯杳然了。"

稳田皱起眉头。"我不懂这是什么意思。您是说川奈天吾与现在这件事有关系？"

"不。这个我也没弄清楚。只是一直觉得奇怪。再怎么说，不管出了什么事，女方打个电话之类的事总是能做到呀。两人的关系毕竟非同一般嘛。可是女方连一句话都不留，就忽然消失了，无影无踪。我这人就怕心头压着什么事，为慎重起见就向您打听一下。您有什么线索吗？"

"至少我本人不知道任何关于那个女人的事。"稳田用平板的声音说道，"安田恭子，和川奈天吾发生过关系。"

"是大他十岁的有夫之妇。"

稳田将这个名字也记在小本子上。"这件事，我也转告上边好了。"

"很好。"牛河说，"那么，深田绘里子的下落呢？"

稳田仰起脸，看着牛河，仿佛看着一个扭曲的镜框。"我们为什么一定得知道深田绘里子在哪里？"

"你们对她的下落不感兴趣？"

稳田摇头道："不管她去哪儿，在什么地方，都跟我们没有关系。那是她的自由。"

"对川奈天吾也不感兴趣了？"

"他和我们没有缘分。"

"你们好像曾经对这两个人深感兴趣。"牛河说。

稳田眯起眼，过了一会儿才说："我们关心的事，眼下集中在青豆身上。"

"你们关心的事天天变吗？"

稳田微微动了动嘴唇。没有回音。

"稳田先生，您看过深田绘里子写的小说《空气蛹》吗？"

"没有。教团内部禁止阅读与教义无关的书籍。连碰一碰都不行。"

"您听说过'小小人'这个名字吗？"

"没有。"稳田没有停顿，即刻答道。

牛河"哦"了一声。

至此，交谈结束。稳田缓缓地从椅子上起身，理了理上衣的领子。马尾离开墙，向前迈出一步。

"牛河先生，刚才我告诉过您，就这次事件来说，时间是极为重要的因素。"稳田从正面俯视着依旧坐在椅子上的牛河，说道，"必须尽快查明青豆的下落。我们自然会全力以赴，但也得请您从另外的侧面展开调查。找不到青豆的话，只怕你我双方都会陷入尴尬的境地。再怎么说，您也成了掌握重大秘密的人。"

"重大的知识伴随着重大的责任。"

"没错。"稳田用缺乏感情的声音说道，然后转过身，头也不回地离去了。马尾跟在光头身后走出房间，无声无息地关上门。

两人离去后，牛河拉开办公桌抽屉，关上录音机的开关。打开盖子，取出磁带，在标签上用圆珠笔写好日期和时间。人不可貌相，他一手字竟写得很端正。继而从抽屉里摸出一盒七星烟，抽出一支叼在嘴上，用打火机点燃。猛吸一口，朝着天花板大大地吐出去。然后脸朝天花板闭上眼，有片刻一动不动。不久睁开眼，看了一眼墙上的钟。时针指向两点半。真是一对可怕的家伙，牛河再次想道。

找不到青豆的话，只怕你我双方都会陷入尴尬的境地，光头说。

牛河曾经两次到山梨的深山拜访"先驱"总部，那时看到了后山杂木林中的特大焚烧炉。是用来焚烧垃圾和废弃物的，用相当高的温度进行处理，假如将尸体抛进去，连一片骨头也不会剩下。他知道其实有好几具尸体被扔进去了。领袖的恐怕也是其中之一。当然，牛河可不愿意享受这种待遇。就算有朝一日会死，可能的话，他也盼望死得平静一些。

当然，牛河还有几个事实没告诉他们。把手中的牌悉数亮出去不是他的做派。小牌不妨亮给对方瞟一眼，大牌可得藏得严严实实。而且事事都必须加上保险。比如说用磁带录下来的密谈之类。他精通这类游戏的程序，那群年轻保镖的阅历和他不可同日而语。

牛河将青豆担任私人教练的顾客名单弄到了手。只要不惜力气，再掌握一定的窍门，大多数情报都能弄到手。青豆负责的十二位顾客，牛河逐一作了调查。八位女性，四位男性，既有社会地位，又有经济实力。可能协助杀手的人似乎一个也没有。只是其中有一位七十多岁的富有的女人，为遭受家庭暴力被迫出走的女子提供庇护。她将这些境遇不幸的女子领回建在自家宽广宅院旁的二层小楼，让她们住在那里。

这么做很了不起，并无可疑之处，然而有某种东西在冲击牛河意识的遥远边缘。每当有东西冲击着意识的遥远边缘，牛河总会去探寻那究竟是什么。他具有动物一般的嗅觉，信赖直觉胜过任何东西。拜其赐福，他才多次大难不死。"暴力"或许就是此次的关键词。这位老妇人对暴力之类的事相当敏感，才会积极地保护受害者。

牛河曾亲赴现场，察看那座庇护所。在麻布高岗的上等地段，立着那座小木楼。虽然古旧，却是一座饶有情趣的建筑。透过格子门望进去，只见玄关前有一座美丽的花坛，绿茵茵的庭院铺陈开去，巨大的栎树投下树影。玄关的门扉镶嵌着花纹玻璃。近来，这样的建筑数量骤减。

但和建筑自身的闲适悠然相反，此地警戒十分森严。围墙高耸，还拉着带刺铁丝网，坚固的铁门紧紧锁闭，里面有条德国牧羊犬，一有外人接近便狂吠不已。几个监控摄像头正在运转。小楼前的路上几乎无人通行，无法在那里伫立太久。那片住宅区很幽静，还有好几家大使馆。像牛河这样衣着可疑的男人在那种地方徘徊，立刻就会遭人盘问。

可是这警戒也太严密了。即使是反对暴力的庇护所，也不必如此壁垒森严。关于这个庇护所，能知道的必须都知道，牛河寻思。不论如何壁垒森严，也得设法撬开一条缝。不，越是壁垒森严，就越得把它撬开。所以得绞尽脑汁，想出妙计来。

然后牛河想起了和稳田关于小小人的问答。

"您听说过'小小人'这个名字吗？"

"没有。"

回答得太快了点。如果从来不曾听到这个名字，肯定至少要停顿一拍再回答。什么？小小人？在大脑中验证一下，然后再回答。这才是普通人的反应。

那家伙一定听说过小小人这个词。至于是否明了它的意义与实体，不得而知。但总之他不是头一次听到。

牛河将变短了的香烟掐灭，陷入沉思。片刻后，沉思告一段落，又点燃一根新的香烟。许久之前，他就决心不再为染上肺癌的可能烦恼。要聚精会神地思索，就必须求助于尼古丁。连两三天之后的命运都不知道，却要为十五年后的健康忧心，有何必要？

吸着第三根七星，牛河想到了一点东西。这样也许能成功，他想。

第2章 青豆
孑然一身，却不孤独

天一暗下来，她便坐在阳台的椅子上，眺望着马路对面小小的儿童公园。这成了她最重要的日课，成了她生活的中心。不管是晴天阴天还是雨天，守望从不间断。进入十月后，周围的空气添了寒意。在寒冷的夜晚，她身穿好几层衣服，准备好围毯，喝着热可可，盯着滑梯一直凝望到十点半。然后钻进浴缸泡暖身子，上床入睡。

当然，天吾白天不是不可能来这里，但大概不会有这种事。他来公园，应当是在天黑下来、水银灯亮起、月亮明澈地升上天空之后。青豆匆匆吃完晚饭，打扮成随时都能夺门而出的样子，梳好头发，在园艺椅上坐下，将视线固定在夜间的公园滑梯上。手边永远放着自动手枪和尼康小型双筒望远镜。担心上厕所时天吾也许会现身，除了可可之外，她滴水不沾。

青豆坚持守望，一天也不间断。不看书也不听音乐，一面侧耳注意户外的响动，一面目不转睛地盯着公园。甚至连姿势都几乎不变。只是不时抬起头——当然是在无云的夜晚——看向天空，确认依旧有两个月亮并排浮着。然后迅速收回视线，再度望向公园。青豆守望着公园，月亮们守望着青豆。

然而天吾没有露面。

夜晚来公园的人不多。不时有年轻的恋人出现。他们坐在长椅上，握着对方的手，像一对对小鸟，神经质地频频接吻。然而公园太小，照明太亮，他们在那里忐忑不安地待上一阵子，便无奈地转移到别处去了。还有人打算来公共厕所方便，却发现门紧锁着，只好垂头丧气（或怒气冲冲）地回去了。大概是为了醒酒，也有下班的白领孤零零坐在长椅上，垂着脑袋一动不动。也许是不愿径直回家。亦有半夜里遛狗的孤独老人。狗和老人一样沉默，望上去仿佛丧失了希望。

然而大部分时间，公园里杳无人迹。甚至没有一只猫儿走过。只有水银灯那全无个性的灯光，照着秋千、滑梯、沙坑，还有上锁的公共厕所。这样的风景看得久了，会不时生出自己被抛弃在了无人行星上的心情。简直像那部描写核战争之后的世界的电影。叫什么名字来着？哦，是《在海滨》。

尽管如此，青豆仍全神贯注，坚持守望着公园。就像独自一人爬上高高的桅杆放哨，在茫茫无际的大海上搜寻鱼群或潜望镜那不祥踪影的水手。她那双细心的眼睛要寻觅的，只有天吾的身影。

也许天吾住在别的地方，那天夜里只是偶然路过这里。果真如此的话，他重访这座公园的可能性便接近于零。但青豆觉得大概不是。坐在滑梯上的天吾，无论从装束上还是举止上，都能嗅出夜间随意来附近散步的感觉。他是途中顺路来到公园爬上滑梯的。大概是为了看月亮。这样的话，他的住处肯定在步行可到的范围内。

在高圆寺街区，要找到一个能看月亮的去处并不容易。这里大多是平地，几乎没有足以登高望远的建筑。而夜间的公园滑梯，倒是个不错的赏月之处。安静，不会受到打扰。等想看月亮的时候，他肯定还会来这里。青豆如此推测，但旋即想道：不对，事情只怕不会如此顺利。说不定他已经在别处的楼顶上，找到了能更清楚地看月亮的地方。

青豆短促但坚定地摇头。不会，不该想太多。除了坚信天吾总有一天会重返公园，在这里继续等待，我别无选择。因为我无法离开这里，这座公园现在是我和他唯一的连接点。

青豆没有扣动扳机。

那是九月初的事。她站在拥堵不堪的首都高速公路三号线紧急停车处，沐浴着炫目的朝阳，将赫克勒－科赫那漆黑的枪口塞进嘴里。身穿岛田顺子的套装，足蹬查尔斯·卓丹高跟鞋。

周围的人们茫然不知会发生什么，从车中遥望着她的身姿。坐在银色梅赛德斯－奔驰跑车内的中年女子。从运输卡车驾驶座上居高临下看着她的晒得黝黑的男人们。当着他们的面，青豆打算用九毫米子弹打飞自己的脑浆。除了自绝性命，没有办法能逃离1Q84年。这么做就可以换回天吾的命。至少"领袖"是如此允诺她的。他发誓会这样，以求速死。

自己必须死去，青豆并不觉得有多么遗憾。恐怕在我被拽进1Q84年的世界时，一切就已经注定了。我只是按照既定情节走个过场而已。在大小两个月亮浮在空中、叫小小人的东西支配着人们命运的荒诞世界里，独自生存下去究竟又有多大意义呢？

然而最终，她没有扣动手枪扳机。在最后那一瞬间，她放缓了凝聚在右手食指上的力量，将枪口从嘴里拔了出来。接着，像一个终于从深深的海底浮上来的人，深深吸了一口气，再吐出来。似乎把体内的空气统统更换了。

青豆中断赴死，是因为听见了遥远的呼唤。当时她身处无声的世界。自从将力量送入搭在扳机上的手指那一刻起，周遭的噪音便完全消失了。她置身于让人想起游泳池底的深深静寂。在那里，死并非黑暗的东西，亦非令人恐惧的事物。就像羊水对于胎儿一般自然，是不言自明的东西。不错，青豆想，甚至几乎露出微笑。接着，她听见了呼唤。

那呼唤似乎来自某个遥远的地方、某段遥远的时间。是她从未听过的声音。转过了许多弯，它失去了本来的音色和特性。剩下来的，不过是剥去了意义的空洞回响。尽管如此，从那声响中，青豆还是能听出令人怀念的暖意。那声音似乎在呼唤她的名字。

青豆放松了搭上扳机的手指，眯起眼睛，侧耳聆听，努力想听清那呼唤的内容。然而好不容易才辨清的，或者说自以为辨清的，只是她的名字。剩下的唯有呼啸着掠过空洞的风声。不久，呼唤声远去，更加失去意义，被吸纳进静寂之中。拥着她的空白消亡了，仿佛塞子脱落了一般，周遭的噪音猛然倒退回来。待回过神，赴死的决心已从青豆心中消失。

我也许能在那个小公园里再次见到天吾，青豆想。然后再死也不晚。我就利用这个机会再赌一次吧。只要活下去——只要不死——就有与天吾重逢的可能。我想活下去！她清楚无误地想。奇妙的心情。以前何曾有过一次这样的心情？

她放下自动手枪的击锤，上好保险，放回挎包里。然后端正姿势，戴上太阳镜，逆向走回自己刚才乘坐的出租车。众人默默眺望着她穿着高跟鞋在高速公路上阔步的身姿。不必走太多路，她刚才乘坐的出租尽管陷入了严重的拥堵，却还在慢吞吞地前行，此时恰好来到近前。

青豆敲敲驾驶座的窗子，司机降下了车窗。

"我可不可以再坐你的车？"

司机踌躇不决。"这个……您刚才在那儿塞进嘴巴的，好像是手枪吧？"

"对啊。"

"是真家伙？"

"怎么可能呢。"青豆歪了歪嘴，答道。

司机打开车门，青豆坐了进去。从肩头取下挎包放在座位上，拿手帕揩了揩嘴角。口中残留着金属和机油的气味。

"嗯，找到避难阶梯了吗？"司机问。

青豆摇摇头。

"我说吧。从来没听说过那儿有避难阶梯。"司机说，"那么，咱们还是按照原先的计划，从池尻出口下去？"

"嗯，这样就行。"青豆说。

司机开窗举手，从大型巴士前面移到了右车道上。计价器和她刚才下车时一样。

青豆倚在座位上，静静地呼吸，将目光投向早已看惯的埃索广告牌。老虎侧脸朝向这边，手握着加油管，笑容可掬。旁边写着："请让老虎为您的车加油。"

"请让老虎为您的车加油。"青豆低声念道。

"您说什么？"司机冲着后视镜中的她问。

"没什么。自言自语。"

再在这里活一段日子，看看到底会发生什么。至于死，以后再死也不迟。恐怕。

放弃自杀的翌日，Tamaru 打电话来，青豆告诉他：计划改变。我决定待在这里不动。不改名，也不做整容手术。

Tamaru 在电话那端沉默不语。他的脑海里，数种理论在无声地排列组合。

"就是说，你不想转移到别的地方？"

"对。"青豆简洁地答道，"我想在这里再待上一段时间。"

"我们没有把那儿安排为长期隐身之地。"

"只要我躲在家里不出去，应该不会被发现。"

Tamaru说："最好不要小看那帮家伙。他们肯定会彻查你的情况，追逐你的行踪。而危险不会只涉及你一个人，很可能波及周围。如此一来，我的处境就会变得微妙。"

"我对此深感歉意，但现在还需要一段时间。"

"现在还需要一段时间，这个说法有点暧昧不清。"Tamaru说。

"对不起，我只能这样表达。"

Tamaru沉思片刻。他似乎从青豆的声音里听出了她坚定的决心。

他说："我是个把责任放在第一位的人。几乎优先于任何东西。你明白吧？"

"我想我明白。"

Tamaru再度沉默，然后说道："好吧。我只是不愿引起误会而已。既然你那么说，想必有你的理由。"

"我有理由。"青豆答道。

Tamaru在听筒那端简洁地清了一声喉咙。"以前也告诉过你，我们这边制订了周密的计划，做了充分的准备。要把你送到安全的远方，消除一切踪迹，容貌姓名也统统改换。虽然说不上完美，也是几近完美地变成另一个人。关于这些，我们应该已经达成协议了。"

"这个我当然明白。并不是对计划本身提出异议。只是我身上发生了意料之外的事，有必要在这里再待一段时间。"

"我不能单凭自己的想法回答你是Yes还是No。"Tamaru说着，喉咙深处发出小小的声响，"我需要些时间才能答复你。"

“我一直都在这里。”青豆说。

“那就好。”Tamaru说。然后挂断了电话。

翌日早晨九点前，电话铃响了三下后中断，接着又响起来。除了Tamaru再不会有别人。

Tamaru也不寒暄，开门见山：“你打算在那里长期逗留，夫人也深感担忧。那里没有安排足够的保安措施，只不过是个中转站。我们共同的见解是希望你能尽快转移到更安全的远方。到此为止，没有不明白的吧？”

“完全明白。”

“不过你是个冷静又谨慎的人。不犯无谓的错误，而且做事沉着。我们基本上非常信任你。”

“谢谢。”

“既然你坚持要在那里再待一段时间，一定有相应的理由。我们不知道那是什么理由，但肯定不是一时冲动。所以夫人想尽量依照你的愿望处理。”

青豆一言不发，侧耳倾听。

Tamaru继续说道：“你可以在那里待到年底。不过这是最大限度了。”

“就是说，过了年就必须搬离这里？”

“是的，我们也是在尽最大努力尊重你的愿望。”

“明白了。”青豆说，“在这里待到年底，然后转移到别处去。”

这并非她的真心。在与天吾重逢之前，她不打算离开这个房间一步。但此刻即使提出这种要求，也只会引起更大的麻烦。到年底还有一段时间，以后的事情，只能等以后再考虑。

“很好。”Tamaru说，“今后每周一次，为你那里补给食物和日用品。负责补给的人每个周二的下午一点过去。他们有钥匙，会直接进入房间。不过只进厨房，不去别处。在此期间，你就待在里面的卧室内，锁上门。不要露面，也不要出声。他们离去时，会在走廊上按一次门铃。你就可以从卧室出来了。如果需要什么特殊的东西，或是有什么特别的希望，现在告诉我。我好放进下次的补给品里。"

"如果有锻炼肌肉用的室内器械就好了。"青豆说，"光靠不用器械的体操和舒展，效果总是有限。"

"健身房里用的那种正规家伙不太好找，但不占地方的家用器械倒可以为你准备。"

"只要简单的东西就行。"青豆说。

"健身脚踏车再加上几种增强肌肉力量的辅助器械，够不够？"

"足够了。可能的话，再加上一根打垒球用的金属球棒。"

Tamaru 沉默数秒。

"垒球棒有种种用途。"青豆说，"只是放在手头，我就会觉得安心。它差不多是陪着我一起长大的。"

"明白了。替你准备。"Tamaru 说，"如果想到还有什么需要的东西，你就写在纸上，放在厨房的台子上。下次补给时替你准备好。"

"谢谢。现在还想不出缺什么东西。"

"书和录像带之类的呢？"

"我想不出什么特别想要的。"

"普鲁斯特的《追忆似水年华》如何？"Tamaru 问，"如果还没读过，这也许是个读一遍的好机会。"

"你读过吗？"

"没有。我没进过监狱，也没有长期躲在什么地方。人们说，没有这样的机会，就很难把《追忆似水年华》通读一遍。"

"你周围有人通读过吗？"

"我周围倒不是没有在监狱里待过很久的人，但都不是对普鲁斯特感兴趣的类型。"

青豆说："我试试看。等书弄到手，下次补给时带给我。"

"其实我已经准备了。"Tamaru说。

星期二下午一点，"补给员"准时到来。青豆按照指示，躲在里面的卧室，从内侧锁上门，屏气凝息。听见房门开锁的声音，不止一人开门进来了。Tamaru说的"补给员"是怎样的人，青豆不得而知。从响动和感觉上大致能判断是两个人，然而听不到他们说话。他们把东西搬进来，不言不语地摆放整理。能听见他们用自来水冲洗东西，放进冰箱的声响。大概事先已商量好由谁做什么工作。还听到拆去包装、收拾包装盒和包装纸的声音。似乎还在收集厨房的垃圾。青豆不能自己去楼下的垃圾场，只能让别人把垃圾带走。

他们干活利落，绝不发出多余的响动，脚步声也很轻。大约二十分钟结束工作，打开房门出去。传来从外面锁门的声音。按了一下门铃作为暗号。青豆为防万一，等了十五分钟，然后走出卧室。确认没有别人，再从里面插上房门的插销。

大型冰箱里装满了一个星期的食品。这次不再是放进微波炉简单加热就能食用的软包装食品，而是以普通的新鲜食材为主。各种各样的蔬菜和水果，鱼和肉，豆腐、裙带菜和纳豆，牛奶、奶酪和橘子汁，一打鸡蛋。为了不产生多余的垃圾，所有东西都从包装盒里取出来，重新用保鲜膜裹好。青豆日常需要什么样的食材，他们把握得相当准确。他们怎么会知道呢？

健身脚踏车已经在窗边安好了，型号虽小，却是高档货。显示屏上可以显示时速、骑行距离和消耗的能量，还能监测每分钟的车轮转速和心跳。还有锻炼腹肌、背肌和三角肌的长凳式器材，可以利用附属工具简单地组装和分解。青豆对这种器械的用法了如指掌。是最新式的，构造虽然简单，却能收到充分的效果。有这两样，就能确保必要的运动量。

装在软套里的金属垒球棒也放在那里。青豆把它从软套中取出来，挥了几下。银光闪闪的新球棒呼啸着锐利地划过空中。那令人怀念的分量，让青豆的心情平静下来。而那手感，又让她回忆起了与大冢环共同度过的少女时光。

餐桌上堆放着普鲁斯特的《追忆似水年华》。不是新书，却没有阅读过的痕迹。一共五本，她拿起一本，哗啦哗啦地翻看。此外有几本杂志。周刊和月刊。还有五卷未开封的新录像带。不知道是谁挑选的，都是她不曾看过的新电影。青豆没有去电影院的习惯，并不排斥没看过的新片。

百货店的大纸袋里装着三件崭新的毛衣，从厚到薄都有。两件法兰绒厚衬衣，四件长袖 T 恤。每件都是素色的，式样简洁。尺码也正合身。还准备了厚袜子和紧身裤。如果要在这里一直待到十二月，这些东西都是必需的。安排得无微不至。

她将这些衣物搬回卧室，收进抽屉里，或是挂在壁橱衣架上。返回厨房正喝咖啡时，电话打来了。铃声响了三次，一度挂断，然后再次响起。

"东西送到了？"Tamaru 问。

"谢谢。我看需要的东西都齐全。运动器具这下也足够了。接下去只剩读普鲁斯特了。"

"假如有什么疏漏之处，告诉我，别客气。"

"我会的。"青豆说，"不过，要找出你们的疏漏，只怕不大容易哦。"

Tamaru 清了清喉咙。"也许多余——我可不可以忠告你一句？"

"什么忠告都请直说。"

"不和人见面，也不和人说话，一个人长期关在狭小的地方。只有亲身试过才知道这绝不容易。不管是多么坚强的人，日子久了都会叫苦。尤其是身后有人穷追不舍的时候。"

"我之前生活的地方一直都不算宽敞。"

"这或许该算你的强项。"Tamaru说，"但就算这样，还是注意一点好。如果紧张状态一直持续下去，不知不觉中，神经就会变得像拉得过长的橡皮筋。一旦拉过了头，就难恢复原状了。"

"我一定小心。"青豆说。

"上次我说过，你生性谨慎。为人实际，还有极强的忍耐力。也不过分自信。可是，一旦注意力不集中，再谨慎的人也会犯下一两个错误。孤独会变成酸液腐蚀人。"

"我并不觉得孤独。"青豆宣告道。一半是对Tamaru说，一半是说给自己听的。"虽是孑然一身，但并不孤独。"

电话那端沉默片刻。恐怕正在考虑"孑然一身"与"孤独"之间的差异。

"不管怎样，我会更加谨慎。谢谢你的忠告。"青豆说。

"有一件事希望你明白。"Tamaru说，"我们会尽力支援你。但万一你那边发生什么紧急情况——我们无法预料会是什么，有时你可能得一个人应对。不论我如何紧赶慢赶，可能也无法及时到达。而且有些情况下，我也许不能赶过去。比如说，当我们判断不能和躲在那里的你有牵连时。"

"我完全理解。我是出于自身原因留在这里的，当然会注意保护自己——用金属球棒，还有你送给我的东西。"

"这里是个无情的世界。"

"因为有希望之处定有磨炼。"青豆答道。

Tamaru 再度沉默片刻，然后说："你听说过斯大林时代秘密警察的审讯官接受结业考试的故事吗？"

"大概没有。"

"他被带进一个四方形的房间。里面只放着一把普普通通的小木椅。然后上司命令道：'让那把椅子坦白交待，做成笔录。在完成任务前，不得走出房间一步！'"

"好一个超现实主义的故事。"

"这话不对。这可不是什么超现实主义的故事，而是彻头彻尾的真事。斯大林当真缔造出了这么一个偏执狂式的体制，在任期间把大约一千万人赶上了死路。几乎全是他的同胞。我们实实在在地居住在这样一个世界里。应该把这个事实牢牢铭刻在脑中。"

"你知道好多温暖人心的故事。"

"也算不上。只是储存了一些，以备不时之需。我没接受过系统的教育，只好把那些看似有用的东西一点点记下来。有希望之处定有磨炼。诚如所言，这话千真万确。只是希望为数很少，而且多半是抽象的，磨炼却多得让人讨厌，还大多是具体的。这也是我付出代价学到的东西之一。"

"那后来，这些想当审讯官的人都让木椅坦白交待了什么呢？"

"这可是个值得深思的问题。"Tamaru 说，"就像禅宗公案一样。"

"斯大林的禅。"青豆说。

过了一会儿，Tamaru 挂断电话。

那天下午，青豆用健身脚踏车和长凳型器械运动一番。她享受着这些器械带来的久违而适度的负荷。之后淋浴，冲去汗水。边听调频广播边做简单的饭菜。傍晚时分查看电视新闻（没有一件吸引她注意的新闻）。接着，待太阳一落便走上阳台守望公园。薄薄的围毯、双筒望远镜和手枪。发出美丽光泽的崭新的金属球棒。

如果天吾始终不在公园里露面，直到这充满谜团的 1Q84 年迎来终结，我都将在高圆寺一角继续过着这种单调的生活。做菜，运动，查看新闻，翻阅普鲁斯特，等待着天吾出现在公园里。等待他，成了我生活的中心课题。现在，就是这根纤细的线让我勉强活下去。如同走下首都高速公路的避难阶梯时看到的蜘蛛。在肮脏的钢架角落里编织可怜的蛛网，在那里屏息潜伏的黑色小蜘蛛。蛛网被掠过桥墩的风吹得摇摆不停，沾满了垃圾，破烂不堪。蜘蛛映入眼帘时，我曾怜悯过它，可如今自己就置身于几乎相同的境遇。

得弄一盘录有雅纳切克《小交响曲》的磁带，青豆想。运动时需要。那音乐将我和某个地方——无法特定的某个地方——相连，发挥着将我导向某种事物的作用。下次交给 Tamaru 的补给品清单上，非得加上不可。

现在是十月，缓冲期已经不足三个月了。时钟无休无止地刻记着时间的流逝。她把身子埋进园艺椅，从塑料挡板的缝隙中继续观察公园和滑梯。水银灯光将小小的儿童公园照得一片苍白。这景致让她想起了夜间水族馆里无人的通道。眼睛看不见的虚构的鱼儿在树木间无声地游来游去。它们不会中断那无声的游动。天上并排着两个月亮，期待着她的认证。

天吾君，青豆低语，你现在在哪里?

第3章　天吾
都是衣冠禽兽

　　每到下午，天吾便去父亲的病房，坐在病床边翻开带来的书，朗读。大概读五页休息一次，再读五页左右。他只是把正在看的书读出声来。有时是小说，有时是传记，有时是关于自然科学的书。关键在于把文章读出声来，而不在于内容。

　　父亲能否听见这朗读声，天吾不知道。单看他的面部，根本看不到任何反应。瘦骨伶仃的老人双目紧闭，一味昏睡。身子一动不动，甚至听不到呼吸声。当然在呼吸，可如果不把耳朵凑到近前，或者用镜子靠近嘴巴检查是否有雾气，便无法确认。点滴进入体内，导尿管再将一点排泄物排出体外。唯有这缓慢平静的一进一出表明他仍然活着。有时，护士会用电动剃须刀为他剃去胡须，用圆头小剪刀为他剪掉耳朵和鼻孔里伸出的白毛，把眉毛修剪整齐。即便丧失意识，它们也照旧生长。望着眼前这个人，天吾渐渐不明白人的生与死究竟有多少差异了。到底有没有堪称差异的东西？难道不是我们贪图方便而一厢情愿地如此认为吗？

　　大约三点医生来了，向天吾说明病情。通常都很简短，内容大体相同。病情没有变化。老人只是在昏睡。生命力徐徐衰减。换言之，正在缓慢但确实地迫近死亡。从医学角度来看，如今已无计可施，只能让他在这里安静地沉睡。医生能说的无非就这些。

临近黄昏，来了两位男护工，父亲被送往检查室接受检查。来的男护工每天都是不同的面孔，但个个都寡言少语。也许是戴着硕大的口罩的缘故，连一句话也不说。其中一个看似外国人，身材矮小，肤色浅黑，透过口罩朝天吾微笑。看眼睛就知道他在微笑。天吾也微笑着点了点头。

父亲在半小时到一小时后被送回病房。究竟做何种检查，天吾一无所知。父亲被推走后，他下楼去食堂喝杯热热的绿茶，消磨大约十五分钟，再怀着期待返回病房：在那空荡荡的病床上，会不会再次出现空气蛹？里面会不会躺着少女青豆？然而没有发生这样的事。微暗的病房内，仅仅残留着病人的气味和留着凹陷的空床。

天吾站在窗前，眺望外面的风景。绿草茵茵的庭院对面，黑压压地横亘着防风松林，从那深处传来波涛声。是太平洋的狂涛。仿佛众多灵魂聚集一处，各各低语着自己的故事一般，那里有粗鲁昏暗的声响，似乎在呼唤更多的灵魂加入。他们是在寻求更多可以讲述的故事。

在此之前，天吾十月里曾两度在休息日前来千仓疗养院，当天来回。乘坐早间特快赶来，坐在父亲的床边，不时对着他说话。但没有像样的回应。父亲仰面长卧，深深熟睡。大部分时间，天吾是眺望着窗外的风景度过的。当黄昏临近时，便等待着发生什么，然而什么也没有发生。唯有天空静静暗下来，房间笼罩在淡淡的黑暗中。他最终无可奈何地起身，乘上末班特快赶回东京。

也许我应该更专心地面对父亲，天吾有一天这样想。当日来回的探望只怕不够，可能需要更深入的关怀。并没有具体的根据，他却这样觉得。

十一月过半，他请了长假。向补习学校解释说父亲病重，得赶去护理。这并不是假话。他托一位大学同学代课。他是天吾纤细的交际纽带上极少的维系至今的友人之一。大学毕业后还保持着联系，虽然每年仅有一两次。在怪人居多的数学系，此人尤以怪异著称，聪明绝顶。然而大学毕业后，他既不就职，也没读研究生，心血来潮时就去熟人开的面向初中生的补习学校教数学，其余时间则阅读五花八门的书，或去山溪边垂钓，日子过得优哉游哉。天吾偶然得知他极有当教师的才华，而他不过是对自己的才华感到厌倦。加上生于富家，不必硬着头皮工作。天吾从前就请他代过课，学生当时的评价很高。天吾打去电话，说明了情况，他一口应承下来。

接下来还有个问题：拿同居的深绘里怎么办？把这个远离尘世的少女长期扔在公寓里是否妥当，天吾难以判断。而且她还是避人耳目"潜伏"在这里的。于是他问了深绘里，是独自一人留在这里看家好呢，还是愿意暂时转移到别处去？

"你到哪里去。"深绘里严肃地看着他问。

"到猫城去。"天吾答道，"我爸爸神志不清，已经昏睡好长时间了。他们说大概来日无多了。"

至于某天黄昏病床上出现过空气蛹的事，他秘而不宣。其中躺着少女青豆的事也是。那只空气蛹连细微之处都和深绘里在小说里的描写一致的事也是。自己私下里盼着它再次出现的事也是。

深绘里眯起眼睛，嘴唇抿成直线，久久地从正面看着天吾的脸，似乎要读出用极小的字写在那上面的讯息。他几乎是无意识地伸手抚摸自己的脸，但上面没有写着什么的感觉。

"行。"过了一会儿，深绘里连连点头，"我的事你不必担心。我在这里看家。"然后考虑了一下，又添了一句："目前没有危险。"

“目前没有危险。”天吾重复道。

“我的事你不必担心。”她又说了一遍。

“我每天都给你打电话。”

“别被甩在猫城回不来了。”

“我会当心。”天吾说。

天吾去了超市，买回大量食品，这样深绘里就暂时不用外出购物了。都是些只需简单处理的食物。天吾知道她几乎没有烹调能力，也没有兴趣。他不想两周后回家，看到生鲜食品在冰箱里烂成一摊摊彩泥。

把换洗衣物和洗漱用具塞进了塑料袋。然后是几本书、笔记用具和稿纸。一如往常，从东京站乘上特快，在馆山换乘普通电车，到第二站千仓下车。前往站前的观光问询处，寻找比较便宜的旅馆。正值淡季，很容易就找到了空房间。是主要给来钓鱼的人提供住宿的简易旅馆。房间虽然窄小，却很洁净，散发出新榻榻米的气味。从二楼的窗口可以望见渔港。房费含早餐费，比他预想的还便宜。

天吾说，还不知道要待几天，暂且先付三天的房费。旅馆的女主人没有异议。她（委婉地）向天吾说明，晚上一般十一点关门，不能带女人进旅馆。天吾也没有异议。在房间里安顿下来，给疗养院打了个电话，问接电话的护士（就是平日那位中年护士）：想在下午三点左右去探望父亲，是否可以？对方回答，没问题。

“川奈先生一直在睡。”她说。

就这样，天吾在海滨猫城里的日子开始了。清晨早起去海边漫步，在渔港眺望进进出出的渔轮，然后返回旅馆吃早餐。送上来的饭菜总是一样，每天都是烤竹荚鱼干和煎鸡蛋、切成四块的番茄、调味海苔、蚬贝酱汤和米饭，不知为何却很美味。早餐后坐在小桌边，写小说。

许久不曾用钢笔写文章了，感觉很开心。在未知的土地上远离平日的生活进行工作，转变一下心情，倒也不错。从渔港传来归港的渔轮单调的引擎声。天吾喜欢这声音。

他写了天上浮着两个月亮的世界里发生的故事。那是存在小小人和空气蛹的世界。那个世界借自深绘里的《空气蛹》，可如今完全变成了他的东西。面对稿纸，他的意识便栖息于那个世界里。有时在放下钢笔、离开书桌之后，意识犹自羁留在那里。这种时候，就有肉体与意识即将分离的特别的感觉，现实世界与虚构世界的界限变得模糊，无从判断。误入猫城的主人公只怕也体味了相似的心境。世界的重心不知不觉转移到了别处，于是主人公（恐怕）永远地，再也乘不上离开小城的列车了。

十一点要打扫房间，他必须离开。一到时间，他便停笔不写，走出旅馆，缓步走到站前，走进咖啡馆喝咖啡。有时也吃一点三明治，但大多数时候什么也不吃。随手拿起那里的早报，细致地查阅有无与自己相关的报道。但什么都没找到。《空气蛹》早已从畅销榜上销声匿迹，名列第一的是一本叫《想吃只管吃，吃出苗条身材》的瘦身书。好厉害的书名。就算内容全是白纸，恐怕都能畅销。

喝完咖啡，基本浏览一遍报纸之后，天吾乘坐巴士去疗养院。抵达那里大概在一点半到两点之间。总是在前台和护士们闲聊几句。自从天吾在小镇住下，每天来探望父亲，护士们对他就比从前更温柔，接待他也更亲切了。简直像亲人们温和地迎接改邪归正的浪子一般。

一个年轻护士每次看到天吾，总是害羞地微笑。似乎对他很有兴趣。她身材娇小，头发梳成马尾，大眼睛，面颊绯红。大概二十出头吧。然而自从见到躺在空气蛹中的青豆，天吾心里便只想着青豆一个人了。其他女人对他而言，不过是偶然掠过身畔的淡漠的影子。在他的脑海中，青豆的身影始终占据着一角。青豆就在这世界的某处活着，他有这样的感觉。而且青豆恐怕也在寻觅他。正因如此，她才会在那个夜晚，走过特别的通道来和他会面。她也没有忘记他。

如果自己亲眼所见的，并非幻觉的话。

偶尔在某些时候，想起年长的女朋友来。如今她究竟怎样了？她丈夫在电话里说，她丧失了，所以再也不会去见天吾了。丧失了。这种说法如今仍然让天吾心绪不宁。其中无疑有不祥的余韵。

然而最终，她的存在也渐渐化作了遥远的记忆。与她共度的午后，回想起来已然成为时过境迁的往事。这让天吾觉得内疚。但不知何时，重力变化，转换器完成了移动。事物再也不可能恢复原状了。

进入父亲的病房，天吾在床边的椅子上坐下，简短地打了招呼。然后依序说明自己从昨天傍晚到现在都做了什么。当然，没做什么大不了的事。乘巴士返回镇上，走进饭馆吃顿简单的晚饭，喝一瓶啤酒，回旅馆看书。十点睡觉。早晨起床后在镇上散步，用餐，写大约两个小时的小说。每天重复着同样的事情。尽管这样，天吾还是日日对着这个昏迷不醒的男人汇报自己的行踪，甚至包括相当具体的细节。对方自然毫无反应。如同对着墙壁讲述一样。一切都不过是习惯性的仪式罢了。只是有时单纯的反复也有不小的意义。

然后天吾朗读带来的书。没有规定的书目，只是将当时正在看的书中恰好看到的部分读出声来。如果手头碰巧有一本电动割草机的使用说明书，大概也会读。天吾尽量用清晰的声音缓慢地朗读文章，好让人听清。这是他唯一留意的一点。

外面的闪电越来越强烈，片刻间，蓝色的光芒将道路照得一片通明，却听不见雷鸣。或许在打雷，可自己由于精神涣散的缘故，没有听见。道路上，雨水形成条条波纹，流淌不已。客人似乎踏着雨水络绎不绝地走进店里。

见同来的友人只顾盯着别人的脸看，心中颇觉诧异，可是从刚才起就连话也不说。四周吵吵嚷嚷，仿佛同席的客人从邻座从对面朝着这边挤压过来，让人喘不过气。

不知是有人在干咳，还是食物噎在了嗓子里，觉得声音好奇怪，那腔调吭哧吭哧的像狗一样。

忽然，一道猛烈的闪电亮起，蓝幽幽的光芒直射进屋里，照亮了店内土间里的人们。此时，仿佛屋顶炸裂一般，响起一声巨雷。悚然一惊站起来，土间里的客人一齐朝这边转过脸，那些面孔不知是狗还是狐狸，总之都是穿着西服的野兽，其中有些伸出长舌舔着嘴唇四周。[1]

读到这里，天吾看了看父亲的脸，说："完了。"作品至此结束。

没有反应。

"有什么感想吗？"

父亲仍然没有回应。

有时把当天早上写好的小说原稿读给他听，读完后用圆珠笔修改不满意的地方，再把改过的部分重念一遍。如果仍不满意，便再度动手修改，再读一遍。

"改过的地方好多了。"他说，仿佛在征求父亲的同意。但父亲当然不表明意见。既不说"的确好多了"，也不说"不对，还是原来的更好"，或者"两者没什么区别"。只是垂着眼睑，遮蔽着深陷的眼睛。就像沉沉地拉下卷帘门的不幸的房屋。

天吾不时从椅子上站起来，大大地舒展一下身体，走到窗前眺望

---

[1] 本段文字出自《百闻随笔 I》之《东京日记》。

外面的风景。阴天持续多日，有几天还下雨。午后绵绵不断的雨濡湿了防风松林，望上去阴暗而凝重。那天根本听不到波涛声，也没有风，唯有雨点从空中直直地落下。黑色的鸟儿成群地飞过雨帘。这些鸟儿心中也阴暗而潮湿。病房里也是湿乎乎的。枕头、书籍和桌子，所有的东西都含着湿气。然而与天候、湿气、风声和波涛声无关，父亲沉陷在连绵不断的昏睡中。麻痹仿佛是大慈大悲的袈裟，裹住他的全身。天吾休息一会儿又继续朗读。在这狭小潮湿的房间里，除此之外他一无所能。

读得厌倦了，天吾便沉默着坐在那里，望着父亲熟睡的身影，推测他的大脑中正在发生什么。在那里——在那铁砧般顽固的头盖骨内侧——究竟潜藏着什么形态的意识？还是那里已然空无一物了？就像被遗弃的房屋，家具一件不剩地运走，曾经住着的人们不留痕迹地消失得无影无踪。然而即便如此，在那墙壁上、天花板上，肯定烙印着时时刻刻的记忆和情景。天长日久培育起来的东西，不会那么轻易地被吸进虚无。也许躺在这海滨疗养院简朴的病床上，父亲还在内心深处的空房间那寂静的黑暗中，被别人无法看见的情景与记忆重重环绕。

不久，面颊红红的年轻护士走来，冲着天吾嫣然一笑，然后给他父亲量体温，检查点滴的剩余量，确认积存的尿量。用圆珠笔在记录簿上写下一串数字。大概一切都是照章行事，举止纯熟利落。观察着这一连串动作，天吾想，在这小小的海滨疗养院里，照料着毫无治愈希望的痴呆老人，她们是以怎样的心情生活的呢？她看上去年轻而健康。浆得笔挺的白色制服下，乳房和腰身小巧紧实，却自有分量。光滑的脖颈上，汗毛闪着金色的光。胸前的塑料名牌上写着名字：安达。

究竟是什么将她送到了这由忘却和缓慢的死亡支配的偏远之处呢？天吾知道她是个能干勤勉的护士，年纪还轻，技术娴熟。只要她愿意，完全可以去其他种类的医疗现场工作。更有活力、更有趣的地方。可为什么偏偏选择如此寂寥的地方？天吾很想知道缘由和经过。如果询问，她肯定会坦率地回答。有这样的感觉。但是天吾想，最好别和这种事情产生纠葛。无论怎么说，这里毕竟是猫城。他总有一天得乘上列车，回到原来的世界去。

完成规定的工作后，护士收起记录簿，对天吾腼腆地微笑。

"没有什么变化。跟平时一样。"

"情况稳定。"天吾尽量用明朗的声音说道，"往好里说的话。"

她脸上浮出半是过意不去的微笑，稍稍歪了歪脑袋，视线投向他膝头合起来的书。"在给他读那本书吗？"

天吾点头。"也不知道他能不能听见。"

"就算这样，我看也是好事。"护士说。

"好也罢坏也罢，反正我也想不出别的事能做。"

"不过，也不是人人都做能做的事情。"

"大多数人跟我不一样，都在忙着生活。"天吾说。

护士想说什么，犹豫着，不过最终什么也没说。她看看昏睡的父亲，又看看天吾。

"请多保重。"她说。

"多谢。"天吾答道。

安达护士走出去后，天吾稍过了一会儿，开始继续朗读。

到了傍晚时分，父亲被轮床推进检查室，天吾便去食堂喝茶，用那里的公用电话打给深绘里。

"有什么变化吗？"天吾问。

"没什么变化。"深绘里说，"和平时一样。"

"我这边也没有变化。每天都干同样的事。"

"但是时间在向前推进。"

"没错。"天吾说，"时间每天都向前推进二十四小时。"

而事物一旦向前推进，就不可能重返原处。

"刚才乌鸦又来了。"深绘里说，"好大的乌鸦。"

"那只乌鸦一到傍晚就会飞到我家窗口。"

"每天都干同样的事。"

"没错。"天吾答道，"和我们一样。"

"但是不会考虑时间什么的。"

"乌鸦是不会考虑时间的。大概只有人类才有时间观念。"

"为什么。"

"人类把时间理解为直线。就像在又长又直的棍子上刻下印痕一样，这前面是未来，后面是过去，现在我们是在这一点上。就像这样。你明白吗？"

"大概。"

"可实际上时间并不是一条直线。没有任何形状。它在任何意义上都不具有形状。不过，我们的大脑想象不出没有形状的东西，只能当它是一条直线。能进行这种观念置换的，目前只有人类。"

"但是，也可能是我们弄错了。"

天吾想了一下。"你是说，把时间当成一条直线也可能错了？"

没有回音。

"当然有这种可能性。也许是我们错了，乌鸦正确。时间可能根本就不是直线。也许形状扭得像面包圈一样。"天吾说，"不过，人类大概从几万年前起就这么活下来了。就是说，把时间永远当成一条直线，在这种基本认识之下行动，而且迄今为止，并没有发现这种做法有什么不妥或矛盾。因此作为经验法则，它应该是正确的。"

"JingYanFaZe。"深绘里说。

"就是通过许多实例，证实一个推论在事实上是正确的。"

深绘里沉默片刻。天吾不知道她是否理解了这番话。

"喂。"天吾确认对方的存在。

"你在那里待到什么时候。"深绘里不加问号地问。

"是问我要在千仓待到什么时候吗？"

"对。"

"我说不准。"天吾老实地答道，"现在我只能说，要待到搞清情况为止。有几件事我搞不清楚，想看看情形再说。"

深绘里在电话那端沉默不言。她一旦沉默，便连声息都消失了。

"喂。"天吾再次唤道。

"别误了火车。"深绘里说。

"我会留神的。"天吾答道，"不会误了火车。你那边还好吗？"

"刚才来过一个人。"

"什么人？"

"NHK 的人。"

"NHK 的收款员？"

"收款员。"她不加问号地问。

"你跟他说话了吗？"天吾问。

"我没听懂他说的话。"

NHK 是怎么回事，她根本不明白。她并不具备某些基本的社会常识。

天吾说："说来话长，在电话里讲不清楚。简单地说，那是一个巨大的组织，有好多人在那里工作。他们每个月在日本各地走家串户收钱。不过我和你不需要交钱。因为我们没有从他们那里得到过任何东西。不管怎样，你没开门吧？"

"没开门。照你说的。"

"那就好。"

"可他说我们是小偷。"

"这话你不必理睬。"天吾说。

"我们什么也没有偷。"

"当然。你也好我也好,没干过任何坏事。"

深绘里在电话那端沉默着。

"喂。"天吾唤道。

深绘里没有回话。她也许已经挂断电话了,但听不见类似的声响。

"喂。"天吾又一次唤道,这次声音稍微大了些。

深绘里轻轻地清了一声喉咙。"他对你很熟悉。"

"那个收款员吗?"

"对。NHK 的人。"

"还说你是小偷来着。"

"不是说我。"

"那是说我啰?"

深绘里没有回答。

天吾说:"不管怎么说,我家里没有电视,我没有偷过 NHK 任何东西。"

"可是因为没有开门,他发火了。"

"别管他,让他发火去。但不论人家说什么,都绝对不能开门。"

"我不开门。"

说完后,深绘里冷不丁挂断了电话。也许不是冷不丁。对她而言,这时放下听筒大概十分自然,合情合理。然而在天吾的耳朵听来,那挂断电话的方式却属于"冷不丁的"。总之,关于深绘里在想些什么,是怎么想的、怎么感受的,猜测也是白费力气。天吾对这一点一清二楚。作为经验法则。

天吾放下听筒，回到父亲的病房。

父亲还没被送回来。病床的床单上还留着他的凹痕。然而那里已经没有空气蛹了。被淡而冷的暮霭染得微暗的房间里，仅仅残留着不久前还待在屋里的人的细微痕迹。

天吾长叹一声，在椅子上坐下。将双手放在膝头，久久地凝望着床单上的凹痕。然后站起身，走到窗边向外望去。晚秋的云笔直地拖曳在防风林上空。似乎许久不曾有过如此美丽的晚霞了。

NHK的收款员为什么会对自己"很熟悉"，天吾不知道。上次NHK的收款员来收钱是近一年前了。当时他在门口彬彬有礼地解释家里没有电视机，自己根本不看电视。收款员将信将疑，但只是嘟哝些挖苦的话，没有多说什么便回去了。

今天来的是那个收款员吗？记得那个收款员好像也喊他"小偷"。然而同一个收款员时隔一年跑来，却说对天吾"很熟悉"，可有点奇怪。两人只不过站在门口说了五分钟的话而已。

得了，不管它，天吾想。反正深绘里没有开门。收款员大概不会再来了。他们为了完成工作量疲于奔命，懒得和拒绝交费的人发生不快的口角。因此会为了节省劳力绕过麻烦的区域，从容易征收的地方收取收视费。

天吾再次看向病床上父亲留下的凹痕，想起父亲穿坏的许许多多鞋子。日复一日地奔走在收款路线上，父亲在漫长的岁月里穿坏了不计其数的鞋子。每双鞋都外观相同。色黑，底厚，极为实用的廉价皮鞋。它们饱受折磨，弄得破破烂烂，绽开、磨损、后跟歪斜。每当看到变形如此剧烈的鞋子，少年时代的天吾便心痛难忍。他并不是可怜父亲，而是可怜鞋子。这些鞋子让他想起了被无情地一再利用，最终濒临死亡的可怜的劳役动物。

然而仔细想想，如今的父亲不就像濒死的劳役动物吗？不就和磨损的皮鞋一样吗？

天吾再度将目光转向窗外，眺望着西方的晚霞渐渐转浓。想起了微微放着青白光芒的空气蛹，想起了睡在其中的少女时代的青豆。

那空气蛹还会在这里出现吗？

时间的形状真是一条直线吗？

"好像没办法了。"天吾对着墙壁说，"变数太多。即使以前是神童，也解答不了啊。"

自然，墙壁默不作答，也不发表意见，只是在无言中映着晚霞的色彩。

第4章　牛河
奥康剃刀

住在麻布宅邸里的老夫人，可能以某种形式与"先驱"领袖遭暗杀一事有关——牛河怎么也接受不了这个想法。他调查了一通她身边的情况。她是声名显赫、有社会地位的人物，调查起来并不费事。丈夫是战后实业界的大人物，在政界也有影响力。实业的核心是房地产和投资，同时也涉足大型零售店及运输业之类的周边领域。二十世纪五十年代中期丈夫去世后，她继承了家业。她富有经营才干，尤其有洞察危机的能力。六十年代后半期，她敏锐地觉察到公司的经营面过大，便趁股价高涨时有计划地将几个部门的股份抛售出去，逐渐缩小组织规模，致力强化剩余部门的实力。因此不久后的石油危机到来时，才能损伤最少地渡过难关，储备丰厚的资金。她熟知如何将他人的危机转化为自己的良机。

如今她已经从企业经营中抽身，即将迎来七十过半的年纪。拥有丰足的资产，不必受任何人的烦扰，在宽阔的宅邸中过着悠然自得的生活。出生于富裕之家，与资本家结婚，丈夫死后变得更为富裕。这样的女子怎么可能企图谋杀他人呢？

然而牛河还是决定进一步调查这位老夫人。一方面是没有找到像样的线索，另一方面是她运营的"庇护所"有些地方让他在意。向遭受家庭暴力折磨的女性无偿提供栖身之所，这种行为并无不自然之处，对社会也是健全有益的奉献。她经济上有余力，身处这种境遇的女人大概也会深深感恩。然而那所公寓太过戒备森严了。坚固的门和铁锁，德国牧羊犬，好几台监控镜头。牛河不由得从中感觉到某种过头的东西。

牛河首先确认了老夫人居住的土地与房屋的产权。这是公开的信息，只要跑一趟区政府就能弄清。土地和房屋都是她个人名下的。没有用来抵押。单纯明快。因为是个人资产，每年固定资产税的金额相当高。可是每年缴纳这样一笔款项，对她而言不算什么。将来的遗产税肯定也是一笔巨款，可她似乎也无所谓。就富豪而言这种情况很少见。据牛河所知，再没有比富豪更憎恨缴纳税金的人了。

丈夫死后，她就孤身一人住在这宽广的宅邸里。当然，虽说是一个人生活，也肯定有几个佣人住在里面。有两个孩子，长子继承了家业，育有三子。出嫁的长女十五年前病死，没有小孩。

这种程度的信息很简单便弄到了手。然而向前再跨一步，想深入了解她的个人背景，却忽然碰了壁。通向前方的道路悉数封闭。墙壁极高，门上了好几道锁。牛河搞清楚的，便是这位女子丝毫没有将隐私暴露于睽睽众目之下的打算，而且似乎为此倾注了相当的人力与财力。她不回答任何问题，不作任何发言。不论怎么搜寻资料，也没看到她的照片。

港区的电话簿里登着她的名字。牛河试着拨打这个号码。他的作风是不管什么事都要从正面试一下。铃声还没响两下，便有一个男人接了。牛河使用假名，随便报了家恰当的证券公司的名字，说："关于持有的投资基金的问题，想请教夫人。"对方答道："夫人不接电话。

所有事情都由我受理。"仿佛是用机械合成的事务性的声音。牛河说，根据公司规定，只能将内容告诉本人，不能告诉别人。既然这样，请允许我们把文件邮寄过去，可能需要几天时间。对方回答，那就麻烦你了。然后挂断电话。

没能和老夫人说上话，牛河并不气馁。原本就没指望能做到那一步。他想知道，为了保护隐私，她究竟警惕到何种程度。警惕性相当高。她在宅邸里似乎由几个人严加护卫。这种感觉从那个接电话的男人——大概是秘书——的语气中传了过来。电话簿里印着她的名字，但能直接和她通话的人却很有限，此外的人就像企图钻进砂糖罐的蚂蚁，被毫不客气地驱逐出来。

牛河假装寻找出租的房子，走访了附近的房产中介商，婉转地打听那所用作庇护所的公寓的情况。绝大多数中介商甚至不知道那里有这么一所房子。这一带在东京也算是高级住宅区，基本只受理高价物业，对二层木造公寓之类连一丝兴趣也没有。他们只是瞟了一眼牛河的长相和衣着，便对他爱理不理。甚至让人觉得，就算是被雨淋湿、一身疥癣还断了尾巴的狗从门缝钻进来，只怕也会得到更温情的对待。

就在要绝望的时候，一家看上去似乎在本地经营了许久的小房产中介引起了牛河的注意。正在店里的面孔泛黄的老人，满脸"哦，你是说那个啊"的感觉，主动和他攀谈上了。此人虽然相貌干瘪，长得像二等货色的木乃伊，却对这一带无所不知，而且正盼着有人来搭讪。

"那房子归绪方先生的夫人所有呀，对啦，从前是供出租用的。绪方先生怎么会有这样一座房子，我也不知道。他们可不是靠房租吃饭的人家。大概是给佣人们住的宿舍吧。现在不清楚是怎么回事，好像是提供给遭受家庭暴力的女人们住，像断缘寺一样。反正不是房产中介碗里的饭。"

老头说完，嘴巴也不张，便发出小啄木鸟般的笑声。

"呵呵，断缘寺？"牛河说着，劝老人来一支七星。老头接过烟，让牛河用打火机替他点上，仿佛甘美无比地吸了一大口。有人吸得如此甘美，只怕连七星也会觉得凤愿已偿吧，牛河想。

"那些挨了老公的揍、鼻青脸肿地逃出来的女人，对喽，就藏在那里。当然啦，房租是一个子儿也不收的。"

"难道是为社会奉献？"牛河说。

"是啊，就是那样。一幢小楼空着没用，就用来帮助有困难的人。反正人家是钱多得不得了的大富豪嘛，哪管利益得失，想干什么就干什么。跟咱们老百姓可不一样。"

"不过绪方老夫人怎么会做起这种事情来？是不是有什么原因呢？"

"那谁知道。反正人家是大富豪嘛，大概是爱好吧。"

"就算是爱好，主动帮助有困难的人不也是好事吗？"牛河笑容可掬地说，"钱多得花不完的人，也不是个个都主动这么做的。"

"这个嘛，要说好事，的确是桩好事。不过俺从前也常常打老婆，不配说什么漂亮话。"老头说着，张大豁牙的嘴巴笑了。似乎经常打老婆，是人生中值得大书特书的喜悦一般。

"现在有多少人住在里面？"牛河问。

"俺每天早晨散步时从门前经过，可从外边什么也看不见。不过呢，好像一直有几个人住在那儿。世上打老婆的男人好像很多啊。"

"比起对世间有益的人来，对世间有害的人要多得多吧。"

老头再次张大嘴巴，笑道："你说得没错。在这个世上，和做好事的人相比，干无聊事儿的人可要多得多。"

这个老头似乎挺喜欢牛河，牛河不禁感到不安。

"那这位绪方老夫人，是个怎样的人呢？"牛河假装不经意地问。

"绪方老夫人？这个嘛，俺可不太清楚。"老头像枯树精般严肃地蹙起眉头，答道，"因为这位夫人的生活非常低调。俺在这里做了好多年这行生意，也只是偶尔远远地看她一眼。出门时坐专职司机开的车，买东西都是女佣人去。有一个像是秘书的男人，所有的事差不多都是那个家伙掌管。人家可是又有教养又有钞票，不会直接和咱们这种低贱的东西说话的。"他使劲地皱起眉，从皱纹中给牛河递眼色。

"咱们这种低贱的东西"的群体，看来似乎是以这个脸孔泛黄的老头与牛河为中心构成的。

牛河问道："绪方老夫人是什么时候开设这个'暴力受害女性庇护所'的呢？"

"呃，这个嘛，俺说不准。那个断缘寺什么的，俺也是听别人说的。这事是什么时候开始的呢？哦，那幢小楼开始有人频繁地进进出出，约莫是四年前。不是四年就是五年，差不多。"老头端起茶杯，喝了口冷茶，"打那时起，门也换成新的了，警卫也一下子加强了。怎么说也是庇护所，要是不管什么人都能进去，里面的人也没安稳日子过了。"

随后老头仿佛陡然重返现实一般，用探究的眼光打量着牛河。"那么，你是要找一间租金合适的房子喽？"

"对。"

"你上别处去吧。这儿可是最高档的住宅区，就算有出租房，也是面向在大使馆里工作的外国人的。从前，这儿也住了不少没什么钱的普通人，我们靠做他们的生意也能维持。可是现在哪儿还有这种房子。所以俺正在琢磨干脆关门算了。东京市中心的地价像发了疯似的一个劲儿猛长，我们这些零散的小中介怎么也混不下去啦。你要不是钱多得没地方用，还是去别处瞧瞧吧。"

"我听您的。"牛河答道，"没什么好夸耀的，我可是一个闲钱也没有。去别处找找看吧。"

老头和着叹息呼地吐出烟雾。"不过，等绪方老夫人一死，那座宅院早晚要没了。她儿子可是个能干的人，这样一等一的好地段，地皮又大，怎么会让它闲着？肯定马上拆了建超高级公寓。弄不好这会儿就在画设计图呢。"

"这样一来，这儿的庄重气派就得变了。"

"那可不，肯定得大变样。"

"说到她儿子，是做什么生意的？"

"基本也算房地产吧。是啊，说起来和俺是同行。不过话是这么说，做的生意可有天壤之别。一个是劳斯莱斯，一个是自行车。那边是运用资本，把大买卖越做越大。那手段可叫高明，肥油一滴不剩，全喝到自己肚子里去。我们这儿连一口油渣都轮不到。这叫什么世道嘛！"

"刚才我走了一圈瞧了瞧，哎呀，叫人叹服啊。真是一座豪华的宅第。"

"是呀，在这一带也是数一数二的豪宅。一想到那些好看的柳树要砍个精光就心痛。"老头说着，仿佛无比悲伤地摇摇脑袋，"希望绪方老夫人多活几年。"

"正是。"牛河赞同道。

牛河试着与"暴力受害女性咨询室"联系。令人吃惊的是，电话簿上真的用这个名称登着号码。这是个非营利团体，以几位律师志愿者为中心运营。老夫人的庇护所便是与这个团体协作，接纳逃离家中却走投无路的妇女。牛河以自己的事务所的名义申请面谈。就是那个"新日本学艺振兴会"。他暗示说，可能提供资金援助。于是安排了面谈的日期。

牛河递上自己的名片（和递给天吾的名片相同），解释说，每年挑选一个为社会做出贡献的优秀非营利团体发放赞助金，是振兴会的目的之一。"暴力受害女性咨询室"就列入了候选名单。虽然不能公开资助者的姓名，但是赞助金的用途完全自由，只需在年末提交一份简单的报告书，此外不必承担任何义务。

对方那位年轻律师打量一番牛河，似乎没有太好的印象。牛河的模样并不能让初次见面的人产生好感与信赖。但他们的运营资金常常不足，不管什么援助都得欢迎。因此，虽然还有几分怀疑，也暂且接受了牛河的提议。

牛河说，我想再详细了解一下你们的活动内容。律师说明了"暴力受害女性咨询室"的成立经过，即他们是如何建立起这个团体的。牛河只觉得这种话题无聊，却装作津津有味的样子洗耳恭听。恰到好处地附和两句，重重地点头称是，做出听得入神的样子。一来二往，对方也渐渐和牛河熟起来，似乎觉得他也许不像外表那样令人生疑。而牛河是个训练有素的倾听者，他倾听时那看似异常诚实的方式，总是能缓和对方的戒心。

他抓住机会，不露声色地将话题引向了"庇护所"，问道：从家庭暴力中逃脱的可怜女人找不到栖身之处时，让她们去哪里藏身呢？脸上浮出由衷的忧虑，仿佛在为无情狂风中飘摇的树叶一般的她们担心。

"为了防止出现这样的情况，我们准备了几处庇护所。"年轻的律师答道。

"您说的庇护所是……"

"临时避难处。虽然不多，但总算有几处这样的地方，是由慈善家提供的。其中有人提供了整整一幢小楼。"

"整整一幢小楼！"牛河钦佩不已似的说，"世上真有这样的爱心人士啊。"

"对。我们的活动见诸报章后，便有人士跟我们联系，表示愿以某种方式与我们协作。如果没有这些爱心人士的帮助，这个组织是无法运营下去的。因为大家几乎都是自掏腰包从事这项活动。"

"你们的活动非常有意义。"牛河说。

律师脸上露出毫不设防的微笑。牛河又一次痛感，再也没有比相信自己在从事正义事业的人更好骗的了。

"现在有几位妇女在那座房子里生活呢？"

"人数常常在变，不过现在嘛，大概有四五个人吧。"律师答道。

"那位提供房子的慈善家，"牛河说，"是经过怎样的原委和这项活动联系上的？我想大概有什么契机吧。"

律师歪了歪脑袋。"我也不清楚。只是在那以前，她好像也在独自从事同样的活动。总之，我们当然是很感激地接受了她的好意。如果对方不解释，我们不会——打听理由。"

"那是自然。"牛河点头称是，"这么说，那庇护所的地址恐怕也是保密的吧？"

"对。必须保证女人们的安全，许多慈善家也不希望公开姓名。毕竟事关暴力行为啊。"

然后又交谈了一会儿，但没能从这位律师口中打听出更多的信息。牛河弄清的是如下一些事实："暴力受害女性咨询室"正式开始运营是在四年之前，不久某位"慈善家"便来联系，提出愿意提供一幢闲置的小楼作为庇护所。报纸介绍了他们的活动，这位"慈善家"是读到报道后前来联系的。协作的条件是绝不公开姓名。但从来龙去脉判断，毫无疑问，这位慈善家就是麻布的老夫人，庇护所便是那幢归她所有的木质小楼。

"谢谢。抱歉占用了您的时间。"牛河向这位充满理想家气质的年轻律师真诚地道谢,"看来你们在做着充实而有益的工作。我会把您说的情况带回去,提交下次理事会讨论。我想很快就能给您回音。祝你们的活动有更好的发展。"

牛河接下去调查了老妇人的女儿死亡一事。她与运输省的精英官员结婚,死亡时年仅三十六岁。死因不明。丈夫在妻子死后不久便离开了运输省。能查明的事实到此为止。不清楚丈夫忽然从运输省辞职的理由,也不知他此后走过了怎样的人生之路。他辞职和妻子的死也许有关,也许无关。运输省并不是热心积极地向一般市民公开内部信息的机关。然而牛河有敏锐的嗅觉。其中有某种不自然之处。那个男人是因丧妻过于悲痛,所以舍弃事业、辞去工作、隐身世间,这种话牛河无论如何也不相信。

按照牛河的理解,三十六岁便病死的女人并不多。当然不是没有。不管多大年纪、生活环境多么优越,人也可能忽然患病死去。有癌症,有脑瘤,有腹膜炎,有急性肺炎。人的身体脆弱,靠不住。然而就概率而言,生活在富裕环境中的女子三十六岁便死去,比起自然死亡来,更可能死于事故或自杀。

先做个假设,牛河寻思。先按照著名的"奥康剃刀"法则①,试着尽量简洁地将假设叠加起来。暂且排除无用的因素,把逻辑线合为一条来观察事物。

不妨假设老夫人的女儿并非病死,而是自杀。牛河一面搓着双手,一面思忖。隐瞒自杀真相,对世间谎称病逝并非难事,尤其是对拥有雄

---

① 哲学范畴,方法论中的极简原则,即删去所有不必要的假设。因 14 世纪由著名经院哲学家威廉·奥康提出而得名。

厚财力和影响力的人来说。向前再推一步，假设女儿是遭遇了家庭暴力，对人生绝望，因此自己了断性命。这也不无可能。世上被称作精英的人物中绝不算少的一部分——像主动超额承担社会分工一般——或是性格俗不可耐，或是性情阴险扭曲，这本是广为人知的事实。

那么，假定情况如此，身为母亲的老夫人会怎么做呢？会不会认为这也是宿命，无计可施，就此善罢甘休？不，断无此事。她肯定会报复造成女儿死亡的人。牛河现在大致明白了老夫人是个怎样的人。她是位极有胆识的聪明女子，拥有明确的思想，一旦下了决心，便会不失时机地付诸实施。为此不惜动用自己的财力与影响力。将自己所爱之人伤害与损毁，最终甚至夺取其生命的人，她绝不可能听之任之。

牛河不知道她实际上是怎样报复那位丈夫的。此人的行踪彻底地消失于空气中了。老妇人不可能取了这家伙的性命。她是位谨慎冷静的女子，具有开阔的视野，大概不会将事情处理得那般露骨。话虽如此，她无疑采取了某种有力的措施。而且不管做了什么，都很难想象她会留下不妥的痕迹。

然而被夺走了女儿，母亲的愤怒与绝望并不仅止于完成个人的复仇。有一天，她从报上得知了"暴力受害女性咨询室"的活动，便主动提出协作。她在市内拥有一座出租公寓，几乎闲置不用，可以免费提供给那些无处栖身的女子居住。此前那里也多次派过同样的用场，大体明白要领，只是希望不要公开姓名。主持该团体的律师们自然感激不尽。通过与公众团体建立关系，她的复仇心升华为更广泛更有益更积极的东西。契机便在于此，动机便在于此。

到此为止的推测基本合情合理。但没有具体的证据。一切不过是假设上的假设。但是，如果套用这些假设，诸多疑问便基本能迎刃而解。牛河舔舔嘴唇，呼哧呼哧搓着双手。然而，此后的事便有些含混了。

老夫人在常去的体育俱乐部里，结识了一位姓青豆的女教练，不知是通过怎样的契机，两人缔结了心灵的密约。于是做好周到的准备，将青豆送进大仓饭店的客房，把"先驱"的领袖送上了死路。杀人方法不明。或许青豆擅长某种特殊的杀人方法。结果，尽管身边有忠诚精悍的保镖严加护卫，领袖还是命丧黄泉。

到这一步为止，尽管不无牵强，但假设之线还可以维系，但说到"先驱"的领袖与"暴力受害女性咨询室"之间有何种联系，牛河便茫然不知了。他的思考被阻断去路，维系至此的假设之线被锋利的剃刀利索地斩断。

目前教团要求牛河回答两个疑问。一个是"企图杀害领袖的是谁"，另一个是"青豆目前在何处"。

事前对青豆进行调查的是牛河。他以前也做过多次同样的调查，可谓轻车熟路。而且得出了她清白无瑕的结论。无论从哪个角度看，都找不到可疑之处。也是这么对教团报告的。于是青豆被召到大仓饭店的高级套间里，实施肌肉舒展。她离去后，领袖便死了。青豆从此销声匿迹，宛如烟雾被风吹散一般。所以，即使说得再客气，他们对牛河也是有强烈的不满，认为他的调查远远不够彻底。

其实，他一如既往地进行了周密的调查。如同他对光头说过的那样，他在工作上绝不偷懒。事前没有检查通话记录的确是个疏漏，但除了极可疑的情况，通常不会采取这个措施。而且根据他的调查，青豆没有任何令人生疑之处。

总而言之，牛河不能让他们一直对自己不满下去。他们虽然付钱爽快，却是一群危险的家伙。光是知道领袖的遗体被秘密处理了，牛河对他们来说就已经成了危险人物。必须以明确的形式让他们知道，自己是个有用的人，值得留下活口。

没有具体证据表明麻布的老夫人参与了杀害领袖一事。目前一切均未超出推测的范畴。然而在那柳树成荫、漂亮宽广的宅第中，隐藏着某种重大的秘密。牛河的嗅觉这样告诉他。他接下去必须层层揭开那个真相。恐怕不容易。对方戒备森严，肯定有专家插手其中。

是黑社会吗？

这也不无可能。在世人目光难以企及之处，实业界，尤其是房地产界与黑社会多有交易。需要动粗的活便交给这帮家伙。老夫人不是不可能借力于他们。但牛河对此持否定态度。要跟这帮家伙产生瓜葛，老夫人的教养就好得过分了。尤其难以想象为了保护"家庭暴力受害女性"而借助黑社会的力量。她大概建立了一整套自己的警卫系统吧。洗练的私人系统。这得花许多钱，可是她不缺钱。而且根据需要，这个系统也许会带有暴力倾向。

如果牛河的假设正确无误，青豆肯定得到了老夫人的帮助，正在遥远的藏身处隐匿行踪。足迹仔细擦尽，身份变更一新，只怕还改了名字。说不定连容貌都不同了。如此一来，凭着牛河目前进行的琐碎的私人调查，几乎不可能探明她的行踪。

看来只能死抓着麻布老夫人这条线不放了。只能设法从中找到破绽，再从这些破绽推测青豆的行踪。也许会成功，也许不行。然而敏锐的嗅觉和一旦咬住绝不松口的耐性，恰是牛河的长处。除此之外，我到底还有什么值得一提的资质？牛河自问道。除此之外，还有什么足以向别人夸耀的能力？

一无所有，牛河满怀自信地回答自己。

第5章 青豆
无论如何屏息静气

　　关在一个地方，过着单调孤独的生活，对青豆来说不算什么痛苦。早晨六点半起床，吃一顿简单的早餐。花大概一个小时洗衣、熨烫、扫地。上午一个半小时，用 Tamaru 送来的器材高效密集地活动身体。作为一个职业教练，她熟知每天应当给哪部分肌肉怎样的刺激。也明白负荷到达多少有益，超过多少便是过火。

　　午饭以蔬菜色拉和水果为主。下午基本都坐在沙发上读书，睡个短短的午觉。傍晚时分花上一个小时做菜，六点前吃完晚饭。天一黑便走上阳台，坐在园艺椅上守望着儿童公园。然后在十点半上床睡觉。周而复始。然而她并不觉得这样的生活无聊。

　　本来就不是擅长社交的性格。长时间不和人见面、不和人说话，她也没觉得不方便。念小学时，几乎从未和同学交谈过。准确地说，除非有必要，谁也不和她说话。青豆在那间教室里是"莫名其妙"的另类，是应当排除和无视的东西。她觉得这不公平。假如是她自己有过错有问题，遭到排斥也无可奈何。但事实并非如此。幼小的孩童为了生存下去，只能乖乖听从父母的命令。所以才在吃饭前必定高声祈祷，才在星期天跟随母亲沿街劝人入教，才出于宗教理由拒绝去神社佛寺远足，抵制圣诞派对，被迫穿别人的旧衣物也得毫无怨言。然而周围的孩子都不了解实情，也丝毫不愿了解，只是一味觉得不快。连老师们也显然觉得她的存在令人困惑。

当然，青豆也可以对父母说谎，说吃饭前念过祈祷文而其实不念。但她不愿意这么做。一是面对神——不管实际上存不存在——她不愿说假话，二是对那些同学心怀怨气。既然这样讨厌我，那你们尽管讨厌好了，青豆想。坚持祈祷毋宁说成了对他们的挑战。公正在我这一边。

早晨醒来后，穿衣上学是种痛苦。因为紧张，她常拉肚子，还不时呕吐。甚至还会发烧，感觉头痛、手足麻痹。然而她一天也没有逃学。只要逃一天，肯定会连着逃下去。一而再再而三，恐怕就永远不会去上学了。那意味着输给了同学和老师。教室里没有了她，大家肯定会松一口气。青豆不愿让他们松那口气。因此无论多么难熬，哪怕爬也要爬到学校去，然后咬紧牙关默默忍耐。

同当时苛酷的处境相比，在洁净的公寓房间里躲着不和任何人说话，对青豆来说根本不算什么。与周围的人都谈笑风生只有自己在沉默的痛苦相比，在独自一人的地方沉默要轻松得多，自然得多。何况有书可读。她已经开始阅读 Tamaru 送来的普鲁斯特，但注意每天不超过二十页。花时间一个字一个字地细细品味，仔细读上二十页。读完规定的页数，便拿起别的书来。而且在临睡前一定要读几页《空气蛹》。因为那是天吾写的文章，在某种意义上也是她在 1Q84 年生存下去的指南。

也听音乐。老夫人送来了满满一箱古典音乐磁带。马勒的交响乐，海顿的室内乐，巴赫的键盘音乐，各种各样。还有她要的雅纳切克的《小交响曲》。她每天一次听着《小交响曲》，随着节奏进行剧烈但无声的运动。

秋，静静地越来越深。在时日流逝中，感到自己的身体仿佛在一点点变得透明。青豆努力地不想任何事情。当然不可能什么都不想。只要有真空，就会有东西将它填满。但如今的她至少感觉不到有必要憎恨什么。没有必要憎恨同学和老师。她已经不再是软弱无力的孩子，无人再把信仰强加给她。也没有必要憎恨伤害女人的男人。以前像涨潮一样不时在她周身涌起的愤怒——那种很想痛打眼前高墙的激烈亢奋的感情——不知不觉消失得无影无踪。她不知原因，可是那情绪却一去不返。对青豆而言，这是难得的事。可能的话，她不想再伤害任何人，就像不想再伤害自己一样。

在难眠的长夜里，她想着大冢环和中野亚由美。合上眼睛，拥抱着她们身体的记忆便鲜明地苏醒。两个人的身体都是那么柔润，那么光洁，那么温暖。温柔而有质感的肉体。里面流淌着新鲜的血液，心脏有规律地发出深受恩惠的声音。可以听见轻微的叹息，听见咯咯的嬉笑。纤细的指尖，变硬的乳头，光滑的大腿……可是，她们已经不在这个世上了。

仿佛幽暗温柔的水，无声无息地，悲哀充满了青豆的心。这种时候，她就会切换记忆的线路，竭尽全力地去想天吾。集中意识，回忆在放学后的教室里短暂地和十岁的天吾握手的感觉。然后在脑海里唤起不久前出现在滑梯上的三十岁的天吾的形象。想象着成人那两只粗壮的手臂拥抱自己的情形。

他就在差一点便伸手可及的地方。

而且下一次，我伸出的手可能真的就碰到他了。青豆在黑暗中闭上眼睛，沉浸在这种可能性之中，心驰神往。

然而，假如再也见不到他，我究竟该怎么办？青豆的心震颤不已。

当现实中不存在与天吾的连接点时，事情要单纯得多。与长大成人的天吾重逢，对青豆来说曾经只是一个梦想，一个抽象的假设。然而，在已然目睹他真实身影的现在，天吾的存在变得无法比拟地切实有力。不管会发生什么，青豆都想与他重逢，想被他拥入怀中，想让他爱抚身体的每个角落。仅仅想到这可能无法实现，她的心和躯体似乎就要撕裂为两半。

也许我应该在埃索老虎的广告牌前，就那么把九毫米子弹打进脑袋。那样就不必苟活下来体会这难熬的痛楚了。不过，她怎么也下不了手扣动扳机。她听见了声音。有人从远方呼唤她的名字。也许我还能再次见到天吾！这个念头一旦浮上脑际，她便不能不活下去。就算像领袖所说的，那样会给天吾带来生命危险，她也别无选择。其中迸发出逻辑无能为力的强大生命力。结果就是这样，我因为对天吾的强烈欲望而焦躁不宁，怀着不息的焦渴与绝望的预感。

青豆悟到，这就是生存下去的意义。人被赋予希望，以此为燃料为目的度过人生。没有希望，人就活不下去。然而这和抛硬币相同。正面向上还是反面向上，只有等硬币落下来才能知道。这么一想便心痛如绞。几乎浑身的骨头都被轧得吱吱悲鸣。

她坐在餐桌前拿起手枪。拉开枪栓，子弹上膛，用拇指拉起撞针，把枪口塞进嘴巴。只要在右手食指上稍稍用力，这难熬的痛楚便会烟消云散。只要一点点。把这根手指再向里收一厘米，不，五毫米，我就会迁徙到没有忧愁的沉默世界里去了。疼痛仅仅是一瞬，然后大慈大悲的"无"便会前来造访。她闭上双眼。埃索广告牌上，手握加油管的老虎冲着她笑。请让老虎为您的车加油。

她将坚硬的枪身从口中抽出，缓缓地摇头。

不能死。阳台对面有公园，公园里有滑梯，只要还有天吾可能重返此地的希望，我就不能扣下扳机。可能性在最后关头制止了她。她心中有种感觉，仿佛一扇门关闭，另一扇门开启了。静静地，无声无息地。青豆拉动枪栓，从枪膛里退出子弹，关上保险放回桌上。一闭上眼，就能发现某种在黑暗中微微发光的小东西时时刻刻在消失。那极其细小，仿佛光的微粒。但她不知道究竟是什么。

坐在沙发上，将注意力集中于《在斯万家那边》①的书页上。在脑中描绘故事的情景，努力不让别的杂念钻进来。外边下起了冰冷的雨。广播里的天气预报说，静静的雨将一直下到第二天早晨。秋雨的锋线盘踞在太平洋上空，没有移走的迹象。就像沉湎于孤独的思考中忘记了时间的人。

天吾大概不会来了吧。天空中处处乌云密布，看不见月亮。但青豆大概依然会走到阳台上，一面喝着热可可，一面守望着公园。身边放着望远镜和手枪，一身随时可以夺门而出的装束，不停地眺望着雨中的滑梯。因为这对她来说是唯一有意义的行为。

下午三点，公寓大门口的门铃响起来。有人想进入大楼。青豆当然置之不理。不可能有人来拜访她。当时她正在烧开水准备泡茶喝，为谨慎起见将煤气灶的火熄灭，窥探情况。铃声响了三四下，又沉默了。

大概五分钟后，铃声又响起来。这一次是房间门口的门铃。那个人此刻已经进入大楼，就站在她的门前。也许是跟在什么人身后溜进来的，也许是按响了别人的门铃，说些假话骗开了大门。青豆当然保持沉默。不管谁来了都别应声，从里面插上插销屏住呼吸——Tamaru是这么指示她的。

门铃响了足足有十下。如果是推销员，似乎太固执了。他们一般

---

① 《追忆似水年华》的第一部。

只按三次门铃。青豆继续保持沉默。对方开始用拳头砸门。声音不太响，但其中含着强烈的焦躁与愤怒。"高井先生！"是中年男人粗涩的声音，稍稍有些嘶哑，"高井先生，你好啊！请你开开门哪！"

高井是这个房间的邮箱上用的假名字。

"高井先生，打搅你啦，开开门好吗？拜托你啦。"

男人停了一会儿，窥伺反应。发现没有回应，又动手砸门，比刚才更为猛烈。

"高井先生，我知道你在里面。咱们就别兜圈子了，请开门吧。你就在家里，我听得见你的声音。"

青豆拿起放在餐桌上的自动手枪，打开保险，用手巾裹住，握紧枪把。

对方是什么人，想干什么，她一无所知。然而此人基于某种理由对她怀有敌意，顽固地要她打开这扇门。不用说，这对现在的她来说不是值得欢迎的事态。

砸门声终于停止，男人的声音再度在走廊里响起。

"高井先生，我是来收 NHK 收视费的。对了，就是大家的 NHK。我知道你在房间里。不管你怎样屏住呼吸，我也知道。这个工作我干了好多年，分得清到底是真不在家，还是假装不在。不管怎么努力不发出声响，人也会有声息。人要呼吸，心脏会跳动，胃在不停地消化。高井先生，你现在就在房间里，在等着我死了心撤回去。不打算开门，也不准备答话。因为你不愿意付收视费。"

男人大喊着，声音超出了必要的音量，响彻公寓的走廊。男人是有意这么做。大声呼唤对方的名字，嘲讽他，羞辱他，以此警示邻人。青豆当然保持沉默。不必理他。她把手枪放回桌上，但为慎重起见还是开着保险。也不无别人假冒 NHK 收款员的可能。她坐在餐厅的椅子上一动不动，紧盯着房间正门。

她也想蹑手蹑脚地走到门后，透过猫眼窥视外边。想看看站在那里的是什么人。但她却坐在椅子上一动不动。不必无事生非。反正他总会死心回去的。

然而，男人似乎决心在青豆门前发表一通演讲。

"高井先生，别再跟我玩捉迷藏啦。我也没有干这种事的兴趣。别瞧这副模样，我也是个大忙人呢。高井先生，电视你总是看的吧。只要看电视，不管是谁都得付 NHK 的收视费。也许你不情愿，可这是法律规定。不付收视费，就和偷人钱财是一回事。高井先生，你也不愿因为这几个钱被看成小偷吧？你住着这么高级的新公寓，总不会付不起收视费，是不是？这种事情被当众抖搂出来，你肯定也觉得没趣吧？"

无论 NHK 收款员大叫大嚷什么，倘在平时，青豆肯定觉得无所谓。但现在她可是避人耳目隐匿行踪的人，这个房间不管以何种形式引起周围的注意，都不是令人愉快的事。然而她无可奈何，只能屏息静气，等着这家伙自己离开。

"高井先生，你可别怪我纠缠不清，一句话说上好多遍——我知道你在家里，竖着耳朵正在听呢。我知道你在想：为什么偏偏站在我家门前没完没了地大吵大嚷？是呀，为什么呢，高井先生？大概是我不太喜欢别人假装不在家。假装不在未免太卑鄙了吧？你可以打开门，当面告诉我，你不想付 NHK 的收视费。多爽快！连我也觉得这样反倒爽快，起码还有商量的余地。不过，我不能容忍假装不在家的做法。就像胆小的老鼠一样躲在阴暗角落里，等到人家离开再偷偷溜出来。这样活着多无聊呀。"

这家伙在说谎！青豆想。什么知道房间里有人的声息，肯定是胡说八道。我没有发出任何声响，呼吸非常宁静。不管谁家都行，站在别人门前夸张地大喊大叫，威吓周围的居民，便是此人的真正目的。

他企图让人们相信，与其这样在自家门前被人揭短，还不如乖乖交钱省事。这家伙只怕四处干着同样的事，而且屡屡见效。

"高井先生，我大概让您很不快吧。你心里在想些什么，我都知道。没错，我就是个让人心情不快的人，这一点我也明白。不过啊，高井先生，让人心情舒畅的话就收不到款。为什么呢？因为世上死赖着不付 NHK 收视费的人太多了。打算从这些人手上收费，就不能整天让他们心情舒畅。我也想对你说：'噢，是吗？您不愿意付什么 NHK 的收视费，明白了。对不起，打搅您了。'开开心心地扭头回去。可是不行呀。上门收费就是我的工作，而且假装不在家这种事我怎么也喜欢不起来。"

男子闭上嘴巴，歇了片刻。随后又响起十下敲门声。

"高井先生，你渐渐开始不愉快了吧，开始觉得自己真是个小偷了吧。请你好好考虑考虑。我们向你要的，并不是什么大不了的金额，不过是在街头的家庭餐馆吃一顿便饭的钱。只要交这点费用，你就不会被人当作小偷了。也不会被人站在家门口大声教训，被人家拼命砸门了。高井先生，我知道你就躲在这扇门后面。你以为一直躲在那里不动，就能逃过这一劫。行啊，你就躲着吧。但是不管你怎样屏息静气，总有一天会有人把你找出来。不可能一直耍滑头。你也想想看，日本到处都有比你贫困得多的人，可他们每个月都诚实地缴纳收视费。这太不公平了。"

门又敲了十五下。青豆数着次数。

"我明白了，高井先生。你好像也相当固执。行啊，今天我就回去了。我也不能光缠着你一个人。不过我还会再来拜访你的，高井先生。我这个人的性格是一旦做出决定，就不会轻易死心。而且不喜欢假装不在家的人。下次再来拜访你，还要再敲这扇门，一直敲到全世界都能听见。我说话算数。这是你和我的约定，好不好？那么，我们过两天再见。"

没有听见脚步声。大概穿的是橡胶底鞋。青豆一动不动，又等了五分钟。屏息静气，盯着房门。走廊里一片寂静，听不见任何声音。她蹑足走到门后，毅然从猫眼向外看去。那里空无一人。

关上手枪的保险。连做几次深呼吸，平缓心脏的跳动。点燃煤气烧开水，泡了绿茶喝。不过是个NHK的收款员而已，她告诉自己。然而那家伙的声音里含着某种邪恶而病态的东西。无法判断那究竟是针对她个人，还是针对那个偶然被起名为高井的虚构人物。然而那嘶哑的声音与执拗的敲门，留下了令人不快的感觉。仿佛暴露的肌肤粘上了黏糊糊的东西。

青豆脱去衣衫淋浴。冲着热水，用香皂细心地洗净身子。洗完后换上新衣服，心情多少舒畅了些。肌肤上讨厌的感觉也消失了。她在沙发上坐下，喝剩下的茶。打算继续看书，却无法将意识集中在书页上。男人的声音断续地在耳边回响。

"你以为一直躲在那里不动，就能逃过这一劫。行啊，你就躲着吧。但是不管你怎样屏息静气，总有一天会有人把你找出来。"

青豆摇头。不对，那家伙不过是在信口开河。不过是煞有介事地大声喧哗，故意让人心情不畅。那家伙对我的事情一无所知。我做过什么，我为什么会在这里。然而青豆的心脏依旧狂跳不已。

不管你怎样屏息静气，总有一天会有人把你找出来。

这位收款员的话听上去似乎浓重地含着言外之意。也许只是偶然。然而那家伙仿佛知道什么话能让我心慌意乱。青豆放下书不读了，坐在沙发上合上眼睛。

天吾君，你在哪儿？她心中念道，还试着说出口来。天吾君，你在哪儿呢？快点找到我。在别人找到我之前。

第6章 天吾
拇指刺痛时便会知道

天吾在这座海滨小镇过着极有规律的生活。一旦定下生活模式，便努力维持，尽量不使之紊乱。自己也不明白原因，但觉得这样做似乎无比重要。早晨散步，写小说，到疗养院随意拿本书给昏睡的父亲读，然后回旅馆睡觉。这种日子仿佛单调的插秧号子，周而复始。

温暖的夜持续数日，凉意惊人的夜便来造访了。与这样的季节变化毫不相关，天吾日日重复着前一天的行为。他想尽量变成无色透明的观察者。屏气凝息，平静地等待着那一刻。一天与下一天的差别日渐稀薄。一周过去，十天过去，然而空气蛹没有出现。下午父亲被运往检查室后，病床上仅仅留下一个小得可怜的人形凹陷。

难道那只是唯一的一次？夕阳迟迟不落的黄昏，天吾在狭小的病房中咬着嘴唇想。难道是不可能出现第二次的特别显示？或者只是我看见了幻影？没有什么来回答这个问题。遥远的海鸣和不时吹过防风林的风声，是他耳中听见的一切。

自己的行为是否正确，天吾并没有自信。自己也许只是在这座远离东京的海滨小镇，在仿佛被现实抛弃的疗养院一室，毫无意义地虚度时光而已。但即便如此，他也无法离开这里。他曾经在那个房间里亲眼看见空气蛹，看见睡在微明中的青豆小小的身姿。甚至还用这只手触摸过。哪怕那是仅有一次的事，不，哪怕只是虚无缥缈的幻影，他也想尽可能长久地留在这里，用心灵的指尖永远去摩挲那时目睹的情景。

得知天吾不回东京，要在这海滨小镇逗留一段时期，护士们便开始对他亲切起来。她们会在工作间隙停下手，跟他闲聊几句。空闲时甚至特意到病房找他聊天，有时还带来茶和点心。盘起头发再插上一支圆珠笔的约莫三十五六岁的大村护士，还有双颊红红梳着马尾的安达护士，轮流负责照顾天吾的父亲。戴金属框眼镜的中年护士田村则多在入口问询处值班，人手不足时也替班来照顾他父亲。这三个人似乎在私下里对天吾颇感兴趣。

天吾也是，除了黄昏时分那段特别的时间，同样闲得发慌，便和她们聊各种话题。不如说是老实地回答她们的提问。自己如何在补习学校里当老师教数学，如何受托写些零碎的文章作为副业。父亲如何长年累月做 NHK 的收款员。自己如何从小练柔道，高中时还在县级运动会上打进了决赛。然而只字未提与父亲长期不和的事。也没提母亲据说已死，实际上很可能是抛下丈夫和幼子跟男人私奔的事。这种事说来话长。而自己就是畅销小说《空气蛹》代笔者的事，当然也不可告人。看到天上有两个月亮的事，他也缄口不言。

她们也各自讲述了身世。三人都是本地出身，高中毕业后考进专科学校，做了护士。疗养院的工作大多单调又无聊，上班时间还长而不规律，不过，能在自己出生长大的这片土地上工作毕竟难得，加之与在普通综合医院工作、天天面对挣扎在生死线上的病人相比，精神压力要小些。老人们慢慢费时耗日地丧失记忆，不能理解事态，就这

66

样静静咽下最后一口气。很少有流血，痛苦也被抑制到最小限度。基本没有半夜用急救车运来的患者，也大致没有围在一旁恸哭哀号的家属。生活费便宜，尽管工资不高也活得自由自在。戴眼镜的田村护士五年前因事故失去了丈夫，和母亲两人住在邻近的小镇。身材高大、将圆珠笔插在头发上的大村护士有两个儿子，丈夫是出租车司机。年轻的安达护士和大她三岁的做美容师的姐姐一起，在镇外租屋居住。

"天吾君你很温柔啊。"大村护士一面换点滴袋一面说，"每天来给神志昏迷的人读书，这样的家属很少见哪。"

她这么一说，天吾有点不舒服。"碰巧请到了假。但我恐怕待不了太久。"

"就算是碰巧有空，也没有人心甘情愿到这里来。"她说，"这么说有点那个，这病基本是好不了的。时间拖得久了，人人都会渐渐心灰意懒。"

"是爸爸要我读给他听的，说是什么书都行。更早一点，他多少还清醒一些的时候。反正我待在这里也没事可做。"

"你给他读什么？"

"各种各样的书。我刚好在看的书，刚好在看的章节，就这样出声念罢了。"

"现在读的是什么？"

"伊萨克·迪内森[①]的《走出非洲》。"

护士摇摇头。"没听说过。"

"这本书写于一九三七年。迪内森是个丹麦女子，嫁给了一位瑞典贵族，在一战开始前去了非洲，在那里经营农场。后来离了婚，一

---

① Karen Blixen（1885-1962），笔名 Isak Dinesen，丹麦著名女作家，代表作即为《走出非洲》。

个人接手经营农场。她把当时的体验写成了书。"

她给天吾的父亲量体温，将数值填进记录表，又把那支圆珠笔插进头发，顺手理了理刘海。"我可以也在这里听听朗读吗？"

"不知道你会不会喜欢。"天吾答道。

她坐在凳子上，两腿交叉。骨骼健壮、形状好看的腿。身上多少开始发福了。"你只管读吧。"

天吾慢慢地接着读下去。是必须慢慢朗读的那一类文章，就像流淌在非洲大地上的时间。

　　暑热干燥的四个月过去之后，是宣告漫长雨季开始的非洲的三月，四面是一望无际的勃勃生机和新绿，芳香飘溢。

　　然而农场经营者却得抽紧了心，不为这大自然的恩泽狂喜。一面侧耳聆听，担心那势若倾盆的雨声是否会变弱。此时大地吸纳的水分，得在接下来无雨的四个月里，支撑着农场内生存的所有植物、动物和人。

　　农场里的每一条道路，都变成了水流潺潺的小河，真是美妙的景象。农场主狂喜欲歌，踏着泥泞，朝着花朵盛开、雨珠涟涟的咖啡园走去。然而就在雨季高峰，一天夜里忽然云散天开，群星闪耀。于是农场主步出家门，仰望天空。那模样简直像要紧紧抱住天空，挤出更多的雨水。农场主向着天空，发出苦苦哀叹：

　　"再下点儿雨吧。求您再多下十分钟雨吧。我的心现在是赤裸裸地袒露在您面前。如果您不祝福我，我就不能撒手放开您。如果您愿意，就请把我击倒吧。但是，我不希望您折磨我。不能中断性交。我们在天上的主！"

"中断性交？"护士皱起眉头，说道。

"该怎么说呢？这个人太直言不讳。"

"就算是这样，面对着上帝，这话也说得太直白了吧。"

"的确是。"天吾同意道。

雨季过后，会有凉爽得怪异的阴天。这种日子里，就会想起"马尔卡·姆巴亚"来，也就是凶年、旱灾。那时基库尤人牵了奶牛来，在我家周围吃草。一个牧童拿着笛子，不时吹出简短的曲调。后来每当听到相同的曲调，我就会历历在目地忆起那逝去的日子里我们的苦痛与绝望。那曲调里有眼泪的苦味。然而同时，在同一支曲调中，我出乎意料地听出了活力与不可理解的温柔，听到了一支歌。那段艰难的时期，真是那样艰难吗？那时，我们拥有青春，满怀热烈的向往。正是那漫长的苦难岁月给了我们牢不可破的团结。就算迁徙到其他星球上去，我们无疑也会立即认定彼此是伙伴。接着，布谷鸟自鸣钟，我的藏书，草地上瘦骨伶仃的牝牛，悲伤的基库尤老人们，这样互相呼唤："你也在那儿啊。你也是这恩贡山农场的一部分呀。"就这样，那苦难的时期为我们祝福，然后倏然逝去。

"好生动的文章呀。"护士说，"情景好像就在眼前。伊萨克·迪内森的《走出非洲》。"

"对。"

"声音也很好听。既深沉，又感情充沛。好像很适合朗读。"

"谢谢。"

护士仍然坐在凳子上，闭着眼睛不动，安详地呼吸，仿佛犹自沉浸在文章的余韵里。能看见她隆起的胸部在白制服下随着呼吸上下起伏。看着看着，天吾想起了年长的女友。想起了星期五下午，脱去她的衣服，手指抚摸变硬的乳头的情形。她呼出的深深的气息，那湿润的性器官。拉上帘子的窗外细雨霏霏。她的手掌掂量着天吾睾丸的分量。尽管回忆起这样的事，却没有感到性欲高涨。仿佛一切情景与感觉都蒙着一层薄膜，模模糊糊，远离此地。

不久护士睁开眼睛，看着天吾。那视线仿佛是看穿了天吾的所思所想，然而她没有责备天吾。她浮出淡淡的微笑站起身，俯视着他。

"我得走了。"护士伸手摸摸头发，确认圆珠笔还在，翩然转身走出房间。

大约在傍晚时分给深绘里打电话。一天里没发生特别的事，每次她都这么说。电话铃响过几次，听你的话我都没接。那就好，天吾说。随它响好了。

天吾给她打电话时，先响三声铃便挂断，然后立刻重拨。这个约定并未得到遵守。往往是第一声铃响时深绘里便拿起了听筒。

"不按规定做可不行啊。"天吾每次都告诫她。

"我知道，不要紧。"深绘里说。

"你是说，知道打电话的是我？"

"别人的电话我不接。"

算了，大概有这种事吧，天吾想。他自己就大致听得出小松打来的电话。铃声慌慌张张，是一种神经质的响法。简直像执拗地用手指咚咚敲击桌面。不过那说到底也只是大致。拿起听筒时，他并不是十分自信。

深绘里度过的日日夜夜也极其单调，跟天吾相比毫不逊色。绝不出房门一步，独自一人一动不动。没有电视，也不读书，连饭都不好好吃。因此目前没有外出购物的必要。

"不运动，所以不需要吃什么东西。"深绘里说。

"每天一个人干些什么？"

"想事情。"

"想什么事情呢？"

她没有回答这个问题。"乌鸦来了。"

"乌鸦每天都会来一次。"

"不是一次是好几次。"少女说。

"同一只乌鸦？"

"对。"

"此外没有人来吗？"

"NHK 的人又来了。"

"是上次来过的那个 NHK 的人吗？"

"他大声喊叫川奈先生是小偷。"

"在我家门口这么喊？"

"故意喊得让别人听见。"

天吾略微想了一下这件事。"这事你不必放在心上。跟你没有关系，也没有特别的害处。"

"他说'知道你躲在这里'。"

"你不必在意。"天吾说，"他不可能知道这种事，不过是在胡说八道吓唬人。NHK 的人经常用这种手段。"

天吾多次见过父亲使用相同的手段。星期天下午，响彻杂居楼走廊的充满恶意的叫声。威胁与嘲弄。他用指尖轻轻按着太阳穴。记忆带着种种附属物苏醒过来。

仿佛从沉默中感知到了什么，深绘里问道："要紧吗。"

"不要紧。那个 NHK 的人，不去理他就行了。"

"乌鸦也这么说。"

"那太好了。"天吾说。

自从看到两个月亮浮在天上、空气蛹出现在父亲病房里以来，天吾对大多数事情都不会惊讶了。深绘里和乌鸦每天在窗边交流看法，又有什么不妥之处呢？

"我想再在这里待上几天，暂时还不回东京。没关系吧？"

"你在那里想待多久就待多久好了。"

说完，深绘里立刻挂断了电话。交谈在一瞬间消失。仿佛有人用磨得雪亮的砍刀，将电话线一刀斩断。

然后天吾拨了小松出版社的电话号码，然而小松不在。据说他下午一点左右来社里打了个照面，很快就不见了。不知道他现在在哪里，也不知道还回不回社里。这种情况司空见惯。天吾留下疗养院的电话号码，说自己白天一般都在这里，可能的话请小松联系自己。要是告诉他旅馆的电话，万一半夜里打过来就麻烦了。

上一次和小松交谈，是在九月即将结束之际。简短地通了个电话。自那以来，他再也没有联系过天吾，天吾这边也没与他联络。自八月末起一连三个星期，他突然销声匿迹。只是给公司打了个不明不白的电话，声称"由于身体不适想请假数日"，便断了联络，几乎处于下落不明的状态。天吾自然有些惦记，但也没到忧心忡忡的地步。小松生来就性情多变，基本是个率性而为的人。用不了多久大概就会若无其事地现身，重返职场吧。

当然，公司这样的组织中并不容许这种任意妄为。然而事到临头，总会有同事出来替他遮掩，防止发生麻烦事。绝非因为他有威望，但不知何故，总有奇特的人物替他擦屁股。公司方面也常是睁一只眼闭一只眼，对不大不小的事情不加过问。此人尽管自以为是、缺乏团队精神，是那种旁若无人的性格，但工作能力极强，畅销书《空气蛹》

现在便是由他一个人负责。不能轻易炒他的鱿鱼。

小松果然如天吾预料的那般，一天忽然毫无预告地在社里现身，没特别解释什么，也没向众人致歉，就重新开始工作了。一位相识的编辑有事打电话来，顺便将消息告诉了天吾。

"那么，小松先生身体已经好了吗？"天吾问那位编辑。

"是啊，好像很健康。"他说，"只不过觉得话好像比从前少了。"

"话少了？"天吾有些惊讶。

"呃，怎么说呢，就是变得更不爱交际了。"

"他真的是身体不适吗？"

"这种事情我不清楚。"编辑用缺乏热情的声音答道，"他这么说，我们就只能相信啰。不过，亏了他没事回来，堆积如山的问题才得到稳妥的解决。他不在的时候，有关《空气蛹》的这样那样的事，可把我们急坏了。"

"对了，说到《空气蛹》，深绘里失踪事件后来怎样了？"

"没什么。还是老样子。事态不见进展，少女作家杳无踪影。有关方面是一筹莫展。"

"我在留意报纸，最近好像看不到这方面的报道。"

"媒体大多从这件事上收手了，要不就慎重地保持距离。警察也没有醒目的动作。详细情况你问小松好了。只不过刚才我也跟你说了，他这阵子话少了很多。不如说，整体上看总觉得不太像他了。原来的刚愎自用全没有了，变得内省起来，或者说独自沉思的时候多了起来，也更难以亲近了。有时看上去像是忘了周围还有别人。简直像独自一人钻进了洞穴。"

"内省……"天吾说。

"你自己跟他谈谈就知道了。"

天吾道谢后，挂断了电话。

几天后的傍晚，天吾试着给小松打电话。小松在公司里。果然像那位熟识的编辑说的，他的说话方式和以往不同。平时口若悬河滔滔不绝，这次似乎总有些吞吞吐吐，给人的印象是一面和天吾说话一面在不停想别的事。也许遇到了什么烦心事，天吾想。总而言之，这不像往日那个从容不迫的小松。不论是心存烦恼，还是面对难题，都绝不会表露在脸上，一直保持自己的风格与节奏，这才是小松的做派。

"你的身体好了吗？"

"身体？"

"你不是因为身体不适，请了长期的病假吗？"

"啊，对了。"小松仿佛刚想起来，说道。短短的沉默。"已经好了。这件事，稍过几天我会好好跟你谈谈。现在还没法说清楚。"

稍过几天，天吾想。他从小松的语气中听出了某种奇妙的弦外之音。其间缺少了恰到好处的分寸感。口中吐出的话语总有些平板，没有深度。

天吾当时胡乱地结束交谈，主动挂断了电话。有意没提《空气蛹》和深绘里。因为他从小松的口吻中听出了避开这些话题的感觉。本来嘛，以前有过小松说不清的事情吗？

总之那是最后一次跟小松交谈。九月末。自那以后已经过了两个多月。小松是个喜欢打电话长谈的家伙。当然，他大概会挑选对象，不过有一面将浮上脑际的事逐一讲出口来一面整理思路的倾向。天吾对他来说，便发挥了网球的击墙练习时那堵墙的作用。兴之所至，他即使没事也常常给天吾打电话，而且大多在意想不到的时刻。没有兴致时也会很久不来电话，可是一连两个多月杳无音讯却极少见。

大概现在他和谁都不想说话吧，天吾想。谁都会有这样的时候，即便是小松也会。而且天吾也没有急着与他商谈的事。《空气蛹》的狂销已经停滞，几乎不再成为世人的话题，下落不明的深绘里在何处也已明了。如果小松那边有事，自会打电话过来。不来电话，说明没有事情。

不过，差不多该打电话了，天吾想。因为脑中一隅不可思议地牵挂着小松那句话——"这件事，稍过几天我会好好跟你谈谈。"

天吾给帮他在补习学校代课的友人打电话，询问了情况。对方说，还算顺利，没什么问题。那么你父亲怎样了？

"毫无变化，一直在昏睡。"天吾答道，"有呼吸。体温和血压数值都很低，不过还算稳定。就是没有意识。大概也没有痛苦。好像到了梦里的世界，一去不返了。"

"也许是不错的死法。"那家伙不露感情地说道。他其实想说："也许这样说听上去太薄情，不过各人想法不同，那在某种意义上也许是不错的死法。"省略了引入话题的部分。在大学数学系里待上几年，就会习惯这种省略型的对话，不觉得有什么不自然。

"最近你看过月亮吗？"天吾偶然想起来，便问道。陡然被问起月亮却不会觉得奇怪的人，恐怕只有这位友人了。

对方想了一下。"这样说来，我不记得最近看过月亮啊。月亮怎么了？"

"有空时看一看吧。我想听听你的感想。"

"感想？从哪个角度？"

"不管哪个角度都行。我想听你谈谈看了月亮有何感想。"

略微一顿。"有何感想，也许很难表达。"

"呃，表达倒无所谓，重要的是那种明显特征之类的东西。"

"看了月亮，对其明显特征有何感想，是吗？"

"对。"天吾说，"如果毫无感想，也没关系。"

"今天是阴天，我猜不会有月亮。等下次天晴时再看——如果我还记得的话。"

天吾道谢后挂断电话。如果还记得的话。这恰是数学系出身的人的问题。如果是自己不感兴趣的现象，记忆的寿命便短得惊人。

探视时间结束，离开疗养院时，天吾向坐在问询处的田村护士打招呼。"辛苦了。再见。"他说道。

"天吾君还能在这里待几天？"她按着眼镜鼻架问道。她好像已经下班了，没穿护士制服，而是换成了带褶的葡萄色裙子、白衬衣和灰开衫。

天吾停下来想了想。"还没决定。看看情况再说。"

"你还能继续休假不去上班吗？"

"我已经请了人代课，还可以再休几天。"

"你平时都在哪儿吃饭？"护士问。

"就在附近的小饭馆。"天吾答道，"旅馆只提供早餐，所以随便去附近的店里吃套餐，要不就是吃盖饭。就是那种地方。"

"好吃吗？"

"不太好吃。但我无所谓。"

"那可不行哦。"护士表情严肃地说，"得好好地吃有营养的东西。你瞧你，这阵子一张脸就像站着睡觉的马一样。"

"站着睡觉的马？"天吾吃惊地说。

"马站着睡觉，你见过吗？"

天吾摇摇头。"没见过。"

"就跟你现在这张脸一模一样。"那位中年护士说，"你到洗手间照着镜子看看自己的脸好了。乍一看不知道是睡着了，可仔细一看就是在睡。眼睛睁着，可什么也没看。"

"马是睁着眼睛睡觉吗？"

护士深深点头。"和你一样。"

天吾一瞬间真想去洗手间照镜子，不过又改变了主意。"我知道了。我会吃更有营养的东西。"

"我说，去不去吃烤肉？"

"烤肉？"天吾不怎么吃烤肉。不是讨厌，只是平时几乎从没有想吃肉的念头。但她这么一说，却觉得吃一顿久违的肉也不错。的确，说不定是身体在渴求营养。

"大家说好了今晚去吃烤肉。你也来吧。"

"大家？"

"我在等六点半下班的人，三个人一起去。怎么样？"

另外两个人是头发上插着圆珠笔的已为人母的大村护士和年轻娇小的安达护士。这三个人好像在工作之余也是好朋友。天吾想着要不要跟她们一起去吃烤肉。他希望尽量不打乱简素的生活节奏，却找不到拒绝的借口。天吾在这座小镇闲得无聊，是众所周知的事。

"如果不打搅你们的话。"天吾说。

"当然不打搅啦。"护士说，"哪怕是出于情面，也不能邀请会打搅我们的人。你不要客气，一起来吧。偶尔有个年轻健康的男人参加也不坏。"

"呃，健康倒是千真万确。"天吾用底气不足的声音说。

"对，这个最重要。"护士从职业角度出发，断言道。

在一个地方工作的三个护士凑在同一个时间下班并不容易。然而她们三人每月一次，硬是想方设法创造这样的机会。然后去镇上吃"有营养的东西"，喝酒，唱卡拉 OK，纵情欢乐，发泄一通也许该称为剩余精力的东西。对她们来说，的确有必要这样散散心。乡下小镇生活单调，而在职场中见到的除了医生与护士，便是丧失了活力与记忆的老人。

总之三位护士尽情吃喝，天吾根本跟不上她们的节奏。看着她们兴高采烈地又说又笑，他只能坐在一旁随声附和，随便吃些烤肉喝着生啤，留神不至于醉倒。出了烤肉店，又转移到附近的小酒吧，要了一瓶威士忌，唱起了卡拉OK。三位护士依次演唱自己的拿手节目，又一起载歌载舞地唱了"糖果小姐"①的歌。大概因为平时一直练习，表演得很像样。天吾不擅长唱卡拉OK，但也唱了一首依稀记得的井上阳水的歌。

平日不大说话的安达护士，一旦沾了酒精，也变得快活而大胆。醉意涌上来，红红的面颊成了晒得恰到好处的健康的颜色。听着无谓的笑话味味地笑，自然地依偎在邻座的天吾肩上。头发上总是插着支圆珠笔的高挑的大村护士，换了件淡蓝连衣裙，把头发披了下来。放下头发后，外表年轻了三四岁，声音也降了好几度。工作时的麻利与潇洒踪影全无，举手投足有些慵懒，似乎换了性情。只有戴金属框眼镜的田村护士，无论外表还是性格都没有特别的变化。

"今晚请邻居帮我看着孩子。"大村护士告诉天吾，"老公上夜班，不在家。不趁这种时候痛快地开开心怎么行！散心可是件大事。你也这么想吧，是不是，天吾君？"

她们如今称呼天吾，既不喊川奈先生，也不叫天吾先生，而是称他天吾君。周围的人们称呼他时，不知何故都自然地喊他"天吾君"。连补习学校的学生背地里也这么叫他。

"是呀。的确是。"天吾同意道。

---

① Candies，活跃于20世纪70年代的日本青春偶像演唱组合。

"对我们来说，这么做很有必要。"田村护士喝着兑了水的三得利老牌威士忌，说，"我们也是活生生的人嘛。"

"脱掉制服，就是个普通女人。"安达护士说道。然后像说了一句意味深长的妙语，独自哧哧地笑。

"对了，天吾君，"大村护士说，"有句话不知该不该问你？"

"什么？"

"你有没有正在交往的女朋友？"

"对对，这话很想问一问。"安达护士用大大的白牙咔嚓咔嚓地啃着大玉米，说。

"这事一言难尽。"天吾答道。

"一言难尽的故事，不是正好吗？"老于世故的田村护士说，"我们有的是时间，这种故事可是热烈欢迎哦。天吾君那一言难尽的故事，究竟是怎么回事呢？"

"开始了开始了。"安达护士说着轻轻拍手，哧哧地笑。

"也不是什么好玩的故事。"天吾说，"普普通通，没头没脑。"

"那么，你把结论告诉我们就行了。"大村护士说，"正在交往的人，是有还是没有？"

天吾无奈，只得说："要说结论的话，现在好像没有在交往的人。"

"哦。"田村护士说着，哗啦哗啦地搅拌玻璃杯里的冰块，舔了舔指头，"这可不好啊。像天吾君这样年轻又健康的人，居然没有亲密交往的对象，太浪费了。"

"对身体也不利。"高个子的大村护士说，"单身一人积攒久了，脑袋会渐渐变糊涂哦。"

年轻的安达护士又哧哧地笑。"脑袋会变糊涂。"她说着，用手指戳着自己的太阳穴。

"可在前一阵子，还有过一个这样的对象。"天吾像辩解似的说。

"但就在前一阵子，那对象又没了，对不对？"田村护士用手指按着眼镜的鼻架，说。

天吾点点头。

"就是说，你被人甩了？"大村护士问。

"怎么说呢，"天吾歪了歪脑袋，"也许就是那么回事。大概是被人甩了。"

"我说啊，说不定那个人要比天吾君大好几岁，是不是？"田村护士眯着眼睛问。

"嗯，是的。"天吾说。她怎么会知道这种事情呢？

"瞧瞧，我说得对吧。"田村护士得意扬扬地对另外两个人说。她们点头称是。

"我跟她们俩说过。"田村护士对天吾说，"说天吾君肯定在和年龄比他大的女人交往。这种事情，女人凭气味就能觉察到。"

"哼哼。"安达护士说。

"而且还是有夫之妇。"大村护士用慵懒的声音指出，"不是吗？"

天吾犹豫了一下，点点头。事到如今，撒谎也不是办法。

"坏蛋。"年轻的安达护士用手指咚咚地戳着天吾的大腿。

"比你大几岁？"

"十岁。"天吾答。

"呵呵。"田村护士笑道。

"是吗？天吾君享受了老练年长的有夫之妇充分的宠爱啊。"已为人母的大村护士说，"真好啊。我是不是也该加油呢？安慰安慰孤独温柔的天吾君？别瞧这副模样，我的身子还不错呢。"

她抓起天吾的手往自己的胸脯按去。另外两人慌忙制止了她。她们似乎觉得，即使是喝醉了多少胡闹一下，也不能逾越护士与患者家属的界限。也许是害怕让人看到。要知道这是个小镇，这类流言马上便会流传开来。大村护士的丈夫也许嫉妒心异常强烈。天吾不愿再卷入更多的麻烦。

"不过天吾君，你很了不起哦。"田村护士改变了话题，"大老远赶来，每天在父亲床边读好几个小时的书给他听……没几个人能做到啊。"

年轻的安达护士微微歪着脑袋说："嗯，我觉得很了不起。这一点让我肃然起敬。"

"我们啊，整天在夸奖天吾君呢。"田村护士说。

天吾不由得红了脸。他待在这个小镇并不是为了照料父亲，而是为了再次看到微微发光的空气蛹和睡在里面的青豆。这是他滞留在这个小镇的唯一理由。照料昏迷不醒的父亲，说到底不过是名义而已。不过，这种事他不能如实相告。否则，他就得从"何谓空气蛹"开始解释才行。

"因为以前我没为他做过什么事。"天吾坐在窄小的木椅上，笨拙地缩着高大的身躯，像难以开口似的说。然而在护士们眼中，他的态度也成了谦虚的表现。

天吾很想说已经困了，一个人先走，却把握不好时机。他原本就不是一意孤行的性格。

"不过，"大村护士说，还假装咳嗽一声，"话说回来。为什么和那个大你十岁的有夫之妇分手了？你们相处得大概很好吧？要不就是被她丈夫发现了，是不是？"

"我也不知道是为什么。"天吾答道，"有一天忽然断了联系，从此音信全无了。"

"嗯。"年轻的安达护士说，"她大概是厌烦天吾君了吧。"

已为人母的高挑的大村护士摇摇头，竖起一根食指，向着年轻护士说："你啊，还是阅历太浅，完全不懂世事。一个有丈夫的四十岁女人，抓到了这么一个年轻健康滋味好的男孩子，缠绵一场，竟然会放开手，说什么'多谢你了。谢谢盛情款待。那好，再见'。哪里会有这样的事！反过来还差不多。"

"是这样吗？"安达护士轻轻歪着脑袋说，"这种事情我搞不懂啊。"

"就是这样。"已为人母的大村护士斩钉截铁地说。用后退几步端详刻在石碑上的文字般的眼神，端详了天吾一番，然后径自点头。"等你上了年纪就明白了。"

"啊啊，我可是好久没有尝过这种味道啦。"田村深深地靠在椅子上，叹道。

接着，三人热心地谈论了一会儿某个天吾不认识的人（大概是她们的护士同事）的性爱经历。天吾端着盛有兑水威士忌的玻璃杯望着这三人的模样，心中浮现出《麦克白》中的三个女巫。口中念着那句"干净就是龌龊，龌龊就是干净"的咒语，将邪恶的野心灌输给麦克白的女巫们。当然，天吾并没有把三位护士看作邪恶的存在。她们是热情而坦率的女子，工作努力，对他父亲也百般照料。她们上班时被迫辛苦劳作，在这以渔业为基础的小镇里过着说不上刺激的生活，只是每月排解一次精神压力。然而目睹三位分属不同年龄层的女子将精力聚在一处，苏格兰旷野的风光便自然地浮上脑际。天空阴霾密布，夹杂着雨珠的冷风掠过荒原上的灌木丛。

大学英语课上曾读过《麦克白》，有一段文字奇妙地留在心里。

> By the pricking of my thumbs,
>
> Something wicked this way comes,
>
> Open, locks,
>
> Whoever knocks.

拇指的刺痛告诉我，
邪恶的东西向我走来，
打开来吧，门锁，
不管来敲门的是谁。

为何这一段文字至今仍然牢记不忘呢？他甚至不记得戏中是哪个人物念的这段台词了。然而这一段让他想起在高圆寺的家门前固执地敲门的 NHK 收款员。天吾凝视自己的拇指，没有刺痛感。可是莎士比亚巧妙的韵脚中的确有不祥的回声。

Something wicked this way comes

深绘里可别把门锁打开，天吾想。

第7章 牛河
正向你那边走去

牛河不得不一度放弃收集关于麻布老夫人的信息。他明白她身边设置的警戒线过于坚固，无论从哪个方向伸手，都会立即撞上高墙。他很想再打探庇护所的情形，但在那附近徘徊得太久会有危险。四周安装着监控摄像头，而牛河又生就一副惹人注目的外表。一旦招致对方警惕，以后就难办了。暂且远离柳宅，尝试从其他渠道调查吧。

而能想得到的"其他渠道"，无非是将青豆周围的情况重新调查一番。上次他是委托打过交道的调查公司收集资料，也亲自四下打听。制作了一份关于青豆的详细档案，从各种角度详加验证后，断定她没有危险。作为体育俱乐部的教练，她能力极强，声誉甚佳。年幼时曾经是"证人会"的一员，十岁之后退会，和教团彻底断绝了关系。以近乎第一的成绩毕业于体育大学后，在一家以体育饮料为招牌产品、在行业间是中坚力量的食品公司就职，作为垒球部的核心选手大显身手。据同事称，她不论在垒球部还是工作上都是优秀人才。积极热情，头脑也聪明，周围的评价很好。然而寡言少语，交际不广。

几年前忽然退出垒球部，从公司辞职，在广尾的高级体育俱乐部任教练，因此收入大约增加了三成。独身，一个人住。目前好像没有恋人。总之，根本没发现可疑的背景和不透明的因素。牛河皱起眉，喟然长叹，将反复研读多遍的档案扔在桌子上。我肯定看漏了什么。看漏了不该漏下的、极为重要的东西。

牛河从桌子抽屉中拿出通讯录，拨了一个号码。如果需要非法获取某种情报，他总是往那里打电话。与牛河相比，对方是生存在更为黑暗的世界里的人种。只要付钱，大多数情报都能手到擒来。当然，对象的防范越是森严，费用就越贵。

牛河索要的情报有两宗。一宗是青豆那至今仍是"证人会"忠实会员的父母的个人信息，牛河坚信，"证人会"统一管理着遍布全国的信徒的信息。日本各地"证人会"信徒人数众多，总部与各支部间的往来与物流也很频繁。总部若没有储存信息，整个体系肯定无法顺利运作。"证人会"总部设在小田原市郊外，宽广的地盘上耸立着漂亮的楼房，拥有印刷小册子的工厂，还设有给来自各地的信徒使用的集会场所与住宿设施。所有的信息肯定都集中在那里，严格地管理着。

另一宗是青豆供职的那家体育俱乐部的营业记录。她在那里担任何种工作，何时给谁进行个别授课。那里的信息大概不会管理得像"证人会"那般严格。然而，如果直接登门拜访："对不起，能不能让我查青豆女士的工作记录？"注定只能被拒之门外。

牛河把姓名与电话号码留在了电话录音里。三十分钟后，电话打了过来。

"牛河先生。"一个嘶哑的声音说道。

牛河将要求详细告诉了对方。他从未跟此人见过面，始终通过电话交谈，此人将搜集到的情报快递过来。嗓音有些嘶哑，不时混杂着轻轻的干咳。也许是喉咙有问题。电话那端永远是完全的沉默，简直像在有完美隔音装置的房间里打电话。只能听见对方的说话声以及刺耳的呼吸声，别的什么也没有。而且传过来的声音都有些夸张。真是个可怕的家伙！牛河每次都这样想。世上似乎充满了可怕的家伙（在旁人看来我大概也是其中之一）。他暗地里给对方取了个外号，叫"蝙蝠"。

"这两方面，都是弄到和青豆有关的情报就行了吧？"蝙蝠用嘶哑的声音问道，干咳一声。

"对。这个姓很少见。"

"需要全部的情报？"

"只要和青豆这个姓沾上边，什么情报都行。可能的话，最好能搞到照片，可以看清脸部的那种。"

"体育俱乐部那边大概很简单。他们肯定想不到会有人来窃取情报。'证人会'可有点困难。他们组织庞大，资金又很充足，防范可能也很森严。宗教团体是最难接近的对手之一。因为有保护个人隐私的问题，还牵扯税金的问题。"

"能办到吗？"

"只要去做，就总能办到。我有相应的撬门办法。更困难的是撬开之后，还得把门关好。不然，说不定会有导弹追击过来。"

"就像战争一样。"

"就是战争。说不准会有什么吓人的东西钻出来。"对方用嘶哑的声音说。从音调中就能明白，他似乎在享受这战争的乐趣。

"那么，能请你帮忙吗？"

一声轻轻的干咳。"我试试看。不过价格看来得相应地提高一些。"

"大约得多少钱？"

对方说了个大致的金额。牛河暗暗倒吸一口凉气，接受了。反正是自己能负担的金额，况且有结果的话，这些钱以后也能报销。

"要花很长时间吗？"

"你要得很急吧？"

"是很急。"

"无法准确预计，但我看起码得一周到十天。"

"这就可以。"牛河说。这种时候只能顺应对方的节奏。

"资料弄齐后，我给你打电话。十天内肯定会跟你联系。"

"如果没有导弹追击过来的话。"牛河说。

"对。"蝙蝠若无其事地答道。

牛河挂上电话，后背靠在椅子上，想了一会儿。蝙蝠是如何通过"后门"搜集情报的，牛河不清楚。他知道就算张口打听，也不会得到回答。总而言之，无疑是采用不正当手段。首先能想到的是收买内部人士。若有必要，说不定还会私闯民宅。如果牵扯电脑，事情就会更加复杂。

使用电脑管理信息的政府部门和公司还很少。既费钱又费功夫。然而全国规模的宗教团体肯定有这样的余力。牛河对电脑几乎一无所知，不过也明白那正逐渐成为收集资讯时必不可缺的工具。亲自跑到国会图书馆，将报纸缩印版或年鉴之类摊在桌上，花一整天搜寻情报的时代即将一去不返。于是，世界或许将沦落为电脑管理员与入侵者之间的血腥战场。不对，不同于一般的血腥。既然是战争，流血大概总是难免的，然而不会发出气味。一个稀奇古怪的世界。牛河更喜欢实实在在地存在气味和疼痛的世界，纵然那气味和疼痛有时会难以忍耐。但总而言之，牛河这种人一定会迅速化作落后于时代的遗物吧。

尽管如此，他也没有变得悲观。他知道自己具有本能的直觉，能凭借嗅觉器官嗅出周遭的各种气味，能根据肌肤感到的疼痛把握风向的变化。这是电脑无法进行的工作，因为这些能力是无法数字化、系统化的东西。巧妙地进入严加防范的电脑系统中窃取情报，是入侵者的工作。然而判断应当窃取何种情报，从窃取到的大量情报中选出可以利用的东西，却只有活生生的人才能做到。

我也许是个落后于时代的中年丑男人，牛河暗想。不对，不是也许。毫无疑问，我就是个落后于时代的中年丑男人，然而拥有几种其他人没有的资质。天生的嗅觉，以及一旦咬住便死不松口的执著。迄今为止，我一直靠着这些混饭吃。而且只要有这些能力，不管是怎样稀奇古怪的世界，我肯定也有地方混饭吃。

我会追上你哦，青豆小姐。你头脑反应很快，能力高强，为人又谨慎。不过嘛，我一定会追上你。你等着瞧吧，我现在正朝着你的方向走去。你听见我的脚步声了吗？不，你肯定听不见。因为我就像乌龟一样，悄悄地走路。不过一步接着一步，正在接近你。

但反过来，也有东西正在逼近牛河的背后。那就是时间。对牛河来说，追踪青豆，同时也是摆脱时间的追踪。必须迅速发现青豆的行踪，查明其背后关系，盛在托盘上说声"来啦，请慢用"，端到教团那帮家伙面前。给自己的时间有限。事过三月后才弄清一切只怕太晚。到现在为止，牛河对他们来说是个有用的人才。精明能干，头脑灵活，拥有法律知识，守口如瓶。远离体制，行动自由。然而归根结底，无非是个花钱雇佣的"路路通"而已。不是自己人，也不是同类，全无信仰之心。一旦对教团来说成为危险的存在，恐怕会被毫不留情地除掉。

等待蝙蝠来电的时候，牛河前往图书馆，详细查阅了"证人会"的历史和现在的活动状况。做了笔记，必要的部分则复印下来。去图书馆查阅资料对他来说不是苦差事。他喜欢逐渐在脑中积蓄知识的真实感。这是从小时候起养成的习惯。

在图书馆查完资料后，又去了青豆住过的自由之丘的出租公寓，再度确认那里已是一座空屋。信箱上仍贴着青豆的名牌，但是房间里毫无有人住的迹象。牛河还找到了管理那间房子的中介，问道：听说那座公寓里有空房间，是否可以租用？

"空是空着，不过明年二月初之前不能入住。"中介说。与现在这位房客签订的租赁合同要到明年一月底才到期，到那时为止，每月都按老样子支付房租。

"行李全部运走了，水、电、煤气也都办妥了迁移手续。可是租赁合同继续有效。"

"就是说到一月底为止，一直为空房子付房租？"

"您说得没错。"中介答道，"说是全额支付合同期间的房租，希望维持房间现状不动。当然，只要支付房租，我们这方面没有理由说三道四。"

"好奇怪。明明没人住，还要白白付房租。"

"我们也有点担心，所以就请房东在场，进屋去查看了一下。万一壁橱里扔着一具已经变成木乃伊的尸体之类，麻烦可就大了。还好，没有任何东西，打扫得干干净净，就是空荡荡的什么都没有。搞不明白是怎么回事。"

青豆当然早已不住在那里了。然而他们基于某种理由，试图维持青豆仍在租赁那个房间的名义，为此竟然继续为空房支付四个月的房租。这帮人非常谨慎，而且在资金上毫不拮据。

恰好在十天后的下午，蝙蝠给麹町的牛河事务所打来了电话。

"牛河先生？"嘶哑的声音问道。背景照例是寂静无声。

"我是牛河。"

"现在说话方便吗？"

没关系，牛河答道。

"'证人会'的防范密不透风。不过这是预料之中的事。关于青豆的情报安然到手了。"

"追击导弹呢？"

"目前还不见踪影。"

"好极了。"

"牛河先生。"对方说，接着一连咳嗽几声，"不好意思，能不能请你把香烟灭了？"

"香烟？"牛河看看夹在指间的七星。烟朝着天花板冉冉升腾。"哦，我的确在抽烟。不过这可是隔着电话，你怎么会知道？"

"气味当然不可能传到我这边。不过，哪怕只是在听筒里听见吸烟的声音，我就会喘不过气来。我是极端过敏体质。"

"哦。怪我没有注意，抱歉抱歉。"

对方又干咳几下。"不不，这不能怪牛河先生你。注意不到也是自然的嘛。"

牛河在烟灰缸里揿灭香烟，还浇上了喝过两口的茶，并起身大大地打开窗户。

"我把香烟弄灭了，把窗户也打开了，换了房间里的空气。当然，外面的空气也说不上有多干净。"

"对不起。"

沉默持续了十多秒。那一端是彻底的寂静。

"那么，'证人会'的情报弄到手了吗？"牛河问。

"嗯。只不过分量相当重。要知道青豆一家可是多年来的热心信徒，相关资料也多得不得了。有用没用，请你自己去区分吧。"

牛河同意了。不如说这样正中下怀。

"体育俱乐部没什么太大的问题。不过是开门进去，办完事情，再走出来关好门罢了。只是时间有限，只好全拿出来，所以分量也很多。总而言之，这两份资料全交给你。照老规矩，一手交钱一手交货。"

牛河写下蝙蝠说出的金额。比事先的估价高出两成多。然而他只能接受，别无选择。

"这一次我不想通过邮寄。我派人在明天这个时间直接去拜访你。请把现金准备好。还有，同以往一样，我不能出具收据。"

我明白，牛河说。

"再者，以前我告诉过你，为慎重起见再重复一遍。根据你的要求，能搜集到的情报我都弄到手了。因此，就算你对内容不满，我这边也不能承担任何责任。因为在技术上我已经竭尽所能。报酬是针对劳动的，而不是针对成果的。你不能说没有你想要的情报，还你的钱。这一点请谅解。"

我明白，牛河回答。

"还有，费尽力气也没弄到青豆的照片。"蝙蝠说，"所有的资料中都细心地把照片去掉了。"

"知道了。没关系。"牛河说。

"而且，脸说不定也变样了。"蝙蝠说。

"有可能。"牛河答。

蝙蝠假咳了几声。"再见。"他说着，挂断了电话。

牛河放回听筒，长叹一声，又叼起一根香烟，用打火机点着，冲着电话深深地吐出一团烟雾。

翌日午后，一位年轻女子拜访了牛河的事务所。也许还不到二十岁。穿一袭将曲线显露无遗的白色短裙，脚穿同样是白色的光面高跟鞋，带着珍珠耳环。身材娇小，耳垂却很大。身高略略超过一米五，头发又直又长，长着一双清澈的大眼睛。望上去有种见习精灵的感觉。她从正面直视着牛河，仿佛看见了难忘的珍宝，爽朗亲切地微笑，小巧的双唇间愉悦地露出整齐洁白的牙。当然，那也许是职业式的微笑。即便如此，初次见到牛河的尊容却不畏缩的人实在罕见。

"您要的资料，我带来了。"女子说着，从挎在肩头的布包中取出两只厚厚的大文件袋，然后像搬运古代石版画的女巫，双手端着放在牛河的桌上。

牛河从抽屉里取出备好的信封，递给女子。她拆开信封，拿出那束万元纸币，站在那里数钱。手法娴熟，纤细美丽的手指疾速飞动。数完后将那叠钞票放回信封，再将信封放进布包。然后朝着牛河比刚才更夸张更亲切地微笑。仿佛在说，再没有比见到您更高兴的事了。

这位女子和蝙蝠到底是什么关系？牛河浮想联翩。然而，这种事情当然与牛河毫不相干。这位女子不过是个联络员。交付"资料"，收取报酬，大概就是赋予她的唯一的使命。

娇小的女子从房间里出去之后，牛河久久地凝望着房门，心潮难平。那是她从背后关上的门。房间里仍然浓烈地残留着她的气息。说不定作为交换，那位女子留下了气息，却将牛河的魂儿勾走了几分。他能觉出胸中新生出的那块空白。为什么会发生这种事？牛河觉得不可思议。而且，这究竟意味着什么？

大概过了十分钟，牛河终于重新振作起来，打开文件袋。袋子用胶带封了好几层，里面又是打印件又是复印件，还有资料原件，乱七八糟地塞得严严实实。不知道他们是怎么弄的，短短几天居然搞来了这么多资料。虽然每次都如此，牛河还是不得不佩服。然而同时，面对着这成捆的资料，深深的无力感袭上心头。在这种东西里再怎么搜寻，最终还不是一无所获？我耗费巨资，难道不是弄来了一堆废纸？那是怎样窥视都深不见底的无力感。而好不容易映入眼帘的东西，却都裹在死亡预兆般的幽暗黄昏中。他想，说不定这也是因为那位女子留下的某种东西，或者是她带走的某种东西。

然而牛河总算恢复了气力。直到傍晚，一直耐着性子阅读那些资料，觉得有用的就分门别类，逐一抄写在笔记本上。集中意识进行这项工作，终于成功驱逐了那莫名其妙的无力感。当屋内变暗、桌上的台灯点亮时，牛河觉得支付巨额费用还是值得的。

首先从体育俱乐部的"资料"开始读起。青豆四年前到这家俱乐部就职，主要负责肌肉力量训练和武术课程。开办过好几个班，负责授课。阅读资料就能知道，作为教练的她能力极强，在学员中人气很高。除了主持普通班级，还受理个人指导课程。费用当然更贵一些，但对那些无法参加固定时间的课程的人，或者喜欢更私密的环境的人，这不失为便利的做法。有许多这样的"个人顾客"追随青豆。

青豆是在何时何处，又是如何给这些"个人顾客"授课的，可以根据复印的日程表追溯踪迹。青豆有时在俱乐部里为他们进行个别授课，有时则是上门授课。顾客中有著名的娱乐圈人士，也有政治家。柳宅的女主人绪方静惠是其中年龄最大的一位。

青豆与绪方静惠的关系始于来俱乐部工作后不久，一直持续到她消失踪迹之前，恰好是在柳宅的二层小楼正式用作"暴力受害女性咨询室"的庇护所的时期开始的。这也许是偶然的巧合，也许不是。总之根据记录，两人的关系似乎随着时间推移越来越密切。

青豆与老夫人之间也许萌生了个人的羁绊。牛河凭直觉感到了这一点。原本以体育俱乐部的教练和顾客的身份开始的关系，在某个时间点发生了质变。牛河的眼睛按日期追逐着事务性的记述，努力地想确定那个"时间点"。那时候发生了某件事，或者明确了某件事，以此为界，两人不再仅仅是教练与顾客的关系了。超越年龄与地位的差异，建立了个人之间的亲密关系。此时，两人也许缔结了某种精神密约。于是顺理成章地有了大仓饭店中刺杀领袖一事。牛河的嗅觉这么告诉他。

是怎样的顺理成章？又是怎样的密约？

牛河的推测无法抵达那里。

然而，其中恐怕涉及了"家庭暴力"的因素。看来这对老夫人来说似乎是重要的主题。根据记录，绪方静惠最初与青豆接触，是在青豆主持的"防身术"训练班里。年过七旬的女人参加防身术训练班，大概难说是寻常事。可能是某种与暴力性有关的因素，将老夫人与青豆联系起来了。

　　或许青豆也是家庭暴力的受害者，而领袖则是家庭暴力的加害者。他们探知了此事，便对领袖加以制裁。但一切说到底只是"也许"这个层面的假设。而且这个假设和牛河知道的领袖形象相差太远。当然，不论是什么人，其内心都无从窥测，况且领袖原本就是个莫测高深的人。要知道那可是主宰一个宗教团体的人物。聪明睿智，却又有不为人知的一面。然而，即使他是个滥施家庭暴力的家伙，难道就真有如此重大的意义，值得他们制订周密的杀人计划、抛却自我抛却人生、不惜危及自己的社会地位也要付诸实施吗？

　　总而言之，刺杀领袖绝非一时兴起、感情用事。其中存在坚定不移的意志、明确无误的动机和精细缜密的体系。这一体系是花费了漫长的时间和巨额金钱精心打造出来的。

　　然而证实这些推测的证据一个也没有。牛河手中有的不过是完全基于假设的间接证据罢了。是会被奥康剃刀简单地削除干净的东西。现阶段还不能向"先驱"汇报。不过牛河心里明白。其中有气味，有手感。所有要素都指向同一个方向。老夫人出于某种以家庭暴力为要因的理由，对青豆发出指示，置领袖于死地，然后协助她逃到某个安全的地方。蝙蝠搜集来的证据，全都间接地证实着他这种"假设"。

　　整理"证人会"的资料花了很长时间。分量多得吓人，而且几乎都对牛河毫无用处。用数字说明青豆一家对"证人会"的活动做出何等贡献的报告占了大半。阅读这些资料，便能知道青豆一家的确是热心忘我的信徒。他们将大半的人生都奉献给了"证人会"的传教事业。青豆的父母现住址为千叶县市川市，三十五年间搬过两次家，都在市川市内。父亲青豆隆行（五十八岁）在某工程公司供职，母亲青豆庆子（五十六岁）无业。长兄青豆敬一（三十四岁）毕业于市川市内的县立高中，后在东京都内某小印刷公司就职，三年后辞职，转去位于小田原市的"证人会"总部工作。在那里也从事印刷教团小册子的业务，如今已升任管理人员。五年前与同为信徒的女子结婚，育有两个孩子，在小田原市内赁屋居住。

长女青豆雅美的履历在十一岁时终结。她在那时抛弃了信仰。而对抛弃信仰的人，"证人会"似乎便失去了一切兴趣。对他们而言，青豆雅美等于在十一岁时死了。从此以后她走过了怎样的人生道路，是活着还是已经死去，连一行记述也没有。

这样看来，只有去找她的父母或哥哥当面打听，牛河想。没准能得到一点启发。然而单看资料，很难认为他们会痛快回答牛河的提问。青豆一家人——当然是在牛河看来——是一群抱着褊狭思想、过着褊狭生活的人，是一群坚信不疑地以为越褊狭越能靠近天国的人。对他们来说，抛弃了信仰的人，哪怕是至亲骨肉，也不过是步入了污秽歧途的人。不，只怕已不再认为那是至亲了。

青豆幼年时代遭受过家庭暴力吗？

可能有，也可能没有。即使遭受过，父母肯定也不会认为那是家庭暴力。牛河知道"证人会"管教孩子很严厉，许多时候还伴随着体罚。

即便如此，这种幼儿期的体验就会化作创伤深留心底，以致长大后竟然去杀人吗？这当然也不无可能，但牛河觉得似乎是相当极端的假设。有计划地杀死一个人非常复杂。伴随着危险，精神负担也极沉重。被捕的话，等待的将是重刑。肯定需要更为强烈的动机。

牛河再次拿起文件，仔细地阅读青豆雅美到十一岁为止的经历。

她刚学会走路，就跟着母亲从事传教活动。挨家挨户地散发教团的小册子，向人们诉说世界正不可避免地走向末日，呼吁他们参加集会。而加入教会就能逃过末日幸存下来，然后至福的王国即将降临。牛河也多次受过这样的劝诱。传教者大多是中年女子，手中拿着帽子或阳伞。许多人戴着眼镜，用聪明的鱼儿一般的眼睛盯着对方。很多时候都带着小孩。牛河想象着幼小的青豆跟在母亲身后走家串户的场景。

她没进过幼儿园，幼时就读于附近的市立小学，五年级时退出了"证人会"。弃教的理由不明。"证人会"不逐一记录弃教的理由。落入魔鬼掌心的人，就听任恶魔摆布吧。谈论乐园，谈论通往乐园的途径，就让他们忙得不可开交了。善人自有善人的工作，魔鬼也自有魔鬼的事情。一种分工得以形成。

在牛河的脑袋中，有人在敲用胶合板拼的简陋隔板，呼唤着"牛河先生、牛河先生"。牛河闭上双眼，侧耳倾听那呼唤声。声音虽小却很执著。我好像看漏了什么东西，他想。有个重要的事实记载在这些文件的某个角落，可是我没看出来。敲击声就是在告诉我这个。

牛河再度查阅那堆厚厚的文件。不仅用眼睛追逐文字，还在脑海中具体地浮现各种场景。三岁的青豆跟随母亲四下传教，常常是在门口就被粗暴地赶走。她上小学，继续传教活动。周末的时间全用于传教。肯定连和小朋友玩耍的时间都没有。不，说不定根本没什么朋友。"证人会"的孩子在学校受欺负遭排斥的情况很普遍。牛河读过关于"证人会"的书，对这些有所了解。于是她在十一岁时弃教。这一定需要相当大的决心。青豆一出生就被灌输了信仰，与这信仰一道成长，它一直渗透到了身体的核心，不可能像换衣服般简单地抛弃。况且它还意味着在家庭内的孤立。这家人的信仰极其虔诚，他们绝不会畅快地接纳弃教的女儿。抛弃信仰就等于抛弃亲人。

十一岁时，青豆身上到底发生了什么？是什么让她做出了这样的决断？

千叶县市川市立某某小学，牛河想。并试着将那名字念出声来。在那里发生了某件事。在那里毫无疑问发生……这时，牛河轻轻地倒吸一口气。这个小学的名字，我在哪里听过。

到底是在哪里听到的？牛河与千叶县从无缘分。他生在埼玉县浦和市，考进大学来到东京后，除去在中央林间住过一段时间，始终住在二十三区内，几乎从未踏进过千叶县一步。只到富津去洗过一次海水浴。尽管如此，为什么会觉得市川的小学似曾相识？

花了很长时候，他才回忆起来。他用手掌使劲搓着奇形怪状的脑袋，集中意识。仿佛将手深深地插进泥淖中，摸索着记忆的底部。听到这个名字并非许久以前的事，就是最近。千叶县……市川市……小学。这时，他的手终于抓到了细细的绳头。

是川奈天吾，牛河想。对了，那个川奈天吾就是市川人。他好像也在市内的公立小学念过书。

牛河从事务所的文件柜中拿出关于川奈天吾的文件夹。那是几个月前受"先驱"之托搜集的资料。翻开一页，确认天吾的学历。他那圆滚滚的手指找到了校名。果然。青豆雅美和川奈天吾就读于同一所市立小学。从出生日期来看，两人大概还是同一年级。是否同一个班级，得调查后才能弄明白。但两人极有相识的可能。

牛河叼起一根七星，用打火机点燃。他感觉事物开始串联成线。点与点之间各自连起一条线段。它们最终将构成怎样的图形，牛河还不清楚。然而不久构图就会渐渐清晰。

青豆小姐，听得见我的脚步声吗？大概听不见吧。因为我走路时尽量不发出声音。然而我一步接着一步，正在向你走近。虽然是蠢头蠢脑的乌龟，却在扎扎实实地前行。终究会看见兔子的背影。你就等着吧。

牛河靠在椅背上，仰望天花板，对着那里缓缓地吐出烟雾。

第 8 章　青豆
这扇门相当不错

自那以后大约两周，除了星期二下午来的沉默的补给员，无人造访青豆的住处。自称 NHK 收款员的人扔下一句"我还会再来"，走了。从声音里能听出他坚定的意志。至少在青豆的耳中是如此回响。然而自那以后再也没有敲门声。说不定他正忙着去别处收款。

表面上风平浪静的日子，平安无事，谁都没有来，连电话铃都不响。Tamaru 为安全起见，尽量减少电话联系的次数。青豆总是将窗帘拉好，屏息静气，默默度日，努力不引起别人的注意。天黑后，也只点亮最少的灯。

一面留神不发出声响，做着高负荷运动。每天用抹布擦拭地板，花时间精心做饭。跟着西班牙语磁带（是请 Tamaru 放进补给品中的）放声练习会话。长期不说话，口腔周围的肌肉就会退化，必须有意识地大幅度活动嘴巴。练习外语会话是个有效的办法。而且青豆很早以前就对南美多少抱有浪漫的幻想。如果能自由选择去向，她情愿在南美某个和平的小国里生活，比如哥斯达黎加。在海边租一间小别墅，游游泳看看书。只要不奢侈，她旅行袋里塞满的现金大概足够生活十年。他们恐怕也不会追到哥斯达黎加去。

青豆一面练习西班牙语日常会话，一面想象着哥斯达黎加海岸平静安稳的生活。这生活也包括天吾在内吗？她合上眼，浮想在加勒比海滩上和天吾两人日光浴的情景。她穿着小小的黑色比基尼，戴着太阳镜，握着身边天吾的手。但其间缺乏令人怦然心动的现实感，倒像常见的旅游宣传照片。

想不出有什么事可做了，她就擦枪。按照说明书的指示，将赫克勒－科赫拆卸成几个部件，用布和刷子清理干净，上油，再重新组装起来，确认全部机械装置滑动自如。她做得十分娴熟，甚至觉得手枪现在几乎成了自己身体的一部分。

大概十点上床，读上几页书，然后睡觉。青豆生来从没有为睡眠苦恼过。目光追逐铅字之际，睡意自然而然地袭来，关掉床头灯，脸贴在枕头上，闭上眼睛。除非有特殊情况，等再次睁开眼，一般都是第二天早上了。

她本来就不大做梦。就算做了，一睁眼也忘得一干二净。当然也有些梦的碎片挂在意识的墙壁上，然而梦中的故事情节却连缀不起来，只剩下没头没脑的短小片断。她睡得非常沉，做的梦也是深沉之处的梦。这种梦如同栖息于深海的鱼，从来不会浮到靠近水面的地方。即便浮上来，也会由于水压的差异丧失原本的形状。

但生活在这隐身之处以来，她每天晚上都做梦。而且是清晰而真实的梦。做着梦睡去，做着梦醒来。一时无法辨别自己究竟置身于现实世界还是梦境中。这对青豆来说是从未有过的体验。目光投向枕边的数字钟，上面的数字有时是一点十五分，有时是两点三十七分，有时是四点零七分。合上眼睛想继续睡觉。然而睡眠却不肯轻易造访。两个迥然相异的世界在无声地争夺她的意识。宛如在巨大的河口，涌来的海水与流入的淡水你争我夺。

没办法，青豆想。住在天上有两个月亮的世界里，这件事是不是真正的现实本来就很可疑了。无法分清在这样的世界里入梦究竟是梦境还是现实，又有什么不可思议的呢？而且我用这双手杀过几个男人，被狂热的信徒毫不留情地追杀，隐蔽在这藏身处，理所当然会紧张，会害怕。这手上还残留着杀人的感觉。也许从此以后，我再也不可能有安然入眠的夜晚了。也许这就是我理应担负的责任，理应偿付的代价。

粗略说来，她做的梦有三种。至少，她能回想起来的梦都可以归纳到这三种类型里。

一个是响雷的梦。被黑暗包围的房间，雷鸣久久地持续不已，却没有闪电。和行刺领袖那晚一样。房间里有什么东西。青豆赤身裸体躺在床上，周围有什么东西在徘徊，动作缓慢而谨慎。地毯的绒毛很长，空气沉重凝滞。玻璃窗在猛烈的雷鸣声中细细地振颤。她心生怯意。不知道在那里的是什么。也许是人，也许是动物，也许既不是人也不是动物。然而不久，那东西走出了房间。不是从门出去的，也不是窗户。可是声息渐渐远去，终于彻底消失。房间里只剩下她一个人。

摸索着打开床头灯。光着身子爬下床，检查室内。床对面的墙上出现一个洞。勉强可以钻出一个人去的洞。然而洞的形状并不固定，不断改变形状、不停蠕动。颤抖，移动，忽大忽小。望上去似乎是活物。那东西就是从那个洞里钻出去的。她窥望着那个洞。那似乎通往某个地方，然而深处只能看见黑暗。那是浓密的黑暗，几乎可以切下来拿在手上。她心生好奇，但同时又心生怯意。心脏发出干燥生疏的声音。梦在此告终。

另一个是站在高速公路路肩的梦。她在这里也是全身赤裸。陷入拥堵的汽车里，人们毫不客气地注视着这具裸体。几乎都是男人，但也有几个女人。人们望着她不够丰满的乳房、长得奇妙的阴毛，似乎在细细评论。有人皱眉，有人苦笑，有人哈欠连连。还有人只是用缺乏神情的眼睛凝视着她。她想找件东西遮蔽身体，哪怕只遮住乳房和阴毛也好。破布片也行，报纸也行。然而周遭找不到任何能伸手拿来的东西。而且由于某种原因（是什么原因不得而知），她无法自由地活动双手。风儿不时像忽然想起似的拂过，刺激着乳头，摇曳着阴毛。

而且——更糟糕的是——月经眼看就要来了。腰慵懒滞重，感觉下腹发热。万一在众目睽睽之下开始流血，该怎么办呢？

这时，银色梅赛德斯跑车驾驶室的车门打开了，一位极有气质的中年女子走下车来。她穿着亮色高跟鞋，戴着太阳镜，垂着银耳环。身材瘦削，体态基本和青豆相同。她穿过拥堵的车列间的空隙走来，脱下身上的风衣，披在青豆身上。那是件长及膝盖的淡黄色春季风衣，宛如羽毛般轻软。式样虽然简洁，却显得昂贵。尺寸仿佛定做的一般，青豆穿上恰好合适。这位女子替她把纽扣一直扣到最上端。"我不知道什么时候才能还给您，而且怕是会沾上经血。"青豆说。

女子一言不发，只是微微摇头，然后穿过拥挤不堪的车列，走回银色梅赛德斯跑车。能看到她从驾驶座上朝着青豆轻轻扬起手。不过也许是眼睛的错觉。青豆裹在轻软的春季风衣里，觉得自己得到了保护。她的肉体已经不再暴露在任何人的目光之下。然后像等待已久一般，顺着大腿，一缕血滴落下去。温暖、黏稠、沉甸甸的血。然而仔细看去，并不是血。没有颜色。

第三种梦难以用语言描述。无从把握，既无情节，亦无场景。有的只是移动的感觉。她无休无止地往来于不同时间，往来于不同场所。那是何时何地并不重要，往来于那些时间和场所之间才重要。一切都是流动的，意义就产生于流动。然而置身于流动之中，身体便会逐渐变得透明。手掌通透，可以穿越它望见另一边。身体内部的骨骼、内脏和子宫也可以看到。如此下去，自己这一存在也许将化为乌有。青豆想，当自己变得完全不可见时，到底会有什么前来造访？没有答案。

下午两点，电话铃响起，惊醒了正在沙发上打瞌睡的青豆。

"没有变化？"Tamaru 问。

"没什么变化。"青豆答道。

"NHK 的收款员呢？"

"打那以后就没来过。他说还会再来，也许只是吓唬人吧。"

"也许。"Tamaru 说，"关于 NHK 的收视费，我们已经办妥了银行自动转账手续，门口也贴好了标识。如果是收款员肯定会看见。打电话去 NHK 问，他们也是这么回答的，说大概出了什么差错。"

"只要不理他就行了。"

"不对，无论是以什么方式，我们都不想引起邻居的注意。而且我生性比较在乎出差错之类的事。"

"世间可是充满了细小的差错。"

"世间是世间，我是我。"Tamaru 说，"不管多么细小的事情，只要你觉得不对劲，希望都告诉我一声。"

"'先驱'有什么动静吗？"

"非常平静。简直像什么都没发生过。大概暗地里有所动作，不过从外边看不出来。"

"听说在教团内部有情报来源。"

"倒是传来了一些，不过全是琐碎的外围情报。看来内部控制得越来越严了。闸门关得很紧。"

"不过，他们的确在追踪我的下落。"

"领袖死后，教团里无疑产生了很大的空白。由谁来接班，教团按照什么方针来运作，这些好像都还没决定。尽管这样，在追踪你这一点上，他们的见解倒是毫不动摇地一致。我们掌握的事实就这么一点。"

"不是什么温暖人心的事实。"

"对事实来说，重要的是分量和精度，温度倒在其次。"

"总之，"青豆说，"如果我被抓住，真相大白，也会给你们带来麻烦。"

"所以我们打算尽早把你送到那帮家伙无能为力的地方去。"

"我完全理解。不过请再等几天。"

"她说了，等到今年年底。所以我当然也会等。"

"谢谢。"

"倒不用谢我。"

"总而言之，"青豆说，"下次的补给品清单中，有一样东西想拜托你放进去。但有点对男士说不出口。"

"我就是一堵石墙。"Tamaru 说，"而且还是一等一的同性恋。"

"我想要试孕纸。"

沉默。随后 Tamaru 说："你认为有必要进行这样的检测。"

这不是提问，因此青豆没有问答。

"是有导致怀孕的事？"Tamaru 问。

"也不是。"

Tamaru 脑中有某种东西在飞速运转。侧耳聆听的话，可以听到那声响。

"没有导致怀孕的事，却有检测的必要。"

"对。"

"在我听来，就像是谜语啊。"

"对不起，现在我没办法解释更多。普通药店里卖的那种简单的东西就行。还有，如果有介绍女性身体和生理功能的手册就更好了。"

Tamaru 再度沉默。这是被压缩得很硬的沉默。

"看来我得再给你打电话。"他说，"不介意吗？"

"当然。"

他喉咙深处发出低低的声响，然后挂断电话。

电话十五分钟后打来。麻布老夫人的声音可是久违了。青豆觉得仿佛回到了那间暖房。那个飞舞着珍奇的蝴蝶、时间缓缓流逝的暖意怡人的空间。

"怎么样？身体好吗？"

生活很有规律，青豆答道。因为老夫人想知道，她便粗略地谈了谈每天的日课、运动和饮食。

老夫人说道："不能走出房间去，这一定非常痛苦。不过你是个意志坚强的人，我不是特别担心。相信你一定能够克服这些。我希望你尽早离开那里，转移到更安全的地方去。但如果你坚持要留在那里，我虽然不知道理由，也会尽量尊重你的意志。"

"非常感谢。"

"不，应该道谢的是我。不管怎么说，你为我做了一件了不起的工作。"短暂的沉默。然后，老夫人说，"听说你需要试孕纸，是吗？"

"月经已经晚了将近三个星期。"

"月经一直来得很规律吗？"

"十岁时开始，二十九天一次，几乎从来没有错过一天。就像月亮的圆缺一样准时。一次都没有乱过。"

"你现在所处的状况非同寻常，这种时候精神平衡和身体节奏都可能反常。月经出现停止，出现紊乱，大概都有可能吧？"

"从来没出现过这样的情况，但我明白有这种可能。"

"而且我听 Tamaru 说，你说完全没有可能导致怀孕的事。"

"我最后一次与男人发生性关系是六月中旬。以后再也没有类似的事。"

"尽管这样，你还是觉得可能怀孕了。你一定有某种根据吧，除了月经没来以外？"

"我只是感到了。"

"只是感到了？"

"我身上有这种感觉。"

"你是说，有受孕的感觉？"

青豆说："有一次，您谈起过卵子。是去看望阿翼的那个傍晚。您说女性生下来就拥有一定数量的卵子。"

"我记得。一个女人大约有四百个卵子，每个月排出一个。好像是这样的。"

"我有明确的感觉：其中的一个受孕了。感觉这种表达方式是不是准确，我没有自信。"

老夫人对此思考了片刻。"我生过两个孩子，所以多少能理解你说的感觉。但你是说，从时间上看，没有和男人发生过性关系却受孕了。这种说法仓促间实在让人难以接受。"

"对我来说也一样。"

"我问一句失礼的话：有没有可能在神志不清的情况下和人发生了性关系？"

"也没有。我一直都是神志清醒的。"

老夫人谨慎地斟词酌句："我一直都认为你是个头脑冷静、思路清晰的人。"

"至少我也想做到那样。"青豆说。

"尽管如此，你还是觉得在没有性关系的情况下受孕了。"

"我是觉得有这样的可能——说得准确点。"青豆说，"当然，胡思乱想有这种可能，也许就是件说不通的事。"

"我明白了。"老夫人说，"总之等看了结果再说。试孕纸明天派人送过去。按照补给时的一贯做法，请在同一时刻收取。为慎重起见，会多准备几种。"

"谢谢您。"青豆说。

"如果真的受孕了，你认为那是什么时候的事呢？"

"大概是那天晚上。就是我前往大仓饭店的那个风雨交加的晚上。"

老夫人短短地叹了一口气。"这你也能确定吗？"

"是的。我算过，那一天——纯属偶然——正好是我最容易受孕的日子。"

"那样的话，大概怀孕两个月了？"

"应该是。"青豆说。

"有没有妊娠反应？一般来说正是最严重的时期。"

"一点也没有。我不知道是为什么。"

老夫人花费时间，谨慎地挑选词句："检测后，万一知道是真的怀孕了，你首先会作何感想呢？"

"大概会先考虑谁是孩子生物学上的父亲吧。自然，这对我来说是有重大意义的问题。"

"不过那个人是谁，你毫无线索。"

"眼下还没有。"

"明白了。"老夫人声音和蔼地说，"总之，不管发生什么事，我永远都站在你这一边。为了保护你，我会全力以赴。这一点请你牢牢记住。"

"这个时候还弄出这种麻烦事来，我非常抱歉。"青豆说。

"哪里。根本不是什么麻烦事。这对女性来说是最重大的问题。

看到测试结果，我们再一起考虑以后怎么办吧。"老夫人说。

然后，电话静静地断了。

有人敲门。青豆正在卧室里练习瑜伽，便停下动作，侧耳倾听。敲门声坚硬而执拗。声音似曾相识。

青豆从柜子抽屉里拿出自动手枪，打开保险。拉动枪栓迅速将子弹送入枪膛。把手枪插进运动裤的后腰，蹑足走进餐厅，双手握紧金属垒球棒，从正面紧盯房门。

"高井先生。"一个粗壮嘶哑的声音说道，"高井先生，你在家吗？这里是大家的 NHK。我是来收收视费的。"

球棒手柄处裹着防滑胶带。

"我说啊，高井先生。我又得重复了——我知道你就在里面。所以，别再玩这种无聊的捉迷藏了。高井先生，你就在那儿，在听我说话。"

这家伙在重复几乎跟上次相同的话，就像播放磁带。

"我跟你说过还会再来，你以为我只是在吓唬人，是不是？不不，我一旦说了，就一定做到。而且只要有该收的费用，我就一定要收到手。高井先生，你就在那里，竖着耳朵在听。而且你在想：就这么待着不动，那个收款员马上就会死心，到别处去了。"

又是一阵猛烈的敲门。不是二十下就是二十五下。这家伙的手到底长得怎样？青豆心想。而且，他为什么不按门铃呢？

"你还在想，"收款员仿佛读出了她的思绪，说道，"这家伙手长得好结实。这么拼命敲门，难道手不疼吗？而且你还在想：这家伙为何要敲门呢？不是装着门铃，按门铃不就行了？"

青豆不由得狠狠皱起眉。

收款员继续道："不不。我可不愿按什么门铃。那东西按了以后，不过是发出'叮咚'一声罢了。不管是谁来按，声音都千篇一律，对人畜无害。可敲门就很有个性。因为是人在使用肉体敲打，自然含有活生生的感情。当然，手多少会疼。我也不是铁人28号[①]。不过没办法。这是我的职业。而且职业这东西，不管是什么都没有贵贱之别，都该受到尊重。不是吗，高井先生？"

再度响起敲门声。总共二十七次，间歇时间均等，门被猛烈敲击着。紧握金属球棒的手心渗出汗水。

"高井先生。接收信号的人必须支付 NHK 的费用，这是法律规定的。是没有办法的事。这就是这个世界的规则。请你开心地付费，好不好？我也不是心甘情愿来敲门的，高井先生你也不愿永远受这种气吧？你肯定会想，为什么只有自己一个人得受这种气。所以，你现在就开心地把收视费付了吧。这样一来，原来的平静生活就回来了。"

男人的声音在走廊里发出响亮的回声。青豆觉得这家伙在享受自己的饶舌，在享受对不付费者的嘲笑、戏弄与痛骂。从他的音调中可以感受到扭曲的喜悦。

"高井先生，你可真是个固执的人哪。佩服佩服。简直像深海海底的海螺，死活都不说话。但我知道你就在那儿。你现在正站在门后，死死盯着这儿看。紧张得腋下出汗。怎么样？我没说错吧？"

敲门声持续十三次，然后停下。青豆觉察到自己腋下在出汗。

"好吧。今天就到这里。但过两天我还要再来。我好像也有点喜欢这扇门了。门也各种各样呢。这扇门相当不错，敲上去很舒服。瞧这样子，我得定期来这里敲敲才能过瘾。那好，高井先生，过两天再见。"

随后，沉默降临。收款员似乎离去了。然而听不到脚步声。也可

[①]《铁人28号》为日本漫画大师横山光辉于1956年至1966年间创作的长篇漫画，铁人28号系作品中虚构的机器人。

能是假装走了，却仍然站在门口。青豆双手将球棒握得更紧，又等了约莫两分钟。

"我还在这里呢。"收款员开口说道，"哈哈哈，你以为我已经走了吧？不过，我还在这里。我是骗你的。对不起啦，高井先生。我就是这种人。"

传来干咳声。是矫揉造作的刺耳的干咳。

"这工作我做了很久啦。时间一长，慢慢就能看见门后的人。这不是吹牛。不少人藏在门背后，想方设法赖着不付 NHK 的收视费。我已经跟这种人打了几十年的交道。我说啊，高井先生……"

他以前所未有的猛烈气势，连敲三下门。

"我说啊，高井先生，你就像身上盖着沙躲在海底的比目鱼，可真会躲。这种做法叫拟态。不过就算你那么做，也别想逃之夭夭。肯定会有人来把这扇门打开的。真的哦。有我——大家的 NHK 资深收款员——作保证。不管你隐藏得多么巧妙，说到底拟态之类也不过是骗人的鬼把戏，什么问题也解决不了。真的哦，高井先生。我这会儿也该走了。放心吧，这下不是骗你。我真走了。不过我过两天还要来。如果有人敲门，那就是我。那好，高井先生，多保重啦。"

仍然听不见脚步声。她等了五分钟，然后走到门背后，侧耳倾听，再从猫眼向外看。走廊上不见人影。收款员好像真的撤退了。

青豆把金属球棒斜靠在厨房的吧台上。从枪膛里退出子弹，关上保险，用厚厚的紧身裤裹好，放回抽屉。然后躺在沙发上，闭上眼。那家伙的声音还在耳边回响。

不过就算你那么做，也别想逃之夭夭。肯定会有人来把这扇门打开的。真的哦。

至少这个家伙不是"先驱"的人。他们行动起来更加悄无声息，直取最短距离。绝不会站在公寓的走廊里大喊大叫，说些矫揉造作的话，无端引起对方警惕。这不是他们的做法。青豆想起了光头和马尾。若是他们，肯定会不声不响地偷偷逼近，等你发现，他们已经站在你背后了。

青豆摇头，静静地呼吸。

也许真是 NHK 收款员。但他竟然没有注意到那张表明"按月自动转账支付收视费"的标识，这很可疑。青豆确认过，那标识就贴在门边。也许是个精神有问题的人。可是这家伙口中的话，却又不可思议地极有真实感。让人觉得他似乎真的隔着门板感觉到了我的存在，似乎敏锐地嗅到了我拥有的秘密，或者是秘密的一部分。然而他没有力量打开房门闯进来。房门必须从里面打开，而无论发生什么，我都不打算打开这扇门。

不对，我无法说得如此决绝。也许有一天，我会从里面把门打开。如果天吾再次出现在儿童公园里，我恐怕会毫不犹豫地打开这扇门，朝着公园狂奔过去。不管在那里等待我的是什么。

青豆把身体埋进阳台的园艺椅，一如既往地从挡板缝隙中眺望儿童公园。榉树下的长椅上坐着一对穿校服的高中生情侣，表情无比严肃地在讨论什么。两位年轻的母亲带着还没上幼儿园的小孩在沙坑里玩耍。两人目光基本不离开孩子，却仍在热心地聊天。随处可见的午后公园的光景。青豆久久地将视线倾洒在无人的滑梯顶上。

然后青豆将手掌放在下腹，闭目侧耳，试图听取声音。那里无疑存在什么东西，活着的小东西。她心中明白。

子体，她轻轻地试着说出声来。

母体，什么东西答道。

第 9 章　天吾
趁着出口还没被堵死

四个人吃完烤肉，换了家店唱卡拉 OK，喝光了一整瓶威士忌。这场小巧却相当热闹的盛宴迎来尾声时已近十点。走出小酒吧，天吾送年轻的安达护士回家。她家附近有开往火车站的公交站点，另外两人也是假装漫不经心地如此安排。沿着无人经过的马路，两人并肩走了大约十五分钟。

"天吾君，天吾君，天吾君。"她像唱歌一般念道，"好名字啊。'天吾君'。很上口。"

安达护士肯定喝了不少酒，但她的面颊原本就红，单看脸无法判断究竟醉到了什么程度。吐字清晰，步子也平稳，看上去并无醉态，只是醉法也因人而异。

"我倒一直觉得这个名字怪怪的。"天吾说。

"一点也不怪。'天吾君'，很好听，也很好记。这个名字好极了。"

"这么说来，我还不知道你的名字呢。只听大家都喊你阿久。"

"阿久是爱称呀。真名叫安达久美。一个不起眼的名字，对不对？"

"安达久美。"天吾大声念道，"不错。简洁，没有多余的装饰。"

"谢谢你。"安达久美说，"被你这么一说，我怎么觉得好像变成'本田思域'了。"

"我这么说是在赞美你呢。"

"我知道。而且又省油。"她说，随后握住了天吾的手，"可以拉着你的手吗？这样走在一起好像开心些，也安心。"

"当然。"天吾答道。被安达久美握着手，他想起了小学教室和青豆。感觉不同，然而也有某种共通之处。

"我好像喝醉了。"安达久美说。

"真的？"

"真的。"

天吾再次瞧了瞧护士的侧脸。"看不出来醉了。"

"不会表露出来嘛，我就是这种体质。不过，自己觉得醉得很厉害。"

"是啊，你喝得太多了。"

"嗯，的确喝了很多。好久没这么喝过了。"

"偶尔也需要这样。"天吾把田村护士的话重复了一遍。

"那是当然。"安达久美说着，重重地点头，"偶尔这么来一下，对人来说也是必要的。美美地饱餐一顿，喝酒，大声唱歌，海阔天空地瞎聊。不过天吾君，你大概不会这样吧？像这样彻底地缓解精神紧张。你看上去好像永远都活得冷静沉着。"

听她一说，天吾想了想。最近这段时间，有没有这样散过心呢？想不起来。既然想不起来，大概就是没有。彻底地缓解精神紧张这一观念本身，也许就是自己欠缺的东西。

"也许不会。"天吾承认道。

"人有各种各样的。"

"有各种各样的思维方式和感受方式。"

"就像有各种各样的醉法一样。"护士说着，哧哧地笑，"但这可是必要的哟，对天吾君你来说也一样。"

"也许是吧。"天吾说。

半晌，两人一言不发，手牵着手走在夜路上。她谈吐的变化让天吾有点担心。身穿护士制服时，谈吐倒显得温文尔雅，然而换上便装，或许是酒精下肚的缘故，措辞陡然变得肆无忌惮。这种随意的口气让天吾想起某个人来。腔调和某个人相同。某个就在不久前遇到过的人。

"我说天吾君，你吸过哈希什[①]吗？"

"哈希什？"

"就是大麻树脂。"

天吾将夜间的空气吸入肺中，再吐出来。"不，我没吸过。"

"那么，你想不想试试？"安达久美说，"咱们一起吸吧。我家里就有。"

"你有哈希什？"

"嗯。怎么样？看不出来吧？"

"还真看不出来。"天吾用不着边际的声音答道。住在房总海滨小镇的双颊绯红看起来很健康的护士，居然在公寓房间偷藏着哈希什，而且还邀他一起吸！

"你是从哪儿弄来这种东西的？"天吾问。

"是高中同学上个月送我的生日礼物。说是到印度去玩，从那儿带回来的礼品。"安达久美说着，像荡秋千似的，使劲甩动着和天吾牵在一起的手。

"走私大麻万一被发现，可是重罪。日本警察对这种东西查得最

① hashish，印度大麻的叶、花、茎制成的致幻剂。.

紧。专查大麻的缉毒犬在机场拼命转悠，闻来闻去。"

"那家伙是个不拘小节的马大哈。"安达久美说，"不过总算让他蒙混过关了。哎，一起来试一试嘛。纯度高，效果也好。我查过了，从医学角度看，几乎是没有危险的。虽然不能说肯定不会上瘾，但是和香烟、酒、可卡因之类相比，要弱得多呢。司法当局声称会产生依赖性，但那根本是牵强附会。要是这么说的话，弹子游戏机要危险得多。第二天起来又不会头晕头痛，还可以让你好好缓解精神紧张呢。"

"你试过？"

"当然。可开心了。"

"开心？"天吾说。

"你试试就明白了。"安达久美说着，咻咻地笑，"哎，你知道吗，英国的维多利亚女王痛经厉害的时候，就不吃止痛剂，一直是吸食大麻。还是御医正式开的处方呢。"

"真的？"

"这可不是瞎说。书里都写着呢。"

是什么书？话已到了嘴边，可觉得麻烦就作罢了。他也不愿和维多利亚女王的痛经纠缠下去。

"过了上个月的生日，你多大了？"天吾换了个话题，问道。

"二十三。已经是大人了。"

"那当然。"天吾说。他已年届三十，却从未觉得自己是个大人，不过是在这个世界上活了三十年还多而已。

"我姐姐今天睡在男朋友那里，家里就我一个人。所以你不必客气，到我家来好了。我明天又不当班，可以慢慢来。"

天吾不知如何作答。他对这位年轻护士有自然的好感。看来她似乎也对他有好感。而且她此刻在邀请天吾到家里去。天吾仰望天空。然而整个天空覆盖着厚厚的灰色云层，看不见月亮的影子。

"上次跟女友吸哈希什的时候，"安达久美说，"那是我第一次体验，就觉得身体好像忽地一下飘到了空中。也不是太高，大概五六厘米吧。就这样，漂浮在这种高度，感觉好极了。那种感觉恰到好处。"

"那样的高度，掉下来也不至于摔痛。"

"嗯，那高度正合适，可以安心。觉得自己得到了保护，简直像被空气蛹环拥着一样。我就是子体，严严实实地包裹在空气蛹里，外边隐隐约约可以看见母体呢。"

"子体？"天吾说。声音僵硬低沉，令人吃惊。"母体？"

年轻护士嘴里哼着什么歌，使劲甩动和天吾牵在一起的手，走在杳无人迹的路上。两人的身高相差很多，但安达久美似乎毫不介意。不时有汽车从身旁驶过。

"母体和子体。是一本叫《空气蛹》的书里出现的。你不知道？"她问。

"知道。"

"看过那本书吗？"

天吾默默地点头。

"太好了。那就容易沟通了。我呢，非常非常喜欢这本书。夏天买来后，已经读过三遍了。一本书竟然让我读了三遍，这可是绝无仅有的。后来哪，第一次吸哈希什的时候我就想，怎么像钻进了空气蛹似的。自己被什么东西环拥着，在等待诞生，母体就在一旁守护着。"

"你能看见母体？"天吾问。

"嗯。我能看见母体。空气蛹从里面可以隐约看到外边，不过从外边是看不见里面的。好像就设计成了这样的结构。可是母体的长相看不清楚，只能看到模糊的轮廓。但我明白那就是我的母体。心里清清楚楚，这个人就是我的母体。"

"总之空气蛹是像子宫那样的东西？"

"也许可以这么说。当然喽，我也不记得在子宫里是什么样子，没办法准确地比较。"安达久美说着，又咪咪地笑了。

这是地方城市郊外常见的造价低廉的二层公寓。建筑似乎是新造的，但已经出现多处年久失修的痕迹。外置的楼梯吱吱作响，开门关门都很费力。一有重型卡车从前面的道路上驶过，玻璃窗便咣当咣当地抖动。墙壁一眼望去就很单薄，如果有人在家里练习低音吉他，只怕整座建筑都会变成一只大音箱。

天吾对哈希什没有什么兴趣。他有清醒的头脑。既然已生活在有两个月亮的世界里，哪里还有必要将这个世界弄得更扭曲呢？况且也没感到对安达久美有性欲。他的确对这位二十三岁的护士有好感，但好感与性欲毫不相干。至少在天吾来说是这样。所以如果母体和子体这两个词没有从她口中说出来，他大概会随意找个理由拒绝邀请，不会到她家里去。半路就乘上公交车，没有公交车的话，就喊辆出租车直接回旅馆了。说到底，这里毕竟是"猫城"，尽量避免接近危险场所为好。然而听到母体和子体这两个词，天吾便不可能拒绝她了。安达久美也许会给自己某种形式的暗示，说明青豆以少女的形态躺在空气蛹里出现在那间病房的理由。

这是一个典型的二十几岁的两姐妹居住的公寓套间。有两间小小的卧室，餐厅与厨房合而为一，紧连着小小的客厅。家具似乎是七拼八凑的，毫无统一的情趣与个性。餐厅里装饰板制的台子上，放着一盏不合时宜的蒂凡尼台灯的仿制品。碎花图案的窗帘向两边拉开，能望见窗外的农田，不知种着什么，远处黑黢黢的像是杂木林。视野开阔，无遮无拦，但从这儿看见的风景不是特别暖人肺腑。

安达久美让天吾坐在客厅里的双人椅上。这是一把外形花哨的红色情侣椅，对面摆着电视。然后，她从冰箱里拿出札幌啤酒，和杯子一起放在他面前。

"我去换件舒服点的衣服，请你等一下哦。我马上就来。"

然而她总是不回来。隔着狭窄的走廊，门后面不时传来声响。是那种滞涩的柜子抽屉忽开忽关的声响，还传来了重物倒地的声音。每一次天吾都不由自主地扭过头去。弄不好她真比看起来醉得厉害。透过薄薄的墙，从隔壁传来电视节目的声音。听不清细微的台词，但似乎是个搞笑节目，每隔十到十五秒便能听见观众的笑声。天吾后悔没有坚决拒绝她的邀约。同时内心某个角落却又觉得，自己是不可避免地被带到这里来的。

身下坐着的椅子是典型的便宜货，布面触及皮肤时隐隐作痛。形状似乎也有问题，怎样扭动身体也找不到舒适的位置，使他的心情愈加不快。天吾喝了一口啤酒，拿起桌上的电视遥控器，像观察什么宝物似的看了半天，然后按下开关打开电视。换了好几个频道，决定看NHK介绍澳大利亚铁道的旅行节目。选择这个节目，只因为比其他节目安静些。以双簧管音乐为背景，女播音员用平静的声音介绍着跨大陆铁路优雅的卧铺车。

天吾坐在不舒服的椅子上，眼睛并不热心地追逐着图像，心里想着《空气蛹》。安达久美并不知道写那部小说的其实是他。然而这都无所谓。问题在于尽管对空气蛹进行了具体细致的描写，但天吾对它的实体几乎一无所知。空气蛹到底是什么东西？母体和子体意味着什么？他在写《空气蛹》时便不明就里，如今仍莫名其妙。尽管如此，安达久美却喜欢这本书，居然读了三遍。为什么会有这样的事？

正在介绍餐车的早餐食谱时，安达久美回来了，坐到情侣椅上天吾的身旁。椅子窄小，于是两人肩并肩挤在一起。她换上了宽大的长袖T恤、浅色的布裤。T恤上印着个大大的笑脸。天吾最后一次看到这个笑脸图案，还是在七十年代初，"大疯克铁路"①那震耳欲聋的乐曲摇撼着投币式自动唱机的时代。然而T恤看上去不算旧。大概是人们仍然在哪里继续生产印着笑脸图案的T恤。

安达久美从冰箱里拿出新的罐装啤酒，响亮地拉开盖子，倒进自己的杯子，一口喝掉了三分之一。然后像一只心满意足的猫，眯起眼睛指着电视画面。列车正沿着笔直地铺设在红色山峦中的一望无际的铁轨疾驰。

"这是哪儿？"

"澳大利亚。"天吾答道。

"澳大利亚。"安达久美用仿佛在摸索记忆深处的声音说，"是在南半球的澳大利亚吗？"

"对。就是有袋鼠的澳大利亚。"

"倒是有个朋友去过澳大利亚。"安达久美用手指挠着眼角，说，"去的时候正好赶上袋鼠的交配期，到了城市里一看，到处都是袋鼠在干那事。公园里也好，马路上也好，到处都是。"

天吾觉得应该对此发表一下感想，感想却没能顺畅地涌现出来，于是用遥控器关掉了电视。房间里猛然安静下来。不知何时隔壁的电视声也听不见了。车子偶尔像忽然想起来似的驶过前面的公路，此外便是个宁静的夜晚。不过侧耳聆听，便会听到含混细微的声音从远处传来。不知那是什么，节奏非常有规律。不时停止，不久又重新传来。

"那是猫头鹰。住在附近的树林里，一到夜里就叫。"

"猫头鹰。"天吾用模糊不清的声音重复道。

安达久美歪过脑袋，搭在天吾肩上，不言不语地拿起他的手，握

---

① Grand Funk Railroad，活跃于20世纪70年代的美国摇滚乐队，1971年曾赴日演出。

住。她的头发刺激着天吾的脖颈。情侣椅依旧感觉不舒服。猫头鹰在林中似乎大有深意地继续啼叫。那声音在天吾听来像是鼓励，又像是警告，还像蕴含着鼓励的警告。有多重含义。

"哎，我是不是太主动了？"安达久美问。

天吾没有回答。"你没有男朋友吗？"

"这可是个复杂的问题。"安达久美做出复杂的表情，说，"有点意思的男孩子，一般高中毕业就到东京去了。这一带没有好学校，又没什么有意思的工作。没办法呀。"

"可是你留在了这里。"

"嗯。工资不高，工作倒很辛苦。不过我比较喜欢这里的生活。只有不好找男朋友是个问题。有机会也交交朋友，但很难碰到合适的。"

墙上的挂钟快指向十一点了。超过十一点旅馆关门，就回不去了。然而天吾却难以从那张坐着不舒服的情侣椅上起身。身体使不出力气。也许得怪椅子的形状，要不就是醉得比自以为的严重。他心不在焉地听着猫头鹰的叫声，感觉安达久美的头发痒酥酥地扎着脖颈，望着仿造的蒂凡尼台灯。

安达久美一面乐呵呵地哼着歌，一面准备哈希什。用安全剃刀像削木鱼花一样把黑色块状的大麻树脂薄薄地削下来，装进扁平的专用小型烟嘴里，带着认真的眼神擦火柴。独特的甜甜的烟雾飘散在房间里。安达久美先吸了烟嘴。大大地吸一口，让烟久久地停留在肺里，再缓缓吐出。然后用手势示意天吾依样而为。天吾接过烟嘴，照样做了一遍。让烟尽量长久地留在肺里，然后再缓缓吐出。

你一口我一口，吸了很长时间。其间两人都一言不发。隔壁的住户又打开了电视，搞笑节目的声音透过墙壁传来，比先前更大了些。

演播厅里观众开心的笑声汹涌不绝，只有在播放广告时才会停止。

交互吸了大约五分钟，什么也没有发生。周遭的世界没有显示出任何变化。颜色也好形状也好，还是原来的样子。猫头鹰继续在杂木林中啼叫不已，安达久美的头发照旧扎得脖颈丝丝微痛。双人椅坐起来还是很不舒服。时钟的秒针按照同样的速度转动。电视里的人们还在为了某人说的笑话不断纵声大笑。是那种不论怎么笑都不可能幸福的笑。

"什么都没发生。"天吾说，"说不定对我无效。"

安达久美轻轻敲了两下天吾的膝盖。"没问题的，就是得要点时间。"

果然如安达久美所言，不久有反应了。仿佛秘密的开关打开了，耳边听见丁零一声，随后天吾的大脑里有种东西黏糊糊地晃荡，那就像盛着粥的饭碗倾斜时的感觉。是脑浆在晃荡，天吾想。这对他来说是首次的体验——感觉到脑浆作为一种物质而存在，体会到它的黏度。猫头鹰深邃的声音穿过耳朵钻进来，混入那粥里，融成一片，毫无间隙。

"我身子里有只猫头鹰。"天吾说。猫头鹰现在变成了他意识的一部分，密不可分的重要部分。

"猫头鹰是森林的守护神，无所不知，它会把夜的智慧传授给我们。"安达久美说。

然而该向何处，又是如何去寻求智慧呢？猫头鹰无处不在，又处处皆无。"我想不出该提什么问题。"天吾说。

安达久美握住天吾的手。"不必提问。只要自己走进森林里就行了。这样更简单。"

从墙那边传来电视节目的笑声。还响起掌声。大概是电视台的助手在摄像机拍不到的地方，对着观众举起写有"笑"和"拍手"等指示的牌子。天吾闭上眼，想象着森林。自己走进森林。黑暗的森林深处是小小人的领地。然而那里也有猫头鹰。猫头鹰无所不知，会将夜的智慧传授给我们。

就在这时，所有的声音忽然中断了。好像有人悄悄转到背后，用塞子堵住了天吾的双耳。有人在某处盖上一个盖子，而另一个人在别处打开一个盖子。出口与入口调换了。

回过神来，天吾在小学教室里。

窗户大开，孩子们的声音从操场飞进来。仿佛想起来了似的，风儿吹拂，白色的窗帘随之飘舞。身旁是青豆，紧握着他的手。一如既往的风景——然而又有所不同。映入眼帘的一切都鲜明得几乎辨认不出了，鲜明得要冒泡。物体的姿态、形状，连细微之处都历历在目，清晰可见伸手可及。而初冬午后的气味大胆地直刺鼻孔，仿佛此前一直覆盖其上的罩子被猛然掀开一般。是真正的气味。是心静之后一个季节的气味。和黑板擦的气味、清扫用的清洗剂的气味、校园一角的焚烧炉燃烧落叶的气味混为一体，密不可分。将这气味深深地吸入肺里，便会生出感觉，仿佛心灵被拓展得既广又深。身体的结构在无声无息之中被重新改编，心跳不再单单是心跳了。

在极短的一瞬间，时间的门扉向着内侧推开。古老的光与簇新的光合而为一。古老的空气与簇新的空气合而为一。就是这光和这空气！天吾心想。这一来，一切都迎刃而解了。差不多是一切。这气味为什么一直没有想起来呢？分明是如此简单的事情。分明是如此真实不变的世界。

"我好想见你。"天吾对青豆说。这声音遥远，生涩。然而不容置疑是天吾的声音。

"我也好想见你。"少女说。这又像安达久美的声音。现实与想象的边界消失了。他试图看清边界时，饭碗便倾斜了，脑浆黏糊糊地晃荡。

天吾说："我应该早一点开始寻找你，但我没做到。"

"现在开始也不晚。你能找到我。"少女说。

"怎么做才能找到你呢？"

没有回答。回答无法转化为语言。

"但是我能找到你。"天吾说。

少女说："因为你被我发现了呀。"

"你发现了我？"

"快找到我。"少女说，"趁着还有时间。"

白色的窗帘仿佛奔逃不及的亡灵，无声地飘然飞舞。这是天吾最后看见的光景。

醒过来，天吾躺在狭窄的床上。灯光熄灭，街灯的光芒从窗帘的缝隙中射进来，幽幽地照着房间。他穿着 T 恤和平角短裤。安达久美只穿了一件带笑脸图案的长袖 T 恤。下摆很长的 T 恤下面，她没穿内衣。柔软的乳房抵着他的手臂。天吾的脑子里，猫头鹰还在继续啼鸣。现在，连杂木林也在他的身体里。他把夜晚的杂木林一起收纳进了体内。

虽然和这位年轻护士一起躺在床上，天吾却没有感觉到性欲。安达久美看上去似乎也没有感觉。她伸手搂着天吾，只管哧哧地笑。是什么东西那么可笑，天吾不得而知。说不定是有人在某处举起了一块写着"笑"的牌子。

现在究竟几点了？抬脸想看看时钟，但哪里都没有。安达久美忽然不笑了，用双臂搂住天吾的脖子。

"我重获新生了。"安达久美那温暖的气息吹到了耳廓上。

"你重获新生了。"天吾说。

"因为我死过一次。"

"你死过一次。"天吾重复道。

"在下着冷雨的夜里。"她说。

"你为什么死呢？"

"是为了这样重获新生。"

"你重获新生。"天吾说。

"或多或少。"她非常平静地低语，"以种种形式。"

天吾想了一会儿这句话。或多或少以种种形式重获新生，这究竟是怎么回事？他的脑浆黏黏地很沉重，仿佛原始的大海漫溢着生命的萌芽。然而这不会将他引往任何地方。

"空气蛹是从哪里来的？"

"错误的提问。"安达久美说着呵呵笑起来。

她缠在了天吾身上。天吾的大腿能感觉到她的阴毛。丰茂而浓密的阴毛。她的阴毛仿佛是思维的一部分。

"重生需要什么？"天吾问。

"关于重生，最重要的问题，"娇小的护士像抖搂秘密似的说，"就是人不能为了自己重生，只能为了别人。"

"这就是或多或少以种种形式的意思啰。"

"天一亮，天吾君你就得离开这里。趁着出口还没被堵死。"

"天一亮，我就得离开这里。"天吾重复着护士的话。

她再次在天吾的大腿上摩挲丰茂的阴毛，就像打算在那里留下什么印记。"空气蛹不是从某个地方来的东西。无论等多久，它也不会来。"

"你知道这个。"

"因为我死过一次。"她说，"死很痛苦。比天吾君你预想的要痛苦得多。而且无比孤独。孤独得让人佩服：原来人竟然能如此孤独。

这一点你最好记住。不过啊天吾君，归根到底，不死一次就不会重生。"

"不死去就不会重生。"天吾确认道。

"不过，人是一边活着一边逼近死亡的。"

"一边活着一边逼近死亡。"天吾不解其意，只管重复。

白色窗帘仍旧在风中飘舞。教室的空气里混杂着黑板擦和清洗剂的气味。焚烧落叶的烟味。有人在练习竖笛。少女紧紧地握着他的手。下半身感觉到甜蜜的疼痛。然而没有勃起。它的到来还在以后。还在以后这句话，与他相约了永远。永远是一根一直延伸下去的长棍。饭碗再度倾斜，脑浆黏糊糊地晃荡。

醒来时，天吾半天没想起自己身在何处。在脑中整理昨夜的经历花了不少时间。清晨的阳光从碎花窗帘的缝隙中炫目地照进来，清晨的鸟儿在热闹地啼鸣。狭小的床上，他以非常窘迫的姿势睡着。居然能以这种姿势睡一夜。身边有个女人。她脸颊贴着枕头，酣眠未醒。头发宛如被朝露濡湿的精神的夏草，斜披在脸颊上。是安达久美，天吾想。刚迎来二十三岁生日的年轻护士。他的手表掉落在床边的地板上。指针指着七点二十分。早晨七点二十分。

天吾留神不惊醒护士，悄悄地爬下床，透过窗帘缝隙向外望去。看见外边是卷心菜地。黑土上，卷心菜排成队，规规矩矩地蹲在那里。后边是杂木林。天吾想起了猫头鹰的叫声。昨夜猫头鹰就是在那里叫的。夜的智慧。天吾和护士听着那叫声，吸着哈希什。大腿上还残留着她阴毛那硬硬的触感。

天吾走到厨房，捧着自来水喝了几口。喉咙干渴，喝再多都不足以解渴。然而除此之外没有特别的变化。头不痛，身体不觉得倦怠，意识也清醒。只是身体里有一种通风过于良好的感觉。仿佛变成了专家仔细清扫后的管道设备。就这样穿着 T 恤和平角短裤走到洗手间，解了长长的小便。映在陌生镜子里的脸，看上去不像自己的。头发乱蓬蓬地翘着，胡须也该剃了。

回到卧室里收拾衣服。他脱下的衣服和安达久美脱下的混在一起，胡乱扔在地板上。想不起来是什么时候脱的，又是怎样脱的。找到左右两只袜子，蹬上蓝牛仔裤，穿上衬衫。其间踩到一只硕大的廉价戒指。他捡起来搁在床头柜上。套上圆领毛衣，拿起防风外套。确认钱包和钥匙都在口袋里。护士把被子一直拉到耳边，睡得正熟，连鼾声都听不到。该不该喊醒她？别的先不说，尽管大概什么也没干，毕竟一起睡了一夜，连声招呼都不打就悄然离去似乎有违礼节。然而她睡得如此香甜，还说过今天不当班。而且，将她喊醒后，两人又该做什么好呢？

他发现电话机前有纸和圆珠笔，便写道："昨晚谢谢你。很开心。我回旅馆去。天吾。"还写上了时间。将纸片放在床头柜上，把刚才捡起来的戒指当作镇纸压在上面。然后蹬上穿旧了的运动鞋，走了出去。

沿着马路走了一会儿，有一个公交站，等了大概五分钟，来了一辆开往火车站的车。他和喧闹的男女高中生们一起坐上去，直至终点。天吾满脸胡子地在上午八点后才回来，旅馆里的人却什么也没说。对他们而言，这似乎不是什么怪事。二话不说，麻利地为他准备好了早餐。

天吾吃着热乎乎的早饭，喝着茶，回忆着昨夜发生的事。三位护士邀他去吃烤肉，再去附近的小酒吧唱卡拉 OK。去了安达久美的家，听着猫头鹰的叫声吸印度产的哈希什。感觉脑浆好像暖而黏的粥。回过神时，人在冬天的小学教室里，嗅着那空气的气味，和青豆交谈。然后跟安达久美在床上谈论了死与重生。有错误的提问，有多义的回答。杂木林中猫头鹰啼鸣不已，人们看着电视节目笑声不绝。

记忆处处跳跃，缺失了几个连接的部分。然而那些没有缺失的部分却能无比鲜明地回忆起来。能逐一追溯口中说出的话。安达久美最后说的话，天吾记忆犹新。那是忠告，又是警告。

"天一亮，天吾君你就得离开这里。趁着出口还没被堵死。"

也许该回去了。为了再次见到空气蛹里十岁的青豆，请假来到这个小镇。而且将近两周每天赶往疗养院，为父亲朗读。然而空气蛹没有出现。不过，就在几乎要死心的时候，安达久美却为他准备了另一种形态的幻象。天吾得以在其中再次和身为少女的青豆相遇，说了话。青豆说，赶快找到我，趁着还有时间。不对，也许其实是安达久美说的。无法分辨，不过是谁都行。安达久美死过一次又重生，不是为了自己，而是为了某个人。天吾决定姑且相信在那里听到的话。这十分重要。恐怕。

这里是猫城。有些东西只有在这里才能得到。就是为此，他才换了好几趟火车赶来。然而在这里获得的东西都伴随着风险。如果相信安达久美的暗示，则是那种致命的风险。拇指刺痛时就会知道，有某种不祥之物朝着这里袭来。

该回东京了。趁着出口还没被堵死，趁着列车还会在这里停车。然而在那之前必须到疗养院去一次。需要和父亲告别。还有必须加以确认的事情。

第10章　牛河
搜集确凿的证据

牛河跑了一趟市川。他感觉仿佛出远门一般，而其实一过河进入千叶县就到了市川市，从东京过去用不了多少时间。在火车站前坐上出租车，说了小学的地址。抵达那所小学时刚过一点。午休结束，下午的课已经开始。从音乐教室传来合唱声。校园里在上体育课，比赛足球，孩子们高声喊叫，追着球飞奔。

关于小学，牛河没有美好的回忆。他不擅长体育，尤其是球类运动。个子矮，跑步慢，眼睛还散光，加上天生没有运动神经，体育课简直是噩梦。但各科的成绩都优秀。脑子原本就不笨，又喜欢学习（所以二十五岁就通过了司法考试）。然而周围从来没人喜欢他，也没人对他表示敬意。当然长相也有问题。从小时候起脸就大，眼神又毒，脑袋长得奇形怪状。厚厚的嘴唇两端下垂，仿佛马上就有口水从嘴角淌下来（只是仿佛而已，实际上并没有淌过）。头发鬈曲蓬乱。绝非能让人产生好感的相貌。

小学时代，他极少开口说话。他也明白情况紧急时，自己其实能言善辩。然而没有足以无话不谈的朋友，也没得到过在人前畅所欲言的机会，因此总是缄口不言。并且将细心聆听别人说话——不论那是什么话——养成了习惯，留意从中得到点什么。这最终成了对他有利的工具。他因此发现了许多宝贵的事实。其中之一便是世上的人大半不会用自己的脑袋思考。而且越是不思考的人，越不愿倾听别人说话。

总之对牛河来说，小学时代并非足以时时回味的人生片断。甚至一想到接下来要去拜访小学便郁闷不已。尽管有埼玉县与千叶县的差异，但小学这东西全国各地都差不多。相同的外观，相同的运作原理。但牛河仍然特地拜访了这所市川市的小学。此事十分重要，无法委托他人代劳。他给小学办公室打电话，约好了一点半在那里和相关负责人见面。

副校长是个娇小的女子，看上去四十五六岁。身材纤细，五官端正，穿着也整洁得体。副校长？牛河颇觉奇怪。这个说法他从未听说过。[①]然而他小学毕业已是许久以前的事，许多东西肯定都改变了。看来她和形形色色的人打过交道，见到牛河这样不寻常的容貌，也没有表现出特别的惊讶。也可能只是礼貌周全。她把牛河让进整洁的接待室，请他坐下，自己也在对面的椅子上落座，嫣然一笑。似乎在询问：接下去咱们要谈论什么有趣的话题呢？

她让牛河想起了小学时的一位同班女生。人长得漂亮，成绩好，为人热情，很有责任感。家境很好，弹得一手好钢琴。深得老师喜爱。牛河上课时经常偷看那个女孩，主要是背影。不过一次也没和她说过话。

"听说您在对本校的毕业生进行调查？"副校长问道。

"对不起，没来得及自我介绍。"牛河说着递上名片。和递给天吾

---

①日本中小学从前不设副校长一职，居此职位的教师称为"教头"。

的名片一样，上面印着"财团法人 新日本学艺振兴会 专任理事"的头衔。牛河对这位女子说了一通当初说给天吾听的瞎话。贵校毕业生川奈天吾作为作家，成了本财团资助金的有力候选人，正在对他进行例行审查云云。

"这可是大好事啊。"副校长笑容满面地说，"对本校来说也是非常光荣的。如果有什么我们能做到的，一定尽力而为。"

"我们想，如果可能的话，打算听川奈先生当时的老师亲自谈谈他的情况。"牛河说。

"让我来查一查。毕竟是二十年前的事了，说不定已经退休了。"

"多谢。"牛河说。"如果可能的话，还有一件事想麻烦您查查。"

"什么事？"

"和川奈先生同一个年级，应该有一位叫青豆雅美的女生。川奈先生和青豆小姐有没有同过班，能不能也帮忙查查？"

副校长稍稍露出惊讶的神情。"这位青豆小姐，和川奈同学这次的资助金问题有什么关系吗？"

"啊不，倒不是这个意思。川奈先生的作品中写到一个人物，很像是以青豆小姐为原型的，我们只是感到在这一点上有几个问题需要澄清。并不是很复杂的事，只是形式上的问题。"

"是这样。"副校长端正的嘴角微微上挑，"只不过，想必您也明白，有些涉及个人隐私的信息，我们是不能提供给您的，比如说学业成绩、家庭环境之类。"

"这个我明白。我们只是想了解一下她和川奈先生是否同过班。另外，如果是的话，要是能把当时的班主任老师的姓名和联系方式告诉我们，就太感谢了。"

"明白了。这种程度的信息大概没问题吧。是姓青豆吗？"

"对。青色的青豆子的豆。比较少见的姓。"

牛河在笔记本上写下"青豆雅美"四个字，交给副校长。她接过纸片看了几秒钟，插进了桌上文件夹的小袋里。

"请您在这里稍等片刻。我去查查事务记录。可以公开的信息，我会让他们复印给您。"

"在您百忙之中，还如此占用您的时间，实在抱歉。"牛河谢道。

副校长走出房间，喇叭裙翩跹地翻飞着。姿势优美，步态优美，发型也优雅。上年纪的方式给人良好的感觉。牛河调整坐姿，读着带来的文库本打发时间。

十五分钟后副校长回来了。她胸前抱着茶色的事务信封。

"川奈同学当时好像是个非常优秀的孩子。成绩始终名列前茅，还作为运动员取得了骄人的成绩。尤其擅长算术，或者说数学，念小学时就能解答高中数学题了。数学竞赛得过第一名，报纸还把他宣传成神童呢。"

"真了不起。"牛河说。

副校长说："可是真奇怪，当时著名的数学神童，长大后却在文学世界里崭露头角。"

"丰沛的才能就像丰沛的水流，恐怕能在各种各样的地方找到出口吧。他现在一面当数学老师，一面写小说。"

"怪不得。"副校长将双眉弯成美丽的弧度，说，"相比之下，没找到更多关于青豆雅美同学的资料。她在五年级时转学了。据说被东京都足立区的亲戚收养，转到那边的小学去了。她和川奈天吾同学在三年级和四年级时是同班。"

不出所料，牛河暗忖。他们两人果然有关联。

"当时的班主任是一位姓太田的女老师。太田俊江。现在在习志野市的市立小学供职。"

"和那个学校联系的话，也许能见到她吧。"

"我已经联系过了。"副校长微微一笑，"她说，如果是这样，她很高兴和牛河先生见面。"

"这可太感谢了。"牛河道了谢。她不但容貌美丽，工作起来也干脆利落。

副校长在名片背面写上那位老师的姓名和她供职的津田沼那所小学的电话，递给牛河。牛河珍重地收藏在皮夹里。

"听说青豆小姐有宗教背景。"牛河说，"对于这一点，我们稍有点担心。"

副校长眉间现出阴翳，眼角聚起细小的皱纹。只有长期格外注重自我训练的中年女子，才会有这种具有微妙含义的知性而迷人的皱纹。

"对不起，这是我们无法在此讨论的问题之一。"她说。

"是涉及个人隐私的问题吧？"牛河问。

"没错。尤其是关于宗教的问题。"

"不过，如果见到太田老师，我也许能询问这方面的情况吧？"

副校长纤细的下颌微微向左倾斜，嘴角浮出意味深长的笑。"太田老师站在个人角度谈论此事，我们没必要介入。"

牛河站起身，礼貌地向副校长致谢。副校长将装有文件的事务信封递给他。"可以给您的资料都复印在这里了。是有关川奈天吾同学的资料。青豆同学的资料也有一点。希望能对您有用。"

"真是帮了大忙。劳您如此费心，真是感谢不尽。"

"那资助金的事，假如有了什么结果，请通知我们一声。对本校来说，这也是荣誉。"

"我相信一定会有好结果的。"牛河说，"我们见过几次面，他是一位富有才华、前途无量的青年。"

在市川火车站前，牛河走进餐馆简单地吃了午饭，边吃边拿出信封里的资料看。是天吾和青豆简单的在校记录。天吾因学习用功和体育活动而受表彰的记录也在其中。的确是个不寻常的优秀学生。对他来说，学校大概从来就不是噩梦吧。还有某次数学竞赛获得第一名的剪报复印件。天吾少年时代的照片也登在上面，尽管由于太旧而不够鲜明。

吃完午饭，给津田沼的小学打了个电话，和那位叫太田俊江的教师通了话，约定四点在那所小学会面。她说，这个时间能从容地交谈。

虽说是工作，可一天内竟然要连跑两所小学！牛河叹了一口气。只是想一想，便觉得心情沉重。但到目前为止，特地亲自前往毕竟有收获，明确了天吾和青豆在小学时代曾有两年是同班同学。这可是重大进展。

天吾帮助深田绘里子赋予了《空气蛹》文艺作品的形式，使之成为畅销书。青豆则在大仓饭店的客房内，神不知鬼不觉地刺杀了深田绘里子的父亲深田保。两人仿佛都是出于打击教团"先驱"这个共同目的，分别采取行动，其间可能存在关联。一般人恐怕都会认为有关联。

然而，这件事最好暂时不告诉"先驱"两人组。牛河不喜欢把情报零碎地传递出去。他欣赏的做法是贪婪地搜集情报，细密地查实周边情况，待如山的铁证到手，再挑明"其实是这么回事"。还做律师的时候，他就有这种略带戏剧色彩的癖好，一直到现在。放低姿态引诱对方掉以轻心，待事情接近尾声，再忽然抖出坚如磐石的事实，令形势逆转。

在乘火车前往津田沼的途中，牛河在脑中尝试着构建几种假设。

天吾和青豆也许是男女关系。虽说不至于从十岁开始便是恋人，却令人想到小学毕业后在某处重逢，渐渐亲密交往的可能。然后两人出于某种还不清楚的原因，同心协力试图摧毁"先驱"。这是一种假设。

　　然而据牛河所见，天吾并没有和青豆交往的迹象。他和年长十岁的有夫之妇保持着定期的肉体关系。按照天吾的性格，如果他和青豆结合得如此之深，就肯定不会习惯性地和其他女人保持性关系。他不是做事如此圆滑的人。牛河以前曾连续两周调查天吾的行为模式。每周三天在补习学校教书，其余时间大多一个人闭门不出，大概是在写小说。除了有时去买菜、散步，从不外出。单纯而朴素的生活。明白易懂，找不到费解之处。先不论原因为何，牛河怎么也无法认为天吾会参与和杀人有关的阴谋。

　　其实从个人角度来说，牛河对天吾颇有好感。天吾是个朴实无华、性格率直的青年。自立心强，不依赖别人。像体格高大的人常有的那样，多少有不够灵巧的倾向，但毫不小气和圆滑。是那种一旦决定便勇往直前的类型。要当律师或从事证券交易的话，只怕别指望会有出息，马上就会遭人暗算，在关键之处栽跟头。但当数学教师或小说家的话，肯定能混得不错。不善交际也不善言辞，却能赢得某种女人的心。一句话，是个在性格上与牛河对比鲜明的人物。

　　相比之下，对青豆这个人，牛河似乎一无所知。他知道的仅仅是她出生于"证人会"·狂热信徒之家，刚懂事就被带去传教，诸如此类而已。小学五年级抛弃信仰，被住在足立区的亲戚收养。大概是再也无法忍受了吧。幸运的是，她天生体力极好，从初中到高中一直是垒球部的主力选手，吸引了人们的注目。拜其所赐，获得奖学金进了体育大学。这些事实牛河基本掌握。然而她是何种性格，有何种思维习惯，有哪些优点和缺点，过着怎样的私生活，他全然不知。他拿到手的，不过是一串履历书式的事实。

　　然而将青豆和天吾的履历在脑中交叠，他发现存在几个共同点。

首先，他们的童年时代肯定都不太幸福。青豆为了传教被迫跟着母亲东奔西走，挨家挨户按门铃。"证人会"的孩子们都被迫这么做。而天吾的父亲是 NHK 的收款员，这工作也得挨家挨户奔走。他是否也像"证人会"的母亲们一样，带着儿子去收款？说不定会带。如果自己是天吾的父亲，一定会这么做。带上孩子，收款业绩会上升，还不必支付临时保姆的费用。一举两得。然而对天吾来说，这肯定不是快乐的体验。说不定两个孩子在市川街头相遇过呢。

而且天吾也好青豆也好，从懂事起便开始努力，分别获得体育奖学金，试着尽量远离父母。事实上两人都是优秀的体育选手。本来就拥有天赋吧。但同时他们都有非优秀不可的理由。对他们来说，作为体育选手被人们认可、留下优异成绩，几乎是自立的唯一手段，是保存自我的宝贵票据。和普通的少男少女想法不同，直面世界的姿态也不一样。

想起来，牛河的情况也很相似。从他的情况来看，因为家境富裕而没有赢取奖学金的必要，也从来不曾缺过零花钱。然而为了考进一流大学，为了通过司法考试，他却不得不拼死拼活地学习。和天吾与青豆一样，没有时间像其他同学那样悠闲自在地玩。抛开一切现世的享乐——其实就算刻意追求也无法轻易得到——一心一意地学习。在自卑感与优越感的夹缝中，他的精神剧烈动摇。说来我不就像没能邂逅索尼娅的拉斯科尔尼科夫[1]吗？他曾经常常这么想。

好了，别再多想自己的事了。现在想得再多也于事无补。还是回到天吾和青豆的事情上去。

如果天吾和青豆在二十岁之后的某个时间点偶然相遇，交谈之余

---

[1]拉斯科尔尼科夫和索尼娅是俄国作家陀思妥耶夫斯基（1821-1881）的长篇小说《罪与罚》的男女主人公。

得知彼此间有这么多共同点，一定会惊诧不已。肯定有很多话要倾诉。这时两人也许会从异性角度强烈地相互吸引。牛河能清晰地想象出这样的情景。宿命的邂逅。终极的罗曼史。

这样的邂逅是否真的实现了？罗曼史是否真的诞生了？牛河当然不知道。但假设两人相遇了似乎更合情合理。所以两人才会联手攻击"先驱"。天吾用笔，而青豆大概是用特殊技术，分别从不同方面发起进攻。然而牛河觉得难以接受这个假设。推论虽然合乎情理，却稍欠说服力。

假如天吾与青豆结下了如此深厚的关系，表面上不可能毫不流露。宿命的邂逅势必产生宿命的结果，那不可能逃过牛河那双敏锐的眼睛。青豆也许能巧加掩饰，那个天吾君却绝无可能。

牛河基本是个靠构建逻辑为生的男人，没有实证便无法前进。但与此同时，他也信任自己的直觉。对这个认定天吾和青豆是合谋者的脚本，他的直觉却在摇头否定。轻轻地，然而执拗地。只怕两人的存在还没有映入彼此的眼帘呢。两人同时与"先驱"发生纠葛，很可能只是偶然的巧合。

就算这一假设是难以置信的巧合，却比合谋说更让牛河的直觉认可。两人出于不同的动机、不同的目的，从不同的侧面，纯属偶然地同时开始摇撼"先驱"的存在。两条源头不同的故事线索齐头并进。

然而如此随意的假设，"先驱"那帮家伙会老老实实地接受吗？只怕很难，牛河想。他们肯定不由分说地直扑合谋说。要知道这是一群天生喜欢阴谋的家伙。在递交第一手的情报之前，必须充分掌握更确凿的证据。否则反而会误导他们，甚至会危害牛河自己。

在从市川开往津田沼的火车中，牛河一直在思考这些问题。大概是在不知不觉中忽而皱脸忽而叹气忽而瞪眼了吧，坐在对面的小学女生面露奇怪的表情，盯着牛河。他为了掩饰尴尬，满脸堆笑地用手掌揉搓奇形怪状的秃头。然而这个动作好像更吓坏了小女孩，她在快到西船桥时急忙起身，匆匆地走了。

在放学后的教室里和那位叫太田俊江的女教师谈了话。她大约五十五岁开外，外表和市川那位干练的小学副校长恰好形成鲜明的对比。矮而胖，从背后望去步态奇特，像甲壳类动物。戴着小巧的金属框眼镜，眉间宽而平，能看到那里生出了细细的汗毛。一身毛料套装微微散发着防虫剂的气味，看不出是何时做的，总之让人觉得一做好大概就过时了。颜色是粉红色，却是那种似乎掺了杂色的奇怪的粉红。大概她原想追求高雅稳重的色调，却事与愿违，那粉红便重甸甸地坠在了胆怯、隐忍和灰心中。结果，从领口探出头的崭新的白衬衣，看上去便像守夜时混进灵堂来的举止轻浮的吊客。混杂着白丝的头发上，扣着让人觉得明显是临时凑合的塑料发卡。手脚丰腴，粗短的手指上一个戒指也没戴。脖颈上刻有三条鲜明的皱纹，好像人生的刻痕。也许是三个愿望得以实现后的标志。但大概不是吧，牛河在心中推测。

她从小学三年级起担任川奈天吾的班主任，直至毕业。按规矩每过两年就要将班级打乱重新编排，可她却碰巧与天吾一起待了四年。而担任青豆的班主任只有三年级和四年级这两年。

"川奈同学的情况，我记得非常清楚。"她说。

与老实的外貌相比，她的声音惊人地清晰而年轻。那是能穿透喧闹的教室每个角落的声音。职业造人啊，牛河感叹道。她肯定是个优秀的教师。

"川奈同学在所有方面都是优秀的学生。我连续二十五年多，在好几所小学教过不计其数的学生，但像他那样天赋出众的再也没见过第二个。无论做什么都出类拔萃。人品又好，还有领导才能。那时我觉得，他进入任何领域都能成就非凡。念小学时最突出的是数学能力，不过假如他走上文学道路，我也绝不会惊奇。"

"他父亲好像是做 NHK 收款工作的吧？"

"对。"老师答道。

"听他本人说，父亲待他相当严格。"牛河说。这完全是信口胡诌。

"没错。"她毫不迟疑地答道，"那是位非常严格的父亲，为自己的工作感到自豪。这当然很了不起，不过对天吾君来说，这一点好像成了负担。"

牛河巧妙地串起一个个话题，从她口中掏出了详尽的解答。让对方尽可能地畅所欲言是他的拿手好戏。她谈到了天吾不愿每个周末被迫陪父亲去收款，在五年级时离家出走。"说是离家出走，其实更像被赶出家门。"老师说。天吾果然得跟着父亲去收款，牛河想。而且这对少年时代的天吾来说是不小的精神负担。一如所料。

女教师让走投无路的天吾在自己家里住了一晚。她为这位少年铺好床，还做了早餐。第二天傍晚去找天吾的父亲，费尽口舌说服了他。她仿佛在叙述自己人生中最辉煌的一幕，讲述了当时的情形。她还谈起了偶然在音乐会上遇到上高中的天吾，谈到他是何等高超地演奏定音鼓。

"雅纳切克的《小交响曲》。这曲子可不简单，而天吾君直到几个星期前还摸都没摸过那种乐器。可是作为速成的定音鼓手站在舞台上，他却圆满地完成了使命。完全是奇迹啊。"

这位女子是打心底喜欢天吾，牛河感叹道。几乎是无条件地怀有好感。被人这样深沉地爱着，究竟是怎样一种感觉呢？

"您还记得青豆雅美小姐吗？"牛河问。

"青豆同学我也记得清清楚楚。"女教师答道。然而那声音却与谈论天吾时不同，感觉不到喜悦。声调一下子降低了大约两度。

"这个姓很少见呢。"牛河说。

"嗯，这个姓相当少见。不过我清楚地记得她，并不只是因为她的姓。"

短暂的沉默。

"听说她们一家是'证人会'的虔诚信徒。"牛河试探道。

"这话能不能请您就在这儿听听，不外传？"女教师问道。

"请您放心。我绝对不会外传。"

她点点头。"市川市有一个很大的'证人会'支部。所以我教过好几个'证人会'的孩子。从教师的角度来看，他们分别有微妙的问题，每次都得特别注意。不过，像青豆同学的父母那样虔诚热心的信徒极其少见。"

"这么说，他们是绝不妥协的人？"

女教师似乎要唤起记忆，轻轻地咬了咬嘴唇。"对。他们对待原则非常严谨，还要求孩子们也同样严谨。为了这个原因，青豆同学在班级里不得不被孤立了。"

"这么说，青豆小姐在某种意义上是特殊的存在？"

"是特殊的存在。"教师承认道，"当然，责任不在孩子身上。假如要追究责任，那应该是支配人心的不宽容。"

女教师谈起了青豆。其他孩子大多无视青豆的存在，尽量把她当作不存在的人。她是另类，是宣扬古怪的原则、给大家带来麻烦的人。这是班里一致的看法。为此，青豆尽量让自己的存在感变得稀薄，以保护自己。

"我也尽了最大的努力。可是孩子们的团结超乎想象，而青豆同学也几乎把自己变成了幽灵一样的存在。如果是现在，可以委托专门的心理辅导员。可当时没有这种制度。我又太年轻，单是把一个班级照顾好就已经竭尽全力。也许我这么说听上去只是辩解。"

她的意思，牛河也能理解。小学教师的工作很繁重。孩子之间发生的事，在某种程度上只能听任孩子们自己解决。

"信仰的虔诚与不宽容，往往互为表里。这是我们力所不及的事。"牛河说。

"您说得对。"她答道，"不过，在不同的层面上，肯定还有我力所能及的地方。我好几次打算找青豆同学谈谈，可她几乎一句话也不说。她是个意志坚定的人，一旦决定就会坚持到底。头脑非常聪明，理解力超群，学习积极性也高。但是她严格地管束与抑制自己，不让这些表现出来。不引人注目恐怕是她保护自己的唯一手段。如果把她放进普通的环境，大概也会成为出类拔萃的好学生。现在想起来，我仍然觉得非常遗憾。"

"您和她的父母谈过话吗？"

女教师点点头。"谈过好几次。她父母常常到学校抗议，声称宗教信仰受到了迫害。当时我请求他们协助，能不能将原则稍稍改变那么一点，好让青豆同学能略微融入班级？可是没有用处。对她父母来说，严格遵奉信仰的原则比什么都重要。对于他们来说，幸福就是能进入天堂乐园，而现世的生活不过是虚幻的假象。其实，这只是成人世界的诡辩，对正处于发育期的孩子来说，在班级里受到无视遭到排斥是多么痛苦，这会给心灵留下多么致命的创伤！遗憾的是我没能获得他们的理解。"

牛河告诉她，青豆在大学和公司里都是垒球部的核心选手，曾大显身手，如今是高级体育俱乐部出色的教练。准确地说是到不久前为止她曾大显身手，但不必如此严谨。

"那太好了。"老师说。她的面颊泛出淡淡的红色。"顺利地长大成人，生活自立，身体健康。听到这些，我也安心了。"

"不过，我想冒昧地请教一件事。"牛河浮出纯真的笑容，问道，"念小学时，川奈先生和青豆小姐在个人关系上，有没有可能比较密切？”

女教师交缠着两手的手指，思考片刻。“也许有这种可能。不过我没有当场看到过，也没听说这样的流言。只有一件事我敢肯定，很难想象那个班里有哪个孩子会和青豆关系密切，不管是谁。天吾君说不定向青豆同学伸出了援助之手，因为他是个心地善良责任感很强的孩子。但就算有过这种情况，青豆同学怕也不会轻易敞开心扉。就像紧贴在岩石上的牡蛎不会轻易张开壳一样。”

女教师沉默了一会儿，然后补充道：“我实在遗憾只能这么说。但当时的我束手无策。刚才和您说过，那时我没有经验，又能力不足。”

“您的意思是说，假如川奈先生和青豆小姐关系亲密，一定会在班里引起很大反响，不会传不到您的耳朵里，是吗？”

女教师点点头。“不论哪一方，都存在不宽容。”

牛河道谢：“能亲聆教言，获益匪浅。”

“青豆同学的事情，不会给这次的资助金带来不利就好。”她担心地说，“班里发生这样的问题，责任完全在于我这个班主任。不能怪天吾君，也不能怪青豆同学。”

牛河摇摇头。“您无须担心。我不过是在查证作品背后的相关事实。您也知道，一旦牵涉宗教，问题总是比较复杂。川奈先生才华横溢，用不了多久肯定会名扬天下。”

听到这句话，女教师满意地笑了。小小的瞳孔中，某种东西反射着阳光，仿佛远山峰顶的冰川，晶莹闪烁。她是回忆起了少年时代的天吾，牛河暗想。已经是二十年前的往事了，可是她一定感到就像发生在昨天。

在校门口等开往津田沼车站的巴士时，牛河想起了小学时代的老师们。他们会记得自己吗？就算还记得，回忆他时，老师们的瞳孔中也不会浮出亲切的光芒。

查明的情况，和牛河假设的大致相近。天吾是班上最优秀的学生，又很有威望。而青豆孤立无助，被全班同学无视。境遇相差太远，因此天吾和青豆几乎没有亲密交往的可能性。而且青豆在五年级时迁出市川市，转去了别的小学。两人的联系从此断绝。

要在小学时代的两人之间寻找同类项，就只有都得违心地顺从父母这一点。虽然一个是传教一个是收款，目的截然不同，但他们都被迫跟随父母奔波街头。在班上的处境完全不同，然而两人恐怕同样孤独，同样强烈地追求着什么。追求能无条件地接受自己、拥抱自己的什么。牛河可以想象他们的心情。在某种意义上，这也是牛河自己怀有的心情。

好了，牛河想。他坐在从津田沼开往东京的快车上，抱着胳膊。好了，我接下去该怎么办呢？在天吾和青豆之间发现了几点联系。非常有趣的关联。遗憾的是，眼下这些还不能具体地证明什么。

我面前耸立着高大的石壁，上面有三扇门，必须从中选择一扇。每扇门上都挂着名牌，一个是"天吾"，一个是"青豆"，还有一个是"麻布老夫人"。青豆是名副其实地像轻烟一般，消失得无影无踪，连一个脚印也没留下。而麻布的"柳宅"戒备森严，简直像银行的保险库。那边也是束手无策。如此一来，剩下的门就只有一扇了。

看来，接下去一段日子得紧盯天吾君了，牛河想。没有别的选择。真是排除法的绝妙标本啊。简直想做成漂亮的小册子发给路人。请注意了，先生们女士们，这就是所谓的排除法！

天生的好青年，天吾君。数学家兼小说家。柔道冠军兼小学女教师的爱徒。暂且只能以这个人物为突破口，来解开这一团乱麻。一团无以复加的乱麻。越是百般思考，越是百思不解。他觉得自己的脑浆仿佛是过了保质期的豆腐做成的。

　　天吾君自己又如何呢？他的眼睛是否看清了事物的全貌？不，只怕没有看清吧。在牛河看来，天吾是一错再错反复尝试，在兜来兜去地绕弯子。只怕他也对种种事情不知所措，在脑子里构建形形色色的假设。话虽如此，天吾毕竟是个天生的数学家，熟知如何收集一片片小块完成拼图。而且作为当事人，他手中肯定有比我多得多的小块。

　　暂且监视几天川奈天吾的动向。他大概会把我引向某个地方。碰巧的话，说不定那就是青豆的潜伏处。像印头鱼一样死死地粘在什么东西上不松手，也是牛河的拿手好戏之一。一旦下定决心，谁也别想把他甩掉。

　　这么决定后，牛河合上眼睛，关闭了思考的开关。睡一会儿。今天竟然在千叶县连跑了两家无聊的小学，见了两个中年女教师。美丽的副校长和走路像螃蟹的女教师。需要休息神经。不久，他那奇形怪状的大脑袋随着火车的振动开始缓缓上下摆动，就像杂耍节目中像人那样大的口吐不吉神签的玩偶。

　　火车不空，可是没有一个客人打算坐在牛河的邻座。

第 11 章　青豆
既蛮不讲理，又缺乏善心

星期二早晨，青豆给 Tamaru 写留言。告诉他自称 NHK 收款员的家伙又来了。这个收款员固执地敲门，高声地不断非难和嘲弄青豆（或者说住在这里的叫高井的人）。其中显然可见过于不自然的地方。也许需要认真防范。

青豆将这页纸装进信封，放在厨房的台子上。信封上写了 T 的缩写。它会通过运送补给品的人们送到 Tamaru 手中。

下午一点钟之前，青豆躲进卧室里，锁上门，爬上床接着读普鲁斯特。一点整，门铃响了一声。稍隔片刻，有人用钥匙开门，补给团队进来了。他们照老样子麻利地补充冰箱，收集垃圾，检查橱柜里的杂货。大概十五分钟完成规定作业，走出房间关上门，从外面锁上门锁。然后作为暗号又按一次门铃。老一套，和平日一样。

为慎重起见，等到时钟的指针指向一点半，青豆才走出卧室来到厨房。给 Tamaru 的信不见了，台子上留下一只印有药店名称的纸袋，以及 Tamaru 准备的厚厚一本《女性身体百科》。纸袋里装着三种市面上销售的试孕纸。她打开盒子，逐一阅读说明书，进行比较。内容全部相同。月经晚了一个星期，就可以测试。精确度达百分之九十五，不过假如结果出现阳性，亦即表示怀孕时，请尽早接受专门医生诊断。不要仅靠本品的检测结果简单地下结论。检测结果不过是告诉你"可能怀孕"而已。

用法很简单。用清洁的容器取尿，将纸片浸入其中，或是将尿液直接滴在短棒上，然后静等几分钟。颜色如果变蓝，就是怀孕了。不变就没有怀孕。或是小圆窗出现两条线就是怀孕，一条线就没有怀孕。细微的步骤尽管有所不同，原理却完全一样。即检测尿液中有无人体绒毛膜促性腺激素，来判断是否怀孕。

人体绒毛膜促性腺激素？青豆狠狠地皱起眉。作为女人活了三十多年，这个名字却闻所未闻。难道我就是被这种莫名其妙的东西刺激着性腺活到今天的？

青豆翻开《女性身体百科》。

"人体绒毛膜促性腺激素在妊娠初期分泌，帮助维持黄体。"书中写道，"黄体分泌孕酮和雌激素，维持子宫内膜，防止月经。这样，子宫内慢慢形成胎盘。经过七周至九周，胎盘一旦形成，黄体的使命便告完成，之后人体绒毛膜促性腺激素的使命也告终结。"

就是说，它是在从着床起的第七至第九周之间分泌的。从时期来看有点微妙，但总算还来得及。有一点可以肯定，如出现阳性结果，便无疑是怀孕了。阴性的情况则不能急着下结论。也可能是分泌期已经结束。

感觉不到尿意。从冰箱中取出矿泉水瓶子，用玻璃杯喝了两杯。然而尿意仍不来造访。反正不必着急。她将验孕的事忘掉，躺在沙发上集中心思读普鲁斯特。

三点过后，感觉到有尿意。拿了个适当的容器取尿，将纸片浸在里面。能看见纸片慢慢变色，最后成了鲜艳的蓝色。可以用作汽车涂料的雅致色调。蓝色的小型敞篷车，和棕黄的敞篷很相配。乘着这种车迎着初夏的风沿海滨公路疾驰，心情一定很舒畅。然而在市中心的公寓卫生间里，在秋色愈发深浓的午后，蓝色告诉她的却是怀孕的事实——或者说是精确度为百分之九十五的暗示。青豆站在卫生间的镜子前，呆呆地凝视着变成蓝色的细长纸片。然而无论凝视多久，颜色也不会改变。

为慎重起见，用别的试孕纸再试一遍。这次的说明书上写着"请直接将尿液滴在短棒前端"。但大概暂时尿不出来，便浸在容器中的尿液里。刚采集的新鲜尿样，滴也好浸也好，应该不会有太大差异。结果相同。塑料圆窗里清晰地显现出两条竖线。它也告诉青豆"有已经怀孕的可能"。

青豆将容器中的尿液倒进马桶，按下手柄冲水。将变色的试纸用面巾纸包好扔进垃圾筒，在洗澡间洗净容器。然后走到厨房，又用玻璃杯喝了两杯水。明天，等过了一天，再用第三种试纸试一下。三，是个干净利落的数字。一个好球！两个好球！屏住气等待最后一个球。

青豆烧开水，泡好滚热的红茶，坐在沙发上继续读普鲁斯特。碟子里放上五片奶酪饼干，边喝红茶边啃。宁静的下午。最适合读书。但眼睛追逐着铅字，那里写的内容却进不了大脑。一个地方得反复阅读许多遍。无奈地闭上眼睛，她正开着放下了车篷的蓝色敞篷车，沿着海滨公路疾驰。散发着潮水气息的微风吹拂着头发。沿路的路标上画着两条竖线。它告诉人们"注意，有已经怀孕的可能"。

青豆长叹一声，把书扔在沙发上。

其实她也明白，不必再试第三种试纸。哪怕测试一百回，都只能得到相同的结果。白费时间而已。我的人体绒毛膜促性腺激素，大概会对我的子宫采取始终如一的态度。它们支持着黄体，阻止月经的到来，逐渐形成胎盘。我怀孕了。人体绒毛膜促性腺激素明白这一点，我也明白。我可以精确地在下腹部感觉到它的存在。现在还很小，不过像个记号。但很快就会得到胎盘，越长越大。从我身上汲取养分，在昏暗沉重的羊水中徐缓但决不停顿地扎实成长下去。

这是第一次怀孕。她生性严谨，只相信亲眼所见的东西。做爱时，一定要亲眼确认对方带了安全套。即使酩酊大醉，也从不疏漏这一步。就像她对麻布老夫人说过的，从十岁迎来初潮开始，月经从未中断过一次。即使日期出现紊乱，也从不会超过两天。痛经也很轻微。不过是连续几天出血而已。甚至从未觉得妨碍过运动。

初潮的到来，是在小学教室里握过天吾的手几个月之后。她觉得这两件事之间存在确凿的关联。或许是天吾的手的触感摇撼了她的身体。她告诉母亲初潮的到来，母亲露出厌恶的神情，似乎在嫌弃又添了一个无谓的麻烦。来得有点太早啊，母亲说。但青豆听了并不介意。这是她自己的问题，不是母亲的也不是其他人的问题。是她一个人迈进了崭新的世界。

而如今，青豆怀孕了。

她想起了卵子。为我准备的四百个卵子中的一个（恰好是编号在正中间的那个）实实在在地受精了。大概就是在那个雷雨大作的九月之夜。那时我在黑暗的屋子里杀了一个男人。用锐利的针尖从脖颈朝着脑下部扎了进去。然而那个男人与她以前杀的几个家伙截然不同。他预知了自己即将被杀害，而且主动求死。我归根到底，是将他所求的给了他。不是作为惩罚，毋宁说是作为慈悲。作为交换，他给了青豆她所要的。这是在黑暗深处的交易。这天夜里受孕悄然完成。我对此了然于心。

我用这只手夺取了一个男人的性命，几乎同时又孕育了一个生命。这难道也是交易的一部分吗？

青豆闭上眼睛，停止思考。当脑中空无一物时，便会有东西无声无息地流入。于是在不知不觉中念起祈祷文来。

　　我们在天上的尊主，愿人都尊你的名为圣，愿你的国降临。愿你恕我们的罪。愿你为我们谦卑的进步赐福。阿门。

为什么在这种时候，祈祷文会脱口而出呢？天国也好乐园也好尊主也好，这种东西我分明不相信呀。尽管如此，这些句子却铭刻在脑中。三四岁时，那时连意思都未能理解，就被迫记住了整个祈祷文。只要背错一个字，立刻被戒尺狠狠打手背。平时眼睛看不到，一旦遇上什么，它就会浮上表面，如同秘密的文身一般。

如果我告诉母亲，说自己没有性行为却怀孕了，母亲会说什么？说不定会认为是对信仰的重大亵渎。要知道这可是处女怀胎！当然青豆已经不再是处女，可尽管如此……也许母亲会对这种事置之不理，甚至听也不愿意听。因为我是很久以前就从她的世界脱离的废物。

不妨试试别的想法，青豆想。不再给无法说明的事物强加说明，暂且将谜团依旧当作谜团，从另一个侧面观察这个现象。

我是把这次怀孕当作好事，当作值得欢迎的事呢，还是把它视为坏事，视为不正当的事？

百般思索终无结论。我此刻还处于惊愕阶段。不知所措，心乱如麻，有些部分甚至四分五裂。而且理所当然，未能顺利理解自己直面的新事态。但同时，她又不能看不到自己正满怀积极的兴趣，在守望着那小小的热源。青豆期待弄清那是什么，看清正在萌生的东西将去向何方。当然，有不安也有怯惧。那也许是超越了她想象的东西，也许是从内部贪婪地噬咬她的敌对的异物。几种否定性的可能浮上脑际。

尽管如此，健康的好奇心还是俘获了她。接着，一个念头猛地浮上青豆的脑海，宛如黑暗中忽然射入一缕光芒。

在腹中的，也许是天吾的孩子。

青豆轻轻皱起眉，思考了一番这种可能性。为什么我非得怀上天吾的孩子不可呢？

可不可以这样想？在那个纷纭扰攘乱象丛生的夜晚，某种作用力影响了这个世界，于是天吾将他的精液送进了我的子宫。虽然原理不明，但穿过雷鸣和大雨、黑暗和杀人的间隙，产生了一条特别的通道。那恐怕转瞬即逝，而我们有效地利用了它。我的身体捕捉住这个机会，贪婪地接受了天吾，并且受孕了。我不知是第二〇一号还是第二〇二号卵子，捕获了他几百万只精虫中的一只。一只和它的所有者一样健康、聪明又率直的精虫。

异想天开的奇谈怪论。在情理上完全说不通。即使费尽口舌解释，世界上恐怕也没有一个人会信以为真。然而我已怀孕的事实本身就不合情理。况且再怎么说，这里毕竟是 1Q84 年。一个发生什么都不足为奇的世界。

万一这真是天吾的孩子呢？ 青豆想。

在首都高速公路三号线的临时避难处，那天早上我没有扣动扳机。我本来是一心赴死，才赶到那里将枪口塞进了嘴里。死，我一点也不害怕。因为我是为了拯救天吾而赴死的。然而有某种力量作用于我，我决定不死了。在遥远的地方，一个声音在呼唤我的名字。难道不是我怀孕的缘故吗？不是某种东西在告知我这个生命的诞生吗？

于是，青豆想起了在梦中给赤裸的自己披上风衣的那位优雅的中年女子。她从银色奔驰跑车走下，把又轻又软的淡黄色风衣给了我。她是知道的。知道我怀孕了。于是在人们粗暴的视线、寒冷的狂风以及其他种种邪恶面前，温柔地保护了我。

那是善的标记。

青豆放松面部肌肉，让表情恢复原状。有人在守望着我，保护着我，青豆想。哪怕是在这1Q84年的世界里，我也毫不孤独。大概。

青豆端着冷了的红茶来到窗前，走上阳台，留神不让别人从外面看见，将身体埋进园艺椅，从挡板的缝隙间眺望儿童公园。心中打算考虑天吾的事。然而不知何故，今天怎么也无法好好地想天吾。她脑海里浮现的是中野亚由美的面庞。亚由美开朗地微笑着。那是非常自然、没有城府的微笑。两人在饭店里隔桌相对，喝着葡萄酒。她们都有点醉了，上等勃艮第混入她们的血液中，温柔地循环在体内，将周围的世界染成淡淡的葡萄色。

"不过呀，青豆。"亚由美用手指摩挲着葡萄酒杯，说，"这个世界啊，既蛮不讲理，又相当缺乏善心。"

"或许是这样。但也没关系。这种世界反正转眼间就会完蛋。"青豆说，"然后天国就会降临。"

"等不及了。"亚由美说。

我那时候怎么会说到天国呢？青豆觉得奇怪。怎么会忽然提到自己根本不相信的天国呢？那之后不久，亚由美就死了。

说这话时，我大概在脑中描绘着和"证人会"信徒信仰的形式不同的"天国"。那大概是更为私人的天国。正因如此，这个词才自然地脱口而出。可是，我相信的是怎样的天国呢？我认为在世界毁灭后降临的，将是怎样的天国呢？

她轻轻地将手贴在肚子上，然后注意地听。只是再怎么认真听，也听不见任何东西。

总之，中野亚由美从这个世界掉落了。在涩谷的宾馆中被人用又硬又冷的手铐铐住双手，用腰带勒住脖子杀害了（据青豆所知，还未抓获凶手）。进行司法解剖，再重新缝合，运往火葬场付之一炬。在这个世界上，中野亚由美这个人已经不复存在。她的血与肉都消失了。她只存在于文件与记忆的世界里。

不对，也许不是这样。说不定她还健康地活在1984年的世界里。一面嘟嘟囔囔地抱怨不许她佩枪，一面照样朝违章停车的汽车雨刷下塞小条。去东京的各家高中巡回讲座，向女生们传授避孕方法。同学们，不戴安全套，就不能插入！

青豆想见亚由美。沿着首都高速公路的避难阶梯向上爬，返回原先存在的那个1984年的世界，说不定会遇到她。在那里，亚由美依旧健康地活着，我也没有被"先驱"那群家伙追杀。说不定我们会去那家乃木坂的小餐厅，喝着勃艮第葡萄酒。或者——

沿着首都高速公路的避难阶梯向上爬？

青豆仿佛倒带一般，逆向回溯着思绪。为什么之前我居然没有这么做呢？我打算再次从高速公路的避难阶梯走下去，却没有找到入口。本该在埃索广告牌对面的阶梯消失了。不过，逆向的话没准能成功。不是顺着阶梯下来而是上去。再次钻进高速公路下面的那个材料堆放场，从那里逆向爬上三号线。沿着通道往回走。这也许才是现在我该做的事。

这样一想，青豆恨不得立刻跑出门直奔三轩茶屋，这样试一下。也许能成功，也许不能。但是值得一试。身穿同样的套装，足蹬同样的高跟鞋，沿着那座布满蜘蛛网的阶梯往上爬。

然而她抑制住了冲动。

不，不行，不能这么做。我就是来到了这1Q84年，才见到天吾的，也许还怀上了他的孩子。不管发生什么，我都必须在这个新世界里再见天吾一次，必须和他见面。至少在此之前我不能离开这个世界。

不管会发生什么。

第二天下午，Tamaru 打来电话。

"首先是 NHK 收款员的事。"Tamaru 说，"我打电话和 NHK 的营业所确认过了。负责高圆寺这片地区的收款员说，不记得敲过三○三室的门。他已经看清楚，门口贴着表示从银行转账支付收视费的标识。他说不会明明看到有门铃，却偏要用手敲门。那样只会手疼。而且那个收款员出现在你那里的当天，他正在其他地区收费。听他说话的样子，不像是在说谎。这个人已经工作了十五年，是个有名的温厚而且有耐心的人。"

"这么说……"青豆说。

"这么说，到你那里去的，很可能不是真正的收款员。看来是有人假冒 NHK 收款员来敲你的门。那个接电话的人也对此表示担心。如果出现了冒牌收款员，对 NHK 来说也是棘手的事。负责人表示想直接面谈，了解详细情况。当然被我拒绝了。反正我们也没有直接损失，更不想把事情闹大。"

"那个男人会不会是精神病？要不就是追踪我的人？"

"追踪你的人大概不会干这种事。起不到任何作用，反而还会引起你的警惕。"

"可要是精神病的话，为什么专拣这间屋子的门敲呢？不是还有好多房门吗？我一直小心翼翼，不让光线透到外边，也不弄出大的响声。始终拉着窗帘，从不在外边晒衣服。可这个家伙却专拣这间屋子敲门。我躲在这里，这家伙是知道的，或者说声称知道，而且拼命想弄开这扇门。"

"你觉得这家伙还会再来吗？"

"不知道。不过，如果他真想逼我开门，恐怕还会再来，直到我

151

开门为止。"

"这事让你心绪不宁。"

"没有心绪不宁。"青豆说,"只是不喜欢。"

"我当然也不喜欢。很不喜欢。可是,就算这个冒牌收款员又来了,我们也不能向 NHK 或警察求助。哪怕我接到电话立即出发,等赶到你那边,只怕这家伙也早就跑掉了。"

"我想我一个人能对付得了。"青豆说,"不管他怎么挑衅,我只要不开门不就行了。"

"对方大概会不择手段,百般挑衅。"

"大概会。"青豆说。

Tamaru 简短地清了清喉咙,改变了话题:"检查用药送到了吧?"

"是阳性。"青豆简洁地说。

"就是说中奖了?"

"没错。试了两种,结果相同。"

沉默。像还未镌刻文字的石版一样的沉默。

"没有怀疑的余地了吗?"Tamaru 问。

"我一开始就知道结果。检测不过是证实一下。"

Tamaru 用指腹抚摸了一会儿那块沉默的石版。

"现在我不得不问个坦率的问题。"他说,"打算就这么生下来呢,还是处理掉?"

"我不处理。"

"就是打算生了?"

"顺利的话,预产期是明年六月到七月。"

Tamaru 在脑中进行单纯的数字计算。"那样的话,我们必须改变几项预定计划。"

"我觉得很抱歉。"

"不必道歉。"Tamaru 说，"不管是在什么情况下，所有女性都有生育孩子的权利。这项权利必须优厚地保护。"

"好像人权宣言。"青豆说。

"我再问一遍，孩子的父亲是谁，你毫无线索？"

"六月以来，我没和任何人发生过性关系。"

"那么，就像是处女怀胎？"

"说这种话，也许要触怒宗教人士。"

"不管怎样，只要做了不寻常的事，总会触怒某些人。"Tamaru 说，"但既然怀孕，就有必要尽早接受专科医生的检查。不能躲在那个屋子里度过妊娠期。"

青豆叹息道："让我在这里待到今年年底。我不给你们添麻烦。"

Tamaru 沉默片刻，然后开口说："你可以在那里待到今年年底，这是以前说好的。不过到了明年，必须立刻转移到更安全、更容易接受医治的地方去。这个你能谅解吧？"

"我明白。"青豆说。然而她没有信心。如果见不到天吾，我会愿意离开这里吗？

"我曾经让女人怀过孕。"Tamaru 说。

青豆惊奇得说不出话来。"你？可你是……"

"说得没错，我是同性恋，不折不扣的同性恋。从前是，现在还是，恐怕今后也一直都是。"

"可你让女人怀了孕。"

"谁都会犯错。"Tamaru 说道，然而语气中全无幽默的感觉，"细节我就省略不提了，那是我年轻时干的蠢事。总之只有那一次，砰的一声，命中靶心了。"

"她后来怎样了？"

"不知道。"Tamaru 回答。

153

"不知道？"

"我只知道她怀孕六个月，后来的事就不知道了。"

"到了六个月，就不可能堕胎了。"

"我也这么理解。"

"孩子生下来的可能性很高。"青豆说。

"大概是。"

"假如孩子生下来了，你想不想见见？"

"没有太大兴趣。"Tamaru毫不踌躇地答道，"我从来没有尝试过那种活法。你怎么样？想见自己的孩子吗？"

青豆略一沉吟。"我是个从小被父母抛弃的人，无法想象自己养育孩子是怎么回事。因为我没有一个正确的榜样。"

"尽管这样，你仍然打算把这个孩子送到世界上。送到这个充满了矛盾和暴力的世界上。"

"我是在追求爱。"青豆说，"但不是自己与孩子之间的爱。我还没有到达那个阶段。"

"不过孩子和你那个爱息息相关。"

"恐怕是。以某种方式。"

"可是，如果这种想法错误，如果无论以怎样的方式，孩子和你追求的爱都没有关系，孩子只怕会受到伤害。就像你我一样。"

"有这种可能。但我觉得不会那样。凭直觉。"

"对于直觉，我深表敬意。"Tamaru说，"然而自我一旦诞生在这个世界上，便只能作为伦理的承担者生存下去。这个你牢牢记住为好。"

"这话是谁说的？"

"维特根斯坦。"

"我会记住的。"青豆说，"假如你的孩子生下来了，今年多大？"

Tamaru 在脑中计算。"十七岁。"

"十七岁。"青豆想象着作为伦理承担者的十七岁少年或少女。

"这件事我会向上面汇报。"Tamaru 说，"她很想直接和你通话。但我说过许多遍了，出于警卫上的理由，我不太欢迎这么做。虽然采取了最大限度的技术对策，可电话仍是个相当危险的通讯手段。"

"我明白。"

"但她非常关注此事的结果，深深为你担心。"

"这我也明白。非常感激。"

"信任她、听从她的忠告，大概是明智的选择。她是个很有智慧的人。"

"当然。"青豆答道。

但除此之外，我还必须打磨自己的意志，保护自己。麻布的老夫人的确是个很有智慧的人，还拥有巨大的现实力量。但她也有无法了解的事。1Q84 年是以何种原理运作的，她大概不会知道。连天上浮着两个月亮的事，她肯定也没有察觉。

挂断电话后，青豆躺在沙发上，睡了半个小时。短暂但深沉的睡眠。虽然做梦，却是像空无一物的空间一样的梦。在那空间里，她思考。她在那雪白的本子里，用看不见的墨水写文章。醒来时，她——尽管是朦胧地——获得了异常明确的意象。我大概会把这个孩子生下来。小小的生命会安然降临这个世界。根据 Tamaru 的定义，是作为伦理不可避免的承担者降临的。

她把手掌贴在下腹，侧耳聆听。还什么也听不到。现在。

第 12 章　天吾
世界的规则开始松弛

吃完早饭，天吾在浴室里冲了澡。洗头，在洗脸间刮了胡须。换上洗净晾干的衣服。然后出门，在车站小卖店买份早报，走进近旁的咖啡馆喝杯热热的黑咖啡。

报上没有看到让人瞩目的事件。至少通过这天的报纸来看，世界是个相当无聊乏味的所在。分明是今天的报纸，却觉得好像在重读一周前的报纸一般。天吾叠好报，看看手表。此时是九点半，而疗养院的探病时间从十点开始。

回程的准备很简单。行李原本就不多。换洗衣物，洗漱用具，几本书，一叠稿纸，仅此而已。一只帆布挎包就能解决。他把包挎在肩头，付了旅馆的账，从站前乘巴士前往疗养院。现在已是初冬，几乎没人一大早就往海边赶。在疗养院前的车站下车的人也只有他一个。

在疗养院正门，他像往常一样在会客登记簿上填写时间和名字。问询处坐着个偶尔一见的年轻护士，手和腿异样地细长，嘴角浮着微笑，看上去像在森林里引路的善良的蜘蛛。平时大多是戴眼镜的中年护士田村坐在那里，今天上午却不见她的身影。天吾松了口气。他正害怕昨夜送安达久美回家，会被她不冷不热地揶揄两句。将头发盘在头顶用圆珠笔别住的大村护士也不见踪影。她们也许不留痕迹地被地面吸下去了，就像《麦克白》里出现的那三个女巫。

当然不可能有这种事。安达久美今天不当班，可另两人都说了今天照常上班。大概只是在别的地方工作吧。

天吾爬上楼梯，走到二楼父亲的房间。轻轻敲了两下，推开门。父亲躺在床上熟睡着，卧姿与平常相同。手臂上扎着点滴管，尿道里插着导尿管，从昨天起毫无变化。窗户关闭，拉着窗帘。屋子里的空气沉甸甸地淤滞不流。药品、花瓶里的花、病人呼出的气息、排泄物，以及生命活动发出的种种气味，难辨难分地混为一体。纵然生命气力衰弱，纵然意识丧失已久，代谢的原理却不会发生改变。父亲仍然处于巨大分水岭的这一侧，而所谓活着，换言之就是散发出形形色色的气味。

天吾走进病房后做的第一件事，便是径直走到窗前拉开窗帘，将窗户大大地打开。一个心旷神怡的早晨。得换换空气。外面的空气虽然有些凉，却还没到冷的程度。阳光射进屋里，海风摇曳着窗帘。一只海鸥乘着风，双腿端正地拢着，在防风松林上空滑翔。成群的麻雀零零散散地停落在电线上，如同改写音符般不断变换位置。一只喙很大的乌鸦落在水银灯上，小心翼翼地环顾四周，心中盘算着接下去该做什么。几缕云飘在高远的天空，由于太高太远，望上去仿佛是和人类活动无关的抽象的考察。

天吾背朝病人，望了片刻那样的风景。有生命的东西，无生命的东西；动的东西，不动的东西。窗外所见的，是一如既往毫无变化的光景，没有任何新奇之处。世界不得不前进，所以姑且前进了一些。仿佛廉价的时钟，只是平安完成了赋予它的使命。天吾则只是为了将与父亲的正面交锋拖后一些，漫无目的地眺望着风景。当然，这种情形不可能永远持续。

天吾终于下定决心，坐到床边的铁管椅上。父亲仰卧着，面朝天花板，双目紧闭。一直盖到颈部的被子十分整齐。眼窝深陷，似乎拆除了什么部件，眼窝再也支撑不住眼球，整个儿塌陷了下去。即使睁开眼睛，那里呈现的肯定也是从洞穴深处仰望世界的光景。

"爸爸。"天吾喊他。

父亲不答。吹进屋里的风忽然停息，窗帘垂下，像在工作中途偶然想起了重要事情的人。过了一会儿，风似乎重新振作起来，又开始缓缓吹拂。

"我马上要回东京了。"天吾说，"不能一直待在这里。工作上也没法继续请假了。虽然不算什么像样的生活，但我毕竟也有自己的生活。"

父亲面颊上隐约长出了胡须，大约是两到三天的分量。护士用电动剃须刀帮他刮去，但不是每天都刮。胡须半黑半白。他还只有六十四岁，看上去却远为衰老。仿佛有人不小心错按了快进按钮，将这个人的人生胶片转过了头，把未来的部分放映了出来。

"我待在这里的时候，你到底没有睁开眼睛。不过听医生说，你的体力没怎么衰退，令人惊异地保持着跟原来差不多的健康状态。"

天吾顿了一顿，等待着说的话渗入对方心里。

"不知道你有没有听见我的声音。就算声音震动了你的鼓膜，那后面的线路可能也断了。或是我的话传到了你的意识中，你却无法做出反应。其中的情况我不了解。不过到现在为止，我一直是假设你能听见，才对着你说话和朗读。不这么假设，我和你说话就没有意义。而不和你说话，我待在这里也没有意义了。还有，我没办法解释清楚，但好像有一点类似反应的东西。我的意思是说，哪怕不是全部，至少要点已经送到你那里了。"

没有反应。

"接下去我要说的话也许愚不可及。但我马上就要回东京了，也不知道什么时候才能再来，所以要把脑袋里想的东西都说出来。要是觉得荒唐，你就不客气地笑出声好了。当然，我是说假如你能笑出声的话。"

天吾长叹一声，观察父亲的脸。仍然没有反应。

"你的肉体昏睡在这里，意识和感觉都已经丧失，只是靠着生命维持装置机械地活着。活死人，医生们这么说。只是他们用了更委婉的表达。但大概在医学上就是这么回事吧。不过，这会不会仅仅是一种假象？或许你的意识没有真的丧失？会不会是你把身体留在这里昏睡，而把灵魂转移到别的地方继续活着？我一直有这种感觉，总觉得·'像是这样'。"
··· ·

沉默。

"我知道这是奇怪的想象。这种话说给谁听，都会认为是无稽之谈。但我不能不这么想象。你大概已经对这个世界失去了兴趣。失望，沮丧，丧失了所有的兴致。所以放弃了现实的肉体，转移到不同的地方，去过不同的生活。恐怕是在自己内部的世界里。"

更加沉默。

"我请假来到这个小镇，住在旅馆里，每天到这里来看你，跟你说话，马上就要两个星期了。但我这么做，目的并不单单是来探望你、照顾你。我还想弄清自己是从怎样的地方生下来的，想弄清自己的血是和怎样的地方相连。不过现在这种事已经无关紧要了。不管是跟什么地方一脉相连，还是跟什么地方全无关系，我就是我。而且你就是身为我父亲的那个人。这样不也很好吗？我不知道这能不能叫和解。
·········
或许是我跟自己和解了。没准就是这么回事。"

天吾深呼吸，降低了音调。

"夏天，你神志还清醒。意识虽然已经变得混浊，但还在作为意识发挥功能。那时就在这个房间里，我和一个女孩重逢了。你被送到检查室之后，她来到了这里。那大概是她的分身之类吧。这次我在这个小镇待这么长时间，是想着也许能再遇见她。我来的真正原因就是这个。"

天吾长叹一声，手掌在膝盖上合拢。

"但是她没有出现。把她运到这里来的，是一种叫空气蛹的东西，那是装着她的容器。解释起来话就长了。空气蛹是个想象的产物，是虚构的，但现在它已经不再是虚构的东西了。到哪里为止是现实世界，从哪里开始是想象的产物，界线变得模糊不清。天上浮着两个月亮。这也是从虚构的世界带过来的。"

天吾望着父亲的脸。他能跟得上我的话吗？

"顺着这个思路推下去的话，就算你把意识从肉体剥离，转移到别的世界，在那里自由自在地行动，也不算奇怪。说起来，在我们的周围，世界的规则开始松弛。像刚才说的，我有一点奇妙的感应：你会不会真的在这么做？比如说到我在高圆寺的家去敲门。你心里明白吧？自称 NHK 收款员拼命敲门，在走廊里大嚷大叫，高声恫吓。就像从前我们在市川收款时常干的那样。"

他觉得屋里的气压似乎发生了一点变化。窗户大开，却没有堪称声音的东西传进来，只有麻雀像忽然想起来一般偶尔叫两声。

"东京我的家里，现在住着一个女孩。并不是恋人，而是因为一些情况暂时躲在我家避难。她在电话里告诉我，几天前来过一个 NHK 的收款员，那人一面敲门一面说了些什么、干了些什么。这和爸爸你从前的做法惊人地相似。她听到的说辞，和我记得的一模一样。那是我尽量想忘得一干二净的话。我想，那个收款员会不会就是你。是我弄错了吗？"

天吾沉默了大概三十秒。然而父亲连一根睫毛都没动。

"我只有一个要求：请你不要再去敲门了。我家里没有电视。而且我们一起去收收视费的日子早在许久以前就结束了。这是我们说好的，当着老师的面——尽管我想不起她的名字了，是我的班主任，戴眼镜的小个子女老师。这件事你还记得吧？所以请你不要再敲门了。不只是我家，不管是谁家，请你都不要再敲了。你已经不再是 NHK 的收款员，没有权利再做这种事吓唬别人。"

天吾从椅子上站起来，走到窗前眺望风景。一个身穿厚毛衣拄着拐杖的老人从防风林前走过。大概是在散步。白发，高个子，身姿端正，然而步态蹒跚。望上去仿佛忘却了怎样走路，在一边努力回忆一边一步步往前迈。天吾看了一会儿这情景。老人耗费很长时间穿过庭院，转过楼房拐角，消失了，好像直到最后也没想起来怎样走路。天吾扭头望着父亲。

"我不是在责备你。你有权利让意识到愿意去的地方去，那是你的人生，是你的意识。有些事情，你认为是正确的，大概就会付诸行动。也许我没有权利一一插嘴干涉。不过你已经不是 NHK 的收款员了，所以不能再冒充。这样做，对你没有任何帮助。"

天吾在窗台上坐下，在狭小病房的空间中寻找话语。

"我不了解你的人生是什么样子，不了解其中有怎样的喜怒哀乐。不过就算有不能让你满足的地方，你也不应该跑到别人家门口寻求满足。哪怕那里是你最习惯的地方，那样做是你最拿手的事。"

天吾默默地凝望父亲的脸。

"请你不要再敲别人家的门了。我对爸爸你只有这么一个要求。现在我得走了。我每天来到这里，对着昏迷不醒的你说话，读书给你听。而且我们至少在某些地方达成了和解。这是实际发生在这个现实世界的事。也许不能让你满足，不过你最好还是再次回到这里。因为这里才是你的归属之地。"

天吾拿起挎包，挎在肩头。"我走了。"

父亲一言不发，身体纹丝不动，双眼紧闭。一如平素。然而似乎有正在思索的迹象。天吾屏气凝神，专注地观察那迹象。他觉得父亲也许会猛然睁开眼睛，抬起身来。然而，没有发生这样的事。

像蜘蛛那样手腿细长的护士还坐在问询处，胸前挂个写着"玉木"的塑料名牌。

"我现在回东京。"天吾对玉木护士说。

"您在这里期间，您父亲没能苏醒过来，真是遗憾。"她像安慰似的说，"不过您陪了这么长时间，他一定很高兴。"

天吾想不出该怎样回答才好。"请你代我问候其他几位护士。给你们添麻烦了。"

他最终连戴眼镜的田村护士也没见到。也没见到将圆珠笔插在头发里、乳房硕大的大村护士。有点寂寞。她们是优秀的护士，对天吾也很亲切。然而不见面也许更好。因为他毕竟是试图孤身一人逃离猫城。

列车驶出千仓站时，他想起了在安达久美家里度过的一夜。回想起来，那其实就是昨夜。花哨的蒂凡尼台灯和坐着不舒服的情侣椅，从隔壁传来的电视搞笑节目，杂木林中猫头鹰的叫声，哈希什的烟雾，笑脸图案T恤，紧贴着腿的浓密阴毛。这些连一天都没有过去，却像是非常遥远的往事了。意识的远近感难以把握。如同摇摆不定的天平，这件事的核心最后也没能在一处稳定下来。

天吾陡然感到一阵不安，环视四周。这是真正的现实吗？会不会是我跑到另一个现实里来了？他向身旁的乘客打听，确认这是开往馆山的列车。不要紧，没弄错。在馆山可以换乘开往东京的特快。他正在逃离猫城。

　　换乘列车，在座位上坐定后，睡意像期待已久似的袭来。像一脚踏空，坠入无底深渊一般的深沉睡眠。眼睑自然地合上，下一瞬间意识便消失无踪。醒来时，列车已驶过幕张。车里不怎么热，腋下和背后却出了一层汗，口中生出讨厌的气味。在父亲的病房里吸入的那种混浊空气般的气味。他从口袋里拿出口香糖，放进嘴里。

　　天吾想，大概再也不会去那个小镇了。至少在父亲在世期间。当然，能以百分之百的自信断言的事，这个世界上一件也没有。然而在那个海滨小镇，自己已经没有能做的事情了。

　　回到家，深绘里不在。他敲了三下门，停一停又敲两下，然后打开门锁。房间内寂静无声，整洁得令人愕然。所有的餐具都收在餐具橱里，餐桌和写字台上收拾得整整齐齐，垃圾箱也已清空，还有用过吸尘器的痕迹。床铺好了，到处乱扔的书籍和唱片也不见了。洗净晾干的衣物整齐地叠好放在床上。

　　深绘里自己的那只大挎包也没了。看来她并非一时兴起，也不是因为突发事件而仓促离开这间屋子的。而且不是暂时外出。她是决心离去，花时间仔细打扫了房间，才走出这里的。天吾想象着深绘里一个人用吸尘器除尘、拿抹布擦拭家具的情形。这和她的形象完全不符。

　　打开门口的信箱，里面放着房门钥匙。从积累的邮件分量来看，她是昨天或前天离开的。最后给她打电话是前天早上，当时她还在屋子里。昨夜他和护士们会餐，被邀请去了安达久美的家，一来二往就没能打电话。

　　有这种情况，她一般都会用楔形文字般独特的字体写下留言。但哪里都没发现类似的东西。她是默默离去的。然而天吾并未感到惊愕与沮丧。谁也无法预测深绘里在想什么，会采取什么行动。她想来了便从某个地方翩然而来，想回去便飘然离去。如同一只性情多变又极其自立的猫。这样长期滞留于一个地方，本身就是件不可思议的事。

冰箱里放着许多食品，比预想的多。看样子她几天前曾经外出购物。还煮了好多花椰菜放着，看上去煮好后没过多长时间。她知道天吾在一两天内就要回东京吗？天吾感到饿了，便煎了鸡蛋，和花椰菜一起吃。烤了吐司，煮好咖啡，用马克杯喝了两杯。

然后给外出期间代课的友人打电话，通知他自己下周就可以工作了。友人告诉他已经教到了教科书的第几页。

"多亏你帮了我大忙。感激不尽。"

"我倒不讨厌教书，有时甚至觉得很有趣。不过长期教别人，我会感到自己渐渐变得陌生，简直像路人。"

这也是天吾平日隐隐约约的感觉。

"我不在的时候，有没有发生什么事？"

"什么事也没有。噢，对了，我这里有一封给你的信，放在抽屉里。"

"信？"天吾问，"是谁来的？"

"一个苗条的女孩子，头发笔直地垂到肩膀。她来找我，要我把信交给你。说话腔调怪怪的。说不定是外国人。"

"是不是背了个大挎包？"

"是啊。绿色挎包，塞得鼓鼓囊囊的。"

深绘里大概是不放心把信留在这间屋子里，可能会被人看到，让人拿走，才去补习学校直接交给了朋友。

天吾再次致谢，挂断电话。已是黄昏时分，他不想现在乘电车跑到代代木去拿信。明天再说吧。

然后他想起忘了问友人月亮的事。想再打个电话，又改变主意作罢了。这种事情友人肯定根本没放在心上。说到底，他只能独自应对这个问题。

天吾走出家门，漫无目的地在黄昏的街头散步。没有了深绘里，屋子里异常沉寂，令人坐立不宁。和她一起生活时，天吾并没有特别感觉到她的声息。他径自按照一贯的模式度日，深绘里也一样，过着她自己的生活。然而她一旦离去，天吾便发觉她在身后留下了一个人形的空白。

自己绝不是为深绘里动心。她当然是魅力四射的美少女，但从初次相见以来，天吾就不记得对她有过一点性欲。两个人在同一屋檐下共同生活，心里却不曾有过骚动。为什么呢？难道我有不能对深绘里产生性欲的理由？的确，在那个雷雨大作的夜里，深绘里与天吾性交过一次。然而那不是他主动要求，而是她主动要求的。

那的确是用"性交"来形容才合适的行为。她爬到四肢麻痹、丧失了自由的天吾身上，将他坚挺的阴茎插入了自己体内。深绘里当时似乎处于忘我的状态，简直像被春梦支配的精灵。

事后，两人像什么事都没有发生过一样，在狭小的屋子里共同生活。当雷雨停歇，黑夜过去，深绘里看似将这件事忘了。天吾也没有特意提起。他觉得如果她忘了这件事，让她这样彻底忘掉似乎就好。或许天吾自己也彻底忘了更好。但他心里当然还留有疑问：深绘里为什么忽然做那种事？难道有什么目的？或者仅仅是一时的邪魔附体？

天吾只明白一点：那绝非出于爱的行为。深绘里对天吾怀有自然的好感，这一点大概没有疑问。但很难认为她对天吾抱有爱情和性欲，或是类似的情感。她对任何人都没有性欲。天吾对自己观察人的能力没有多少自信，尽管如此，他还是无法想象深绘里娇喘吁吁地和男人疯狂做爱的情景。不，就连马马虎虎地做爱都无从想象。在她身上全然感觉不到这样的迹象。

天吾胡思乱想着这些，走在高圆寺街头。天色已晚，冷风开始吹拂，但他并不在意。一边走路一边思考，然后伏案写下这些思绪，这已成为他的习惯。所以他常常走路，无论风吹还是雨打全不在意。走着走着，来到了"麦头"门前。想不出别的事情可做，天吾便走进店里，要了嘉士伯生啤。刚刚开门营业，一个客人也没有。他暂且中断思考，将脑袋清空，慢慢地喝着啤酒。

然而天吾却没能享受这样的奢侈，长时间地让脑袋一片空白。如同自然界里不存在真空一样。他无法不去想深绘里。深绘里仿佛短小细碎的梦，深埋在他的意识中。

那个人也许就在附近。从这里走路就可以到的地方。

深绘里这样说过。所以他走上街头来寻找她，并且走进了这家店。深绘里还说过什么？

你不用担心。就算你找不到她，她也会找到你。

就像天吾在寻找青豆一样，青豆也在寻找天吾。天吾无法理解这一点。他正痴迷于自己去找青豆，根本想不到青豆可能同样在寻找自己。

我感知你接受。

这也是当时深绘里说过的话。她感知，天吾接受。不过深绘里只有在愿意的时候，才将自己感知的东西表现出来。她是依循一定的原则和定理这么做，还是单纯的一时兴起，天吾无法判断。

天吾再次回忆起与深绘里性交时的情景。十七岁的美丽少女骑在他身上，深深地接受他的阴茎。大大的乳房有如一对成熟的果实，在空中柔美地摇荡。她陶醉地闭着眼睛，鼻孔兴奋地鼓胀，唇间吐出不成形的词句。微露白色的牙齿，不时从唇间探出粉红的舌头。这些情景天吾历历在目。身体虽然麻痹，意识却非常清醒，而且勃起也完美无缺。

　　但无论在脑中如何鲜明地再现当时的情景，天吾都不会从中感受到性兴奋，也不想再次与深绘里交合。从那以后他将近三个月没有做爱了。不但如此，连一次射精也没有。这对天吾来说是极为罕见的。作为一个健康的三十岁独身男子，他有极为正常积极的性欲，是那种必须正常解决的欲望。

　　然而在安达久美的家里，和她一起躺在床上时，她的阴毛在腿上摩挲时，天吾也丝毫没有性欲。他的阴茎始终是软软的。也许是哈希什的缘故，但他觉得大概不是。深绘里在那个雷雨之夜通过与天吾交合，将他心中某个重要的东西带走了，就像从屋子里将家具搬走了一般。他如此觉得。

　　比如说是什么呢？

　　天吾摇摇头。

　　喝完啤酒，要了四玫瑰加冰和花色坚果。跟上次一样。

　　恐怕那个雷雨之夜的勃起太完美了。那是远远比平时坚挺巨大的勃起。他觉得那似乎不是自己看惯了的性器。光滑闪亮，看上去与其说是现实的阴茎，不如说更像某种观念的象征。而且随之而来的射精强劲有力，精液浓稠，肯定一直抵达子宫深处，甚至更深。那是无懈可击的射精。

　　然而如果事物过于完美，肯定会有反作用力接踵而至。这是世间常理。从那以后我究竟有过怎样的勃起？想不起来。只怕一次也没有勃起过。就算有过，一定也是二等货色。比作电影的话，就像凑数的低预算片。这种勃起不值一提。大概。

我会不会就伴着这种二等的勃起，甚至连二等的勃起都无法指望，稀里糊涂地送走余下的人生？天吾问自己。那肯定是像拖沓冗长的黄昏一般孤独凄凉的人生。然而各人想法不同，这也许是无奈的事。至少曾经完美地勃起过一次，完美地射过精。像写了《飘》的作家一样。恐怕只能达观地认为，毕竟干过一件伟大的事，也算不虚此生了。

喝完加冰威士忌，付了账，再次漫无目的地在街头踱步。风大，空气更加凛冽。在世界的规则松弛至极、众多的理性完全丧失之前，我无论如何也要找到青豆。现在只有和青豆重逢才是天吾唯一的希望。如果找不到她，我的人生到底还有多少价值？她曾经就在这高圆寺的某个地方。那是九月里的事。运气好的话，也许她还在同一个地方。当然没有确证。不过天吾如今只能追求这个可能性。青豆就在这一带的某个地方。而且她同样在寻找他，就像裂成两半的硬币在分别寻找另外那一半。

仰望天空，却看不见月亮。得去找个能看见月亮的地方，天吾想。

第13章 牛河
这就是重新回到原点？

牛河的相貌相当引人注目，不适合监视与盯梢。即使打算混迹于人堆，也像掉进酸奶中的大蜈蚣，十分抢眼。

他的家人并不是这样。牛河有父母、两个兄弟和一个妹妹。父亲经营一家诊所，母亲掌管诊所的财务，哥哥和弟弟分别以优异的成绩考进医科大学，做了医生。哥哥在东京一家医院工作，弟弟则在大学里研究医学。父亲退休后，将由哥哥继承在浦和市内的诊所。两个兄弟都已结婚，各育有一子。妹妹曾去美国的大学留学，现在回到日本做同声传译工作，已经三十过半，依然独身。他们个个都体态修长，鹅蛋脸，容貌端正。

在这个家里，牛河几乎在所有方面都是例外，尤其是在容貌上。个头矮，脑袋大而奇怪，头发蓬乱鬈曲。腿短，弯得像黄瓜。眼球像受了惊吓似的向外凸出，脖颈四周异样地多肉，圆滚滚的。眉毛又浓又长，几乎要连成一条线，看上去像两条相互追逐的大毛虫。学习成绩大部分算得上优秀，但各科成绩不均衡，尤其不擅长体育运动。

在这个富裕美满的精英家庭中，他永远是个"另类"，是个扰乱协调、带来不协和音的错误音符。看看全家人的照片，只有他明显是不合时宜的存在。看上去就像走错了门或偶然被拍进来的粗笨的外人。

全家人也都莫名其妙，这个相貌与我们全不相似的人怎么会出现在家里？但他无疑是母亲生下来的（母亲记得阵痛格外剧烈），而不是有人装在篮子里扔在家门口的。后来有人想起，父亲的亲戚中也有过一个长着奇形怪状大脑袋的人，是牛河祖父的堂兄弟。此人战争期间在江东区的金属公司工作，一九四五年春遭遇东京大空袭丧生。父亲没有见过此人，不过旧影集里有他的照片。看到照片，全家人都恍然大悟：果然像。父亲那位叔父的相貌和牛河惊人地相似，简直让人以为是转世投胎。大概是促使那位叔祖诞生的遗传因素，由于某种缘由再度现身了。

若是没有他，无论是容貌还是学历，埼玉县浦和市的牛河家都是无可挑剔的家庭。是人人羡慕、非常上相的优秀家庭。然而牛河一旦加进来，别人便会皱眉，摇头。人们都认为，这个家族里是不是混入了某种专门给美之女神使绊子的捣蛋鬼般的风味。或者说，父母认为别人肯定会这样想。所以他们极力不让牛河在人前抛头露面，万不得已时，也尽量不让他引人注目。（当然，这是白费心思。）

然而对于自己所处的状况，牛河并没有特别的不满，也没感到悲哀与凄凉。他自己就不喜欢抛头露面，父母不愿让他引人注目正合他意。兄弟和妹妹几乎当他这个人不存在，他也不以为意。因为他也不是特别喜欢他们。他们不仅外貌漂亮，学习成绩也优异，而且体育运动样样拿手，还有很多朋友。但在牛河看来，他们的为人却无可救药地浅薄。思想平庸，视野狭隘，想象力匮乏，一心只惦记世人的眼睛。更要命的是，他们不具备孕育丰富的智慧必需的健全的怀疑之心。

父亲身为地方上的内科医生，大致算得上优秀，却又是个无聊透顶的人物。像传说中将手上拿着的一切全变成黄金的国王，他将口中说出的一切都变成了乏味的沙粒。然而通过缄口不言，他在世人面前巧妙地隐藏了自己的无聊与愚昧，虽说恐怕不是刻意如此。母亲则恰好相反，多嘴饶舌，是个不可救药的俗人。在钱上斤斤计较，任性妄为，自以为是，爱摆阔气，动辄大声说别人的坏话。哥哥继承了父亲的秉性，弟弟则继承了母亲的。妹妹虽然有强烈的自立意识，却不负责任，全无体谅他人之心，满脑子只考虑自己的得失。父母对最小的她百般溺爱，宠坏了她。

所以牛河的少年时代基本是一个人度过的。放学后一回家就关进自己的房间，埋头读书。除了养的狗再没有其他朋友。虽然没机会和别人谈论与探讨自己学得的知识，却清楚自己是个逻辑性强、拥有明晰思考能力的雄辩家，并独自坚忍地磨炼这份能力。比如说设定一个命题，围绕它一人扮演两个角色展开讨论。一个他热情地发言支持这个命题，另一个他同样热情地发言，却批判这个命题。这两个针锋相对的立场，他都能同样强烈地——在某种意义上就是同样真诚地——同化与沉湎其中。就这样，他不知不觉掌握了怀疑自己的能力。并且认识到一般认为是真理的东西，在许多情况下不过是相对的。他还懂得了主观与客观并非众人认为的那样，可以明确地区分，如果那边界原本就不清晰，有意识地移动它也不是难事。

为了让逻辑与修辞更明晰有效，他还将信手得来的知识统统塞进脑袋。不管是有用的东西，还是可能不太有用的东西。不管是能认同的东西，还是一时难以苟同的东西。他追求的不是一般意义上的教养，而是能直接拿在手上确认形状与分量的具体信息。

那个奇形怪状的大脑袋，变成了收纳宝贵信息的重要容器。样子虽然难看，却十分好用。于是他变得比年龄相仿的人都渊博。只要他愿意，就可以轻而易举驳倒周围的人。不仅是兄弟和同学，甚至还有教师或父母。但牛河留心尽量不在人前展露这种才能。无论是以何种形式，他都不喜欢引人注目。知识与才能说到底不过是工具，并不足以炫耀。

牛河觉得自己像潜伏在森林黑暗处等待猎物出现的夜行动物。耐心地等待良机，只要那一瞬间到来，便果断地猛扑上去。在此之前，不能让对方察觉自己的存在。关键是要隐藏气息，令对方放松警惕。还是个小学生时，他就开始这么思考了。从不对人撒娇，也不轻易表露感情。

他也想象过，假如自己的相貌生得周正一点会怎样。不用英俊潇洒，也不需要令人一见倾心的外貌。只要普普通通就行，只要不是丑到让擦肩而过的人不由自主回头看就行。假如有那样的容貌，我到底会走过怎样的人生呢？但那是超越了牛河想象的"假如"。牛河过于是牛河了，没有其他假设插足的余地。有着奇怪的大脑袋和凸出的眼球，有着短而弯曲的双腿，才是牛河这个人。才是这个充满怀疑思想、求知欲四溢、沉默而又雄辩的少年。

丑孩子随着岁月流逝，成长为丑青年，不知何时又变成了丑大叔。不论处在人生的哪个阶段，路上擦肩而过的人们都会扭头看他，小孩子们更是毫不客气地从正面盯着他的脸。牛河常想，等变成了丑老头，大概就不会这么引人注目了吧。因为老人大多是丑的，于是个体原本的丑陋可能就不像年轻时那样醒目了。然而得等真成了老人才知道。说不定会变成难看得史无前例的老人。

总而言之，将自己融入背景这种精细的工作，他做不来。而且天吾认识牛河，如果在他家周围晃来晃去被他发现，一切都将归于泡影。

遇上这种情况，他一般都会雇用职业侦探。早在做律师的时候，牛河就根据需要和这种机构保持着联系。他们中的许多人原来都是警察，熟知刺探、跟踪和监视的技能。但这次他尽可能地不愿把外人拉进来。问题太过微妙，还牵扯杀人的重罪。进而言之，牛河自己都没能正确把握监视天吾的目的何在。

当然，牛河是要查明天吾与青豆的"联系"，但他甚至连青豆是什么模样都没弄清。他想尽办法，却怎么也找不到一张像样的照片。连那个蝙蝠也没弄到手。他看到过青豆的高中毕业影集，但是全班合照中她的脸太小，说不出的不自然，就像戴着面具。公司垒球部的照片，又头戴帽檐很长的帽子，脸上罩着阴影。因此即使青豆从牛河面前走过，现在也没办法确定那就是她。只知道她身高近一米七，体态优美。眼睛和颧骨很有特征，头发长可及肩，身形矫健。然而这样的女子世上比比皆是。

归根结底，看来只能由牛河自己来承担监视任务。耐心地专注守望，静待事态生变。一旦有变，则要审时度势，在一刹那间判断该如何行动。如此微妙的工作不可能委托他人。

天吾住在一所钢筋结构的三层旧公寓的三楼。大门口设有全体住户的信箱，其中一个贴着写有"川奈"的名牌。信箱锈迹斑斑，涂料脱落殆尽。信箱小门上虽然装着锁，但几乎所有居民都没有锁上。公寓的大门上没装锁，任何人都进出自由。

昏暗的走廊里，散发出年久失修的公寓特有的气味。从不修理的漏雨处，用廉价洗涤剂洗过的旧床单，炸过天妇罗的浑浊的油，枯萎了的一品红，从杂草茂密的前院飘来的猫尿味，还有种种真相不明的气味混作一团，形成了固有的空气。长期居住于此，人们也许会习惯这种气味。这绝非令人心旷神怡的气味，纵使习以为常，这个事实也不会改变。

天吾住的房间面对着马路。虽然说不上热闹，来来往往的行人也不少。近旁有所小学，某些时间会有许多孩子走过。公寓对面，一些小小的住宅鳞次栉比地伫立着，都是不带院落的两层小楼。马路前方有一家卖酒的小店、一家面向小学生的文具店。隔着两个街区，有一个小小的派出所。附近无处可以藏身，如果一直站在马路边抬头盯着天吾的房间，就算运气好没被天吾发现，邻居们也肯定会投来狐疑的目光。更何况像牛河这样相貌"非同寻常"的角色，居民们的警惕程度无疑要提高两级。没准会把他看成对放学的孩子有企图的变态，喊来派出所的警察。

要监视别人，首先得找到合适的场地。那必须是不惹眼、能观察对方行动、可以确保饮水与食品补给途径的所在。最理想的是一个能将天吾的房间收入视野的单间。在那里支好三脚架，装上带望远镜头的照相机，监视屋内的动静和进出的人。一个人来做，自然不可能二十四小时连续监视，不过一天十小时倒可以对付过去。但不必多说，如此理想的场所不容易找。

尽管如此，牛河还是在附近东奔西走，寻找这样的地方。他是个不轻言放弃的人，竭尽所能四处奔走，锲而不舍地追逐着一缕微小的可能性。这种执著正是他的独到之处。但耗费半天时间，将附近一带的角落寻访了个遍，牛河死心了。高圆寺一带是密集的住宅区，地势平坦，又没有高楼大厦，能将天吾的房间纳入视野的地方极其有限。而且在这一角，能让他藏身的场所一处也没有。

当脑海里没好主意时，牛河总是泡在温呼呼的浴缸里，长长地洗个澡。所以他一回家就先放洗澡水，然后泡在合成树脂浴缸里，听着收音机里的西贝柳斯小提琴协奏曲。不是想听西贝柳斯，而且他的协奏曲很难说是适合在一日结束之际泡在浴缸里听的音乐。也许芬兰人在漫漫长夜里喜欢洗着桑拿浴听西贝柳斯，然而在文京区小日向的两居室公寓狭小的一体式浴室里，西贝柳斯音乐中的情感稍嫌浓烈，乐音里蕴含了太多的紧迫感。但牛河并不介意。只要背景里有音乐流淌便已足够。流淌的是拉莫的音乐会，他大概也会毫无怨言地听；流淌的是舒曼的《狂欢节》，他大概还是会毫无怨言地听。刚巧此时调频电台播放的是西贝柳斯的小提琴协奏曲。仅此而已。

牛河一如平时，将一半的意识清空，让它休息，用余下的一半来思考。于是大卫·奥伊斯特拉赫①演奏的西贝柳斯音乐，主要从那清空的领域穿过。如同微风从洞开的入口进来，再从洞开的出口出去。作为欣赏音乐的方法也许不值得称颂。得知自己的音乐遭到如此对待，西贝柳斯也许要蹙着浓密的双眉，粗壮的脖子上聚起几根皱纹。但西贝柳斯在很久前便已过世，奥伊斯特拉赫也名登鬼录，所以牛河不必顾忌任何人，只管左耳进右耳出地听音乐，用那没有清空的半边意识漫无边际地想来想去。

在这种时候，他喜欢不限定对象进行思考。像把一群狗放到广漠的原野上，让意识自由地尽情奔跑。告诉它们想去哪儿就去哪儿，想干什么就干什么，然后不再过问。他自己则浸泡在温水里，浸到脖子，眯着眼睛，似听非听地听着音乐，心不在焉。狗儿漫无目的地连蹦带跳，在坡道上翻来滚去，不厌其烦地你追我赶，发现松鼠就徒劳无功地猛追，满身泥土草叶，玩累了便回到他身旁。牛河抚摸着它们的脑袋，再次给它们带上项圈。这时音乐已经结束。西贝柳斯的协奏曲大约三十分钟演奏完毕。长度恰到好处。播音员宣告，下一支曲子是雅纳切克的《小交响曲》。雅纳切克的《小交响曲》这个曲名好像在哪儿听过，但想不出是在哪里。他努力想着，视野却不知为何模糊起来，眼球蒙上了一层淡黄的烟霭。一定是在浴缸里泡得太久的缘故。牛河只好作罢，关上收音机爬出浴缸，只在腰间裹了条浴巾，从冰箱里拿出啤酒。

牛河独自住在这里。以前曾经有妻子，有两个小女儿。在神奈川县大和市中央林间买了一栋小楼，住在那里。有个院子，虽然小却铺满绿草，养了一只狗。妻子的容貌说得过去，孩子们也都称得上漂亮。两个女儿一点也没有继承牛河的相貌。他自然是松了一口气。

---

① David Oistrakh（1908-1974），苏联著名小提琴演奏家。

但忽然飞来一场横祸，如今只剩了他一个人。连自己曾有过妻儿、在郊外有一所房子的事实，都让他觉得不可思议。他甚至怀疑这是不是错觉，是不是自己无意识地随心捏造的往日记忆。但这些当然真实地发生过。自己有过同床共枕的妻子，有过两个血脉相连的孩子。抽屉里有一家四口的全家福。在照片里，全家都面带幸福的微笑，连狗儿似乎都在笑。

一家人重归于好的可能性荡然无存。妻子和孩子们住在名古屋。孩子们有了新的父亲。一个相貌正常的父亲，在小学的父亲参观日露面，女儿们也不会感到羞耻。女儿们已有四年没跟牛河见过面了，但毫无感觉遗憾的样子，甚至连封信也不寄来。见不到女儿，牛河自己看上去似乎也不怎么遗憾。当然，那并不意味着他不疼爱两个女儿。只是对他而言，最重要的是首先确保自己这一存在，为此必须暂时关闭无关紧要的心灵电路。

而且他也明白，不论离得多么遥远，女儿们身上都流淌着自己的血。即使她们彻底忘了父亲，那血也不会迷失自己的道路。它们拥有长久得惊人的记忆。而有朝一日，大脑袋的标志恐怕还会再次出现。在意想不到的时刻意想不到的地方。到那时，人们肯定会伴随着叹息忆起牛河的存在。

那种爆发性的场面，牛河也许能在有生之年目睹，也许不能。怎样都无所谓。只是想到可能发生这样的事，牛河便心满意足。这不是复仇心，而是认识到自己不可避免地包含在这个世界的起源中而产生的充足感。

牛河坐在沙发上，把短短的双腿搁在茶几上，喝着啤酒，忽然想出了一个主意。也许不会太顺利，但值得一试。这样简单的主意，为什么一直没想到呢？牛河觉得不可思议。大概越是简单，就越是想不到。不是说"灯台之下最黑暗"吗？

牛河第二天早上又去了高圆寺，走进眼中看到的房产中介，询问天吾住的那幢公寓里有没有空房间。他们不受理该物业，告诉他是由车站前的某中介统筹管理。

"不过呀，那儿肯定没空屋子了。房租便宜，地段又方便，住那儿的人不肯搬走啊。"

"不管怎样，我去试试看吧。"牛河说。

他走访了车站前那家中介，接待他的是个不到二十五岁的年轻男子。头发又黑又粗，用发胶牢牢地定型，像个特殊的鸟窝。雪白的衬衣，崭新的领带。大概干这一行资历尚浅。脸上还留着青春痘的痕迹。他看到走进来的牛河外表略显畏缩，立刻振作起来，露出职业性的微笑。

"这位客人，您真是好运气！"这位青年说，"住在一楼的夫妻由于家庭原因，忽然决定搬家，一个星期前刚好空出了房间。昨天刚清扫完毕，广告都没来得及挂出去呢。就是房间在一楼，外边的声音可能会有点吵，光线可能也不太好。不过地段非常方便。只是房东打算五六年内要拆了重盖，到时候会提前半年通知您，请务必搬走不能拖延。这是签订合同的前提条件。还有，那儿没有停车场。"

没问题，牛河答道，我不打算住太久，也不开车。

"太好了。只要您接受这些条件，明天就可以住进去。当然，您一定想先看看屋子吧？"

很想看看，牛河答道。青年从抽屉里拿出钥匙，递给牛河。

"我还有点事，对不起，您自己去看看行吗？屋子是空的，回头您把钥匙还来就行。"

"行。"牛河说，"不过万一我是坏人，不还你钥匙，或者另外配一把，以后上门去偷东西怎么办？"

青年听了似乎大吃一惊，盯着牛河看了一会儿。"哦，那倒也是。

有道理。那么为保险起见，能不能请您留下一张名片？"

牛河从皮夹里拿出那张"新日本学艺振兴会"的名片，递过去。

"牛河先生。"青年表情严肃地念着上面的名字，随即一笑，"您看上去可不像干坏事的人。"

"多谢了。"牛河答道，嘴角浮出和名片上的头衔一样空洞的微笑。

头一次听人家这么说。他大概是说牛河的相貌太过醒目，不适合干坏事吧。能非常简单地描绘出特征，也能顺利地画出头像速写。如果遭通缉，肯定不出三天就被抓获。

房间不像预想的那样糟糕。三楼天吾的房间恰好在正上方，当然不可能监视室内，但从窗子正好将正门收入视野，可以确认天吾的进进出出，以及有什么人来拜访他。如果把照相机伪装好，只怕还能拍到他的特写。

要入住这间房子，必须支付两个月的押金，预付一个月的房租，还有两个月的礼金。虽说房租不算贵，而且押金在将来解约时会返还，但毕竟是一笔不小的开支。由于付给蝙蝠一大笔钱，存款所剩无几了。但考虑到自己目前的处境，即使是勉为其难，也只能把房子租下来，别无选择的余地。牛河回到中介商那里，从信封中取出预先准备的现金，签订了租房合同。算作和"新日本学艺振兴会"之间的签约。告诉他们日后再寄来公司的登记册副本，负责的青年似乎毫不介意。一签好合约，他便正式递交了房门钥匙。

"牛河先生，从现在起您就可以住进去了。电和水都是通的，煤气开通时需要本人在场，所以得麻烦您和东京煤气公司联系。电话打算怎么办？"

"电话我自己设法解决。"牛河答道。跟电话公司签合同相当费事，施工者还得进入屋内，不如用附近的公用电话方便。

牛河再次回到屋子里，列了一份必需品的清单。值得庆幸的是，从前的住户把窗帘留下了。虽说鲜花图案的窗帘又旧又脏，但不管是什么样子，只要有就是赚了。对监视来说这是必不可缺的物品。

清单不算太长。有食品和饮用水就能满足基本需要。带望远镜头的照相机和三脚架，然后是卫生纸和登山用睡袋，便携式燃料，野营用的便携炉，水果刀，开罐器，垃圾袋，简单的盥洗用具和电动剃须刀，几条毛巾，手电筒，半导体收音机。最低限度的换洗衣服，一条香烟。大致就这些。冰箱餐桌棉被一律不要。找到挡风遮雨的地方就已经是幸运了。牛河回到家，把单反相机和望远镜头装进摄影包里，准备了大量胶卷。然后把清单上写着的物品塞进旅行袋。不够的东西，就在高圆寺站前的商店街买齐了。

把三脚架安在六叠大的房间的窗前，装好美能达最新款的自动相机，再安上望远镜头，对准进出正门的人脸部的高度，手动调焦。把快门的开关调成遥控，并设好自动连拍功能。用厚纸围住镜头前端，防止光线射进来引起反光。稍稍掀起窗帘的一角，从外面只能看见一个类似纸筒的东西。但大概谁也不会留意这种东西。谁也不会想到竟有人在这毫不起眼的出租公寓入口搞起偷拍来。

牛河用这个相机试着拍了几位出入大门的人。多亏有自动连拍功能，对着每个人都能连按三次快门。用毛巾把相机裹紧，减弱快门音。拍完一卷，拿到车站旁的冲印店去。这是一种机器自动冲印系统，只要把胶卷交给店员就行。高速处理大量照片，谁也无暇关注上面拍的是什么。

照片效果无可挑剔。当然很难要求艺术性，不过足够用了。画面鲜明，足以分辨出入大门的人的脸。从冲印店回去的路上，牛河买了许多矿泉水和罐头，还在香烟店买了一条七星。把东西抱在胸前遮着脸回到公寓，又在相机前坐下。然后一面监视着大门，一面喝水，吃了桃子罐头，抽了几根烟。电是通了，但不知为何水不通。水管深处发出咕噜咕噜的响声，龙头里却没有东西流出来。大概由于某种原因还得再等几天吧。原想跟中介商联系，又不愿太频繁地进进出出，便决定看看情况再说。不能使用抽水马桶，只好在看来是清扫公司忘记带走的一只小小的旧桶里撒尿。

初冬匆忙的黄昏来访，屋子里黑沉沉的，但牛河没有开灯。黑暗的到来正中下怀。大门口的灯亮了，牛河继续监视着从黄色灯光下走过的人们。

到了傍晚，大门口进进出出的人变得频繁，但绝不算多。原本就是个很小的公寓。其中没有天吾，也没见到像青豆的女人。这一天是天吾在补习学校教书的日子，傍晚到了他就会回来。天吾下班后基本不会顺便逛街。比起在外边用餐，他更喜欢自己做菜，一个人边看书边吃饭。牛河知道这些。但这天天吾很晚也没回家，也许下班后跟人见面去了。

这所公寓里住着形形色色的人。从年轻的单身上班族、大学生、带着小孩的夫妻到独居老人，房客身份各不相同。人们毫无戒备地从望远镜头中穿过。虽然因年龄与境遇的不同多少有些差异，但他们都显得对生活充满倦怠，对人生深感厌烦。希望退色，野心早已遗忘，感性磨损，剩下的空白里分别盘踞着心灰意冷与麻木不仁。他们脸色灰暗步履沉重，活像两小时前刚做过拔牙手术。

当然这也许只是牛河的误解。也许有人其实在尽情享受人生。也许一打开家门，里面是一个修整得令人心荡神驰的私家乐园。也许有人是为了逃避税务局的调查而装作生活俭朴。这些当然也不无可能，但透过望远镜头望去，他们都不过是守在这座即将拆毁的廉价公寓里、永无出头之日的都市生活者。

天吾最终没有露面，也没看到可能与他有关系的人。时针指向十点半时，牛河放弃了。今天是头一天，还没完全调整好状态，来日方长，今天就到此为止。他向着各个角度伸展躯体，放松僵硬的肌肉。

吃了一个红豆馅面包，把装在暖水瓶里带来的咖啡倒进瓶盖喝下去。走到厨房拧开水龙头，不知何时有了自来水。他用肥皂洗脸，刷牙，撒了一泡长长的尿。靠着墙吸了一根烟。本想喝口威士忌的，但决定在这里的时候滴酒不沾。

然后他只穿着内衣钻进了睡袋。由于寒冷，身子微微抖了半天。一到夜里，空空的房间远比预想的要冷。或许需要一只小电暖炉。

一个人抖个不停地躺在睡袋里，他不由得想起了全家人其乐融融的日子。并非心存怀念，而只是作为与眼前处境对比过于鲜明的例证浮上了脑海。即便是与家人一起生活时，牛河自然也是孤独的。他对谁都不曾付出真心，认为这种寻常的生活不过是虚幻的东西，总有一天会烟消云散。律师的忙碌生活，高收入，中央林间的房子，容貌不错的妻子，一对在私立小学念书的可爱女儿，拥有血统证明的狗。因此当噩运接二连三、生活土崩瓦解、最后只剩孑然一身时，他反倒松了一口气。哈哈，这一来就不必担心了！重新回到原点了！

这就是重新回到原点？

牛河在睡袋中像蝉的幼虫一样把身体缩成一团，望着黑暗的天花板。因为长时间保持一个姿势，浑身关节疼痛。冻得瑟瑟发抖，晚饭只啃了一个冰冷的红豆馅面包，监视即将拆除的廉价公寓的大门，偷拍并不显眼的往来者，在清扫用的旧桶里小便。难道这就是"重新回到原点"的意义吗？这时他想起来有件事忘了做，便从睡袋里蠕动着爬出来，把桶里的小便倒进马桶，拉动摇摇晃晃的拉手放水冲洗。他本不愿从好不容易才暖和起来的睡袋里爬出去，很想就这么算了。但万一黑暗里绊一跤可不得。然后他再次钻进睡袋，又冷得抖了一会儿。

这难道就是重新回到原点吗？

可能就是这样吧。再也没有东西可以失去了，除了自己的性命。明白易懂。黑暗中，牛河浮出薄薄的刀刃般的笑意。

第14章　青豆
我的小东西

青豆大部分时间生活在迷惘与摸索中。在这个叫1Q84年、既有逻辑和知识几乎行不通的世界，无法预料自己身上会发生什么。但她还是认为，自己大概至少还会活上几个月，生下这个孩子。虽然只是预感，却近乎确信。因为她觉得，所有事情似乎都是在她将要生孩子的前提下展开的。她觉出了这种迹象。

而且她还记得"先驱"领袖最后的话。他说："你必须通过严峻的考验。当你顺利过关，肯定就能看到事物应有的形态了。"

他肯定知道什么。知道非常重要的事情。而且试图使用暧昧的语言向我传达多重含义。那所谓考验也许就是我要把自己真正送往死的边缘。我打算了结性命，拿着手枪走到埃索广告牌前。但是我没能死去，又回到了这里，然后知道自己已经怀孕。这大概也是事先注定的。

进入十二月，有几天夜里狂风大作。榉树的落叶打在阳台的塑料挡板上，发出辛辣干燥的声响。寒风发着警告，掠过光秃秃的枝间。乌鸦们的吆喝声也被打磨得愈加尖利。冬天到了。

自己的子宫中孕育着天吾的孩子，这个想法一天天变得强烈，终于作为一桩事实开始发挥功能。还没有足以说服别人的逻辑性，但可以对自己透彻地说明。这是很清楚的事。

假如我是在没有性行为的情况下怀孕，那么对方除了天吾还能是谁呢？

进入十一月后体重增加了。虽然不出门，但她每天保持足够的运动量，也严格控制饮食。自二十岁以来，体重从未超过五十二公斤。然而有一天，体重计的指针指向了五十四公斤，此后再也没有下降过。她觉得脸变得有点圆。肯定是这个小东西在要求母体发胖。

她和这个小东西一起，坚持守望夜间的儿童公园，坚持追寻孤身一人爬上滑梯的青年男子高大的剪影。青豆遥望着两个并排悬在空中的初冬的月亮，隔着毛毯轻柔地抚摸着小腹。不时会无端地流泪。等到察觉，泪水已经顺着面颊流下，滴落在盖在腰间的毛毯上。可能是孤独的缘故，也可能是不安，还可能是由于怀孕而变得多愁善感，再不然就是寒风刺激泪腺，使得她流下泪水。总之青豆没有擦去眼泪，而是任它流淌。

哭到一定程度，泪水就会流尽。而她犹自继续着孤独的守望。不，已经不算太孤独了，她想。我有这个小东西。我们是两个人。我们两人一起遥望两个月亮，等着天吾在这里露面。她不时拿起望远镜，将焦点对准无人的滑梯。不时拿起手枪，确认它的分量与触感。保护自己，寻找天吾，向这个小东西输送养分，现在这就是赋予我的职责。

有一次在顶着寒风守望公园时，青豆发觉自己是相信上帝的。她唐突地发现了这个事实，就像脚底在柔软的淤泥底部找到了坚实的地面。那是一种无法理解的感觉，是未曾预想到的认知。自懂事以来，她始终憎恨上帝。表达得正确些，是始终拒绝那些介入上帝与自己之间的人与体系。这么多年里，这些人与体系对她来说基本和上帝同义。憎恨他们就等于憎恨上帝。

　　从出生以来，他们就始终在青豆周围，以上帝的名义支配她、命令她，将她逼入绝境。以上帝的名义剥夺了她全部的时间与自由，给她的心灵带上沉重的枷锁。他们宣传上帝的仁慈，同时加倍地宣传上帝的愤怒与不宽容。青豆十一岁时痛下决心，终于成功逃离那个世界，然而被迫付出了巨大的牺牲。

　　如果这个世界不存在什么上帝，我的人生一定会充满灿烂的光明，一定会更自然更丰富多彩。青豆常常这么想。肯定不会被无休的愤怒与畏怯折磨着心灵，肯定能作为普通的孩子留下许多美丽的回忆。那样我的人生一定远远比现在充满希望、安宁与充实吧。

　　尽管如此，青豆把掌心放在小腹上，从塑料挡板的缝隙中眺望无人的公园时，却不得不意识到自己在心灵的最深处其实是相信上帝的。当机械地念诵祈祷文时，当双手交握时，她是在意识的框架之外信仰着上帝。这是渗入骨髓的感觉，是仅凭逻辑和感情驱逐不去的东西，是憎恨与愤怒也无法消除的东西。

　　但那不是他们的上帝，而是我的上帝。那是我牺牲了自己的人生，被扒皮抽筋、吸血食肉，被篡夺了时间、希望和回忆才得到的东西。那不是具象而有形的上帝，没有穿白袍，也没有蓄着长须。这位上帝不拥有教义，不拥有教典，也不拥有规范。没有报偿也没有处罚，什么也不赐予什么也不剥夺。没有天国可以飞升，也没有地狱可供堕落。不论是酷暑还是严寒，上帝仅仅是在那里。

　　"先驱"领袖在临死前说的一段话，青豆不时回想。她无法忘却那浑厚的男中音，就像无法忘却将细针刺入他后颈的感觉。

　　"有光明的地方就必然有阴影，有阴影的地方就必然有光明。不存在没有光明的阴影，也不存在没有阴影的光明。小小人究竟是善还是恶，我不知道。这，在某种意义上是超越了我们的理解和定义的事物。我们从远古时代开始，就一直与他们生活在一起。早在善恶之类还不存在的时候，早在人类的意识还处于黎明期的时候。"

上帝与小小人难道是针锋相对的存在吗？还是同一事物的不同侧面？

青豆不得而知。她只知道，自己身体里的小东西无论如何都得保护，为此有必要相信上帝，或者说有必要承认自己相信上帝的事实。

青豆想着上帝的事。上帝不具备形态，同时又能化身为任何形态。她心中想象的是流线型梅赛德斯－奔驰跑车，经销商刚送来的新车。从车上下来的气质优雅的中年妇人。在首都高速公路上，她把身上美丽的春季风衣递给了赤裸的自己，在寒风和人们粗鲁的视线中保护了自己，然后一言不发地走回银色跑车。她知道，知道青豆怀孕了，知道她必须得到保护。

她开始做新的梦。在梦中，她被监禁在白色房间里。那是一间正方体的小房间，没有窗户，只有一扇小门。有一张没有任何装饰的朴素的床，她被仰天放在那张床上。床上方吊着照明灯，照着她那如山丘一般隆起的腹部。望去不像是自己的身子，但那无疑是青豆肉体的一部分。产期马上要到了。

房间由光头和马尾两个人看守。这两人组决心不再重蹈覆辙。他们已经失误过一次，非得挽回失败不可。交给他们的任务是不让青豆走出这个房间，也不让任何人进来。他们在等待那个小东西的诞生，似乎打算一生下来就把它从青豆身边夺走。

青豆试图大声喊叫，试图拼命高呼求助。但那是用特殊材料制造的房间，墙壁、地板和天花板刹那间便将所有的声音吸收殆尽。呼叫声甚至传不到她自己的耳朵。青豆祈求那位坐着梅赛德斯跑车的妇人来拯救自己，拯救自己和那个小东西。然而她的声音被吸进了白色房间的墙壁。

那个小东西从脐带吸取营养，每时每刻都在长大。为了从略带潮气的黑暗中解脱，猛踢她的子宫壁。它盼望着光明与自由。

门边坐着身材高大的马尾。他双手放在膝盖上，凝视着空间里的一点。那里也许漂浮着细小而坚硬的云。床边站着光头。两人身穿和上次相同的深色西装。光头不时举手看表，就像在站台上等待重要列车的人。

青豆的手脚动弹不得。好像没有被绳索捆住，可手脚怎么也动不了。指尖毫无感觉。有阵痛发作的预感。仿佛命中注定的列车绝不误点地逼近车站。她听得见铁轨轻微的振动。

她就在这时醒来。

她淋了浴，冲去讨厌的汗水，换上干净的衣服。把汗水濡湿的衣服丢进洗衣机。她当然不想做这样的梦，梦却不由分说地来造访。梦中的细节每次略有不同，但场所与结局总是一样。立方体般的白色房间。逼近的阵痛。身穿缺乏个性的深色西装的两人组。

他们知道青豆身上孕育着小东西，或者说不久就会知道。青豆已经做好了精神准备。如果有必要，会毫不犹豫地把所有的九毫米子弹统统射向马尾和光头。守护她的上帝，有时会鲜血淋淋。

响起敲门声。青豆坐在厨房的凳子上，右手握着打开保险的自动手枪。外面一早就下着冰冷的雨。冬雨的气味拥裹着世界。

"高井先生，你好。"房门外，男人停止敲门，开口说话，"我是你的老朋友啊，NHK的。又要给你添麻烦了，我是来收费的。高井先生，你在家吧？"

青豆不出声地冲着房门说：我们已经和NHK确认过，你这个NHK

收款员不过是冒牌货。你到底是谁？来这里想干什么？

"人必须为收下的东西支付代价。这是这个社会的规则。你接收了电波，所以就该付费才对。能收下的东西统统收下，但一个子儿也不付，这可有失公正呀。不是和小偷一样嘛。"

他的声音响彻走廊，虽然嘶哑，却很有穿透力。

"我做事绝不是出于私人感情。我不恨你，也不想让你难堪，压根儿就没有这样的念头。我只不过是生来就看不惯不公正的行为。人必须为收下的东西支付代价。高井先生，只要你不开门，我就要再来敲门，不管得来多少次。你肯定也不愿这样吧？我呢，也不是个不知趣的糟老头。咱们谈谈，总能找出个妥协的办法。高井先生，你就爽快点，把门打开好不好？"

敲门声又响了一阵。

青豆双手紧握自动手枪。这家伙恐怕知道我已经怀孕。她腋下和鼻头微微渗出一层汗。不管怎样都不能开门。如果对方企图用钥匙或别的手段强行打开这扇门，不管他是NHK收款员还是什么，我都会把弹膛里的子弹统统射进他的肚子。

不，大概不会发生这样的事。她明白。他们没办法打开这扇门。只要她不从里面开门，就无法打开。所以他们才会如此焦躁，如此饶舌，穷尽口舌企图逼得我精神崩溃。

十分钟后，男人离去了——在用响彻走廊的声音威胁与嘲弄、狡猾地拉拢、激烈地谩骂她，并预告还会再来拜访之后。

"别以为你能逃之夭夭，高井先生。只要你接收NHK的电波，我就一定会再到这里来。我可不是个轻言放弃的人。这就是我的性格。好啦，咱们过两天再见。"

听不见男人的脚步声，但他已经不在门前了。青豆透过门上的猫眼确认了这个事实，关上手枪的保险，走到卫生间洗脸。衬衫腋下被汗濡湿了。在换干净的衬衫时，光着身子站在镜子前。肚子还没有隆起到引人注意的程度，然而那深处隐藏着重要的秘密。

和老夫人在电话里交谈了。那天，Tamaru 和青豆商讨过几件事之后，一声不响地把听筒交给了老夫人。谈话尽量避免直言不讳，而是用含混的表达进行。至少在一开始是这样。

"已经为你准备了新的地方。"老夫人说，"你会在那里完成预定的工作。那地方很安全，还可以定期接受专家的检查。只要你愿意，马上就可以搬过去。"

该不该坦白地告诉老夫人，有人在盯着她的小东西呢？告诉她在梦中"先驱"那群家伙企图得到她的孩子？告诉她冒牌的 NHK 收款员费尽心机想打开这扇门，或许也出于相同的目的？然而青豆作罢了。青豆信任老夫人，也敬爱她，但问题不在此。究竟住在哪一个世界里，才是眼下的要点。

"最近这段时间身体如何？"老夫人问道。

目前一切顺利，没有问题，青豆答道。

"那太好了。"老夫人说，"只是你的声音好像和平时不太一样。也许是心理作用，我觉得听上去多少有点生硬，好像在戒备别人。如果有什么事情让你担心，不管是多么微不足道，都请你告诉我们，不要客气。我们也许可以帮你。"

青豆一面留神自己的音调，一面回答道："大概是在一个地方待得太久，神经不知不觉变得紧张的缘故。我很注意管理自己的身体。这毕竟是我的专业。"

"当然。"老夫人说，然后稍稍顿了一顿，"前一阵子，有一个形迹可疑的人一连几天在我家周围兜来兜去，好像主要是刺探庇护所的情况。我们请住在里面的三位女子看了监控录像，谁都不认识。说不定是追踪你的人。"

青豆微微皱起眉。"是我们之间的关系暴露了吗？"

"这个还说不清楚。现在只能说不无这种可能。这个男人相貌相当奇特。脑袋非常大，而且奇形怪状。头顶扁平，几乎秃了。个头很矮小，短手短脚，圆滚滚的。这样的人你有没有印象？"

奇形怪状的秃头？"我常在这间房子的阳台上观察前面路上来往的人，不过没看到这样的人。他的长相很惹人注目啊。"

"非常惹人注目。简直像马戏团里抢眼的小丑。假如这个人是他们选中派来刺探情况的，那得说是个不可思议的人选。"

青豆同意这个说法。"先驱"大概不会特意派遣这种引人注目的角色来侦察。他们绝不会如此短缺人才。反过来说，这人只怕与教团无关，青豆与老夫人的关系还未被他们察觉。可是，这人到底是什么身份？出于什么目的去刺探庇护所的消息？会不会与假冒 NHK 收款员固执地来门口骚扰的家伙是一个人呢？当然没有将两者联系起来的证据，只是冒牌收款员那古怪的言行，和老夫人描述的那个男人异样的容貌很相配而已。

"如果你看到这个男人，请和我们联系。也许有必要采取措施。"

我当然会立即和您联系，青豆答道。

老夫人再度沉默。这可是少见的现象。打电话时，她总是说话井井有条，绝不浪费时间，甚至到了严格的地步。

"您身体好吗？"青豆若无其事地问。

"跟平常一样，没有什么特别的不好。"老夫人说。然而从声音中能微微听出一丝犹豫。这也是少见的现象。

青豆等待对方说下去。

片刻，老夫人像是放弃了坚持，说道："只是这一阵子，我常常觉得自己老了。尤其是你不在了以后。"

青豆装出明朗的声音："我没有不在呀。就在这里。"

"那当然。你是在那里，我们偶尔还能这样交谈。不过以前我可能是通过定期与你见面、两人一起活动身体，从你身上获得了活力。"

"您原来就拥有自然的活力。我不过是协助您，把您的活力有序地调动起来而已。就算我不在，您也完全能凭着自己的力量做下去。"

"说老实话，不久前我也是这么想的。"老夫人轻声笑着说。这是缺乏润泽的笑声。"甚至自负地认为自己是特别的人。可是岁月从所有的人身上一点点地夺走生命。人并不是大限一到就溘然长逝的，而是先从内部缓缓地死去，最终迎来最后结算的日子。谁都逃脱不了。人必须为收下的东西支付代价。我不过是时至今日才学到了这个真理。"

人必须为收下的东西支付代价。青豆皱起了眉。跟那个 NHK 收款员的说法一模一样。

"在九月那个大雨之夜，就是那巨雷响个不停的夜里，我陡然想到了这一点。"老夫人说，"我一个人待在家中起居室里，一面担心着你，一面望着闪电划过天空。这时，我亲眼看到了被闪电照得透亮的真实。那天夜里，我失去了你这位友人，同时失去了内心深藏的东西。或者说失去了好几种积累多年的东西，失去了一直在身体的中心有力地支撑我的东西。"

青豆决然地问："其中会不会也包括愤怒？"

像干涸的湖底般的沉默。然后老夫人开口说："那时我失去的东西里，是不是也包括我的愤怒？你是问这个吗？"

"没错。"

老夫人徐徐长叹一声。"对这个提问的回答是 Yes。没错，不知为什么，我心中那激烈的愤怒似乎在雷声大作中消失了。至少是退到遥远的地方去了。现在我心里剩下的，不再是从前那样熊熊燃烧的愤怒，而是变成了色调浅淡的悲哀一样的东西。我本来还以为那么强烈的愤怒永远都不会失去热度……可是，你怎么会知道呢？"

青豆说："因为同样的事情也在我身上发生了。就在那个雷声大作的夜里。"

"你是说你自己的愤怒？"

"对。我心里那种纯粹而强烈的愤怒，如今已经找不到了。虽说还没有消失得一干二净，但就像您说的，退到遥远的地方去了。那种愤怒曾经长久地占据我心中大块的地盘，是强烈地推动我前进的动力。"

"就像一个不知疲倦、毫不留情的驭手。"老夫人说，"不过如今它丧失了力量，而你怀孕了。该不该说是取而代之呢？"

青豆调整呼吸。"是的。取而代之，我身体里有了小东西。它与愤怒毫无关系。"而且它每日每夜都在我的身体里长大。

"其实不必由我来啰唆的——你必须好好地保护好它。"老夫人说，"为了这个，也应该尽早搬到不必担惊受怕的地方去。"

"好的。不过在那之前，我还有非完成不可的事情。"

挂断电话后，青豆走到阳台上，从塑料挡板的缝隙中眺望着下午的街道，眺望着儿童公园。黄昏在迫近。在1Q84年落幕之前，在他们追上我之前，我无论如何都必须找到天吾。

第15章 天吾
不允许谈论它

天吾走出"麦头",一面思绪联翩,一面漫无目的地在街上走。随后下定决心,迈向那个小小的儿童公园。那是他第一次发现天上浮着两个月亮的地方。就像那次一样,爬上滑梯,再一次仰望夜空。在那里也许能再次看到月亮,也许它们会向他倾诉什么。

上次去那个公园是什么时候?天吾边走边回忆。想不起来。时间的流逝变得不均衡,距离感不稳定。但大概是初秋,还记得自己穿的是长袖T恤。而现在是十二月。

寒风把云团吹向东京湾方向。云仿佛是用油灰做成的,似乎硬硬的,形状各异。在这些云背后,时隐时现地能看见两个月亮。熟悉的黄色月亮和新加入的绿色小月亮。两个都过了满月时分,约为三分之二大小。那个小月亮,望上去像躲在妈妈裙裾后面的小孩子。月亮的位置和上次大致相同,宛如一直坚守在那里,等待天吾归来。

夜间的儿童公园不见人影。水银灯光比上次带着更多的白色,更加森冷。叶片落尽的榉树枝干,让人想起暴露在风雨中的古老的白骨。一个似乎会有猫头鹰叫声的夜晚。嘿,都市的公园里没有猫头鹰。天

192

吾把游艇夹克的风帽戴在头上，双手插进皮夹克的口袋里，然后走上滑梯顶，靠着扶手，仰望着云团间忽隐忽现的两个月亮。在它们背后，星星不声不响地闪烁。都市上空积滞的暧昧的污秽被风吹散，空气澄净，没有一丝杂物。

此时此刻，到底有多少人像自己这样，在留心这两个月亮呢？天吾想。深绘里当然知道这件事。这件事情原本就始于她。大概。然而除了她，天吾周围的人没有一个提及月亮增加了数目。是人们还未觉察这个事实吗？还是这早已成为众所周知的事实，再没有人特地当作话题了？不管怎样，除了那位帮他在补习学校代课的友人，天吾没有向任何人打听过月亮的事。不如说是小心翼翼地不在人前提到这个，好像这是在道义上不合适的话题。

为什么呢？

天吾想，或许是月亮不希望这样。或许这两个月亮说到底是发给天吾个人的信息，而他没有获准与别人共享这个信息。

然而这是个离奇的想法。月亮的数目怎么可能成为私人的信息呢？它究竟要传递什么？天吾觉得这与其说是信息，不如说更像复杂的谜语。若是这样，那出谜的究竟是谁呢？不发出许可的又是谁？

风发出尖锐的声音，从榉树的枝间穿过。像体味到绝望的人从齿缝中吐出的绝情的气息。天吾仰望着月亮，似听非听地听着风声，一直坐到身子完全冷透。折合成时间，大约有十五分钟左右。不对，也许更长些。不知何时失去了时间感。因为威士忌而暖得恰到好处的身体，现在像海底孤独的岩石，又硬又冷。

云连绵不断地被吹向南方的天空。不管吹走了多少，云都汹涌不绝。遥远的北方大地一定有云朵取之不尽的供给源。一群心坚似铁的人，裹着厚厚的灰色制服，从早到晚默默地不断制造云朵，就像蜜蜂酿蜜、蜘蛛织巢、战争制造寡妇一样。

天吾看了一眼手表。马上就到八点了。公园里已经没有人影。不时有人步履匆匆地走过前面的马路。下班回家的人们个个步态相同。隔着马路，对面新建的六层公寓里有半数住户的窗子亮着灯。寒风呼啸的冬夜，点灯的窗子能得到特别柔情的暖意。天吾用目光依序追寻一扇扇亮灯的窗子，如同从小渔船上仰望夜的海上漂浮的豪华客轮。每扇窗子都像串通好似的拉着窗帘。从夜晚的公园冰冷的滑梯望过去，那里像另一个世界。一个建立在另外的原理之上、依循另外的规则运营的世界。在窗帘后面，人们大概心安理得地经营着极其普通的生活。

极其普通的生活？

天吾能想象的"极其普通的生活"，只是缺乏深度和色彩的公式化的东西。夫妻两人，大概有两个孩子。母亲扎着围裙。冒着热气的锅，餐桌边的交谈——天吾的想象力到此便碰了壁。普通的家庭在晚餐桌上到底谈些什么？对他而言，没有在餐桌上和父亲交谈的记忆。两个人各自在方便的时候，默默地将食物塞进肚子。吃的东西也难称得上是食物。

观察了一会儿公寓明亮的窗户，再次将目光转向大小两个月亮。但不管等多久，哪个月亮都没有向他吐露只言片语。它们毫无表情的面孔朝向这边，那模样就像不妥帖的希求润色的对偶句，并排浮在天上。今日无信息。这就是它们向天吾传递的唯一信息。

云团不知疲惫地穿过天空向南飘去。形状各异、大小不同的云飘然而来，又飘然而去。其中也有形状非常有趣的云朵。看上去，它们似乎自有独特的思考。虽小却坚硬、轮廓分明的思考。然而天吾希望知道的不是云朵，而是月亮的想法。

天吾终于作罢，大大地伸展手脚，然后走下滑梯。没办法。今天弄明白了月亮的数目没变，也算是值得了。他双手插在皮夹克的口袋里走出公园，缓缓地跨着大步走回了家。走着走着，忽然想起了小松。

该和他谈一次了。得多少整理一下和他之间的事。小松那边也说有话稍等几天告诉天吾。他把千仓疗养院的电话号码留给了小松，然而没有电话打来。明天给小松打个电话。不过要先到补习学校去一趟，看一下深绘里交给友人保管的信。

深绘里的信原封不动地放在写字台的抽屉里。封得严实，信却很短。半页报告纸上，用蓝色圆珠笔写着楔形文字般的熟悉的字。比起报告纸来，那是写在黏土板上才更合适的字体。天吾知道写这样的字要花很长时间。

天吾把信读了好几遍。上面写的是她不得不离开天吾的家。现在马上，她写道。因为有人在看着我们，这是她的理由。用粗而软的铅笔在这三处底下重重地画着横线。雄辩得惊人的横线。

看着"我们"的是谁？她是怎么知道这件事的？没有说明。在深绘里居住的世界里，看来事实不能如实地说出口。就像标明了海盗藏宝地点的地图，必须用暗示和谜语，或是缺失与变形来说明事物。就像《空气蛹》的原稿一样。

但深绘里大概没有发出暗示或谜语的意思。对她来说，这才是最自然的表达方式。只有通过这样的词汇和语法，她才能将心中的意象与思想传递给别人。想和深绘里沟通，就必须习惯这种表达方式。从她那里接受了信息的人，必须调动自己的能力与资质，适当地调整顺序、补充不足才行。

然而深绘里偶尔直截了当地给出的声明，天吾不管怎样暂且全部接受。她感觉"有人在看着我们"时，恐怕真的有人在看着我们。她感觉"不得不离开"时，就是她离开的最佳时机。先把这些作为综合性的事实接受下来。至于背景、细节和根据，以后再自己去寻找，去推测。或者一开始就该放弃追求这种东西。

有人在看着我们。

难道是说"先驱"的人找到了深绘里？他们知道天吾与深绘里的关系，掌握了他受小松委托改写《空气蛹》的事实，所以牛河才企图接近他。他们不辞劳苦地（天吾至今不知为何）要将他置于自身的影响下。这样的话，他们很可能已经在监视天吾的家了。

但如果是这样，他们未免浪费了太多时间。深绘里在天吾家里住了近三个月。他们可是组织化的人，拥有实实在在的力量。想把深绘里抓到手易如反掌，毫无劳神费力地监视天吾住处的必要。而且他们若是真在监视深绘里，肯定不会让她随心所欲地说走就走。可是深绘里竟然收拾行李走出天吾的住处，还跑到代代木的补习学校将信交给他的友人，又赶往别的地方去了。

越是按逻辑推论，天吾的脑袋越发混乱。只能认为他们没有要把深绘里抓到手的意思。说不定他们从某个时间点起，已经将行动目标从深绘里改为别的对象。一个跟她有关但并非她本人的人物。也许基于某种理由，深绘里对"先驱"来说已不再是威胁了。但假定如此，他们为什么现在要特地监视自己的住处呢？

天吾用补习学校的公用电话打给小松的出版社。虽然是星期天，可天吾知道小松喜欢休息日到公司去工作。只要没有别人在，公司也是个不错的去处。这是他的口头禅。然而没人接。天吾看看表，才上午十一点。小松不会这么早上班。不论是星期几，他都是在太阳过了头顶之后才开始一天的行动。天吾坐在自助餐厅的椅子上，喝着淡咖啡，将深绘里的信又读了一遍。照例是汉字少到极点、没有标点也不换行的文章。

　　天吾　你是从猫城回来后读这封信　这是好事情　不过有人在看

<u>着我们所以我不得不离开这个房间</u>　<u>而且得现在马上</u>　我的事你不
用担心　但我已经不能再待在这里了　上次就告诉过你你要找的人
就在从这里走路可以到的地方　不过要当心有人在看着

　　天吾将这电文般的短信连读了三遍，然后叠好装进口袋。每次都
是这样，越是反复阅读，深绘里的文章就越有可信性。他受到了监视。
天吾现在将此理解为确凿的事实。他抬起头，环顾补习学校的自助餐
厅。是上课时间，餐厅内没有什么人。只有几个学生在看教科书，往
笔记本上写什么。看不到像是暗中偷偷监视他的人。

　　有一个基本的问题：假如目标不是深绘里，他们在这里监视的到
底是谁？是我本人，还是我的住处？天吾试着思考。当然，一切都不
过是推测。但他感到他们关注的恐怕不是自己。天吾不过是个受托改
写《空气蛹》的文章修理工。该书已经出版，成为世间的话题，不久
话题消亡。天吾的使命早已告终，如今没有理由再受到关注。

　　深绘里应该几乎没出过房门。但她感觉到了视线，意味着他的房
间受到了监视。可是，究竟在什么地方才能实施监视呢？这一带是都
市里十分拥挤的地段，但天吾位于三楼的家却令人诧异地处于不受外
界视线侵扰的位置。这也是天吾喜欢这间屋子、长住不走的理由之一。
他那位年长的女朋友也高度评价。"外观倒还罢了。"她常说，"这间
屋子奇妙地让人安心，和住在里面的人一样。"

　　每到黄昏时分，一只大乌鸦就会飞来窗边。深绘里在电话里说起
过这只乌鸦。乌鸦落在窗外搭建的放花盆的狭小空间里，在玻璃窗上
咔哧咔哧地磨蹭漆黑的大翅膀。归巢前在房间外待一会儿成了这只乌
鸦的习惯。而且它似乎很关注房间内部。脸颊两侧又大又黑的眼睛敏
捷地转动，从窗帘的缝隙里收集信息。乌鸦是聪明的动物，而且好奇
心旺盛。深绘里说能和那只乌鸦交谈。但再怎么说，也很难认为乌鸦

会充当什么人的喽啰，前来刺探天吾家里的情况。

那么，他们究竟是在哪里侦察他家中的情形呢？

天吾在从车站回家的途中，顺便去超市购物，买了青菜、鸡蛋、牛奶和鱼。他抱着纸口袋站在公寓大门口，为慎重起见环视了四周一圈。没有可疑之处。一成不变的风景。像黑暗的脏器一般垂在空中的电线，狭窄的前院里冬日枯黄的草坪，锈迹斑斑的信箱。他还侧耳听了一会儿。但除了都市特有的振翅声一般连绵不绝的噪音，什么也听不见。

回到房间里整理好食品，走到窗前拉开窗帘，察看外面的风景。隔着一条马路，对面有三座旧房子。都是二层小楼，建造在狭窄的地盘上。房主都是老年人，典型的老资格居民。人人长着一张不容亲近的脸，对任何变化都心存厌恶。不管发生什么，都不可能爽快地欢迎陌生人登上自家的二楼。而且无论怎样从那里探身，最多也只能看到天吾家的一部分天花板。

天吾关上窗子，烧开水，泡咖啡，坐在餐桌边喝着，想着能想到的种种可能性。有人在附近监视我，而在从这里走路就可以到的地方藏着（或是藏过）青豆，这两者之间是否有关系？抑或是偶然的巧合？但怎么想也得不出结论。他的思路就像在所有出口都被堵死的迷宫里，只能闻到奶酪香味的可怜老鼠，沿着同一条路周而复始地绕圈子。

他放弃了思考，浏览了一遍从车站小卖店买来的报纸。今年秋天当选连任的罗纳德·里根把中曾根康弘首相称作"阿康"，中曾根首相则叫总统"隆"。当然也有照片的原因，他们俩看上去就像在商量如何将建材偷换成廉价伪劣品的建筑商。因英迪拉·甘地总理遭暗杀而引发的骚乱仍在印度国内持续，各地有许多锡克教徒惨遭杀害。日本苹果史无前例地丰收。但足以让他感兴趣的新闻一件也没有。

等到时针指向两点，他再次往小松的公司打了个电话。

铃声一连响了十二下，小松才来接电话。一如既往。不知为何，他不会轻易地拿起电话来。

"天吾君，久违了。"小松说。他的声调完全恢复了原状。流畅，稍有点像演戏，无从捉摸。

"前两个星期我请假去千叶了。昨天傍晚才回来。"

"听说你父亲情况不太好。你辛苦了。"

"也不算辛苦。家父一直神志昏迷，我不过是坐在一旁，看着他的睡容打发时间。其余时间就在旅馆里写小说。"

"但毕竟事关一个人的生死，总是不容易啊。"

天吾改换了话题："您不是说稍等几天有话要告诉我吗？上次打电话时说的。好久以前了。"

"就是那件事。"小松说，"我想跟你见一面，好好谈谈。你有空吗？"

"如果事关重大，早一点比较好吧？"

"是啊，也许是早一点好。"

"今晚的话，我可以腾出时间来。"

"今晚就行。我也正好有时间。七点怎么样？"

"没问题。"天吾答道。

小松指定了他们公司附近的一家酒吧。天吾也去过几次。"这家店星期天也开门，而且星期天几乎没有客人，能安静地说话。"

"会很长吗？"

小松略一沉吟。"怎么说呢？是长是短，得说说看才知道。"

"行啊。随便您说多久，我奉陪到底。咱们可是坐在同一条船上呢，对不对？还是您坐上别的船啦？"

"没那种事。"小松少见地用诚实的口气说，"咱们现在还是坐在一条船上。总之，七点见。到时我再详细告诉你。"

天吾挂断电话后，坐在写字台前，打开文字处理机，把在千仓旅馆里用钢笔写在稿纸上的小说输进去。重读这些文章，便浮想起千仓小镇的风景来。疗养院的景物，三位护士的面容，摇曳着防风松林的海风，空中飞舞的雪白海鸥。天吾站起身，拉开窗帘，打开窗户，将外面凉爽的空气吸入胸中。

天吾 你是从猫城回来后读这封信 这是好事情

深绘里在信中这样写道。然而回来后这个房间却被别人监视着。不知是什么人藏在什么地方进行监视。说不定是在房间里装上了摄像头。天吾担心起来，把角角落落查了个遍。当然没发现摄像头也没发现窃听器。这毕竟是个又小又旧的房间，如果装上了这种东西，无论如何也藏不住。

直到天色暗下来，天吾一直坐在桌前输入小说原稿。不是一字不改地照搬写好的文章，而是处处进行修改，比预想的费时间。停下手打开台灯时，天吾才想到今天乌鸦没有来过。听声音就能知道乌鸦来了，因为它会在玻璃窗上磨蹭大翅膀。托它的福，玻璃上到处粘着薄薄的油脂，像寻求解读的密码。

五点半，做了顿简单的晚饭吃下去。感觉不到食欲，但连午饭也没正经吃过，肚子里还是填进点东西比较好。他做了番茄裙带菜沙拉，吃了一片吐司。到了六点十五分，他在高领黑毛衣外面套上件橄榄绿灯芯绒上衣，走出房间。迈出公寓大门时再度停下环视四周。仍然没有发现惹人注目的东西。没有男人藏在电线杆后面，也没有可疑的汽车停在路边。甚至连乌鸦都没来。但天吾反倒不安起来。他觉得周围所有看似全无关系的东西，似乎都在暗中监视自己。手提购物篮经过的妇女，外出遛狗的沉默老人，就连肩背网球拍、看也不看这边便骑着自行车过去的高中生，说不定都是"先驱"派来的巧妙伪装的监视者。

这就是所谓的疑心生暗鬼吧，天吾想。必须提高警惕，但过于神经质也不好。天吾步履匆匆地走向车站，不时飞快地扭头看有没有盯梢者。如果有人盯梢，他大概不会看漏。他天生比别人视野开阔，视力也好。三次回头看过之后，他确信自己没有被跟踪。

差五分七点抵达和小松碰头的那家店。小松还没到，天吾好像是开门后的第一位客人。吧台上大大的花瓶里插满了鲜花，花茎切口的气味飘漾在四周。天吾坐在深处的雅座上，点了一杯生啤，从上衣口袋里掏出文库本来读。

七点十五分，小松来了。粗花呢上装配开司米薄毛衣，同样是开司米质地的围巾，羊毛裤子加绒面革皮鞋。一如平时的装扮。每一样都是上等货，品味高雅，而且旧得恰到好处。这些衣服穿在他身上，仿佛原本就是身体的组成部分。天吾从没见过小松穿着一看便知是新买来的衣物。也许他是穿着新买的衣服睡觉、在地板上打滚来着，或是在穿之前多次手洗过再阴干。然后在退色退到恰如其分时，再穿在身上在人前露面，还露出一副有生以来从不介意服饰的表情。总而言之，这身装扮让他一看就像个久经磨炼的资深编辑。不如说除了久经磨炼的资深编辑，他什么都不像。他在天吾对面坐下，同样点了生啤。

"你看上去好像没有变化啊。"小松说，"新小说写得顺利吗？"

"进展很慢，但在不断前进。"

"那太好啦。作家只有持之以恒地写作才能进步。就像毛毛虫永不休止地吃着叶子一样。我没说错吧？改写《空气蛹》对你自己的工作产生了良好的影响，对不对？”

天吾点点头。“是啊。做了那件工作，我好像学到了一些关于小说的重要东西。看到了一些以前看不到的东西。”

“这倒不是自吹自擂，这方面我可是了如指掌。天吾君你需要这样的契机。”

“不过，我也为此吃够了苦头。你知道的。”

小松将嘴巴弯成冬夜美丽的新月，笑了。那是难以读取深度的笑。

“人想获得宝贵的东西，就得支付相应的代价。这可是世界的规则哦。”

“也许是吧。但什么是宝贵的东西什么是代价，很难区分。因为乱七八糟地搅在一起。”

“很多事的确都乱糟糟地搅在了一起，就像在串线的电话上交谈。你说得没错。”小松说着，皱起眉头，“对了，深绘里现在在哪里，你知道吗？”

“现在嘛，我不知道。”天吾斟词酌句地答道。

“现在嘛。”小松意味深长地说道。

天吾沉默不语。

“不过直到不久前，她还住在你家里。”小松说，“我是这样听说的。”

天吾点头道：“没错。她在我那里住了将近三个月。”

“三个月可不算短。”小松说，“但你对谁都没说起过。”

“因为她要我别告诉任何人，所以我对谁都没说，包括小松先生您。”

“但现在她不在你那里了。”

“没错。在我去千仓期间，她留下一封信，离开了我家。之后的事我就不知道了。”

小松取出香烟，叼在口中点燃火柴，眯起眼睛望着天吾。

"那之后深绘里回到戎野老师家了。那个二俣尾山上的家。"他说，"戎野老师和警方联系，撤销了搜索请求。告诉他们深绘里只是偶然出去走走，并没有遭到绑架。警察肯定找过她问了一通前因后果。为什么要隐藏起来？到哪里去了？干了些什么？毕竟是未成年人嘛。过几天报纸也许会有报道，失踪多日的少女新人作家安然现身之类。呃，就算登出来，篇幅也不会太大吧。又没有牵扯什么犯罪事件。"

"曾经藏在我那儿的事，也会曝光吗？"

小松摇摇头。"不会。深绘里不会说出你的名字。她那样的性格，不管对手是警察是陆军宪兵队是革命评议会还是特雷莎修女，她一旦决定不说出来，就死也不会开口。所以你不必担心。"

"我倒不是担心，只是想了解事态出现了什么变化。"

"总之，你的名字不会公之于众。不要紧。"小松说，随后脸上浮出严肃的表情，"这些姑且不谈，我有件事必须问问你。但这话有点不好开口。"

"不好开口的事？"

"该怎么说呢，涉及隐私啊。"

天吾喝了一口啤酒，把杯子放回台子上。"没关系。能回答的我都回答。"

"你和深绘里之间有没有性关系？我是说她藏在你家那段时间。你只要回答 Yes 或 No 就行。"

天吾顿了一顿，然后缓缓地摇头。"我的回答是 No。我和她之间没有那种关系。"

那个雷雨之夜自己和深绘里发生的事，无论如何都不能说出去。天吾凭直觉这样判断。这是不能公开的秘密，不允许他谈论。而且，那根本就不能称作性行为，其中不存在一般意义上的性欲。无论是哪一方。

"那么是没有性关系喽？"

"没有。"天吾用缺乏水分的声音答道。

小松鼻子两侧微微挤出皱纹。"可是天吾君，我不是怀疑你，但你在回答 No 之前，停顿了一到两拍。在我看来这有点像踌躇不决。会不会有过与之近似的关系呢？我可不是打算责备你。我呢，不过是想了解一下事实。"

天吾直直地注视着小松的眼睛。"我不是踌躇，只是有点奇怪。您怎么会对深绘里和我有没有性关系这样感兴趣。因为您可不是那种津津乐道别人私生活的性格，反而对这种事避之不及。"

"嗯。"小松说。

"那么，这件事现在为何成了问题？"

"当然，天吾君你和谁睡觉，深绘里和谁干了什么，基本都跟我没关系。"小松用手指挠着鼻翼，"就像你说的那样。不过你也知道，深绘里和那些普通女孩可不一样。该怎么说呢？就是说她的每个行动都会产生意义。"

"产生意义。"天吾说。

"自然，从逻辑上看，任何人的任何行为就结果而言都会产生意义。"小松说，"不过在深绘里来说，会产生更加深刻的意义。她身上有这种不寻常的要素。因此我们有必要尽量掌握和她有关的事实。"

"所谓我们，具体是指谁？"天吾问。

小松罕见地露出为难的表情。"说老实话，想知道你和深绘里有没有性关系的，不是我，而是戎野老师。"

"戎野老师也知道深绘里是藏在我这里？"

"当然。从她寄居在你那里的第一天起，老师就知道了。深绘里——向老师报告自己身在何处。"

"我可不知道。"天吾惊讶地说。深绘里好像说过没把自己的住处告诉任何人。但事到如今已经无所谓了。"我不太理解。戎野老师是她实际上的家长，是监护人，一般来说也许会在某种程度上关心这种事。但毕竟处在这莫名其妙的状况中，深绘里是否安然无恙，是否处于安全的环境，才应该是最重要的问题。她的贞洁问题居然在老师的忧虑事项一览表中居首位，这可有点难以想象。"

小松撇了撇半片嘴唇。"这个嘛，我不了解具体情况。我只是受老师委托，要当面问问你和深绘里是否有过肉体关系。所以才这么问了，而得到的回答是 No。"

"对。我和深绘里没有肉体关系。"天吾注视着对方的眼睛，干脆地说道。他心里没有在说谎的意识。

"那就好。"小松把万宝路叼在口中，眯起眼睛擦燃火柴，"我只要知道这一点就行了。"

"深绘里的确是个引人瞩目的女孩。不过就像您知道的，我本来就被卷进了麻烦的事态，而且是迫不得已。我可不想再招惹更大的麻烦。而且我原来是有女朋友的。"

"我明白了。"小松说，"在这方面你是个聪明人，思路也很清晰。我会如实向老师转告。问你这种怪问题，对不起啦。你别放在心上。"

"我没放在心上，只是觉得奇怪。为什么事到如今会出现这样的情况。"天吾说着，稍稍顿一顿，"那么，您说要告诉我的，是什么事情？"

小松喝完啤酒，向侍者点了苏格兰威士忌高杯酒。

"天吾君喝什么？"他问。

"和您一样就行。"天吾回答。

两只高高的玻璃杯送到台子上来。

"首先，"小松沉默了许久之后说道，"有必要把一团乱麻的局面尽量在这里理清。因为我们毕竟是坐在一条船上嘛。所谓我们，就是你、我、深绘里以及戎野老师四个人。"

"这真是意味深长的组合。"天吾说。但小松似乎没有听出其中的讽刺意味。他好像在专心考虑自己要说的话。

小松说："这四个人各怀心思参与这个计划，目标并不一致，方向各不相同。换句话说，大家并没有按照同一个节奏、同一个角度去划动船桨。"

"而且本不是适合集体作业的组合。"

"也许可以这么说。"

"而且船被激流冲向了瀑布口。"

"船被激流冲向了瀑布口。"小松承认道，"不过呢，我不是要辩解，开头只是个单纯朴素的计划。深绘里写的《空气蛹》由你刷刷几下改写完，去夺取文艺杂志新人奖，印成书适可而止地卖个好价钱。我们来捉弄一下世间，还能小赚一笔。半是恶作剧半是实利。这就是我们的目的。可是自从深绘里的监护人戎野老师插手，情节陡然变得复杂起来。水面下好几项计划错综交集，水流越来越急。你的改写也好极了，远远超出我的预期。于是这本书声名大振，销路好得出奇。结果我们乘坐的船被冲到了出乎意料的地方，而且是有点危险的去处。"

天吾微微地摇头。"何止是有点危险的去处，是危险之极的去处。"

"这么说大概也行吧。"

"您别说得好像事不关己。这不都是您筹划的吗？"

"你说得完全正确。是我突发奇想，按下了启动按钮。一开始倒很顺利，遗憾的是半路上开始失去控制了。我当然感到有责任，尤其是把你卷进来这一节。是我硬劝你入伙的。但总而言之，我们必须在这里停下，重整态势才行。把多余的包袱处理掉，把计划尽量弄得简单些。我们有必要认清自己现在处于什么位置，接下去该如何行动。"

说完这些，小松歇了一口气，喝着高杯酒。然后拿起玻璃烟灰缸，仿佛盲人在仔细确认物体的形状，用修长的手指小心翼翼地抚摸着表面。

"说老实话，我被人在某个地方监禁了十七八天。"小松开口说道，"从八月底到九月过半。那一天，我正打算去上班，正午过后走在我家附近的路上，那是通往豪德寺车站的路。这时一辆停在路边的黑色大型车轻快地摇下车窗，有人喊着我的名字：'这不是小松先生吗？'我心想这是谁，走过去一看，下来两个男人，一把将我拽进车里。两个都是力大无比的家伙。一个从背后反剪住我的双臂，另一个人拿着氯仿之类的强迫我闻。嗬，简直就像电影一样。不过，那东西可真灵。等我醒来，发现自己被关在一个没有窗户的小房间里。墙是白色的，形状像个立方体。里面有一张小床、一张木制的小桌子，但没有椅子。我就被扔在那张床上。"

"是被绑架了吗？"天吾问。

小松把检查完毕的烟灰缸放回台子上，抬脸看着天吾。"对，我被漂亮地绑架了。从前有部电影叫《收藏者》，就跟那个一模一样。我想，世上绝大多数人从来不会想到自己有一天会被绑架。这种事连闪都不会在脑袋里闪一下。你说是不是？可是，等该被绑架的时候，还是照样会被绑架哦。这该怎么说呢？伴随着某种超现实的感觉。自己居然真的被绑架了！叫人怎么能相信呢？"

小松像寻求回答似的望着天吾的脸，但这完全是修辞性的设问。天吾沉默不语，等待着下面的故事。还未碰过的高杯酒的杯子渗出了汗水，濡湿了下面的杯垫。

第 16 章　牛河
能干、坚忍但麻木的机器

第二天早晨，牛河像昨天一样在窗前坐下，从窗帘的缝隙间继续监视。和昨天傍晚回家时大致相同的人们，或者说看似一模一样的人们走出了公寓。他们仍然神情黯淡，佝偻着后背。看来面对新的一天，在几乎还未开始的时候，他们就已厌烦之极、筋疲力尽了。这些人中间不见天吾的身影。但牛河照样按动相机的快门，将经过眼前的面孔一张张记录下来。胶卷充足，而要拍好照片，实际练习必不可缺。

见早晨上班时间已经结束，该出门的人都出去了，牛河走出房间，钻进附近的公用电话亭，拨通代代木补习学校的电话号码，找天吾接电话。接听的女子回答说："川奈老师十多天前就请假了。"

"是生病了吗？"

"不是。是家里人情况不好，他到千叶去探病了。"

"您知道他什么时候回来吗？"

"我们没有问过。"女子回答说。

牛河道谢后，挂断了电话。

说起天吾的家人，除了父亲就再无他人了。那个做过 NHK 收款员的父亲。天吾对母亲的事一无所知。而且据牛河所知，他与父亲的关系一直不好。尽管如此，为了照顾生病的父亲，天吾已经十多天没去上班了。这一点让牛河有些难以理解。天吾对父亲的反感为何竟如此迅速地软化了？他父亲患了什么病？住在千叶的哪家医院里？倒不是无法调查，只是得花费半天时间，其间就得中断监视。

牛河犹豫了。如果天吾离开了东京，监视这所公寓的大门就毫无意义。暂时中止监视，去摸索其他方向也许更明智。不妨查查天吾父亲住在什么医院，或者进一步调查青豆的事。可以找到她大学时代的同学和在公司供职期间的同事，打听点私人信息。也许能得到一些新线索。

然而思考了一通，牛河决心继续监视这座公寓。首先，如果中断监视，势必破坏好不容易要形成的生活节奏，一切都得再次从头开始。第二，此时此地再去调查天吾父亲的下落和青豆的交友关系，只怕再辛苦也所得甚少。靠两只脚去调查能取得某种程度的成果，但之后便会莫名其妙地止步不前。牛河凭经验知道这一点。第三，牛河的直觉在强烈要求他别从这里走开。不为所动地待着，只管观察从眼前通过的人，不能放过任何蛛丝马迹。牛河那奇形怪状的脑袋里盘踞的陈旧而朴素的直觉，如此告诫他。

天吾在家也好不在家也好，反正继续监视这座公寓。留在这里，趁天吾回来前一个不落地记住平时出入这扇大门的房客的面孔。只要记住谁是这里的房客，当然就能一眼认出谁不是了。我是食肉兽，牛河想。食肉兽必须极端能忍耐。必须融入周边环境，确保得到一切有关猎物的情报。

十二点前，在进进出出的人最少时，牛河出门了。为了多少遮住面孔，他戴了顶编织帽，把围巾一直围到鼻子下面。尽管如此，他的模样仍旧招人注目。米黄色的编织帽戴在他的大脑袋上，就像蘑菇的小伞一样四下撑开。绿色的围巾在下面犹如卷着身子的大蛇。起不到乔装的效果。而且无论帽子还是围巾都一点也不得体。

牛河前往站前的冲印店，冲了两卷胶片。然后走进荞麦面屋，点了一份天妇罗荞麦面。隔了很多天才能吃上一顿热饭。牛河珍惜地品味着天妇罗荞麦面，连汤汁都喝得干干净净，一滴不剩。吃完后周身暖乎乎的，几乎要出汗。他重新戴好编织帽，将围巾围在脖子上，走回公寓。然后一面吸着烟，一面将冲印好的照片在地板上摊开，进行整理。对照下班回家的人和早上出门的人，面容一致的便放在一起。为了便于记忆，还给每个人随意起了个名字，用尖头万能笔写在照片上。

清晨的上班时间过去后，就几乎没有进出公寓大门的房客了。一个肩背挎包的大学生模样的男子，在上午十时左右匆匆走出门去。一个七十左右的老人和一个约莫三十五六岁的女人出去了一会儿，又各自抱着超市的购物袋回来。牛河把他们也拍了下来。晌午前邮递员赶来，将邮件一一分好，投进大门口的信箱，走了。抱着纸板箱的宅急送投递员跑来，走进公寓，五分钟后又空着手出去。

每过一个小时，牛河便离开照相机前，做五分钟舒展体操。其间只得中断监视。反正自己一个人原本就不可能掌握所有人的进进出出，不让身体麻痹更重要。长时间保持同一姿势不动，肌肉会退化，遇到紧急事态就无法敏捷地做出反应。牛河就像变成了虫子的萨姆沙[1]，在地板上灵巧地活动着圆滚滚的走样的躯体，尽量放松肌肉。

为了解闷，他用耳机听调频广播。白天的广播节目以主妇与高龄人群为主要听众，演出者说着枯燥无味的笑话，毫无意义地傻笑，发表些陈腐愚蠢的见解，播放令人几欲掩耳的音乐，还大声地宣传无人想要的商品。至少牛河是如此认为。尽管这样，他还是想听听人的说

---

[1] Gregor Samsa，卡夫卡的小说《变形记》的主人公。

话声，说什么都行。所以他耐着性子听这种节目。人为什么非得制作如此愚蠢的节目，还特地用电波散布到千家万户不可呢？

话虽如此，这位牛河从事的也不是什么有建设性的高尚职业。不过是躲在廉价公寓的房间内，缩在窗帘的阴影里偷拍别人罢了。没有资格居高临下装模作样地批判别人的行为。

并不限于现在。从前做律师时也差不多，不记得做过什么有利于世间的事。最大的客户是和暴力团伙串通一气的中小金融业者。牛河帮他们考虑如何最有效地分散赚来的钱，并安排实施。总之就是体面一些的洗钱行为。也参与过哄抬地价的勾当。将世代定居在那里的居民赶走，腾出大片空地，再转卖给房产开发商，赚得脑满肠肥。其中自然也有相关人士插手。他还擅长为涉嫌逃税被起诉的人辩护。委托人多是一般律师不愿接手的可疑人物。牛河却是只要有人找上门来（而且有一定额度的钱可赚），一律来者不拒，而且手腕高明，结果也不错。所以活儿应接不暇。和教团"先驱"的关系也是那时开始的。领袖不知为何对他很有好感。

如果像世间的律师一样做下去，牛河只怕难以维持生计。虽然大学毕业不久就通过了司法考试，获得了律师资格，可是他既没有关系，也没有后盾。由于长相的缘故，还得不到有名的律师事务所录用。即使自己开事务所，循规蹈矩地做下去，大概也不会有什么委托者找上门来。世上没有多少人乐意支付高额酬金，来聘请像他这样长着一副难说是寻常的相貌的律师。恐怕该怪描写法庭的电视剧，世间民众一般都以为优秀的律师必定长着知性而端正的容貌。

因此自然而然地，他便和黑社会搅到了一起。黑社会的人毫不在意牛河的容貌，这种特异性反倒成了得到他们信任、被他们接受的原因之一。因为在不被正常世界接受这一点上，他们与牛河境遇相似。他们认可牛河灵活的头脑、优秀的务实能力和保守秘密的作风，将动用巨额资金（但不能公开）的工作委托给他，事成后慷慨地支付报酬。牛河迅速明白了要领，掌握了在法律的界线上与法官周旋的诀窍。他悟性好，为人又谨慎。然而有一次，或许该说是鬼使神差吧，一时利令智昏逾越了雷池。虽然总算逃过了刑事处罚，却被东京律师会除名。

牛河关掉收音机，吸了一根七星。将烟雾深深地吸入肺里，缓缓地吐出。把桃子罐头的空罐当作烟灰缸用。如果继续这样活下去，将来一定不得好死。只怕用不了多久就会一脚踩空，独自堕入阴暗的深渊。就算我此刻从这个世界消失，大概也不会有人觉察。无论如何在黑暗中大声悲鸣，喊声也不会传进任何人的耳朵。但即便如此，我也只能继续活下去，一直到死；而要活下去，就只能按照自己的办法活。即使不算值得褒扬的活法，除此之外我也没有别的生存方式。而说到这种不太值得褒扬的活法，牛河几乎比世上任何人都擅长。

两点半，一个头戴棒球帽的少女走出了公寓大门。她手中没拿东西，快步横穿牛河的视野。他慌忙按动手中的连拍开关，快门自动连按三次。这是头一回看到她的身影。瘦削，四肢修长，是个五官美丽的少女。身姿优美，看上去像个芭蕾舞演员。年龄不是十六就是十七，下穿退色的蓝牛仔裤和白运动鞋，上穿男式皮夹克，头发掖在夹克的领子里。她走出大门几步又停下来，眯着眼睛仰脸盯着正面的电线杆上端看了一阵子。然后将视线投向地面，再度迈步走去，沿着马路左转，从牛河的视野里消失了。

这位少女很像一个人，一个牛河认识的人，一个最近看到过的人。看外表，说不定是个电视明星。话虽如此，牛河除了新闻节目基本不看电视，也不记得自己曾对美少女明星感兴趣。

牛河将记忆的油门一脚踩到底，让大脑全速运转。眯起双眼，像绞抹布一样绞尽脑汁。神经针扎般疼。突如其来地，他想起那个人就是深田绘里子。他没有亲眼看过深田绘里子本人，只见过报纸文艺栏上登的照片。尽管如此，裹在那位少女身上的超然的透明，却和他从那小小的黑白照片中得到的印象一模一样。她和天吾因为改写《空气蛹》当然见过面，而她与天吾的个人关系密切起来，在他的房间里藏身也不无可能。

牛河想到这里，几乎是条件反射般戴上编织帽，穿上藏青色双排扣厚呢短外套，将围巾在脖子上连绕几圈，然后走出公寓大门，朝着少女离开的方向追去。

那孩子走得很快，恐怕追不上了。不过她是空着手的，表明没打算走远。与其冒着盯梢被对方发现的危险，还不如老老实实回去等才是上策。虽然这么考虑，牛河还是不能不去追她。这位少女身上有某种超越逻辑地震撼着牛河的东西。如同黄昏某个瞬间，带着神秘色彩的光唤醒人心中特殊的记忆。

向前走了一会儿，牛河又一次看见少女的身影。深绘里站在路边，热心地盯着一家小文具店的店面看。大概那里放着让她感兴趣的东西。牛河假装若无其事地转身背对少女，站在自动贩卖机前，从口袋里摸出零钱，买了一罐热咖啡。

不久少女又走开了。牛河把喝了一半的咖啡罐放在脚下，保持足够的距离尾随其后。看上去少女似乎专心于走路这一行为。那走法像是在徒步穿越波澜不兴的宽广湖面。用这种特殊的走法，一定能走在水面上却不沉下去，也不湿鞋。她似乎掌握了这种秘技。

这位少女身上的确拥有某种东西。某种普通人不具备的特殊东西。牛河如此感觉。关于深田绘里子，他所知不多。迄今为止得到的信息不过是她系领袖的独生女儿，十岁时只身逃离"先驱"，寄居在一位姓戎野的著名学者家里，在那里长大，后来写了本叫《空气蛹》的小说，借川奈天吾之手成了畅销书。仅此而已。如今下落不明，已向警方提交搜查请求，"先驱"本部因此在不久前受到了搜查。

《空气蛹》的内容似乎对教团"先驱"不利。牛河也买了这本书仔细读过一遍，但没弄清是哪个部分对教团不利，又是如何不利的。小说本身很有趣，写得非常高明。文章通俗易懂，有些部分引人入胜。但终究不过是一部天真烂漫的幻想小说，他想。这肯定也是世间一般的感想。从死山羊嘴巴里走出小小人编织空气蛹，主人公分离为母体和子体，有两个月亮。这种幻想故事里到底有什么地方隐藏着不可告人的秘密？然而教团那帮家伙似乎下决心采取什么措施，至少一度这么考虑过。

话虽如此，在深田绘里子广受世间瞩目的时候，以何种方式对她下手都太危险，才改而（牛河推测是这样）委托他为教团的外部代理人与天吾接触，命令他与那位人高马大的补习学校讲师沟通。

在牛河看来，天吾不过是整个流程中的一个配角。受编辑委托，将小说《空气蛹》的应征稿改写成文字流畅情节合理的东西。工作虽然完成得不错，但仅仅是辅助性的角色。牛河无法理解他们为何对天吾如此感兴趣，话虽如此，他不过是个跑腿的小兵，对命令只能口称"是，明白了"，乖乖地实行。

然而牛河绞尽脑汁编造的堪称慷慨大方的提案，却被天吾一口拒绝。与天吾沟通的计划受挫。当他正在思考下一个方案时，深田绘里子的父亲——那位领袖死了。于是此事止步不前。

现在"先驱"的方向如何、有何追求，跟牛河毫不相干。在失去了领袖的现在，谁掌握教团的主导权，这也无从得知。但总之他们打算找到青豆，弄清她杀害领袖的意图，理清她背后的关系。恐怕会严厉处罚她以报仇雪恨吧。而且他们决心不让司法介入此事。

又会如何对待深田绘里子呢？教团现在是如何考虑小说《空气蛹》呢？那本书对他们来说仍然是威胁吗？

深田绘里子没有放慢脚步，连头也不回，像归巢的鸽子般朝着某个地方一路走去。很快就清楚了，那儿是一家叫"丸商"的中等规模超市。深绘里在那里拿着一只篮子，走过一排又一排的货架，挑选着罐头和生鲜食品。买一棵生菜，也要拿在手上从各种角度仔细玩味。这可得花不少时间啊，牛河想。于是他决定先走出去，到马路对面的公交站假装等巴士，监视着超市入口。

　　可是等了很久也不见少女出来。牛河渐渐担心起来。弄不好她是从别的出口出去了。然而据牛河观察，这家超市的出口应该只有面向大街这个。可能只是购物花的时间较长。牛河想起了手拿生菜沉吟不决的少女那认真但奇妙地缺乏深度的眼神。他决定耐心等待。巴士来过三辆，又开走了。每次都只有牛河留下来。牛河后悔没把报纸带来。摊开报纸就能遮住脸。盯梢的时候，报纸或杂志是必需品。不过没办法，要知道他可是来不及拿东西就慌忙出门的。

　　深绘里终于走出超市时，手表已经指向了三点三十五分。少女瞧都不瞧牛河所在的公交站，沿着来路疾步往回走。牛河稍隔片刻也追上去。两只购物袋似乎相当沉，少女却毫不费力地用双手抱着，像在水面上移动的水黾，轻快地走在路上。

　　好奇怪的女孩，牛河望着她的背影再次想道。宛如眺望着罕见的异国蝴蝶。只是观赏的话不成问题，但不能伸手。一旦碰触，它便会丧失自然的生命，丢掉本来的鲜丽，不再做异国的梦了。

　　该不该向"先驱"那群家伙汇报发现了深绘里住处的事？牛河在大脑中飞快地算计。很难判断。现在将深绘里交出去，也许能为自己赚到一定的分数。至少不会失分。可以向教团显示自己在扎扎实实地工作，取得了还算可观的成果。但假如被卷进怎样处置深绘里的事，就可能失去搜寻青豆——这是本来目的——的机会。那样一来就要鸡飞蛋打了。如何是好？他将双手插在短外套口袋里，围巾一直埋到鼻尖，比来时保持着更长的距离跟着深绘里。

我跟踪这个少女，也许只是想望着她的身影，牛河忽然这么想。只是望着怀抱购物袋走在街头的她，他便感到心揪得紧紧的，就像被两堵墙夹在当中动弹不得的人，无法前进也不能后退。肺的翕动变得生硬而不规则，仿佛被放在了带着潮气的暴风里，喘不过气来。这是从未体味过的奇妙心情。

牛河下了决心，至少眼下这段时间，先不去管这位少女。还是按照最初的计划，将焦点聚集在青豆一人身上。青豆是杀人者。不管理由如何，她做了理应受惩的事。把她交给"先驱"，牛河并不感到心痛。然而这位少女却是生活在森林深处的柔曼无言的生物，有着灵魂的影子般色彩淡淡的翅膀。我还是仅仅从远处眺望着她吧。

深绘里抱着纸口袋消失在公寓大门里。过了一会儿，牛河也走进大门。回到屋子里脱掉围巾和帽子，重新坐在照相机前。风吹得脸颊冰冷。抽了一根烟，喝了点矿泉水。喉咙又干又渴，仿佛吃过许多辣东西。

黄昏降临，街灯点亮，快到人们下班回家的时间了。牛河依旧穿着双排扣短外套，拿着快门的遥控开关，视线倾注在公寓大门口。午后阳光的记忆渐渐淡薄，空荡荡的房间急速冷下来。看来今夜要比昨天更冷。牛河打算去站前的电器量贩店买电暖炉或电热毯。

深田绘里子再次走出公寓大门时，手表的指针指向四点四十五分。高领黑毛衣和蓝牛仔裤，跟刚才一样的装束，不过没穿皮夹克。紧身毛衣鲜明地凸显出胸脯的形状。身材那样纤细，乳房却很大。透过镜头注视着那美丽的隆起，牛河再度感觉到心揪得紧紧的，喘不过气来。

既然不穿外衣，看来她还是没打算走远。少女像上次一样在大门前站住，眯起眼睛仰视电线杆上端。天色开始暗了，不过仔细看的话仍然能看清物体的轮廓。有一会儿，她在那里搜寻着什么，但似乎没找到要找的东西。然后她不再仰望电线杆，像鸟一样扭动脑袋环视四周。牛河按动遥控开关，将少女拍下来。

仿佛听见了那声音，深绘里迅速朝照相机扭过头来。于是透过镜头，牛河与深绘里面对面。牛河这边当然能清晰地看见深绘里的脸，因为他正看着望远镜头。但同时，深绘里也从镜头那一端直直地盯着牛河的脸。她的眼睛捕捉到了镜头后面牛河的身影，光润漆黑的瞳孔里鲜明地映出他的脸。牛河有这种异常直接的感觉。他咽了一口唾沫。不，不可能。从她的位置肯定什么都看不见。望远镜头经过伪装，裹着毛巾消音的快门声也不可能传那么远。但少女站在大门口，注视着牛河躲藏的方向，将缺乏感情的视线毫不动摇地投向牛河，如同星光照射着无名的岩石。

很久——究竟有多久，牛河不知道——两人相互对视着。之后她忽然扭过身子，疾步走进大门。仿佛是说，已经看到该看的东西了。少女的身影消失后，牛河把肺一下子排空，隔了片刻再填入新的空气。冷冽的空气变成无数芒刺，从内侧刺着胸膛。

人们纷纷归来，如同昨夜一样从大门的灯光下陆续走过，可是牛河已不再窥望照相机镜头了。他手中也不再握着快门遥控器。那位少女率直而毫无保留的视线，似乎从他身上夺去了所有力气。那是怎样的视线啊！像研磨锋利的长长的钢针，笔直地刺穿了他的胸膛。深深地，几乎穿透后背。

那位少女知道。知道自己被牛河偷偷注视着。也知道正被照相机偷拍。不知为何能这样，不过深绘里明白这些。大概是通过一对特别的触角，她能感觉到这种声息。

非常想喝酒。可能的话，很想满满倒上一大杯威士忌，一口喝干。

甚至想出去买酒。近处就有酒铺。但最终还是作罢了。即使喝了酒，情况也不会有丝毫改变。她从镜头那一头看见了我。躲在这里偷拍别人的我这歪斜的脑袋和肮脏的灵魂，被那位美丽的少女看了个正着。这个事实到哪儿都不会改变。

牛河离开照相机，倚在墙上，仰望着浮现污迹的昏暗的天花板。渐渐地，一切都变得虚无起来。从来不曾痛感自己是如此孤独无助，也不曾感到黑暗竟如此昏沉。他想起了中央林间的独栋小楼，想起了铺满绿草的庭院和狗，想起了妻子和两个女儿，想起了照在那里的阳光，并思索着自己送进女儿体内的遗传因子。有着奇怪的脑袋和扭曲的灵魂的遗传因子。

他觉得做什么都无济于事。发到手的牌全打光了。本来就不是什么好牌，但他努力再努力，将这不够完美的牌最大限度地加以利用。他拼命动脑筋，巧妙地倒换赌注，一度觉得可以一帆风顺。但手头已连一张牌也没有了。赌桌上灯光熄灭，聚赌者也各自回去了。

这天傍晚最终一张照片也没拍。倚着墙闭上眼，抽了几根七星，又打开桃子罐头吃了。表针指向九点时，去洗手间刷牙，脱衣钻进睡袋里，浑身颤抖着打算睡觉。寒冷的夜晚。但他的颤抖并非仅仅是夜晚的寒冷带来的，他觉得寒气来自身体内部。我到底准备去哪儿呢？牛河在黑暗中自问，我这个人又是从哪儿来的呢？

被少女视线刺穿的疼痛仍然残留在胸口，或许永远也不会消失。也许它很久以前便存在于此，只是我未曾发现。

第二天早上，牛河吃完奶酪、苏打饼干加速溶咖啡的早餐，又重新打起精神坐到照相机前，和昨日一样观察着走出公寓的人们，拍了几张照片。但其中没有天吾的身影，也没有深绘里。只能看见佝偻着背的人们在惯性驱使下迈进新的一天的光景。晴朗而风大的早晨。人们口吐白雾，被风吹散了。

别胡思乱想，牛河忖道。铁着脸皮，硬着心肠，只管有条不紊地重复一天又一天。我不过是一台机器。能干、坚忍但麻木的机器。从一侧的嘴巴吸入新的时间，更换成旧的时间，再从另一侧的嘴巴吐出去。存在下去，就是这台机器存在的理由。必须再次回归这种毫无杂质的纯粹循环——这恐怕有一天将迎来终结的永恒运动。他试图坚定意志、麻痹心灵，把深绘里的形象从脑海里驱赶出去。少女锐利的视线在胸口留下的疼痛多少减弱了，现在变成了偶尔发作的钝痛。这就行，牛河想。这就行，太好了。我就是拥有复杂细节的单纯体系。

晌午前，牛河到站前电器量贩店买了个小小的电暖炉，然后走进上次那家荞麦面屋，摊开报纸，吃了一碗热乎乎的天妇罗荞麦面。回房间之前，站在公寓入口处，看了看深绘里昨天热心地仰望过的电线杆上端，却没有发现任何能引起注意的东西。只有又黑又粗的电线在空中像蛇似的纠缠在一起，变压器在上面。那个少女在凝望那里的什么呢？或者说是向那里寻求什么呢？

回到房间打开电暖炉。一开开关，立刻亮起橘黄色的光，皮肤感觉到亲切的暖意。虽然说不上是足够的温暖，但有和没有差别还是很大。牛河倚着墙，轻抱着双臂，在小块的阳光中睡了一会儿。没有梦，什么都没有。是让人想起纯粹空白的睡眠。

敲门声断送了这场幸福的熟睡。有人在敲房门。睁开眼睛环顾四周，一瞬间没弄清自己身在何处。随后看见了旁边带三脚架的美能达单反相机，才想起这是高圆寺公寓里的一间屋子。有人在用拳头敲打房间的门。干吗要敲门呢？牛河一面匆忙调动意识，一面奇怪地想。门口安有门铃。用指头一按就行，简单至极。然而这个人特意要敲门，还敲得很用力。他皱起眉，看看手表。一点四十五分。当然是下午一点四十五分。外边亮晃晃的。

牛河当然没有搭理敲门声。谁也不知道他在这里，也没有人预约了来拜访。大概是推销员，要不就是劝人订报纸的，基本不会错。对方也许需要牛河，牛河却不需要他们。他倚着墙不动，盯着房门，保持沉默。大概过一会儿就走了。

然而那个人不肯罢休，隔了一会儿又敲几下。连续敲门，休止十秒到十五秒，然后再连续敲。绝无踌躇和犹豫的断然的敲门声，声音均衡到了不自然的地步，而且始终要求牛河回应。牛河渐渐变得不安。说不定门外站着的是深田绘里子，也许是来谴责与诘问自己卑劣的偷拍行为。这样一想，心跳陡然加速。他用肥厚的舌头飞速舔了舔嘴唇。然而他耳朵里听到的，怎么想都是成年男人又大又硬的拳头敲打钢门的响声，不是少女的手。

或许是深田绘里子向什么人揭发了牛河的行为，对方找上门来了。比如说房产中介商，再不就是警察一类的人。这样就麻烦了。但房产中介商有钥匙，警察则会先亮明身份。而且他们绝不会敲什么门，按下门铃即可。

"神津先生。"一个男人的声音说道，"神津先生。"

牛河想起来，神津是这间房子原先的房客的名字。信箱上的名牌没有更改，因为这样对牛河更方便。这个人以为住在里面的是姓神津的人。

"神津先生。"那个声音说，"我知道你就躲在里面。像你那样关在屋里屏住呼吸，对身体可不好哦。"

是中年男人的声音。不太响，还有些沙哑。然而那声音里有坚硬的芯。精心烧制仔细干燥过的砖块那种坚硬。大概是这个缘故，他的声音穿透力很强，响彻公寓。

"神津先生，我是 NHK 的，来向你征收每个月的收视费。所以请你开开门吧。"

牛河当然不打算支付NHK的收视费。最简单的方法是请他进房间看看。看啊，根本就没有电视机吧？然而像牛河这样长相怪异的中年男人白天独自躲在空无一物的房间里，不可能不被人怀疑。

　　"神津先生，法律有规定，只要家里有电视机，就必须支付收视费。经常有人说'我又不看NHK，所以不交收视费'。这种道理是说不通的。不管看不看NHK，只要有电视机，就得收你的收视费。"

　　不过是个NHK的收款员，牛河想。由他说去好啦。只要不搭理他，过不了多久他就会走的。但他为什么那样坚信屋子里有人呢？大约一个小时前回房间后，牛河就没有出去过。既不发出声响，窗帘也拉得紧紧的。

　　"神津先生，我清楚你就在房间里。"男人仿佛猜透了牛河的心思，说，"你大概觉得奇怪，这种事情我怎么会知道。可我就是知道。你躲在那里，不想付NHK的收视费，所以闷声不响。对我来说，这情形清清楚楚，一目了然。"

　　敲门声均衡地持续了一阵。像管乐器换气似的短暂休止，然后又以相同的节奏敲起门来。

　　"好啊，神津先生。看来你是决心装到底了。好吧，今天我就撤退了。我也有好多别的事得做。不过我还会再来拜访你的。这可不是骗你，我说来就肯定会来。我和那些普通的收款员可不一样，该收的费用非收到手不可，决不放弃。这是定好的规则，就和月亮圆缺、人的生死一样。你是绝对逃不掉的。"

　　长长的沉默。还以为他已经走了，可收款员又说起来。

　　"过两天我再来拜访你，神津先生。你就好好等着吧。在你没有料到的时候，会有人来敲门，咚咚咚。那就是我啦。"

　　没有再敲门。牛河侧耳聆听，似乎听见了穿过走廊的脚步声。他马上移到照相机前，从窗帘缝隙中注视着公寓大门。收款员完成公寓内的收费工作后，很快就会从那里出去。有必要看看那是个怎样的家伙。NHK的收款员是穿制服的，一看便知。或许是有人冒充收款员企图骗他开门。总而言之，对方应该是以前没见过的家伙。他把快门遥控开关拿在右手，等着像收款员的人出现在大门口。

然而之后足有三十分钟，没有一个人进出公寓大门。终于，一个以前看过多次的中年妇女出现在大门口，骑着自行车出去了。牛河叫她"下巴女"，因为她下巴的肉垂了下来。大概半小时后，下巴女车筐里放着购物袋回来了。她把自行车放回停放处，抱着口袋走进公寓。然后有一个小学男生放学回家了。牛河给这个男孩取名"狐狸"，因为他一双眼睛长得像狐狸眼一样，往上挑着。然而像收款员的人物最终也没有露面。牛河莫名其妙。公寓的出口只有这么一个，而自己的眼睛一秒都不曾离开过门口。收款员没有出来，说明他还在公寓里。

牛河此后也不间断地监视着大门，连洗手间都不去。太阳落山，天色变暗，大门的灯亮了。然而收款员还是没出去。时间过了六点，牛河只得作罢，随后走到洗手间，解了一直憋到现在的小便。那个家伙无疑还在这所公寓里。不明白是怎么回事，逻辑上也说不通。然而这个奇怪的收款员却决定待在这座房子里。

寒意渐增的风，从冰冷的电线间呼啸而过。牛河打开电暖炉，吸了一根烟，就这个谜一般的收款员展开推理。他为什么要说那种充满挑衅意味的话？为什么那样坚定地相信房间里有人？而且，他为什么没有从公寓里出去？既然没出去，那现在又在哪儿？

牛河从照相机前走开，倚着墙，久久地看着电暖炉橘黄的电热丝。

第17章　青豆
只有一双眼睛

电话铃声响起，是在一个风大的星期六。时间接近晚上八点半。青豆正套着羽绒服，膝头盖着毛毯，坐在阳台的椅子上，透过挡板的缝隙守望着水银灯照耀下的滑梯。两手塞进毛毯里，以防冻僵。无人的滑梯望去像冰河期灭绝的大型动物的骨骼。

在严寒的夜晚长久地坐在屋外，也许对胎儿不好。但这种程度的寒冷应该问题不大，青豆想。不管身体表面多么冷，羊水都保持着与血液相同的温度。世界上有许多和这里无法相比的酷寒之地，那儿的女人们照样从不懈怠地生儿育女。而且这是我为了与天吾重逢而必须经历的寒冷。

大大的黄月亮和小小的绿月亮一如既往，并肩浮在冬季的夜空。形状各异大小不同的云在风的吹拂下疾速划过天空。云朵白而密，轮廓鲜明，看去像是顺着解冻的河川流向大海的坚冰。望着这些不知从何处而来又不知向何处而去的夜晚的云朵，感觉自己像被带到了某个靠近世界尽头的地方。这里是理性的极点，青豆想。由此向前便什么也不存在了。前面蔓延的只有虚无的混沌。

玻璃门关着，只留下一条极细的缝，所以电话铃声听上去很微弱，而且青豆正沉湎于遐想。但她的耳朵不会放过那铃声。铃响过三次后停下，二十秒钟后再度响起。是 Tamaru 打来的电话。推开膝头的毛毯，拉开蒙着白色雾气的玻璃门走进房间。里面一片幽暗，暖气开得恰到好处。她用残留着寒意的手拿起电话。

"还在读普鲁斯特吗？"

"进展很慢。"青豆回答。简直像在用暗语交谈。

"是不对胃口吗？"

"也不是。不过，该怎么说呢，那个故事写的完全是另外一个世界，和这里很不一样。"

Tamaru 沉默着等她说下去。他不着急。

"说是另一个世界——其实我觉得像在读一颗离我生活的这个世界几万光年的小行星的详细报告呢。我可以接受和理解里面描写的一个个场景，非常鲜明仔细。可这里存在的场景和那里的无法很好地结合，因为物理距离隔得太远了。所以读了一段，又得回到前面，从同一个地方开始重读。"

青豆搜寻后续的话语。Tamaru 仍然在等待。

"但不觉得无聊。写得很精致，很美丽。那颗孤独的小行星的故事，我也能领会。就是进展很慢，好像划着小船逆流而上一样。拿着桨划一会儿，然后停下手思考问题，等回过神来，小船又回到了原来的地方。"青豆说，"不过对现在的我来说，这样的阅读方式也许反而合适。和追逐情节一口气读下去相比的话。该怎么说呢？其中有种不规则的摇摆感。哪怕是前边成了后边，后面成了前面，也无关紧要。"

青豆搜寻着更为确切的表达。

"我觉得就像在做别人做的梦。有一种感觉的即时共享，却把握不了所谓即时到底是怎么回事。我感觉很近，实际却很远。"

"这种感觉是普鲁斯特刻意追求的吗？"

青豆当然不知道。

"不管怎样，另一方面，"Tamaru 说，"在这个现实世界里，时间确实在往前推进。不会停滞，也不会后退。"

"当然，在现实世界里，时间在不断向前。"

青豆说着，将目光投向玻璃门。果真如此吗？时间是在真真切切地向前推进吗？

"季节变迁，一九八四年也快接近尾声了。"Tamaru 说。

"今年内我大概看不完《追忆似水年华》了。"

"没问题。"Tamaru 说，"随你花多少时间都行。本来就是五十年前写的小说，并没有充斥着分秒必争的情报。"

也许是这样，青豆想。不过，也许不是。她已经不太相信时间这东西了。

Tamaru 问道："你身体里的东西好吗？"

"目前没有问题。"

"那太好了。"Tamaru 说，"对了，那个在我们这一带转悠的来历不明的矮光头的事，你听说了吧？"

"听说了。那家伙还在出没吗？"

"不，近来看不见他的踪影了。在附近转了大约两天，之后一下子消失了。不过这家伙在附近的房产中介到处打听，假借找房子之名搜集庇护所的信息。这家伙长相太引人注目，还穿着非常花哨的衣服，所有和他说过话的人都记得他。很容易就摸清了他的行踪。"

"不适合做调查和侦察。"

"没错。那副样子不适合做这类工作。脑袋大大的，像个大头娃娃。但好像是个本领高强的家伙，善于四处活动收集情报，熟知该采取什么步骤，该去哪里打听什么。脑袋好像也很灵活。没有漏过必要

225

的东西，也没有白做不必要的事情。"

"而且关于庇护所，他收集了一定程度的信息。"

"他查清了那是为遭受家庭暴力的妇女设立的庇护所，是由夫人无偿提供的。恐怕还查清了夫人是你供职的体育俱乐部的会员，以及你经常来这里为夫人做个别指导的事。假如我是那家伙，肯定会查清楚这些。"

"那家伙和你一样优秀吗？"

"只要不惜下功夫，了解收集情报的窍门，受过长期的逻辑思维训练，这种程度谁都懂的。"

"这种人，我猜世上不是太多。"

"有一些。一般称为行家。"

青豆在椅子上坐下，将手指贴在鼻头上。那里还残留着屋外的寒意。

"于是那家伙不在宅第周围露面了？"她问。

"他知道自己已经曝光太多，也知道监控摄像头在工作。所以在短时间内将能搜集的信息统统搜集到手，然后转移到别的猎场去了。"

"这么说，那家伙现在已经察觉我和夫人的联系。还察觉那超越了体育俱乐部教练和富裕顾客之间的普通关系，并和庇护所有关。我们实施过某个项目的事他也察觉了。"

"恐怕是。"Tamaru说，"据我所见，这家伙已经逼近了事情的核心。一步一步地。"

"但听了你的话，我有这样的印象：这家伙似乎不是某个庞大组织的一员，倒像在单独行动。"

"对，我的想法也大致相同。除非有什么特别的企图，否则一个庞大的组织不可能起用外貌如此醒目的家伙进行秘密调查。"

"那么，这家伙是为了什么原因、为了什么人，来做这种调查的呢？"

"不知道。"Tamaru答道，"现在我们只知道这家伙非常能干，非常危险。再进一步的话，现阶段就只能进行推测了。我保守地估计，'先驱'很可能以某种方式介入了此事。"

青豆想了一下这个保守的估计。"而且那家伙换了个猎场。"

"对。至于他移到了哪里，我就不知道了。但按照逻辑推测，他接下来可能去的地方，或者说目标所指，是你现在的藏身之地。"

"你告诉过我，几乎不可能找到这个地方。"

"没错。夫人和那所公寓的关联性无论如何也查不出来。所有关系都彻底地抹去了。但这只限于短期内。如果在那里待得太久，难免会露出破绽。在意想不到的地方。比如说——作为一种可能性，你说不定会稀里糊涂地跑出门去，碰巧被人认出来。"

"我没有出去过。"青豆干脆地说道。这当然不是真话。她曾经两次离开这个房间。一次是为了追寻天吾跑到对面的小公园。还有一次是为了寻找出口，乘出租车到首都高速公路三号线三轩茶屋附近的临时停车处。这些自然不能告诉Tamaru。

"假如是这样，那家伙会怎么寻找这个地方？"

"如果我是那家伙，会把你的个人信息重新调查一遍。你是什么样的人？从什么地方来的？以前做过什么事？现在在考虑什么？想要什么？不想要什么？搜集尽可能多的信息，放在桌子上排队，彻底地验证与分析。"

"就是被剥得一丝不挂？"

"是啊。在明亮冰冷的灯光下，把你剥得一丝不挂。用镊子和放大镜把每个角落都查遍，找出你的思维和行动模式。"

"我不太明白。像这样对个人模式进行解析，就能找出我现在的藏身处？"

"这很难说。"Tamaru 说，"也许会，也许不会。得看具体情况了。我不过是说，是我的话会这么做，因为想不出其他方法。不管是谁，都会有固定的思考和行为模式，而只要有模式，就会从中产生弱点。"

　　"怎么像学术调查一样。"

　　"没有固定模式，人就活不下去。就像音乐里的主题一样。但它同时也钳制人的思考和行动，制约自由，重组优先顺序，有时还会歪曲逻辑性。结合这次的情况来看，你说你不想离开现在的住处。至少到今年年底，拒绝转移到更为安全的地方去，因为你在那里寻找什么。在找到那个东西之前，不能离开那里，或者说不想离开那里。"

　　青豆沉默不语。

　　"那到底是什么东西？你究竟有多强烈地在寻找它？详细情况我不了解，也不打算问你。不过在我看来，那个什么目前就是你个人的弱点。"

　　"也许是。"青豆说。

　　"大头娃娃可能就会冲着这个部分攻过来。冲着束缚着你的个人因素，毫不留情地。那家伙会认为这是个突破口。假如那家伙真像我想象的那么优秀，根据零碎的信息顺藤摸瓜，最终能找到那里的话。"

　　"我估计他找不到。"青豆说，"大概不会发现把我和那个东西连接起来的渠道。因为那是珍藏在我内心深处的东西。"

　　"你能以百分之百的自信这么说吗？"

　　青豆沉吟着。"没有百分之百的自信，大概百分之九十八吧。"

　　"如果是那样，看来有必要认真地担心那百分之二。刚才我就说过，依我看，那家伙是个行家。优秀，而且吃苦耐劳。"

　　青豆沉默不语。

　　Tamaru 说："行家就像猎犬一样，能闻到普通人闻不到的气味，听到普通人听不到的声音。如果用和普通人相同的方法做相同的事，成不了行家，就算成了也做不久。所以你还是小心一点好。你为人谨慎，这一点我很清楚。只是最好小心再小心。最重要的事情不是靠百分比决定的。"

"我有个问题想问一下。"青豆说。

"什么？"

"假如大头娃娃再次在你那边露面，你打算怎么办？"

Tamaru沉默片刻。这好像是个意料之外的问题。"可能什么也不做。由着他去。在这一带，那家伙几乎什么也干不成。"

"可是，假如那家伙开始干什么让人不快的事呢？"

"比如说怎样的事？"

"我说不清。总之是让你烦恼的事。"

Tamaru喉咙深处发出短促的声响。"那时，我大概会发出某种信息吧。"

"是行家之间的信息？"

"嗯。"Tamaru说，"不过在采取具体行动以前，必须确认这家伙是和谁一伙的。如果他有后台，我这边或许反而会处于危险境地。只有看准了这些，才能采取行动。"

"在跳进游泳池之前，先确认水深。"

"可以这么说。"

"但你估计他是单独行动，大概没有后台。"

"啊，我是这么估计的。但根据经验，我的直觉偶尔也有不准的时候。而且很遗憾，我的后脑勺上没长眼睛。"Tamaru说，"总而言之，提高警惕，看清周围。有没有可疑的人？景象有没有改变？有没有发生和平时不一样的事？不管多么微小的变化都没关系，你发现了立刻告诉我。"

"明白。我会提高警惕。"青豆答道。不用说，为了找到天吾，我时刻注意不漏过任何细微的事物。话虽如此，我当然也一样，只有一双眼睛。Tamaru 说的完全正确。

"我要说的就这些。"

"夫人好吗？"青豆问。

"很好。"Tamaru 答道，然后加上一句，"但也许变得沉默寡言了。"

"她原来就不是话多的人。"

Tamaru 在喉咙深处低低地呜咽了一声。他的喉咙中似乎装着表达特殊情感的器官。"我是说，更加。"

青豆想象着老夫人孤身一人坐在暖房的帆布椅上，不知厌倦地望着蝴蝶静静飞舞，脚边放着硕大的喷壶。她熟知老夫人的呼吸是何等静寂。

"下次的货物里，我放进去一盒马德琳蛋糕①吧。"Tamaru 说，"它或许能给时间的流逝带来好的影响。"

"谢谢你。"青豆说。

青豆站在厨房里做可可。再次出去守望之前，应该暖和一下身体。用长柄锅将牛奶煮沸，放入可可粉溶解，倒进大杯子里，再在表面浇上预先做好的奶油泡沫。在餐桌前坐下，一面回味与 Tamaru 的对话，一面慢慢地喝。在明亮冰冷的灯光下，我被那个奇形怪状的大头娃娃动手剥得一丝不挂。他是个手段高明的行家，而且危险。

穿上羽绒服，围上围巾，青豆端着喝了一半的可可杯，回到阳台上。在园艺椅上坐好，毛毯盖在膝头。滑梯上还是没有人，然而就在

---

① madeleine，扇贝形状的法式蛋糕，《追忆似水年华》中有关于这种点心的著名描写。

这时，一个正要走出公园的小孩的身影映入眼帘。这种时间竟然有孩子一个人到公园来，好奇怪。一个头戴编织帽、体形又矮又胖的小孩。然而是从挡板缝隙俯视，角度太小，小孩又是迅速穿过青豆的视野，消失在楼房的阴影里。对于小孩来说，脑袋似乎大得过分，但也许是心理作用。

　　总之那不是天吾。所以青豆没有多介意，再次将视线投向滑梯，投向陆续划过天空的云团。喝着可可，用杯子暖手。

　　青豆这时看见的，当然不是孩子，恰恰是牛河。假如天色再明亮一点，或者观察时间再长一点，她当然会发觉那个大脑袋绝非小孩的头颅，并想到这矮个子大头娃娃便是Tamaru说的男人。然而青豆看到他的身影只有数秒，观察角度也不全面。同样值得庆幸的是，基于相同的理由，牛河也没有看到阳台上青豆的身影。

　　在这里，好几个"假如"浮上我们的脑际。假如Tamaru将谈话截短一些，假如青豆接下来没有一边沉思一边做可可，她一定能看到站在滑梯顶仰头望天的天吾了，于是便能立即奔出房间，实现相隔二十年的重逢。

　　然而同时，如果是那样，监视着天吾的牛河立刻就会明白这是青豆，然后查明她的住处，马上通知"先驱"的两人组。

　　因此青豆没有看见天吾的身影，究竟是不够走运，还是十分走运，谁也无法断定。总之，天吾像上次一样爬上滑梯，望了一阵浮在天际的大小两个月亮和横穿月亮的云。牛河则躲在稍稍离开一点的阴影中监视着天吾。其间青豆离开了阳台，正在电话里和Tamaru交谈，接着又做了可可喝。就这样，大约有二十五分钟的时间流逝。在某种意义上这是决定命运的二十五分钟。青豆穿上羽绒服，端着可可杯返回阳台时，天吾已经离开公园。牛河没有立即追踪而去，因为他必须留下来确认某些事情。他做完这些，便疾步走出公园。而青豆从阳台上目击了这最后几秒。

云朵像刚才一样快速划过天空。它们被吹向南方，吹到东京湾上空，还被吹到更为辽阔的太平洋上方。以后云朵会走过怎样的命运之路，不得而知，就像谁也不知道死后灵魂的去向。

总之，圈子正在缩小。然而青豆也好天吾也好，却毫不知晓圈子正在自己身边急速缩小。牛河多少感觉到了这个变化，因为正是他在大展身手缩小圈子。但他也没有看出全貌，并不清楚要紧之处。他不知道自己与青豆间的距离已缩短到了仅有数十米。而且在牛河而言十分罕见：在离开公园时，他的头脑无比混乱，无法按部就班地思考问题。

到了十点，寒冷越发难耐。青豆放弃了坚持，起身走进开着暖气的屋内。脱下衣服钻进温暖的浴缸。泡在热水里祛除沁入身体内部的寒气，一面将手掌贴在下腹。可以感觉到微微的隆起。闭上双眼，努力感受那里面的小东西的声息。没有多少时间留给自己了。青豆无论如何都必须告诉天吾。告诉他，自己怀了他的孩子。告诉他，自己在竭尽全力保护这个孩子。

换好衣服爬上床，在黑暗中侧身睡下。在沉入幽深的睡眠之前，梦见了老夫人。青豆在柳宅的暖房里，和老夫人一起望着蝴蝶。暖房像子宫一样微暗而温暖。她留在家里的橡皮树也放在那里，得到悉心照料，精神得几乎认不出来，恢复了鲜艳的绿色。从未见过的南国蝴蝶落在它肥厚的叶片上。蝴蝶收起色彩斑斓的翅膀，安详地睡着。青豆觉得非常高兴。

在睡梦中，青豆的腹部高高地隆起，似乎临近生产了。她可以听见小东西的心跳。她自己的心跳与小东西的混合交融，制造出舒畅的复合节奏。

老夫人坐在青豆旁边，一如既往地将脊背挺得笔直，紧闭嘴唇，静静地呼吸。两人不说话，那是为了不惊醒熟睡的蝴蝶。老夫人神情超然，甚至似乎没留意到青豆就在身旁。当然，青豆明白自己得到了老夫人深深的保护。尽管如此，不安依然不肯从她心头退去。老夫人放在膝头的双手，看上去过于纤细脆弱。青豆的手下意识地摸索着手枪，然而哪儿也找不到。

她一面被梦深深地吞噬，一面却明白那是梦。青豆不时会做这样的梦。清楚地置身于鲜明的现实之中，同时又明白那并非现实。那是详细描绘出来的发生在另一个行星上的情景。

这时有人打开暖房的门。风含着不祥的寒气吹进来。大蝴蝶醒了，飘飘忽忽地展翅飞离橡皮树。是谁呢？她打算扭头去看。然而在她看见那个人影之前，梦醒了。

醒来时，青豆出了一身汗。冷冷的、令人生厌的汗。脱掉湿透的睡衣，用毛巾擦拭身体，穿上干净的 T 恤在床上坐了一会儿。说不定要发生什么不好的事。说不定有人正盯着这个小东西。说不定那个人已经逼近身边。必须尽早找到天吾。然而除了每晚这样守望儿童公园，她目前没有别的办法。警醒、顽强而不懈地注视着世界。注视着从世界中分割出来的这狭隘的一角。注视着滑梯顶部那一点。即便如此，人仍然可能看漏什么，因为人只有一双眼睛。

青豆想哭，可是没有眼泪。她再次在床上躺下，手掌紧贴下腹，静静地等候睡眠的来访。

第18章　天吾
一针刺下就会见血的地方

"后来的三天，什么事都没发生。"小松说，"我吃他们送来的饭，到了晚上就在窄小的床上睡觉，早晨醒来，在屋子里的小厕所解手。厕所虽然有一扇门遮掩着，却没上锁。那几天秋老虎正猛，可是房间通风口好像连着空调，并不觉得热。"

天吾一言不发，听着小松讲述。

"饭一天送来三次。我不知道时刻。手表被没收了，房间里也没有窗户，分不清白天和黑夜。竖起耳朵仔细听，也听不到任何声音。我这边发出的声响只怕也传不到外边去。被带到什么地方来了，我没有一点头绪，只是模糊地觉得大概在一个远离人烟的去处。总之我在那里待了三天，什么事都没发生。其实也说不准到底是不是三天。反正饭是送来了九次，我按顺序吃了。房间里的灯熄灭了三次，觉也睡了三回。我这个人本来睡眠极浅，还不规律，可那时不知为何毫不费劲就睡得很熟。细想起来十分奇怪，不过，这些你能理解吧？"

天吾沉默着点点头。

"那三天里，我连一句话都没有说过。送饭的是个年轻男人，瘦瘦的，头戴棒球帽，脸上罩着口罩。穿一套针织运动衣，脚穿脏兮兮的球鞋。他用托盘把饭菜送来，等我吃完再来收。一次性纸餐具，软塌塌的塑料刀叉和汤匙。送来的都是极普通的袋装熟食，好吃是无从谈起，但不至于没法下咽。量不多。因为肚子饿，我总是吃得精光。这又是一件怪事。平时我可是没什么食欲，一不留神连吃饭都会忘掉。喝的是牛奶和矿泉水，咖啡红茶一律不供应，更别提纯麦芽威士忌和生啤了。香烟也不行。没办法，毕竟不是来旅游胜地的宾馆度假嘛。"

说到这里，小松仿佛忽然心血来潮，掏出万宝路的红色烟盒，在口中叼了一根，用纸火柴点上。将烟雾缓缓吸入肺里，再吐出来，然后皱起眉。

"送饭的年轻人始终一言不发，大概是上边禁止他和我说话吧。这家伙肯定是个打杂的小喽啰。但大概精通武术，举手投足都给人毫不懈怠的感觉。"

"您也没有向他提问吗？"

"啊，我知道就算和他搭话，他也不会理。我沉默不语，听天由命。吃送来的饭，喝送来的牛奶，一熄灯就上床睡觉，房间里的灯一亮就醒来。每到早上，那个年轻人就来了，放下剃须刀和牙刷便走。我用它们刮胡子、刷牙。用完后便被收走了。除了卫生纸，房间里没有任何称得上必需品的东西。既不让洗澡，也不能换衣服，但我也没想过要洗澡和换衣服。房间里没有镜子，可是也没有特别的不便。最难受的是无聊。要知道从醒来到入睡，整天在像骰子一样方方正正的雪白房间里待着，独自一人连话也不说，当然无聊至极。我可是个铅字中毒者，身边没有铅字就会坐立不安，哪怕有送餐用的菜单也成。但没有书报，也没有杂志。没有电视和收音机，也没有电子游戏。连个说话的人都没有。除了坐在椅子上一动不动地盯着地板、墙壁和天花板，就无事可做。那真是奇妙的心情。你想是吧？好端端地走在路上，竟被一伙来历不明的人一把揪住，让你闻氯仿，就这么被绑了便走，监禁在连一扇窗户也没有的古怪房子里。怎么看都很异常吧？可这会儿无聊得叫人几乎发疯。"

小松无限感慨地注视着指间烟雾缭绕的香烟，将灰弹进烟灰缸里。

"他们大概打算搞得我精神失常，才在那三天里什么也不干，只是把我关在狭小的房间里。这一点他们是早有预谋，熟知怎么做能让人神经脆弱，情绪崩溃。到了第四天——就是在第四次早饭后——来了两个男人。我想大概就是绑架我的两人组。遭受袭击时事出突然，我什么都搞不清，没好好看对方的脸。不过一见到那两个人，就一点点回忆起了当时的情形。我被拽进车里，双手被用力反剪过去，像要断掉一样，还用浸了药物的布捂住我的口鼻。那两人始终一声不响。都是眨眼间的事。"

小松想起了当时的情形，微微皱眉。

"一个不太高，体格健壮，剃成光头。面孔晒得黝黑，颧骨凸出。另外一个个子高，手长脚长，面颊瘦削，头发束在脑后。并肩站在一起简直像一对相声演员，一个细长纤瘦，一个矮胖敦实、下巴留着胡须。不过一眼望去就能猜到是两个危险的家伙，属于那种一旦需要，什么事都敢毫不犹豫下手的类型。却不自鸣得意，而且举止稳重，因此就更加可怖。眼睛给人冷漠至极的印象。两人都是黑棉布裤加短袖白衬衫的打扮，年龄大概都超过二十五岁，光头看上去稍微年长一些。都没戴手表。"

天吾不声不响，等着下面的故事。

"说话的是光头。瘦削的马尾一言不发，动也不动，脊背挺得笔直站在门口。像是在仔细倾听光头和我谈话，也可能什么都没听。光头坐在带来的折叠钢椅上，面对面地跟我说话。没有别的椅子，我就坐在床上。总之，这是个没有表情的家伙。当然说话时嘴巴总要动的，可脸上别的地方居然丝毫不动。简直像个用腹语说话的木偶。"

光头一上来就向小松提了个问题："你为什么被带到这里，我们是谁，这是什么地方，你是不是大致心中有数？"并不知道，小松答道。光头用缺乏深度的眼睛盯了一会儿小松的脸，然后问道："不过，假如要你推测一下，你会怎样推测呢？"遣词用字虽然客气，却含着不容分辩的余韵。那声音就像长期忘在冰箱里的金属尺，硬到极点，冷到极致。

小松稍稍犹豫一下，老实地回答：假如要我推测，我想会不会跟《空气蛹》那件事有关。因为想不到还有别的事。那样的话，你们大概就是"先驱"的人，这里恐怕是在教团属地上吧。当然，这只是假设。

光头对小松的回答既不肯定也不否定，一言不发地盯着他的脸。小松也默不作声。

"那好，我们的谈话就在这个假设的基础上进行吧。"光头平静地说，"接下去的话，说到底只是在你那个假设的延长线上展开的。我们设了个前提条件——如果假定是这样。没问题吧？"

"好。"小松说。他们打算尽量转弯抹角地交谈下去。这是个不坏的征兆。如果不准备放我活着回去，就不必采取如此繁琐的步骤了。

"你作为在出版社供职的编辑，负责出版了深田绘里子的小说《空气蛹》。没错吧？"

没错。小松承认道。这是众所周知的事实。

"根据我们的了解，《空气蛹》为了赢取文艺杂志新人奖，采用了某种不正当手段。把应征稿送交评委审阅之前，在你的指示下，借第三者之手进行了大幅度的改写。而这部被偷偷改写过的作品获得了新人奖，成为社会话题，出版了单行本，成了畅销书。没有误会吧？"

"这要看如何理解了。"小松说，"应征稿件接受编辑的建议进行修改，并非绝不允许的做法……"

光头竖起手掌，打断了小松的发言。"遵循编辑的忠告，由作者自行修改原稿不能叫不正当手段。你说得没错。但为了夺得新人奖而由第三者介入改写文章，这怎么想都是背信弃义的行为。更何况你们还设立了空头公司瓜分该书的版税。我不清楚法律上如何解释，至少在社会道义上，你们肯定会受到严厉谴责，毫无辩解的余地。报纸杂志会大肆炒作，你们出版社将信誉扫地。小松先生，这种事你肯定是心知肚明的。在事实方面，我们已经掌握了大量细节，完全能附上具体证据公诸于世。所以你不必再强作辩解。这种托辞对我们是行不通的。对双方来说都是浪费时间。"

小松沉默着点点头。

"如果弄到那个地步，你当然只能辞职了，非但如此，还将被逐出这个行业。哪儿都不会有你的容身之地。至少在表面上是如此。"

"恐怕是。"小松承认道。

"不过，目前知道这个事实的人还很有限。"光头说，"你、深田绘里子和戎野老师，还有负责改写的川奈天吾，以及另外几个人。"

小松斟词酌句地问："按照假设去推论的话，你说的'几个人'就是教团'先驱'的人吧？"

光头极不明显地点点头。"按照假设去推论的话，大概是这样。且不论事实究竟如何。"

光头顿了一顿，让这个前提渗进小松脑中，然后继续说道：

"而且，如果这个假设正确，他们可以在这里想怎么处置就怎么处置你。可以把你当作客人留下，想留多久就留多久。这不费什么事。如果想节约时间，还有几种别的选择，其中也包括对彼此来说不算愉快的选择。总之，他们完全有这样的力量和手段。这些你大概能理解吧？"

"我想能理解。"小松答道。

"很好。"光头说。

光头默默地竖起一根手指，马尾走了出去。过了一小会儿，拿着一架电话机回来，将电话线接在地板的插口上，把听筒递给小松。光头叫小松给出版社打个电话。

"就说好像患了重感冒，连续高烧，躺了几天。还要一阵子不能去上班。就告诉他们这些，然后挂掉。"

小松叫同事听电话，将该传达的事简单地说完，也不回答对方的提问就挂断了。光头点点头，马尾于是拔掉地板上的线，拿着电话机走出房间。光头像检查似的盯着手背注视了一番，对着小松开口了。声音里现在甚至能听出类似温情的东西，尽管十分微弱。

"今天就到此结束。"光头说，"接下去的改日再谈。在那之前，请你把今天谈的事好好考虑一下。"

然后两人出去了。以后的十天，小松是在这个狭小的房间里沉默着度过的。一天三次，那个戴口罩的年轻人照例将算不得美味的饭送来。从第四天开始，给了他一套大约是睡衣的棉布衣服，算作让他换洗。但是直到最后也没让他洗澡。只能在厕所小小的洗脸台洗洗脸。日期的感觉越来越模糊。

我大概被带到山梨的教团总部来了，小松猜测道。他在电视新闻中看过那里。位于深山里，四周围着高墙，简直像治外法权之地。逃脱和求助大概都不可能。即使被杀了（这或许就是"对彼此来说不算愉快的选择"吧），尸体只怕永远不会被发现。对小松而言，死亡生来还是头一次现实地逼近身旁。

在被迫给出版社打电话后的第十天（恐怕是第十天，然而说不准），那两人组终于露面了。光头似乎比上次见面时瘦了一些，颧骨显得愈加刺眼。冷到极致的眼睛如今布满血丝。他同上次一样坐在带来的折叠钢椅上，隔着桌子与小松相对。许久，光头没有开口，只是用红眼睛笔直地盯着小松。

马尾的外表没有变化。他像上次一样挺直脊背站在门口，用缺乏神情的眼睛凝视着空中的一点不动。二人仍穿着黑裤子白衬衣。大概是他们的制服。

"接着上次继续谈。"光头终于开口道，"上次说到我们可以在这里想怎么处置就怎么处置你。"

小松点点头。"其中也包括对彼此来说不算愉快的选择。"

"你的记性果然很好。"光头说，"没错。不愉快的结局也得纳入视野。"

小松一声不响。光头继续说下去。

"不过，那归根结底是逻辑上的事。而现实地看，他们也尽量不愿做出极端的选择。如果小松先生你现在忽然失踪，只怕又会产生麻烦。就像深田绘里子失踪时一样。你失踪了，感到寂寞的人也许不太多。但作为编辑，你的能力很受好评，在业界好像是相当引人注目的人物。就说你那分了手的太太吧，每个月的抚养费如果拖欠，只怕也想发几句牢骚。这对他们而言难说是乐见的事态。"

小松干咳了一声，咽下唾沫。

"而且他们也不是要责怪你个人，更不打算处罚你。他们知道出版小说《空气蛹》时，你们并没有要攻击某个特定宗教团体的意图。一开始你们连《空气蛹》和这个宗教团体的关系都不知道。你本是出于顽皮和功名心炮制出这个诈骗计划来的。而半路上又有为数不小的金钱掺和进来。对一介工薪阶层来说，长期支付赡养费和孩子的抚养费可不容易。于是你把一个叫川奈天吾的志在当小说家的补习学校教师拖下了水，而此人对内情一无所知。计划本身倒不失别出心裁、十分有趣，只是没有选对作品和对象。而且与当初的预想相比，事态闹得太大了。你们就像误打误撞地闯进最前线、踏入地雷阵的平民，既前进不得，又后退不了。不是吗，小松先生？"

"也许是吧。"小松暧昧地答道。

"你好像还有好多事没弄明白。"光头望着小松，眼睛微妙地眯起来，"如果明白了，你就不会有那种事不关己的口气了。我直言相告吧：你实际就站在地雷阵的正中央！"

小松默默地点头。

光头闭上眼睛，隔了大概十秒钟再睁开。"陷入这种绝境，你们大概也不知所措，他们那边也面临着难题。"

小松决然地问道："我提一个问题行不行？"

"只要是我能回答的。"

"因为出版《空气蛹》，我们给这个宗教团体带来了一点麻烦，是吗？"

"不是一点麻烦。"光头说。他的面孔稍微有点扭曲。"声音已经停止向他们说话了。你明白这意味着什么吗？"

"不明白。"小松用干巴巴的声音说道。

"算了。我没办法解释得太具体，你也是不知道为好。声音已经停止向他们说话了。此时此地我能告诉你的，只有这句话。"光头顿了一顿，"而这不幸的事态，正是因为小说《空气蛹》印成铅字公诸于世造成的。"

小松问道："深田绘里子和戎野老师是否已预料到，把《空气蛹》推向社会将导致'不幸的事态'呢？"

光头摇摇脑袋。"不，戎野先生不可能知道这么多。而深田绘里子意图何在还不明了。但根据推测，那大概不是有意的行为。就算其中确有意图，也肯定不是她的意图。"

"世人仅仅把《空气蛹》看作单纯的奇幻小说。"小松说，"女高中生写的纯真无邪的幻想故事。实际上，还有不少人批判故事过于非现实呢。没有人认为其中可能揭露了某种重大秘密或具体情况。"

"可能就像你说的。"光头说，"世上的人几乎不会注意这种事。但问题不在这里，而在于不论是以何种形态，这个秘密都不应公诸于世。"

马尾仍然站在门口，盯着对面的墙，眺望着墙壁背后别人无法看到的风景。

"他们希望重新获得声音。"光头字斟句酌地说，"水脉并没有枯竭，只是沉到肉眼看不到的深处了。让它再次复活极为困难，但不是不可能。"

光头深深地凝视着小松的眼睛，仿佛在估测里面某种东西的深度。就像在目测屋子某处空间能否容纳特定的家具。

"刚才我告诉过你，你们误打误撞地闯进地雷阵了。不能前进也不能后退。于是，他们只能给你们指明道路，告诉你们怎样才能全身而退。这样你们就能捡回一条命，他们也能以稳妥的方式排除惹是生非的闯入者。"

光头跷起二郎腿。

"请你们务必老老实实退回去。其实，哪怕你们血肉横飞、粉身碎骨，他们也无所谓。只是如果现在发出轰响会招来麻烦。所以小松先生，我把退路教给你们，把你们领到安全的地方。作为代价，向你提出的要求是停止出版《空气蛹》。不再增印，也不推出文库本。当然不再搞新的宣传。今后和深田绘里子不再有任何关系。怎样？这点小事凭你的力量总能办到吧？"

"不容易，但我想大概能办到。"小松说。

"小松先生，我们可不是为了探讨大概这种程度的问题，才劳您大驾来一趟。"光头的眼睛变得愈加血红尖锐，"我们并不要求你把市面上流通的书统统收回。那么干的话，传媒一定会闹翻了天。也知道你还没有那么大的力量。我只是希望事态能悄悄平息下来。已经发生过的事就无法可想了。事物一旦受损，就不可能完全恢复原状。短期内尽量不再招惹世人注目，这就是他们的希望。你明白吗？"

小松点点头，表示明白。

"小松先生，以前我告诉过你，你们那边也有几桩不便公诸于众的事实。如果捅出去，当事者只怕都要受到社会制裁。所以为了双方的利益，想签个停战协议。他们不再追究你们的责任，保障你们的安全。你们则不再跟小说《空气蛹》保持任何关系。这是个不坏的交易吧。"

小松沉吟片刻。"好吧。《空气蛹》的出版，由我负责引向实质上的终止。可能需要一点时间，不过总能找到相应的办法。就我个人来说，这次的事可以忘得一干二净。川奈天吾君也一样吧。他一开始就不热心，我等于是好说歹说硬拉他入伙的。况且他的使命早已终结。深田绘里子应该也没问题。她说过不准备再写小说了。只是说不准戒野老师会如何。他最终的目标是确认友人深田保先生是否健在、如今身在何处、在做何事。只怕不管我说什么，在弄清深田先生的下落之前，他都不会放弃。"

"深田保先生去世了。"光头说。那是缺乏语调的平静的声音，然而里面包含着异常沉重的东西。

"去世了？"

"就是最近的事。"光头说。然后深吸了一口气，再缓缓吐出。"病逝于心脏病发作。短短一瞬，应该没有痛苦。由于别有缘故，我们没有提交死亡申报，在教团内秘密举行了葬礼。基于教义上的理由，遗体在教团内部火化，骨灰粉碎后洒到了山上。按照法律应当算作损伤遗体，可正式立案恐怕很困难。不过这是实话。事关人的生死，我们是不说谎话的。麻烦你转告戎野老师。"

"是自然死亡吗？"

光头深深点头。"深田先生对我们来说的确是弥足珍贵的人物。不，他是珍贵这种普通词语不能表达其万一的巨大存在。他去世的消息只告诉了有限的几个人，大家都深深悼念他。夫人——也就是深田绘里子的母亲——几年前因患胃癌去世。她拒绝接受化疗，病故于教团内的治疗院里。她的丈夫深田保先生一直看护她到最后。"

"也没有递交死亡申报？"小松问。

没有否定。

"而且深田保先生最近去世了？"

"是。"光头说。

"那是小说《空气蛹》出版之后的事吗？"

光头先将视线投向桌子，然后抬脸再度看着小松。"是的。深田先生是在《空气蛹》出版之后去世的。"

"这两件事之间有没有因果关系？"小松毅然问道。

该如何回答？光头沉默片刻。他在梳理思路，然后仿佛下了决心，开口说道："好吧。为了让戎野先生接受，也许把事实说清楚比较好。说老实话，深田保先生就是教团的领袖，是'聆听声音者'。女儿深田绘里子出版《空气蛹》后，声音停止了向他讲话。这时深田先生便终止了自己的存在。是自然死亡。说得更准确一些，他是自然地终止了自身的存在。"

"深田绘里子是领袖的女儿。"小松自语般说。

光头短促而简洁地点头。

"而且从结果来看，是深田绘里子把父亲逼上了死路。"小松继续说道。

光头再次点头。"是。"

"但是教团现在仍然存续着。"

"教团仍然存续。"光头答道，如冰河深处封存的远古石砾一般的眼睛紧盯着小松，"小松先生，《空气蛹》的出版给教团带来了不小的灾难。但他们并不打算因此惩罚你们，因为事到如今惩罚也不会带来好处。他们肩负着必须完成的使命，为此需要平静的孤立。"

"所以各自退一步，把这件事忘掉。"

"简而言之的话。"

"为了传递这个信息，你们才不得不特意绑架我？"

光头脸上第一次露出近乎表情的东西。能看出介于可笑与同情之间的极微弱的情感。"如此兴师动众地请你前来，是因为他们想告诉你：这是认真的。虽然不想有极端的举动，但如有必要绝不手软。他们想让你设身处地感受这一点。假如你们毁约，大概会导致不愉快的结果。这一点，你有所理解吧？"

"我理解。"小松回答。

"小松先生，老实说，你们运气很好。也许是因为浓雾弥漫、视野不佳，其实你们已经走上了悬崖，几厘米外就是万丈深渊了。这一点请牢牢记住。眼下他们没有时间过问你们的闲事，而是面临着更重要的问题。在这层意义上你们也是幸运的。所以，趁着还有这好运……"

他说着，双手迅速一翻，掌心向上。就像一个确认是否在下雨的人。小松等着后续的话，然而没有话了。说完后，光头脸上陡然浮出疲惫的神色。他缓缓地从折叠钢椅上起身，将椅子叠起夹在腋下，头也不回地走出立方体房间。沉重的门关上，响起上锁的声音。只剩下小松一人。

"然后大概又有四天，我被关在那个四四方方的房间里。关键的话已经说完。意思分明得以传达，协议也达成了，为什么还得继续监禁？我不明白。那个两人组再也没露面，打杂的年轻人仍旧一声不响。我照样吃着毫无变化的饭，用电动剃须刀刮胡子，望着天花板和墙壁打发时间。电灯一灭就睡觉，电灯一亮就醒来。并且在脑中反刍光头的话。当时感触良深的是，我们的运气实在很好。光头说得不错。这帮家伙只要想干，可真是无所不能呀。只要高兴，就能变得要多冷酷就多冷酷。被关在那里能切身感受这一点。恐怕是为了这个目的，正事办完后才把我又在那里关了四天。活儿做得精细极了。"

小松端起杯子喝了口高杯酒。

"他们又一次让我闻了氯仿之类的东西。醒来时已是黎明时分，我躺在神宫外苑的长椅上。虽说还是九月，可到了下半月，黎明已经相当冷了。结果害得我真的感冒了。他们也许不是有意的，可接下去我连发三天高烧，当真卧床不起。但仅仅这样就能过关，也许该算不幸中的大幸了。"

小松的话似乎到此结束。天吾问："这件事您告诉戎野老师了吗？"

"啊。被放回来，烧退了几天之后，我到山上的戎野先生家里去了一趟，和他说了与刚才大致相同的话。"

"老师是怎么说的？"

小松喝完最后一口高杯酒，又点了一杯新的，还劝天吾再来一杯。天吾摇摇头。

"戎野先生让我把前因后果重复了好几遍，提了许多琐细的问题。能回答的我当然一一回答。只要他问，不管多少遍我都能重复相同的回答。和光头交谈后的四天中，我被单独关在屋子里，连个说话的人也没有，只有时间有的是。所以我在脑子里一再反刍光头的话，连细节都记得清清楚楚。简直是一台人体录音机。"

"不过深绘里的父母去世一事，说到底只是对方的说法。对不对？"天吾问。

"没错。那是他们的说法，真实性无从确认。甚至连死亡申报也没提交。但从光头的口气来看，我觉得他不像在说谎。就像他自己说的，人的生死对他们来说是神圣的。我把话说完后，戎野老师一个人沉思了许久。他这个人思考起来又久又深。然后一言不发地起身离席，过了很久才回房间。看来老师在某种程度上无可奈何地接受了两人已死的事实。也许他早有预料，悄悄做好了他们已经不在人世的精神准备。话虽如此，得知亲密的人当真故去，仍然会给心灵带来巨大的创伤。"

天吾回忆起了那间空空荡荡、朴实无华的客厅，深邃冷寂的沉默，窗外不时传来的尖锐鸟鸣声。"总之，我们就退步抽身，从地雷阵里撤出来了？"他问。

新的高杯酒送上来。小松润了润口。

"并没有当场下结论。戎野老师说需要时间思考。然而除了按那帮家伙说的去做，哪有别的选择？我当然立即行动起来了。《空气蛹》嘛，我在社里想方设法停止了增印，事实上已经快绝版了，也不出文库本。反正已经卖出了好多本，社里也赚足了钱，不会吃亏。当然，毕竟是公司，又是开会研究又是社长审批的，不可能那么顺利，但我暗示可能有代笔的丑闻之后，上头的人吓得魂不守舍，最后只能任我摆布。看来今后我得在出版社里吃一阵子冷饭了，但这种事已习以为常了。"

"他们声称深绘里的父母已病故的说辞，戎野老师全盘接受了？"

"恐怕是的。"小松说，"不过要作为现实接受、渗入体内，大概还要一些时日。至少在我看来，那帮家伙是认真的。好像真心希望避免更多的麻烦，情愿做出一定程度的让步，因此才干出绑架这种粗暴的举动来。他们很想明确地传递信息，而且只要愿意，他们完全不必说出把深田夫妇的遗体秘密焚化的事。就算如今已很难验证，可损害遗体毕竟是重罪。但竟敢说出来。就是把手里的底牌全亮出来了。在这层意义上，也可以判断光头的话有相当一部分是真实的。细枝末节先不论，我是说大致上。"

天吾整理了一番小松的话。"深绘里的父亲是'聆听声音者'，就是发挥着先知的功能。可女儿深绘里写了《空气蛹》，成了畅销书，于是声音停止了向他讲话。结果父亲自然死亡。"

"或者说自然地结束了自己的生命。"

"所以对教团来说，获得新的先知变成了至高无上的使命。一旦声音停止讲话，这个共同体便丧失了存在的基础，因而无暇顾及我们。概括起来就是这么回事吧？"

"大概是。"

"《空气蛹》这个故事里，含有对他们意义重大的信息。它变成铅字流传到了社会上，导致声音沉默，水脉沉到了深深的地下。这个重大信息具体指什么呢？"

"我在被监禁的最后四天里，一个人透彻地思考了这个问题。"小松说，"《空气蛹》这部小说并不算长，其中描写了有小小人出没的世界。身为主人公的十岁少女生活在一个孤立的共同体中。小小人半夜偷偷跑来制作空气蛹。空气蛹里装着少女的分身，于是产生了母体与子体的关系。那个世界里浮着两个月亮，一个大月亮和一个小月亮，这大概是母体与子体的象征。在小说中，主人公——原型大约是深绘里自己——拒绝成为母体，逃出了共同体，子体则留在了身后。子体后来怎样了，小说里没有写。"

天吾凝望着玻璃杯中渐渐融化的冰块。

"'聆听声音者'大概需要子体作为中介。"天吾说，"只有通过子体，他才能听见声音，或是把声音翻译成地上的语言。要给声音发出的信息赋予正确的形式，这两者缺一不可。借用深绘里的话，就是接受者和感知者。为了这个，首先要制作空气蛹。只有通过这一装置才能生出子体。而要制造子体，就必须有合适的母体。"

"这是天吾君你的见解。"

天吾摇摇头。"说不上什么见解。只是听到小松先生归纳小说的梗概，觉得事情很可能是这样。"

天吾在改写过程中和改写之后，始终在思考母体与子体的意义，却怎么也把握不住整体形象。然而与小松交谈时，零碎的片断逐渐联系起来。但仍然留有疑问：为什么医院里父亲的病床上会出现空气蛹，里面又装着少女青豆呢？

"非常有趣的体系。"小松说，"难道母体和子体天各一方也没问题吗？"

"如果没有子体，母体大概称不上完整的存在吧。就像我们看到的深绘里那样，尽管无法具体说明，但其中总是欠缺某种要素。那也许像丧失了影子的人。我不清楚没有母体的子体是什么样子。她们恐怕也不可能是完整的存在。因为她们说到底不过是分身。但就深绘里的情况来说，尽管母体不在旁边，子体也许仍然能发挥巫女的作用。"

半晌，小松将嘴巴抿成一条微微歪斜的线。然后开口道："我说天吾君，你该不是以为《空气蛹》里写的都是确有其事吧？"

"那倒不是。我只是暂且这么设想一下。先假定全都是事实，再展开推论。"

"好啊。"小松说，"就是说深绘里的分身即便远离本体，也可以发挥巫女的功能。"

"正因如此，教团才会明明知道出逃的深绘里人在何处，却从不打算诉诸行动把她抢回去。因为像她这种情况，哪怕母体不在近旁，子体也能尽到职责。说不定即使天各一方，她们之间的纽带仍然很牢固。"

"是啊。"

天吾继续说道："照我的想象，他们恐怕拥有好几个子体。小小人肯定在抓紧机会，制作好几个空气蛹。因为只有一个感知者会令他们心存不安。但即使如此，能准确发挥功能的子体大概还是有限。可能有一个力量强大的子体起着中心作用，再有一些不那么强大的辅助性子体集体发挥作用。"

"你是说，深绘里留在身后的子体，就是能准确发挥功能、起着中心作用的那个？"

"这种可能性大概很高。就这次的事来说，深绘里始终处于事件中心，像台风眼一样。"

小松眯起眼，双手在桌上交拢。只要愿意，他能在短时间内有效地思索。

"我说天吾君，我只是随便想想哦，这种假设能不能成立呢：我们眼前看到的深绘里其实是子体，留在教团里的才是母体？"

小松的话让天吾悚然一惊，他从未这么思考过。对天吾而言，深绘里是个不折不扣的实体。可是如此一说，也能想到有这种可能性。我没有月经，所以不必担心会怀孕。深绘里那天夜里，在单向式的奇妙性交之后如此宣告。如果她只是一个分身，这大概就十分自然。分身不能自我再生，能这样做的唯有母体。但天吾怎样也无法接受这个假设，无法接受自己不是与深绘里，而是与她的分身性交的事实。

天吾说："深绘里有明确的人格，也有独立的行为规范。这恐怕是分身不可能有的东西。"

"那倒是。"小松也同意，"你说得对。深绘里身上就算别的都没有，也有人格和行为规范。这一点我不得不同意。"

然而，深绘里还是隐藏着某些秘密。在这位美丽的少女身上，刻镂着他必须破解的重大密码。天吾有这样的感受。谁是实体？谁是分身？抑或区分实体与分身的方法本来就是错误的？或许深绘里能根据情况分别使用实体和分身？

"还有些事情没弄清楚。"小松说着，摊开双手放在桌子上，望着它们。作为中年男子来说，手指过于修长纤细。"声音不再说话，水井的水脉枯竭，先知逝去。以后子体会怎样呢？难道像从前的印度寡妇一样去殉死吗？"

"没有接受者，感知者的使命就终结了。"

"我完全是按照你的假设在推理，"小松说，"深绘里是心知会带来这样的结果而写下《空气蛹》的吗？那家伙告诉我，这一切肯定不是有意的行为。至少不可能是她的意图。可是，他怎么会知道这些呢？"

"真相还没有水落石出。"天吾说，"但不论出于何种理由，我也无法想象深绘里是有意把父亲逼死的。她父亲大概是因为某种理由走向死亡的，和她无关。不如说正相反，她做的事也许是对抗措施。或者说，她可能希望把父亲从声音手下解放出来。当然了，这说到底不过是没有根据的推测。"

小松鼻翼两侧堆满皱纹，沉思良久。然后长叹一声，环视四周。"这真是个奇妙的世界啊。到哪一步为止是假设，从哪一步开始是现实？边界一天天变得模糊。我说天吾君，作为一个小说家，你如何定义现实呢？"

"一针刺下去会流出殷红的血来，那地方就是现实世界。"天吾答道。

"那么毫无疑问，这里就是现实世界。"小松说道，用手掌刷刷地搓着前臂内侧，那里浮出青色的静脉。看上去似乎并不健康的血管。长年累月遭受酒精、香烟、不规律的生活和文艺沙龙式的阴谋百般摧残的血管。小松将剩余的高杯酒一饮而尽，咔啦咔啦地摇晃剩下的冰块。

"顺便问一下，能不能再和我谈两句你那个假设？越来越有意思了。"

天吾说："他们在寻找'聆听声音者'的继任人。但肯定不止这些，还必须找到能准确发挥作用的新子体。因为新的接受者恐怕得有新的感知者才行。"

"这么说，还必须找到合适的母体。如此一来，连空气蛹也得重新打造。看来是浩繁的工程啊。"

"正因如此，他们也万分认真。"

"的确。"

"不过，大概不是毫无头绪吧。"天吾说，"他们也许定好了目标。"

小松点点头。"我也有这样的印象。所以他们巴不得尽早把咱们从近旁赶走——反正别来妨碍他们的正事。看来我们极其碍眼呀。"

"我们哪里这么碍眼呢？"

小松摇摇头。那是说，他也不知道。

天吾说："声音以前向他们传达的是什么信息呢？再者，声音与小小人又是什么关系？"

小松再次无力地摇摇头。这是超越了他们两人想象的东西。

"你看过《2001 太空漫游》吗？"

"看过。"天吾答道。

"我们简直像那部电影里的猴子。"小松说，"就是那些长着又黑又长的毛，嘴里毫无意义地吼叫，绕着石柱不停打转的家伙。"

两位客人结伴走进店里，像常客似的坐在吧台前的椅子上，点了鸡尾酒。

"总之有一件事弄清楚了。"小松像总结发言般说，"你的假设很有说服力，也相当合情合理。与你促膝交谈总是让我愉快。不过这归这那归那，得从这吓人的地雷阵后退、撤离。我们今后恐怕再也没有机会同深绘里和戎野老师见面了。《空气蛹》是一部天真无邪的奇幻小说，里面没有附加任何具体信息。不管那声音是什么，它传达的讯息是什么，和我们都没有关系了。就这么做吧。"

"下了船，重新回归陆地上的生活。"

小松点点头。"没错。我每天去出版社上班，东奔西走给文艺杂志讨要可有可无的稿子。你呢，在补习学校给那些前程远大的青年教数学，有空时就写长篇小说。咱们各自回归和平的日常生活。没有激流也没有瀑布。岁月流逝，我们平平安安地老去。你有什么异议？"

"除此之外，不是没有别的选择吗？"

小松用指尖将鼻翼两侧的皱纹扯平。"是啊。此外别无选择。我再也不想遭人绑架了。关在那种四四方方的房间里，仅有一次就够了。而且下一次，只怕就不会让我重见天日啰。别的不说，只是想一想要再见那两人组，我的心就狂跳不已。那可是光用眼神就能让人自然死亡的家伙。"

小松冲着吧台举起酒杯，点了第三杯高杯酒，又将一根烟叼在嘴上。

"哎，小松先生，这话先告一段落。可是你之前为什么一直不告诉我这些呢？绑架事件已过去好久了。两个多月。你可以早一点告诉我嘛。"

"是呀，为什么呢？"小松微微歪着脑袋说，"的确如此。我一直想着得把这些告诉你，却不知为何一拖再拖。为什么？也许是有负罪感吧。"

"负罪感？"天吾惊讶地说。竟然能从小松口中听到这个词，他想都没想过。

"就算是我，也会有负罪感嘛。"小松说。

"是对什么的负罪感呢？"

小松未作回答。半晌，他眯着眼睛，在唇间拨弄着未点燃的香烟。

"深绘里知道自己父母双亡了吗？"天吾问。

"恐怕知道了。我不清楚她是何时得知的，但戎野老师肯定会在某个时间转告她。"

天吾点点头。深绘里肯定在更早之前便知道了，他如此觉得。不知道的只有我一个而已。

"于是我们走下船，回归陆地上的生活。"天吾说。

"是。从地雷阵往回撤退。"

"不过小松先生，就算我们准备这么做，可你觉得能顺利回归原来的生活吗？"

"恐怕只能尽力而为。"小松说着擦燃火柴，点上香烟，"你有什么具体的事放心不下？"

"我们周围，种种事情同时在开始变化。我的感受就是这个。其中有几样已改变了形状，也许不可能轻易恢复原样。"

"哪怕会关系到我们无比宝贵的生命？"

天吾暧昧地摇摇头。他感觉自己不知何时被卷入了强大而恒定的激流。那激流试图将他冲到某个陌生的地方。但这些无法具体地对小松说明。

天吾没有向小松透露，自己正在写的长篇小说原封不动地承袭了《空气蛹》中描绘的世界。小松肯定不欢迎他这么做。毋庸置疑，"先驱"的相关人士也不会欢迎。一不留神，他就将踏入另一个地雷阵，或许会累及周边的人。然而故事本身自有生命和目的，几乎是自动地不断向前推进，天吾已不容分说地被包笼在了那个世界中。对他来说，那里已不再是虚拟世界，而是变成一刀切下去，皮肤就会流出真正的殷殷鲜血的现实世界。在那儿的天空中，并排浮着大小两个月亮。

第19章 牛河
他能做到而普通人做不到的事

这是一个无风而平静的星期四早晨。牛河一如平素，六点前醒来，用冷水洗了脸。边听NHK的新闻广播边刷牙，用电动剃须刀刮了胡子。拿锅烧开水泡了方便面，吃完又喝了杯速溶咖啡。将睡袋卷好塞进壁橱里，在窗边的照相机前坐定。东方的天空开始发亮，看来这是温暖的一天。

早晨出门上班的人的面容，如今已牢牢铭刻在脑中，不用一一拍照。七点至八点半之间，他们步履匆匆地走出公寓，奔向车站。一群熟悉的面孔。公寓前的路上，成群结队去上学的小学生欢快的声音传进牛河的耳朵。孩子们的欢声笑语让他想起了女儿的幼年时代。牛河的一对女儿尽情享受着小学生活，学钢琴学芭蕾，还有好多小朋友。牛河到最后也没能安心地接受自己拥有这样两个正常孩子的事实。这样的自己怎么可能当这两个孩子的父亲呢？

上班时间过去后，便几乎无人进出公寓，孩子们的欢声笑语也消失了。牛河放下手中的快门遥控器，倚着墙吸了一根七星，透过窗帘的缝隙望着大门。一如既往，十点后邮递员骑着红色的小型摩托驶来，娴熟地往大门口的信箱里分发邮件。照牛河看来，其中多半是垃圾邮件，只怕连封缄也不开启就会扔进垃圾箱。随着太阳升上中天，气温急剧上升，路上走的人大多都脱去了风衣。

深绘里出现在公寓大门口，是在十一点过后。她身穿和前日一样的高领黑毛衣，外套灰色短风衣，下穿牛仔裤和运动鞋，带着深色太阳镜。还斜背着一只绿色大挎包。包里好像装着乱七八糟的东西，鼓鼓囊囊地变了形。牛河离开斜倚的墙壁，闪到安在三脚架上的照相机前，窥视着取景器。

这位少女好像打算离开这里，牛河看明白了。将随身物品塞进包里，准备转移到别处去，再也不打算回来了——她周身漂漾着这种气息。决定离开，很可能是察觉了我躲藏在这里。这样一想，心脏的跳动陡然加快。

少女走出大门后停住脚步，同上次一样仰望天空，在相互缠绕的电线与变压器间搜寻着某种东西的身影。太阳镜的镜片承接着阳光，闪闪发亮。她是发现了那个东西，还是没有发现？由于太阳镜的缘故，读不出她的表情。约莫三十秒，她纹丝不动地仰望着天空，而后像忽然想起来一般侧过脸，视线投向牛河潜藏的窗口。她取下太阳镜塞进风衣口袋，随即紧蹙双眉，目光聚在窗台角落里伪装好的望远镜头上。她心里一清二楚，牛河再次想道。这位少女统统知道，知道我躲在这里，知道有人在偷偷观察她。并透过镜头逆向观察着取景器这边的牛河，如同水流顺着弯弯曲曲的水管逆流一般。他顿觉双臂汗毛直竖。

深绘里偶尔眨动眼睛。她那两枚眼睑仿佛独立而娴静的生命体，深思熟虑般缓缓地一上一下，其余部分却纹丝不动。她站在那里，仿佛一只体态修长的孤高的鸟儿，侧着脸紧盯牛河。牛河无法从少女身上移开视线。整个世界的运动仿佛都被阻断了。连风也没有，声音也不再震动空气。

过了一会儿，深绘里终于不再盯着牛河，再度仰脸看向和刚才相同的地方。但这次只用几秒就观察完了，表情依然没有变化。从风衣口袋中拿出深色太阳镜，再次戴上，随即向马路走去。她步履轻盈，毫无踌躇。

该不该立即跟出去，盯她的梢呢？反正天吾还没回来，有足够的时间搞清少女的去向。知道她转移到了哪里总不会有坏处。但牛河不知何故无法从地板上抬起腰来，身子像瘫痪了一般。她那透过取景器射来的锐利视线，似乎从牛河身上夺去了行动必需的全部能量。

算了，牛河瘫坐在地板上，冲着自己说。我必须找到的人说到底是青豆。深绘里固然令人大感兴趣，但终究不过是偏离正题的存在，是偶然亮相的配角。既然要离开这里，就随她爱去哪儿去哪儿吧。

深绘里来到马路边，疾步朝车站方向走去，一次也不曾扭头回顾。牛河在晒得发旧的窗帘后目送着她的背影。等到再也看不见在她背后摇来荡去的绿色挎包了，他像爬行般离开相机前，靠在墙上，等着正常的力气回到身上。将七星叼在嘴上，用打火机点燃，深深吸了一大口。但香烟全无一点滋味。

力气总也无法恢复，手脚上麻痹感长留不去。待回过神来，他体内生出了奇妙的空白。那是纯粹的空洞。那块空白意味的只是欠缺，大概就是无。牛河瘫坐在自己内部生出的陌生空洞里，无法起身。感觉胸腔隐隐发痛，正确表达的话，那并非疼痛，而类似在欠缺与非欠缺的连接点上生出的压力差。

他久久地瘫坐在那空洞的底部，背倚着墙壁，吸着滋味全无的香烟。这空白是方才离去的少女留下的。不，也许并非如此，牛河想。这或许原本就存在于我的内心，她只是向我提示了它的存在。

牛河意识到，这个叫深田绘里子的少女名副其实地震撼着自己的全身。由于她那坚定不移、深邃锐利的目光，不单单是躯体，牛河这一存在从根本上受到了震撼。宛如一个坠入热恋的人。牛河平生还是头一次有这种感受。

不对，这绝不可能，他思忖。我为何非得恋上这个少女不可？这个世上难道还有比我和深田绘里子更不般配的两个人么？甚至不用去卫生间照镜子。不对，不仅是外表。里里外外上上下下，任何方面恐怕都没有像我这样与她相差万里的人了。他也不是从性的角度被这位少女吸引。就性方面的欲求来说，牛河每月只要一到两次，找熟识的妓女便足够了。打电话喊到宾馆房间，交合，就像去理发店理发一样。

这可能是灵魂的问题。思前想后，牛河得出这样的结论。深绘里与他之间发生的，可谓灵魂的交流。令人几乎难以置信，这位美丽的少女与牛河从伪装过的望远镜头两端凝视对方，在幽深暗昧的去处理解了彼此的存在。虽然为时极短，但他与少女可以说是相互展示了自己的灵魂。然后少女转身离去，牛河被孑然一身抛在了空空的洞窟里。

这位少女知道我从窗帘缝隙中用望远镜头偷偷观察她。肯定还知道我曾一直跟踪她到站前超市。当时她一次都不曾回头观察背后，但无疑知道我的存在。尽管如此，她的眼神中并没有流露出责怪我的样子。她在遥遥的深处理解了我。牛河如此感觉。

少女出现，又离去了。我们从不同的方向走来，路线偶然交叉，目光瞬间相错，随即又朝着迥异的方向离去。我大概再也不会遇到深田绘里子了。这是仅此一次不可再得的际遇。就算能与她重逢，我又能向她索求什么更甚于此的东西呢？我们如今再度站到了遥远的世界两端，而哪里都没有将彼此相连的语言。

牛河倚着墙壁，从窗帘缝隙间检视着进进出出的人们。也许深绘里会回心转意，又翩然归来。说不定会想起有重要的东西忘在了屋子里。可是少女当然没有回来。她是下定决心去别处的。不管发生什么，都再也不会重返这里。

这个下午，牛河是被深深的无力感包围着度过的。那无力感既无形状又无重量。血液的流动变得迟钝。视野笼罩着薄薄的烟霞，手脚关节慵懒地吱嘎作响。一闭上眼，肋骨内侧便感到深绘里的视线留下的疼痛。那疼痛犹如不断向海岸涌来的执著的波涛，来了又去，去而复来。不时深重得令他必须皱眉。然而同时，却带给他一种之前从未体味过的温暖。牛河觉察到了这一点。

妻子也好两个女儿也好，中央林间院子里有草坪的独栋小楼也好，都不曾给过他如此的温暖。他心里每每藏有还未化开的冻土，始终伴随着那坚硬冰冷的芯打发人生，甚至不觉它的冰冷，因为那对他来说便是"常温"。然而深绘里的视线似乎——尽管是一时地——融解了那坚冰般的芯。同时，牛河感到胸膛深处开始隐隐发痛。之前大约是芯的冰冷麻木了那里的疼痛。这不妨说是精神自卫作用。但如今他接纳了那疼痛，在某种意义上甚至欢迎它。他感觉到的温暖是与疼痛结伴来访的。不接纳疼痛，温暖也不可能到来。就像以货易货的交易一般。

在午后小小的向阳处，牛河同时体味了那疼痛和温暖。心平气和，一动不动地。这是个无风而恬静的冬日。过路人在闲静的阳光中穿行。然而太阳徐徐西斜，躲进了楼厦的背阴，阳光消逝了。午后的温暖失去，寒冷的夜晚不久即将降临。

牛河长叹一声，将身子从一直倚着的墙上扯下来。虽然还残留着麻痹感，但并不妨碍在房间内走动。他慢慢站起来，伸展手脚，朝各个方向扭动粗短的脖颈，双手一次又一次攥紧再伸开。然后在榻榻米上做老一套的舒展运动。浑身关节发出轻微的声响，肌肉一点点恢复原本的柔软。

这是人们下班和放学后回家的时刻。必须重新开工、继续监视。牛河对自己说。这可不是喜不喜欢的问题，也不是正不正确的问题。事情一旦开始做了，就得坚持到底。何况此事还关系我自身的命运。可不能没完没了地赖在这空洞底下，沉浸于无凭无据的遐想之中。

牛河再度在照相机前坐定，四下已漆黑一片，大门口的照明灯也亮了。大概设了定时器，时刻一到便自动亮起。众人仿佛回归陋巢的无名鸟儿，踏进公寓大门。其中没有川奈天吾的面孔。但他不久后肯定会回到这里。再怎么说，他也不可能如此长久地照看父亲，恐怕这个星期结束前就会返回东京，继续去上班。再过几天。不，没准就在今天或明天。牛河的直觉告诉他。

我可能像在石头底下潮湿的地方蠕动的虫子，湿答答、脏兮兮的存在。好，这一点我就主动承认。但同时又无比富有才干、吃苦耐劳，是只顽固的虫子，绝不轻言放弃。只要有一丝线索就穷追到底，纵使是陡直的高墙也能攀爬到顶。必须把冰冷的芯重新夺回胸膛里。如今的我需要那东西。

牛河在照相机前呵哧呵哧地搓着双手，再次确认十根指头活动自如。

世间普通人能做到而我做不到的事有很多。这一点确凿无疑。打网球和滑雪都是例证。在公司里供职，经营一个幸福家庭也是。但另一方面，我能做到而世上普通人做不到的事，也有那么几件。而且我能把那几件事做得极好。并不指望博得观众的掌声和赏钱。但总而言之，何妨露一手让世人看看。

到了九点半，牛河结束了一天的监视工作。将罐头鸡汤倒进小锅里，用便携式燃料生火加热，拿汤勺珍惜地舀着喝，和两只面包卷一起吃下去。带皮啃了一个苹果。小便，刷牙，在地板上摊开睡袋，只穿着内衣钻进去。将拉链一直拉到脖子，像虫子般蜷起身体。

就这样，牛河的一天结束了。没有堪称收获的东西。硬要说的话，就是确认了深绘里带着行李离开了这里。不知她去了何处。反正是去了某地。牛河在睡袋里摇摇头。和我无关的某地。很快，冻僵的身体在睡袋里暖和起来，同时意识变得朦胧，深深的睡眠来访了。不久那小而冰冷的芯又牢牢入驻了他的灵魂。

第二天没发生任何值得大书特书的事。第三天是星期六，也是温暖平静的一天。许多人一直睡到正午。牛河坐在窗前，将收音机放得低低的，听新闻，听交通信息，听天气预报。

十点钟前，一只大乌鸦飞来，在空无一人的大门台阶上站了一会儿。乌鸦全神贯注地环顾四周，好几次做出点头的模样。粗大的喙在空中上下摆动，光润的黑羽毛承接着阳光，闪闪发亮。然后那位邮递员骑着红色小摩托来了，乌鸦极不情愿地展开巨大的翅膀飞去。离开时短促地叫了一声。邮递员将邮件分别投进信箱便往回赶。这下又飞来成群的麻雀。它们慌慌张张地在大门口寻觅，见四周没有像样的东西，便迅速转移到别处去了。随后又来了一只虎斑猫，好像是附近人家养的，脖颈上戴着驱蚤项圈。这只猫以前从未见过。它钻进花草枯萎的花坛里小便，之后嗅了嗅那气味。似乎不喜欢什么，一脸不快地抖着胡须，然后猛力翘起尾巴消失在房屋背后。

正午之前，有几位居民从大门出去。看他们的穿着打扮，似乎是外出游玩去了，或只是到附近买东西，非此即彼。牛河现在差不多能一一记住他们的面孔，但对这些人的人品和生活没有丝毫兴趣，甚至不曾动脑想象过大致情形。

你们的人生对你们自己而言，一定有重大意义，而且是无可替代的。这我自然明白。但对我来说却是可有可无的无所谓的东西。在我看来，你们都不过是从布景前一闪而逝的微不足道的剪影。我对你们的要求只有一个——请不要打搅我的工作，就那样继续做个剪影好了。

"就是嘛，大梨女士。"牛河冲着眼前穿过的屁股像洋梨一般鼓着的中年妇女，用随意瞎取的名字唤道，"你不过是个剪影，没有实体。你知道吗？不过作为剪影，肉稍有点肥了。"

但这样想来想去，渐渐觉得这风景中包含的一切事物，都成了"没有意义的东西"，成了"可有可无的存在"。眼前显现的风景或许原本就不是实体。而被没有实体的剪影蒙骗的或许恰恰是自己。如此一想，牛河渐渐坐立不安。都是关在这个连家具也没有的屋子里，日复一日秘密监视的缘故，连神经也变得不正常。他注意尽量发出声音进行思考。"早上好，长耳朵先生。"他招呼着出现在取景器里的高个儿瘦老头。那人两只耳朵前端从白发中冒出来，像两只角。"您这会儿散步去吗？走路有利于健康。今天天气又好，您请好好享受。连我也很想悠闲自在地去散步呢，但遗憾得很，我只能枯坐在这儿，从早到晚监视这萧条的公寓的大门口。"

老人上穿羊毛开衫下穿毛料裤子，脊背挺得笔直，看上去很适合牵着一条忠诚的白狗，可惜公寓里禁止养狗。老人消失后，牛河毫无来由地被深深的无力感侵袭。这场监视也许终归是白费力气。我的直觉之类也许不值一文，我终将一无所获，在这个空无一物的房间里白白磨耗神经。正如地藏菩萨的脑袋被路过的孩子一再抚摸，一点点磨损下去。

牛河正午后吃了一个苹果，再用饼干配着奶酪吃了。还吃了个包着咸梅干的饭团。然后倚着墙壁小睡片刻。是无梦而短暂的睡眠，醒来时却想不起自己究竟在何处。他的记忆是方方正正的纯粹的空箱子，里面装的只有空白。牛河将那空白翻来覆去看了个遍。但仔细一瞧，那并非空白，而是间微暗的屋子，冷森森空荡荡，没有一件家具。一个陌生的地方。身旁的旧报纸上有个苹果核。牛河的头脑混乱了：我怎么会待在这种奇怪的地方？

随即，他想起自己在监视天吾住的公寓的大门。对了，这儿有一架安着望远镜头的美能达单反相机。还想起了独自外出散步的白发长耳老人。如同日暮时分鸟儿归林，记忆慢慢飞回空空如也的箱子。两个确凿的事实就此浮上脑际。

第一，深田绘里子离开了这里。

第二，川奈天吾还未返回此地。

三楼川奈天吾的房间此刻空无一人。窗上拉着窗帘，静寂笼罩着无人的空间。除了偶尔启动的冰箱恒温器，再无打破寂静的东西。牛河不着边际地想象着那番光景。想象无人的房间，与想象死后的世界多少有些相似。随后，脑中陡然浮现偏执地敲门的 NHK 收款员。虽然他一直在严密监视，那位谜一般的收款员却毫无离开公寓的形迹。难道收款员碰巧是这里的住户？还是住在这里的人假冒 NHK 收款员，故意骚扰别的住户？假定是这样，他究竟是为了什么？这是一种可怕而病态的假设。但此外又该如何说明这种事态呢？牛河毫无头绪。

川奈天吾在公寓门口现身，是这天下午快到四点的时候，星期六的傍晚之前。他竖起穿旧的防风夹克的领子，戴着顶藏青色棒球帽，肩挎旅行包。他没在大门口停留，也没环顾四周，便径直走进公寓。牛河的意识多少还有些朦胧，但没看漏这个从视野里穿过的高大身躯。

"啊哈，您回来啦，川奈先生。"牛河低声嘟囔道，用电机驱动器连按三次快门，"您父亲病情如何？您大概累坏了吧？请好好休息。回到自己家可真惬意，哪怕是寒酸的公寓。哦，对了，深田绘里子小姐呢，在您不在家的时候，收拾行李到别处去了。"

他的声音当然不会传到天吾耳朵里。仅仅是自言自语而已。牛河扫了一眼手表，在手头的笔记本上作记录。午后三时五十六分，川奈天吾旅行归来。

与川奈天吾在公寓门口现身的同时，某个地方有一扇大门訇然洞开，现实感回到了牛河的意识之中。如同大气将真空填满，神经转瞬之际紧绷起来，新鲜的活力遍及全身。他被当作一个能干的部件，组装进了眼前具象的世界。咔嚓一下，装配时发出的愉快响声传进耳鼓。血液循环加速，适量的肾上腺素被配送到全身。这样就好，就该这样，牛河在心中念道。这才是我的本来面目，世界的本来面目。

七点过后，天吾再次出现在大门口。天一黑便开始刮风，周围骤然变冷。他在游艇夹克外面加了件皮夹克，下穿退色的蓝牛仔裤。走出大门后，停住脚步环视四周。然而他什么都没发现。他也将视线投向牛河的隐蔽处，却没有捕捉到监视者的身影。和深田绘里子可不一样，牛河想。她是个特别的人，能看到别人看不到的东西。可是天吾君啊，好也罢坏也罢，你都只是个普通人。你是看不见我的。

确认了周遭的风景与平时无异，天吾将皮夹克的拉链拉到脖子，双手插进口袋，走到路边。牛河立即戴上针织帽，绕上围巾，穿上鞋子追随而去。

他原本就计划只要天吾一出门便尾随跟踪，所以不用花太多时间准备。跟踪固然是危险的选择。牛河那极富特色的体型与相貌，天吾一看见马上就会认出来。但周围已一片漆黑，只要隔开距离，应该不会轻易被发现。

天吾在路上慢慢走着，几次扭头回顾，牛河因为足够小心而未被察觉。那高大的背影看上去像在沉思。也许在思索深绘里离去的事。从方向看似乎要去车站。难道他打算乘车去什么地方？那样一来，跟踪就困难了。车站里灯火通明，星期六晚间上下车的乘客不多。牛河的身影势必致命地醒目。这种情况下还是放弃跟踪为好。

但天吾并没有去车站。步行了一段，转弯朝着远离车站的方向走去，沿着空无一人的街道前行片刻，在一家叫"麦头"的小店前停住了。这是一家面向年轻人的小酒馆。天吾看看手表确认时间，想了几秒便跨进店里。"麦头。"牛河想了一下。随即摇摇脑袋。什么地方！为何起这么个怪名字！

牛河站在电线杆的阴影里扫视四周。天吾大概要在这里喝两杯，顺便吃饭吧？这样至少得花三十分钟，弄不好要耗上一个小时。他用双眼搜寻着可以监视进出"麦头"的人又能打发时间的去处。但周边只有一家牛奶店，一个天理教①小型集会处和一家米店，还都早早关上了卷帘门。你看你看，真倒霉。牛河想。强烈的西北风凶猛地吹赶着满天的云，白天那平和的暖意宛如一场幻梦。这样的寒风中在路边干站上半小时甚至一小时，当然绝非牛河欢迎的事。

干脆收手吧，牛河暗忖。反正天吾不过是在这里吃晚饭罢了，不必受苦受罪地死死盯梢。干脆自己也钻进哪家饭馆吃顿热乎乎的晚饭，就此回去得啦。要不了多久天吾就会回家吧。这对牛河来说是个颇具吸引力的选择。他想象着自己跨进暖气开得足足的饭馆里，捧着鸡肉鸡蛋盖饭大快朵颐的光景。这么多天来，他没吃过一顿实实在在的饭。还想喝两口烫得滚热的清酒。天气这样冷，只需迈出店门一步，醉意便会散去。

然而另一种脚本也浮上了脑际。说不定天吾是在"麦头"和人见面。这种可能性不容忽视。天吾走出公寓后，毫不犹豫地直奔这家小店，钻进店门前还看表确认过时间。也许有人在这里等他，再不然就是那人过会儿就赶来。果真如此的话，牛河就不该放过那个人。哪怕两只耳朵冻成了冰，也只能站在马路边监视进出"麦头"的人。牛河

---

①此天理教系日本的教派，由中山美伎于江户年间创立，而非中国清代的天理教。

只得认命，将鸡肉鸡蛋盖饭和热酒从脑海中赶出去。

赶来碰头的人可能就是深绘里，也可能是青豆。牛河想到这里，精神为之一振。不管怎么说，吃苦耐劳恰恰是我的长处。只要有一星半点希望，我便会视为决胜的关键死死抓住不放。任风吹，任雨淋，任太阳灼晒，任棍棒猛打，我也绝不松手。一旦松开了手，下次谁知道什么时候才能再抓住机会！他能耐得住眼前严苛的痛苦，因为他从切身体验中明白，世间还有更为严苛的痛苦。

牛河倚着墙，躲在电线杆和日本共产党的广告牌阴影里，望着"麦头"门口。绿色围巾一直蒙到鼻子下面，双手插在厚呢水手短外套的口袋里。除了不时从口袋中掏纸巾擤鼻涕，身子一动不动。高圆寺车站里的广播声时时乘风飘来。路过的行人看见躲在阴影里的牛河，有的紧张地加快脚步。然而他是站在黑暗处，看不清面孔。只有那又矮又肥的躯体宛如不祥的摆设，黑黑地浮现出来，令人望而生畏。

天吾在那里到底喝了什么，吃了什么？越想这种事，肚子越饿，身体则越冷。但又不得不想象。不管什么都行，不必是烫得滚热的酒，不必是鸡肉鸡蛋盖饭，只想钻进某个暖和的地方，吃一顿常人吃的饭。和站在冷风吹打的暗处承受过往市民狐疑的目光相比，大多数事情都能忍耐。

但牛河没有选择的余地。除了站在凛冽的寒风中等待天吾酒足饭饱后出来，他别无选择。牛河想起了中央林间的独栋小楼和里面的餐桌。那张餐桌每晚都会摆上热气腾腾的晚餐，但想不起是怎样的饭菜了。我那时究竟吃了些什么呢？简直像前生的事。在很久很久以前，离小田急线中央林间车站徒步十五分钟的地方，有一座新建的独栋小楼和温暖的餐桌。两个年幼的小女孩弹着钢琴，小小的院落里长满绿草，一只有血统证明的小狗跑来跑去。

天吾在三十五分钟后走出了酒馆。不坏。事态至少有更坏的可能，牛河告诉自己。虽然是悲惨漫长的三十五分钟，可总比悲惨漫长的一个半小时好得多。身体尽管已冻僵，耳朵毕竟还没冻成冰块。天吾待在店内的时间里，没有引起牛河注意的人进出过"麦头"。只有一对青年男女进去了，没有客人出来。天吾大概只是自己喝了酒，对付了晚饭。牛河像来时一样，保持着足够的距离尾随在天吾身后。天吾顺着来路往回走。大概打算径直回公寓吧。

然而在途中，天吾离开原路，拐入一条牛河没走过的路。看来他不准备直接回家。从身后望去，他那宽阔的背影似乎仍沉浸于深思中，只怕比先前更深沉。他已经不再扭头回顾了。牛河观察着周边的风景，读取门牌号码，努力记住路径，以便日后自己一人走时也能认得。他对这一带很陌生，但川流不息的汽车噪音变得愈加响亮，能推测出大约已靠近环状七号线。渐渐地，天吾加快了脚步。似乎接近目的地了。

不坏，牛河想。这家伙在赶往某个地方。就得这样才行。这样才算没白白跟踪一场。

天吾疾步穿过住宅区里的路。这是寒风凛冽的星期六晚上。人们躲在温暖的房间里，手中端着热腾腾的饮料坐在电视机前。几乎无人走在路上。牛河保持着充分的距离尾随在他身后。相对而言，天吾是个易于盯梢的人。他人高马大，混在人群中也不会看丢。走路时他便好好地走路，不做多余的事。微微低头，总是在脑中思考什么。他基本是个直率诚实的男人，不是那种善于隐瞒的人。比如说，跟我就截然不同。

牛河与之结婚的人也是个喜欢隐瞒的女子。不对，她不是喜欢，是属于隐瞒事情上瘾的类型。哪怕向她打听现在几点，大概都得不到正确答案。这一点也和牛河截然不同。牛河只是有必要时才隐瞒。作为工作的一部分，迫于需要他才这么做。如果谁来打听时间，并且没有必须作假的理由，他当然会说出正确的时间，而且是亲切热情地告诉人家。但妻子却在任何情况下，对任何事情都一律撒谎。毫无必要隐瞒的事也热心地遮遮掩掩。连年龄都隐瞒了四岁。结婚登记时看到文件他才明白，但默不作声，假装不知。这种明知有朝一日注定真相大白的谎，干吗还非撒不可呢？牛河百思不解。加上他并不是个在乎年龄差距的人——他还有许多不得不在乎的事。就算妻子比自己年长七岁，又有什么问题呢？

离车站越来越远，人影变得更加稀疏。最终天吾走进了小公园。那是位于住宅区一角的不起眼的儿童公园，里面没人。当然，牛河想。喜欢在十二月夜间的儿童公园里，迎着刺骨寒风度过片刻时光的人，这世上大概不多。天吾横穿过冷幽幽的水银灯光，径直走向滑梯，抬脚爬上梯子，登上顶部。

牛河躲在公用电话亭的阴影里，凝视着天吾的一举一动。滑梯？他皱了皱脸。在如此寒冷的冬夜，一个大男人干吗要爬到儿童公园的滑梯上？这里并不在天吾家附近。他一定是出于某种目的特地赶来的。很难认为这个公园别具魅力，它狭窄而落寞。滑梯，加上两架秋千，小小的金属攀爬架和沙坑。一盏似乎无数次照耀过世界末日的水银灯，一棵树叶被薅光的粗俗的榉树。上锁的公共厕所成了涂鸦者们上好的画板。这里没有令人心平气和的东西，也没有刺激想象力的事物。或许五月爽朗的午后多少有些这样的东西，然而在十二月寒风呼啸的夜晚断不会有。

天吾难道要在这个公园里和人见面？难道在等待什么人赶到这里？只怕不是，牛河判断。从天吾的举止中丝毫看不出这样的迹象。走进公园后，他对别的游戏器具不屑一顾，直奔滑梯而去。似乎除了滑梯再没把别的东西放在心上。天吾是为了爬上滑梯而来的。在牛河看来只能如此判断。

也许这家伙从小就喜欢爬到滑梯上想事情。作为思考小说、思索数学公式的场所，夜晚的公园滑梯也许最为合适。或许周遭光线越暗，吹来的风越冷，公园越低级，脑筋就转得越灵活。世间的小说家（或数学家）是如何思考的，又思考些什么，原非牛河的想象所能及。他那实用型的脑袋告诉他：别的事别去管，眼下得耐着性子窥探天吾的一举一动。手表的时针正好指向八点。

天吾在滑梯顶上像折叠起高大的身躯一般坐下，然后仰望着天空。脑袋上下左右转了一会儿，视线对准一个方向，便静静地眺望着那里。头一动不动。

牛河想起了多年前曾风靡一时的坂本九[1]那支感伤的歌。第一句是"抬头仰望夜空的星，那颗小星星"。后面的歌词他不知道，也不想知道。感伤与正义感是牛河最不擅长的领域。天吾是在滑梯顶上怀着某种感伤仰望夜空的星星吗？

牛河也试着同样仰望夜空，却看不见星星。即便极保守地估计，东京杉并区高圆寺也算不上适合观察星空的去处。霓虹灯与道路照明将整个天空染成奇妙的色彩。或许因人而异，有人凝目望去也能看到几颗星星。但肯定需要非凡的视力与注意力。何况今晚云朵分外频繁地来来去去。尽管这样，天吾仍坐在滑梯上纹丝不动，仰望着天空特定的一角。

真是个给人添乱的家伙，牛河想。为何要在这样寒风凛冽的冬夜，坐在滑梯上望着天空冥思苦想呢？话虽如此，他却没有非难天吾的资格。说到底，牛河是出于自身原因而擅自监视与跟踪天吾的。结果遭遇何等悲惨的命运都怨不得天吾。天吾身为自由的市民，不论春夏秋冬都有权利在喜欢的地方眺望天空，愿意望多久便望多久。

---

[1]坂本九（1941-1985），原名大岛九，著名演员、歌手。

尽管如此，毕竟太冷了，牛河想。从刚才起就想小便，但这种时候只能憋着。公共厕所似乎锁得很牢，再怎么说没人路过，也不能在电话亭边小便吧。不管三七二十一，赶紧回去吧，牛河一边跺脚一边在心中念叨。在深思什么也好，沉湎于感伤也好，观察天体也好，天吾君，你肯定也冷吧？赶紧回家暖和去呀。虽说要回去的地方都没有人在等着我们，可总比待在这种地方强得多吧。

但天吾似乎毫无起身离去的意思。他终于不再观望夜空，可又将视线转向了隔着一条窄路的公寓。那是一幢新建的六层楼，约有一半窗户亮着灯。天吾热切地望着那幢楼。牛河也同样看了看，没发现特别引人注意的东西。一座随处可见的普通公寓，说不上特别高级，但档次似乎也不低。造型雅致，外墙贴的瓷砖也花了不少钱。大门气派明亮。和天吾住的即将拆除的廉价公寓不可同日而语。

天吾仰望着那座公寓时，会不会暗想自己也能住在这种地方该多好？不，绝不会。据牛河所知，天吾不是那种对住处挑三拣四的人，就像从不挑拣衣着一样，肯定不会对眼下居住的廉价公寓感到不满。只要有个屋顶，能遮风避雨便足够了。他就是这样的人。他在滑梯上想的事一定跟这种东西毫不相干。

眺望了一会儿公寓的窗户，天吾再次看向天空。牛河也同样向天上望去。榉树枝条、电线和楼房遮断了视线，从牛河躲藏的地方只能看见半片天空，无从确认天吾在凝望天际的哪一角。数不清的云朵不断汹涌而至，如前仆后继的兵团。

终于，天吾立起身来，仿佛单独完成了艰巨的夜航的飞行员，默默无言地步下滑梯，然后在水银灯下横穿而过，走出了公园。牛河犹豫片刻，决定不再继续盯梢。天吾肯定是直接回家了，牛河又非得小便不可。他看准天吾已走得不见踪影，便跑进公园，在厕所背后不引人注目的黑影里对着树丛撒了一泡尿。他的膀胱容量都快要超越极限了。

花了几近长长的货运列车过完一座铁桥的时间，才解完小便。牛河将裤子拉链拉上，闭上眼深深地舒了口气。手表的指针指向八点十七分。天吾在滑梯上待了大约十五分钟。再度确认了他的身影已然不见，牛河走向滑梯，抬起弯曲的短腿迈上台阶，在冰冷的顶上坐下，望向天吾注视过的大致方向。他那样热心，究竟在凝望什么？牛河很想弄清。

牛河的视力不算差。有点散光，因此眼神有些左右不均衡，但不戴眼镜也不影响生活。但无论怎样聚精会神，他也没看见一颗星星。倒是浮在中天的约有三分之二大的月亮勾起了牛河的注意。月亮那如痣一般的昏暗模样，在穿行而过的云间清晰地露出来。一如既往的冬夜的月亮。冷峭而苍白，充满了自太古时代承继下来的谜团与暗示。它仿佛死者的眼睛般一眨不眨，沉默地浮在空中。

随即，牛河倒抽一口凉气，僵在那里半晌动弹不得，甚至忘了呼吸。当云带断开时，他发现在离那个月亮不远之处，还浮着另一个月亮。比原来的月亮小得多，绿色，仿佛生了一层青苔，有点走形。不过毫无疑问是月亮。如此巨大的星星哪里都不可能存在。也不是人造卫星。它停在一个地方纹丝不动。

牛河闭上眼，隔了数秒再睁开。肯定是错觉。这种东西绝不可能存在。然而不管他多少次闭眼又睁眼，小小的新月亮仍浮在那里。云团一过来，便藏在云背后，待云过去，又在原地现出身来。

这就是天吾望着的东西，牛河想。川奈天吾正是为了观察这种景象，或者是为了确认这景象是否仍然存在，才赶来这座儿童公园的。他以前就知道天上浮着两个月亮。毫无怀疑的余地。他目睹这种光景时并没有现出惊讶。牛河在滑梯上喟然长叹。这里到底是什么世界？他问自己。我钻进怎样的世界里来了？从哪儿都没有答案飞来。无数的云朵被风吹散，只有一大一小两个月亮像谜语一般浮在空中。

唯有一件事可以明确地断言：这里不是我原本所在的世界。我知道的地球只有一颗卫星，这是不容置疑的事实。现在却增加到了两颗。

然而很快，牛河发觉这光景似曾相识。我从前在哪儿看过一样的景象。牛河全神贯注地死命搜寻记忆，思索这种熟悉感来自何处。脸庞扭曲，龇牙咧嘴，双手在意识黑暗的水底摸索。他终于想起来了。是《空气蛹》。那篇小说里也有两个月亮登场。在故事将近结束时。一个大月亮一个小月亮。当母体生出子体时，浮在天上的月亮变成两个。深绘里编出了那个故事，由天吾添加了详细的描写。

牛河不由得环顾四周。然而映入眼帘的还是一如既往的世界。隔着马路，对面的六层公寓拉着白蕾丝窗帘，背后亮着恬静的灯光。没有丝毫可疑之处。只是月亮的数目不同而已。

他留神注意脚下，小心翼翼地走下滑梯。然后像逃避月亮的目光般疾步走出公园。是我脑袋出毛病了？不，绝不可能。我的脑袋根本没出毛病。我的思考像崭新的铁钉般坚硬、冷静而直接，以正确的角度扎实地揳入现实的核心。我自身没有任何问题。我好好的，精神正常。只是周围的世界出现了错乱。

而且，我得把这错乱的原因找出来。无论如何。

第20章　青豆
作为我改变面貌的一环

星期日风停了，与前夜截然不同，成了温暖宁静的一天。人们脱去沉重的外套，尽情享受着阳光。青豆却与外界的天候无缘，在窗帘紧闭的房间里度过了与平素无异的一日。

小声地听着雅纳切克的《小交响曲》做肌肉舒展，还用机械严苛地活动肌肉。为了完成逐日增加不断充实的菜谱，花去近两个小时。做菜，打扫房间，坐在沙发上阅读《追忆似水年华》。终于读到了《盖尔芒特家那边》①。她留心尽量不闲下来。看电视时只看 NHK 正午和晚间七点的正点新闻。照例没有重大新闻。不，也有。世界各地有许许多多的人丧生，其中多为令人痛心的死亡方式。列车相撞，轮船沉没，飞机失事。有持续不断无法收拾的内乱，有暗杀，有民族间惨不忍睹的屠杀，还有气候变化导致的旱灾、洪水，更有饥馑。青豆由衷地同情卷入这些悲剧和灾难的人。然而这些归这些，眼下可能对她有直接影响的事却一件都不曾发生。

_____

① 《追忆似水年华》第三部。

隔着马路的儿童公园里，附近的小孩子在嬉戏玩耍。孩子们口中呼喊着什么。落在屋顶上的乌鸦仿佛在彼此联络，传来尖锐的啼声。空气中有初冬的都市气息。

随后她陡然发觉，自从住进这间屋子，自己一次也没有产生过性欲。不想和别人做爱，也没有自慰过。也许是怀孕的缘故，所以荷尔蒙的分泌发生了变化。总之，这对青豆而言是值得欢迎的事。身处这种环境，想和谁做爱也找不到出口。每月不再有例假，对她来说也是可喜的事之一。尽管不算沉重，可毕竟有放下了长年累月的重负之感。至少是少了一桩必须考虑的事，仅此便值得高兴。

三个月里，头发长了许多。九月间长度还刚及肩，如今已到了肩胛骨。小时候总是由母亲剪成短短的娃娃头，上中学后一直过着以体育为中心的生活，头发从来没有这么长过。虽然稍嫌太长，可自己动手剪却很困难，只得由着它长，只是用剪刀把额发修剪整齐。白天把头发挽起来，晚上再放下，然后听着音乐用梳子梳一百次。时间上如果没有富余，是无法做到这些的。

青豆原本就不怎么化妆，这样整天关在房间里就更没有必要了。尽管如此，为了让生活多少保持一定的秩序，她精心护理皮肤。用乳霜和洗面奶按摩肌肤，临睡前必定做一次面膜。她本来身体就很健康，稍加调理肌肤就变得美艳光润。不，这或许也是怀孕的缘故。她以前就听说过怀孕时皮肤会变好。总之，坐在镜子前，放下头发看着自己的脸，她感觉自己变得比从前漂亮了。至少生出了成熟女性的从容自若。大概。

青豆从来没有觉得自己长得漂亮。从小时候起，就一次都不曾被别人称赞过漂亮。母亲毋宁将她视为一个丑孩子。"要是你长得再漂亮点……"是母亲的口头禅。意思是说，假如青豆长得更漂亮一点、更可爱一点，肯定就能劝更多的人入教。因此青豆自幼以来便尽量不去照镜子。必要时才匆匆站到镜前，事务性地迅速检查一下细节。这成了她的习惯。

大冢环说喜欢青豆的容貌。一点也不丑，非常棒哦，她常常说。没关系，只管保持自信好啦。听到这话，青豆非常高兴。友人那温暖的话语，让迎来青春期的青豆镇定不少，深感安心。她甚至觉得，自己也许不像母亲整天说的那样丑。不过即便是大冢环，也一次都没有说过她漂亮。

然而有生以来，青豆第一次觉得自己的容貌说不定也有美丽之处。她前所未有地久久坐在镜子前，更细心地看着自己的面孔。但没有自恋的成分，她就像在观察另一个独立的人格，从各种角度实际验证映在镜中的脸。是自己当真变美了，还是容貌并无变化，而是自己观看时的感觉变了？青豆自己无从判断。

青豆不时在镜前狠狠皱起脸。皱起的脸与往日相同。满脸的肌肉各行其是，伸向不同的方向，容貌四分五裂七扭八歪。世界上所有的情感都从其中喷涌而出。已没有所谓美与丑了。从某个角度望去有如夜叉，从某个角度望去似是小丑，换个角度又如一片混沌。停止皱脸后，仿佛水面的波纹渐趋平静，肌肉徐徐舒缓，恢复本来的面目。青豆则从中发现了自己与以前稍有不同的新的分身。

你微笑得更自然一些就好了，大冢环常常对青豆说。微笑时，你的容貌是那样柔和，太可惜了。但在别人面前，青豆没法笑得自然而然，若无其事。强作笑颜的话，反而会变成僵硬的冷笑，从而令对方紧张，忐忑不安。大冢环能自然地露出明朗的微笑。谁初次见她都会生出亲密之情，对她抱有好感。但最后她却不得不在失意与绝望中了断自己的生命，将不会自然地微笑的青豆抛在身后。

安宁的星期天。在温暖阳光的诱惑下，许多人来到对面的儿童公园。父母让孩子在沙坑里玩耍，坐在秋千上摇荡。还有孩子在玩滑梯。老人们坐在长椅上，不倦不厌地看着孩子们玩耍的身姿。青豆走上阳台，坐在园艺椅上，从塑料挡板的缝隙间漫不经心地望着这番光景。和平的景象。世界在畅顺无阻地向前推进。没有人性命受到威胁，也没有人缉拿杀人者。人们不会将装满九毫米子弹的自动手枪裹在紧身裤里，藏在衣橱抽屉中。

有朝一日，我也会成为眼前这宁静正常的世界的一部分么？青豆冲着自己问。有朝一日，我也能牵着这个小东西的手到公园里去，荡秋千、滑滑梯么？能不必考虑杀人也不必考虑被人所杀，可以安然度日么？这种可能性在1Q84年中是否存在？还是说它只存在于另外某个世界呢？最重要的是，那时我身边会不会有天吾呢？

青豆不再眺望公园，回到房间关上玻璃门，拉好窗帘。孩子们的欢声笑语听不见了。悲哀淡淡地晕染着她的心。她孤零零一个人，被关在从内侧锁紧的地方。再也不去看白天的公园了，青豆想。天吾白天是不可能来公园的。他寻求的是两个月亮鲜明的身影。

吃了简单的晚餐，洗了餐具，青豆穿得暖暖的走上阳台。将毛毯搭在膝盖上，身体沉入椅子。一个无风的夜晚。水彩画家兴许会喜爱的云淡淡地拖曳在天上，仿佛有人拿着画笔在试验纤细的笔触。约有三分之二大的月亮没有被云朵遮蔽，将明亮的月光倾洒到地上。此刻，从青豆的位置看不见第二个小月亮，它正好挡在建筑物的阴影里。但青豆明白，它就在那里。她能感觉到它的存在。只是由于角度关系碰巧看不见罢了。大概无需多久就会出现在她面前。

青豆自从藏身在这间屋子里，便试图将意识从脑中驱逐出去。尤其像这样走上阳台眺望公园时，她能自在地让心中空空如也。眼睛从不懈怠地监视着公园，特别是滑梯。然而心无所思。不，也许意识在想着什么，却被收敛在水面之下。自己的意识在那水面下干些什么，她不得而知。然而意识会定期浮出水面。就像海龟和海豚时间一到就将脸露出水面进行呼吸一样。这种时候，她就会知道自己之前在想什么。不久，意识用新鲜的氧气将肺充满，再次沉入水下，不见踪影。于是青豆便什么也不思考。她化作被柔软的茧裹着的监视装置，将毫无杂念的视线投向滑梯。

她看着公园，但同时什么也不看。只要有新事物进入视野，她的意识便能立即做出反应。但此刻什么也没有发生。无风。榉树那像探针般遍布天空的昏暗枝条纹丝不动。世界完全静止了。她瞄一眼手表，八点刚过。今天很可能再次一无所得地结束。静寂至极的周日晚上。

世界结束其静止状态，是在八点二十三分。

回过神来，滑梯上有个男人。他坐在那里，仰望着天空的一角。青豆的心猛然一抽，缩得只有幼儿的小拳头般大。心脏久久地停留在那般大小，甚至令人担心会不会永远不再跳动。然后它唐突地膨胀，恢复原来的大小，跳动起来。它发出干燥的声响，以疯狂的速度将新鲜血液配送到全身。青豆的意识也急速浮出水面，浑身猛然一颤，进入行动状态。

是天吾！青豆条件反射般想。

然而当动荡不定的视野安定下来，她明白，那不是天吾。那人矮小得像个孩童，长了一颗奇形怪状的大脑袋，戴着顶针织帽。帽子随着脑袋的形状七扭八歪，显得怪模怪样。脖子上绕着绿围巾，身穿藏青色大衣。围巾过长，大衣腹部凸起，纽扣似乎马上就要迸裂。青豆想，这就是那个昨夜瞅过一眼的恰好走出公园的"小孩"。他其实不是小孩，而是一个大约接近中年的成人。只不过身材矮小肥胖，手短腿短，还长着个大得异样、奇形怪状的脑袋。

青豆陡然想起 Tamaru 在电话里说的"大头娃娃"。那个在麻布的柳宅周围徘徊，打探避难所情况的人。滑梯上的男人，外貌恰好和 Tamaru 昨夜在电话里描述的一样。这个吓人的家伙后来执拗地一查再查，已悄然逼近眼前。得去拿手枪！怎么会这样？偏偏今天晚上把枪放在了卧室忘记带上。然而她暂且先做深呼吸，平息内心的混乱，稳住神经。不，不必慌张，还无需拿上手枪。

首先，这家伙并非在观察青豆的公寓。他坐在滑梯顶上，摆出与天吾一模一样的姿势，仰望着天空的一角，似乎沉湎于思索中，他是在思索亲眼所见的东西。久久地一动不动，似乎忘却了如何驱动身体，根本没注意青豆房间所在的这一边。青豆深感困惑。到底是怎么回事？这家伙是为了追寻我而来的。只怕是教团的人，而且无疑是个精明强干的追踪者。毕竟能从麻布的柳宅一直追到这里。但此刻却在我面前如此毫不戒备地暴露身形，忘乎所以地仰望夜空。

青豆悄悄起身，把玻璃门拉开一条缝，溜进房间在电话机前坐下。然后用微微颤抖的手指开始拨号。总之，必须把这件事报告 Tamaru。大头娃娃此刻就在从她的房间看得见的地方，就在仅隔一条马路的儿童公园滑梯上。Tamaru 会对此后的事情做出判断，予以妥善处理。但按下前四位数字，她中断了手指的动作，捏着听筒咬住嘴唇。

还为时过早，青豆想。关于这个家伙，还有太多的事捉摸不透。假如 Tamaru 把他当作危险因子简单处理掉，捉摸不透的事最终就会捉摸不透地告终。细想起来，这家伙采取了与日前的天吾一样的行动。同一个滑梯，同一个姿势，天空的同一个角落。像是原样再现天吾的行为。他的视线大概也在捕捉那两个月亮。青豆明白。假定如此，这家伙肯定与天吾有某种关系，而且恐怕没发现我就藏在这座公寓里，才会毫无戒备地背朝这边。这种假设越想越有说服力。如果是这样，只要弄清这家伙的行踪，也许就能找到天吾的所在。因为这家伙会反过来引导我。想到这里，心脏的悸动变得更坚定更快速。她放下听筒。

以后再通告 Tamaru，她下了决心。之前还有事情非做不可。当然伴有危险，毕竟是被追踪者去尾随追踪者，何况对方大概是熟悉这一套的行家。话虽如此，这么重大的线索绝不可轻易放过。这也许是我最后的机会了，况且那家伙看上去似乎正深陷于恍惚中。

她疾步奔进卧室，拉开衣橱抽屉，将赫克勒－科赫拿在手上，打开保险，随着枯燥的声响将子弹送入枪膛，再次关上保险。把枪插进牛仔裤的后腰，返回阳台。大头娃娃仍然保持着那个姿势仰望天空。奇形怪状的脑袋一动不动。他似乎完全被天边一角的东西夺去了魂魄。青豆能理解这种心情。那的确是夺人魂魄的光景。

青豆回到房间，穿上羽绒服，扣上棒球帽，戴上简朴的黑边平光镜。就这么一下，脸给人的印象便差之千里。将灰色围巾绕在脖子上，钱包和房间钥匙塞进口袋里。跑下楼梯，迈出公寓大门。运动鞋底无声无息地踏在柏油路面上。这久违的牢固而坚实的触感激励着她。

青豆一边走着，一边确认大头娃娃依然在那个地方。日落之后，气温确实下降了，但仍旧无风。可以说有种舒适的寒意。青豆呼着白气，压低足音，假装若无其事地从公园前走过。大头娃娃根本没注意她，视线从滑梯上笔直地对准天空。从青豆的位置看不到，但那家伙视线前方肯定有一大一小两个月亮。它们肯定并肩浮在无云的冻僵的天空中。

走过公园，到了第一个街角向右转，掉头往回走。然后在阴影里隐身，窥望滑梯的情形。后腰上有小型手枪的触感，像死亡一般坚硬而冷峻。它平息着神经的亢奋。

等了大概有五分钟。大头娃娃缓缓站起身，拍拍沾在大衣上的灰，再次仰头望望天空，然后似乎下了决心，走下滑梯，随即步出公园，朝着车站方向走去。跟踪这家伙不太困难。周日夜间的住宅区行人稀少，即使隔开一段距离也不至于跟丢。加上对方丝毫没有怀疑可能有人在监视自己，也不扭头回顾，保持稳定的速度前行。那是人思考问题时走路的速度。绝妙的讽刺，青豆想。追踪者的死角，就是反过来被追踪。

很快，她知道了大头娃娃不是去车站。青豆利用房间里的东京二十三区街道地图，将公寓附近的地形详细地牢记在脑中。为了应对紧急事态，有必要熟知哪个方向有什么。所以她知道大头娃娃起初是朝车站走，中途却转向了别的方向。还发现他并不熟悉附近的地形。这家伙大约两次在拐弯处驻足，似乎缺乏自信地环顾四周，确认电线杆上的地址标识。在这里，他是个外来者。

不久，大头娃娃的步调加快。一定是回到了熟悉的地区，青豆推测。果不其然。他走过区立小学，沿着不甚宽阔的路前行片刻，走进一座三层旧公寓。

目送那男人消失在大门里，青豆等了五分钟。我可不愿在门口迎头撞上这家伙。门口上方伸出混凝土屋檐，圆形灯将门口四周照得黄蒙蒙的。目力所及之处，哪里都没有公寓名牌之类的东西。这也许是座无名公寓。总之，建成后似乎经历了相当久远的岁月。她记下了电线杆上标的地址。

五分钟过去，青豆走向大门。她从黄澄澄的灯光下疾步穿过，推开门。小小的门厅里没有人，是个空空如也缺乏暖意的空间。快要断落的日光灯微弱地吱吱响。不知从何处传来电视声，还有小孩大声央求母亲的声音。

青豆从羽绒服口袋里掏出自己的房门钥匙——假如有人看见，好让他以为自己是这里的住户。她把钥匙拿在手上轻轻晃着，读着信箱上的名牌。也许其中有一个是大头娃娃的。不能过于期待，但值得一试。这是座很小的公寓，住户不算多。不久便看到一个信箱上写着

"川奈"的姓氏，一瞬间，一切声音都从青豆身边消失了。

青豆呆立在信箱前。周围的空气变得异常稀薄，无法正常呼吸。她嘴唇微微张开，细细颤抖。时间就这样流逝。她心中明白，这是愚蠢危险的行为。大头娃娃就在附近，可能马上就会在门口露面。但她却无力将自己从信箱前拉开。"川奈"这块小小的名牌麻痹了她的理性，冻僵了她的身躯。

当然没有确证说这个姓川奈的住户就是川奈天吾。"川奈"固然不是哪里都有的普通姓氏，但也不像"青豆"这样稀少。然而，大头娃娃如果像她推测的那样，与天吾存在某种联系，这个"川奈"就是川奈天吾的可能性便极大。房间号是三〇三，与她住的房间刚好相同。

我该怎么办？青豆紧咬着嘴唇。大脑在环道上一次次兜圈子，哪儿都找不到出口。我该怎么办？不能永远在信箱前站下去。青豆定了定神，顺着冷漠的水泥楼梯爬上三楼。昏暗的地面上到处是昭示着岁月流逝的细细裂纹。运动鞋的鞋底发出刺耳的声响。

然后，青豆站到三〇三室门前。缺乏特征的钢门，插名牌的地方有一张印有"川奈"两字的卡片。同样只有姓。这仅有两个的汉字异常冷淡，让人有一种无机感。但同时又汇集着深邃的玄机。青豆站在那里，侧耳聆听，调动全部感觉器官。然而门扉深处没有任何声音传来，也不知里面是否亮着灯。门边有个电铃。

青豆有些茫然，咬紧嘴唇寻思，我该不该按这个门铃？

弄不好这是精心设计的圈套。也许大头娃娃就躲在门后，像黑森林里邪恶的小矮人一样露出可憎的微笑，等候我的到来。他故意在滑梯上暴露自己，把我引诱到这里，企图抓住我。他知道我在寻找天吾，便以此为诱饵。一个卑劣狡猾的家伙，牢牢地掌握了我的弱点。想让我从内侧将门打开，除了这个的确没有其他方法。

青豆确认四周没有别人，从牛仔裤的后腰拔出手枪，打开保险，放进羽绒服口袋，以便随时都能拿到。右手紧握枪把，食指搭在扳机上。用左手拇指按响门铃。

能听见屋子里响起门铃声。那是徐缓的叮咚声，与她心脏蹦出的快节奏极不相符。她握紧手枪，等着开门。然而门不开，也感觉不到有人从猫眼向外窥视。她稍待片刻，再次按铃。叮咚声再度响起。声音之大几乎令整个杉并区的居民都抬起头来倾听。青豆握着枪柄的右手微微渗出一层汗。但还是没有反应。

现在还是暂时退避为好。不管三〇三室姓川奈的住户是什么人，反正都不在家。而这幢建筑中此刻正潜伏着不祥的大头娃娃，在此久留太过危险。她疾步走下楼梯，再度匆匆瞥了一眼信箱，跨出大楼。低头迅速穿过黄蒙蒙的灯下，走到路上。扭头望向背后，确认无人盯梢。

有许多事情必须考虑，还有几乎同样多的事必须判断。她摸索着关上手枪保险，在无人注意的地方再次把枪插回牛仔裤后腰。不能过于期待，青豆告诫自己。不能指望太多。这个姓川奈的住户说不定就是天吾，但也可能不是。一旦生出期待，心就会以此为契机自己开始行动。万一期待落空，人便会失望，失望又会招致无力感。于是心生罅隙，放松警惕。对目前的我来说，这样最危险。

不知那个大头娃娃究竟掌握了多少事实。但现实问题是这家伙在向我步步逼来，已经抵达伸手可及的近旁。我必须高度警惕，绝不能松懈。对手可是个滴水不漏的危险角色，一点小错就可能葬送性命。首先，切不可随意靠近那座旧公寓。他肯定就潜伏在其中某个角落，暗中谋划捕捉我的计策。如同在暗处结网的狠毒的吸血蜘蛛。

回到家，青豆决意已定。她该选择的路只有一条。

青豆这次把 Tamaru 的号码一直按到最后一位，待铃声响了十二次，挂断电话。脱去帽子和外套，将手枪放回衣橱抽屉，喝了两杯水。把水壶装满，准备泡红茶喝。从窗帘的缝隙间窥望马路对面的公园，确认那里空无一人。站在洗脸间的镜子前梳头发。十根指头仍然无法活动自如，因为还在紧张。正往红茶壶里注入开水时，电话铃响起来。当然是 Tamaru 打来的。

"刚才我看见大头娃娃了。"青豆说。

沉默。

"刚才看见，就是说现在已不在那里了？"

"对。"青豆说，"刚才就在我住所对面的公园里。这会儿已经不在了。"

"你说的刚才是多久之前？"

"大约四十分钟前。"

"为什么四十分钟前不给我打电话？"

"我得马上去跟踪他。时间上没有富余。"

Tamaru 像挤牙膏似的呼气。"你跟踪他了？"

"我不想错过机会。"

"我可是告诉过你，不管发生什么都不许跨出门外一步。"

青豆小心地选择词句："但是危险逼近了身边，我也不能坐视不管。就算跟你联系，你也不可能立即赶到。你说呢？"

Tamaru 喉咙深处发出低低的声响。"于是你去跟踪大头娃娃了。"

"那家伙好像根本没料到会被别人跟踪。"

"行家有本事装成那样。"Tamaru 说。

的确像 Tamaru 说的，那也许是个安排巧妙的圈套。但不能在他面前承认这一点。"你当然能做到，不过在我看来，大头娃娃还没达到你那个水平。本事也许不小，但比你差远了。"

"说不定他还有人支援。"

"不会。那家伙肯定是单枪匹马。"

Tamaru 短促地顿了一顿。"算了。那么你看到他去哪儿了？"

青豆把那座公寓的地址告诉 Tamaru，说了外观。没弄清是哪个房间。Tamaru 把这些记下来。他问了几个问题，青豆尽量准确地回答。

"你发现时，那家伙正在你住所对面的公园里？"Tamaru 问。

"对。"

"他在里面干什么？"

青豆解释道，那家伙坐在滑梯上，很长时间一直在仰望夜空。但她没提两个月亮的事。

"在看天上？"Tamaru 说。隔着听筒传来的声音，表明他思考的转速提高了一挡。

"不是天空就是月亮和星星。反正是这一类的。"

"而且把自己暴露在滑梯上，毫无戒备。"

"是。"

"你不觉得奇怪吗？"Tamaru 说，声音又硬又涩。让人想起沙漠中那些靠着一年只下一天的雨水度过其余日子的植物。"那家伙就要把你逼上绝境，只差最后一步了。厉害得很啊。可他居然坐在滑梯上安逸地望着冬天的夜空，对你住的房间看都不看一眼。要我说的话，再没有比这更不自然的事了。"

"也许是那样。这件事太奇怪，太不自然。我也这么想过。且不论这个，无论如何也不能就这么放过那家伙。"

Tamaru 长叹一声。"可我还是觉得这样很危险。"

青豆闭口不言。

"你去跟踪他，有没有揭开一点谜底？"Tamaru 问。

"没揭开。"青豆答道，"不过有些事情让我担心。"

"比如说呢？"

"我查看了大门口的信箱，三楼上住着一个姓川奈的人。"

"那又怎么了？"

"你知道今年夏天那本畅销小说《空气蛹》吧？"

"我也看报纸的。作者深田绘里子好像是'先驱'信徒的孩子，后来行踪不明，有人怀疑可能遭教团绑架，警察展开了调查。书我还没读过。"

"深田绘里子可不是普通信徒的孩子。她父亲是'先驱'的领袖。就是说，她是我亲手送到那个世界去的人的女儿。川奈天吾是被编辑雇去做枪手，对《空气蛹》进行大幅改写的人。那本书其实是他们两人合著的。"

漫长的沉默降临。相当于走到狭长房间的另一头，将词典拿在手上查找什么，再走回来需要的时间。接着 Tamaru 开口道：

"没有确切的证据说明，住在那座公寓的川奈就是川奈天吾。"

"现在还没有。"青豆承认，"不过假设他们是一个人，整个故事就更合理了。"

"零星片断倒也吻合。"Tamaru 说，"不过，川奈天吾是《空气蛹》枪手的事，你是怎么知道的？这种事应该没有公开过。如果被世人知道，可是一桩大丑闻。"

"我是听领袖亲口说的。他在临死之前，把这件事情告诉了我。"

Tamaru 的声音变得稍为冷峻。"这些话你应该更早一点告诉我。你不这样认为么？"

"当时我没觉得这些有重大意义。"

沉默持续了片刻。Tamaru 在沉默中想些什么，青豆不得而知。但她明白 Tamaru 不喜欢别人作无谓的辩解。

"算了。"过了一会儿 Tamaru 说，"这话不提了。总之长话短说。你想告诉我大头娃娃很可能知道此事，所以去监视那个叫川奈天吾的人，想以此为突破口找到你的藏身处。"

"我觉得大概是这样。"

"我不懂了。"Tamaru 说，"为什么川奈天吾会成为寻找你的线索？你和川奈天吾并没有什么关系呀，除了你处置了深田绘里子的父亲，而他是深田绘里子小说的枪手之外。"

"有关系。"青豆用失去了抑扬的声音说。

"你是说，你和川奈天吾之间有直接关系？"

"我和川奈天吾从前在小学里是同班同学。而且我要生下来的孩子的父亲，恐怕就是他。但无法再解释更多。怎么说呢，这是非常私密的事。"

圆珠笔敲打桌子的声音隔着听筒传来。此外听不见任何声响。

"私密的事。"Tamaru 说。那声音仿佛在平坦的点景石上发现了珍奇动物。

"我很抱歉。"青豆说。

"知道了。这是非常私密的事。我也不再刨根问底了。"Tamaru 说，"那么，具体说来你要我做什么？"

"首先我想知道，那个姓川奈的住户真的是川奈天吾吗？可能的话我很想自己确认，但靠近那座公寓对我来说太危险。"

"那不用说。"Tamaru 说。

"还有，大头娃娃恐怕就潜伏在那座公寓里，暗中谋划什么。假如那家伙快快找到我的藏身之地了，我想有必要采取措施。"

"那小子对你和夫人的关系已有所掌握。他打算细心地把几条类似的线索扯到一起，拧成一条线。当然不能放过他。"

"还有一件事想拜托你。"青豆说。

"你说吧。"

"假如住在那里的真是川奈天吾，我想请你帮帮忙，不要让他受到任何伤害。如果一定要有人受伤害，我宁愿代替他。"

Tamaru 沉默片刻。这次听不到圆珠笔敲打桌子的声音。什么也听不到。他在无声的世界里思考。

"前面两件事，我大概可以尽力而为。"Tamaru 说，"那本来就是我工作的一环。但第三件不好说。这里面牵涉太多私事，还有太多我无法理解的东西。而且根据我的经验，一下子处理好三件事不太容易。不管喜不喜欢，总要有个优先顺序。"

"那没关系。你按照自己的优先顺序做好了。我只是希望你放在心上：我在有生之年，不管发生什么都非得见到天吾君不可。因为我有话告诉他。"

"我会放在心上。"Tamaru 说，"我是说，在那里还有多余空间的时候。"

"谢谢你。"青豆说。

"你刚才告诉我的话，我必须原封不动地向上面汇报。问题太微妙，我一个人做不了主。现在先挂电话。你不要再出去。锁好门，待在屋里。你一出去就会有麻烦。说不定已经惹出麻烦了。"

"我也获得了对方的一些信息。"

"好吧。"Tamaru 认输似的说，"听你说的，好像干得完美无缺。这一点我承认。不过别放松警惕。我们还没弄清对方到底想干什么。而且根据情况判断，他们背后恐怕有组织。我上次给你的东西还在吧？"

"当然。"

"这阵子最好一直放在身边。"

"我会的。"

短暂的间隔后，电话挂断了。

青豆将身体深深沉入放满热水的白色浴缸，慢慢暖着身子，一面思念着天吾。也许就在那座三层旧公寓某间屋子里生活的天吾。她回忆起那扇冷漠的钢门，以及名牌插里的名牌，上面印着"川奈"的姓氏。那扇门后面究竟有怎样的房间？里面过着怎样的生活？

　　她在水里把手放在两只乳房上，缓慢地摩挲着。乳头和平日不同，变得大而硬，而且敏感。这双手掌要是天吾的该多好，青豆想。她想象着天吾宽大厚实的手掌。那双手一定有力而温柔。她的一对乳房被包容在他的双手中，一定会找到深深的愉悦与安宁。随后，青豆注意到自己的乳房变得比从前大些。这不是错觉，的确膨胀了，曲线变得愈加柔和。兴许是怀孕的缘故。不，也许与怀孕无关，我的乳房只是变大了而已。作为我改变面貌的一环。

　　她把手放在肚子上。那隆起还不是很明显。而且不知何故还没有妊娠反应。但是这里面藏着小东西。她知道。青豆想，难道他们死命追索的并非我的性命，而是这个小东西？难道作为杀领袖的代价，他们要把它和我一同夺到手？这个念头令青豆浑身一颤。无论如何我必须见到天吾。青豆再度坚定决心。必须与他齐心协力，好好保护这个小东西。迄今为止的人生中，我已被夺去了太多宝贵的东西，但只有这小东西绝不能交给任何人。

　　上床后读了一会儿书。然而睡意不来造访。她合上书，护着腹部轻轻弯起身体，脸颊贴在枕头上，想着浮在公园上空的冬月，以及悬浮在近旁的绿色小月亮。母体与子体。两个月亮的光芒混为一体，摩挲着树叶落尽的榉树枝条。Tamaru 此刻肯定在考虑解决事情的对策。他的大脑在高速运转。青豆在心中描绘他紧皱双眉、用圆珠笔咔嗒咔嗒敲打桌子的情形。不久，仿佛在那连绵不绝的单调节奏的引导下，睡意柔软的布帛将她裹了起来。

第21章　天吾
脑中某个场所

电话铃声大作。闹钟上的数字宣告此刻是两点零四分。星期一的黎明前，凌晨两点零四分。周围当然一片漆黑，天吾正深陷于熟睡之中。连梦也不做的恬静睡眠。

他首先想到了深绘里。会在这种出乎意料的时间打电话来的，除了她大概没有别人。然后，脑海里又浮现出小松的面目。小松在时间问题上也难说是个恪守常识的人。但那铃声的响法不像小松，而是一种紧迫的事务性的响声。况且已经和小松面对面地畅谈过了，几小时前才分手。

不理这个电话继续蒙头大睡，倒也是一种选择。相对而言，天吾更情愿这么做。但电话铃声仿佛要粉碎世间存在的一切选择，兀自响个不停。说不定会一直这么响到天亮。他爬下床，磕磕碰碰地摸过去，抓起听筒。

"喂。"天吾用不灵便的舌头说。脑袋塞满的好像不是脑浆，而是冷冻后的生菜。有些人就是不知道生菜不能冷冻。一旦冻过再解冻，便会失去脆生生的口感。而这口感恐怕正是生菜天生的妙处。

将听筒贴近耳朵，便听到了风吹过的声音。让溪边弯身喝着清澈流水的美丽鹿群微微竖毛、掠过狭窄的山谷间的一阵清风。但那其实不是风声，而是人被机械夸张了的呼吸声。

"喂。"天吾重复道。可能是恶作剧，也可能是电话线出了问题。

"喂。"一个声音说。不熟悉的女人声音。不是深绘里，也不是年长的女友。

"喂。"天吾说，"我是川奈。"

"天吾君。"对方说。终于开始对话了，但还不清楚对方是谁。

"请问您是哪位？"

"安达久美。"对方回答。

"哦，是你呀。"天吾说。是能听见猫头鹰叫声的公寓里住着的年轻护士安达久美。"怎么了？"

"在睡觉？"

"嗯。"天吾答道，"你呢？"

毫无意义的提问。正在睡觉的人当然不可能打电话。怎么会说出如此愚蠢的问题呢？一定是脑袋里那些冷冻生菜在作祟。

"我在值班。"她答道，随后假咳了一声，"那个，川奈先生刚才过世了。"

"川奈先生过世了。"天吾不知所云，机械地重复道。难道是有人在宣告自己已经亡故了？

"是天吾君你的父亲与世长辞了。"安达久美换了个说法。

天吾没什么意义地将听筒从右手换到左手。"与世长辞了。"他重复道。

"我正在休息室里打瞌睡，一点多时呼叫铃响起来。是你父亲病房的铃。你父亲一直处于昏迷状态，不可能自己按铃。我心里觉得奇怪，但还是立刻赶过去。可等我赶到，他的呼吸已经停止，也没有心跳了。我喊醒值班医生，采取了抢救措施，但没有用了。"

"这么说，是我爸爸按的铃？"

"大概是。因为根本没有别人按铃啊。"

"死因呢？"天吾询问。

"这种问题我也不好说。但好像没有痛苦。神态非常安详。该怎么说呢，像秋天快要过去，明明没有一丝风，一片树叶却飘落下来了，就是那种感觉。这么说也许不恰当。"

"没什么不恰当的。"天吾说，"我觉得这样就好。"

"天吾君，你今天能赶过来吗？"

"我想可以。"虽然补习学校的课从星期一重新开始，但跟父亲去世相比，这种事无关紧要。

"我坐头班特快赶过去。十点前大概能到。"

"好的。有许多实务性的事得办。"

"实务性的事。"天吾重复道，"要不要提前准备什么东西？"

"川奈先生的亲人只有你一个吗？"

"大概是的。"

"那么，你先把正式印章带上。说不定要用。另外，你手头有印鉴证明吗？"

"好像有备用的。"

"那也带上，以备不时之需。其他的，我想不需要什么了。你父亲好像都准备好了。"

"都准备好了？"

"嗯。他在神志还清醒的时候，就把葬礼需要的费用啦，入殓时穿的衣服啦，甚至连安放遗骨的场所都一一指定好了。安排得头头是道，也许该说是勇于正视现实。"

"他就是这样的人。"天吾用手指揉搓着太阳穴，说。

"我早晨七点下班，回家睡觉。田村姐和大村姐一大早就上班，她们会一五一十地告诉你。"

田村是那位戴眼镜的中年护士，大村则是把圆珠笔插在头发里的护士。

"我爸爸承蒙你多方照顾。"天吾说。

"不必客气。"安达久美说。随后像忽然想起来了，用庄重的口气加上一句："请节哀顺变。"

"多谢你来电通知。"天吾答道。

看来不可能再入眠，天吾便烧了壶开水泡咖啡喝。然后脑袋多少清醒了些。觉得有点饿，便用冰箱里现成的番茄和奶酪做了三明治吃。一如在黑暗中进食那样，固然有进食的感觉，却味同嚼蜡。之后他拿出时刻表，查看去馆山的特快发车时间。两天前，星期六的中午他刚从"猫城"回来，现在又得赶回去了。但这次住一两个晚上就可以了。

时针指向四点时，天吾在洗脸间里洗了脸，刮了胡子。想用梳子将一头直直竖立的乱发抚平，但照例不太顺利。由它去吧，到中午大概就自己服帖了。

父亲过世的消息并未让天吾心绪波动。他与昏迷不醒的父亲一起度过了两个星期。父亲当时似乎已经把自己正走向死亡的事当作事实接受了。这么说可能有点奇怪，但他像是做出这个决断之后，亲手关掉开关，自己进入昏睡状态的。究竟是什么让他昏睡的，医生们未能确定病因。天吾却明白。是父亲自己决定要死去的，或者说他放弃了活下去的意志。借用安达久美的表达，便是如"一片叶子"般熄灭了意识的灯火，关闭了所有感官的大门，等着即将来临的季节变换。

从千仓站坐上出租车，十点半抵达海滨疗养院。同前一天的周日相同，是初冬宁静的日子。含着暖意的阳光像慰劳般照着院子里行将枯萎的草坪，一只从未见过的花猫躺在那里晒太阳，一边悠闲地精心舔着尾巴。田村护士和大村护士在大门口迎接他。两人各自用平静的声音安慰天吾，他道了谢。

父亲的遗体安放在疗养院毫不起眼的一角毫不起眼的小房间内。田村护士走在前面引路。父亲仰面躺在轮床上，盖着白布。那是一间无窗的四方房间，天花板上的日光灯将白墙照得更白。一只高及腰际的柜子上放着玻璃花瓶，插着三株菊花。大约是当天早上插的。墙上挂着圆形时钟，是只落满尘埃的旧钟，但标示的时间准确无误。也许它担负着某种作证的使命。此外没有家具也没有任何装饰。大概有许多年老的死者曾经通过这间简朴的屋子。无声地进来，又无声地出去。这间屋子尽管极其事务性，却也飘漾着严肃的气息，仿佛在传达某种重大事项。

父亲的脸与生前相比没有多少变化。即使如此之近地与他面对面，也几乎没有斯人已逝的真实感。脸色也不差，大概是有人细心地为他修了面，下巴和嘴唇上方异样光洁。丧失意识昏睡与溘然长逝，此刻并无太大差异。仅仅是不必再补充营养、处理排泄罢了。只是就这样放任不管的话，几天内便会腐烂，于是那将成为生与死的巨大差别。当然，遗体在此之前就会送去火化。

以前交谈过几次的医生走过来，首先表示哀悼之意，然后说明了天吾父亲去世的前前后后。虽然亲切地花了不少时间解释，但一言以蔽之便是"死因不明"。再三检查也没具体地找出问题所在。结果反而表明父亲身体健康，只是患了老年痴呆症而已。但不知何故忽然陷入昏迷状态（其原因始终不明），意识便再也没有恢复，全身机能一点点但片刻不停地持续下降。下降的曲线跨过某个规定的标准之后，便难以维持生命了，父亲不可避免地步入了死亡的领域。要说简单易懂倒也简单易懂，从医生的专业角度来说却存在不少问题。因为他们未能明确死因。衰老这个定义与之最为接近，可父亲才六十多岁，要算作衰老死亡又太年轻了。

"我以主治医生的身份为令尊开具死亡证明书。"那位医生客气地说，"关于死因，想写成'长期昏迷引起的心脏衰竭'，你看行不行？"

"就是说，家父实际的死因并不是'长期昏迷引起的心脏衰竭'，是这个意思吗？"天吾问。

医师多少露出困惑的表情。"是的。到最后都没发现心脏有特别的毛病。"

"但其他器官也没有发现毛病，是不是？"

"的确。"医师有口难言般地说。

"可是文书上必须写明死因，是吗？"

"正是。"

"我没有专业知识，不过，现在他的心脏已经停止跳动了吧？"

"当然。心跳已经停止了。"

"这算是一种衰竭吧？"

医生思考了一下。"如果说心脏跳动才算是正常，那么这的确是衰竭的状态。你说得没错。"

"那么就照您说的写好了。怎么说来着？'长期昏迷引起的心脏衰竭'。没关系，我没有异议。"

医师似乎松了一口气，说三十分钟就能准备好死亡证明书。天吾道了谢。医生离去后，戴眼镜的田村护士留下来。

"需要让你和令尊单独待一会儿吗？"田村护士问天吾。那口气颇为事务性，好像在说这是照章办事，所以姑且问一声。

"不。不必了。谢谢你。"天吾答道。即使和死去的父亲两个人待在这里，也没有特别的话题好谈。在他生前都不曾好好说过话，不可能在他过世后忽然生出话题来。

"那么，我想换个地方，和你商量一下之后的安排，不要紧吗？"田村护士问。

不要紧，天吾说。

田村护士在离去前，对着遗体微微合掌。天吾也如法效仿。人会对死者表现出自然的敬意。对方就在不久前刚刚完成了死亡这项个人的伟业。然后，两人走出那个无窗的小房间来到食堂。那儿空无一人，明媚的阳光从面对庭院的大窗子照进来。天吾踏进阳光里，长长地舒了口气。这里已然没有死者的气息，是活着的人的世界，不管它是多么不可靠不完美的东西。

田村护士把热热的烘焙茶倒进茶碗端过来。两人隔桌坐着喝茶，半晌无言。

"今晚你住哪里？"护士问道。

"我打算住在这边，但还没有预订旅馆。"

"要不，就住你父亲一直住的房间？反正现在也没人住，还能省下旅馆费用。如果你不嫌弃的话。"

"我倒不是嫌弃，"天吾稍微有些惊讶，"不过，这么做好吗？"

"没关系。只要你觉得可以，我们这边没人介意。待会儿我让她们收拾床铺。"

"嗯，"天吾开口道，"我接下去该做什么？"

"从主治医师那里拿到死亡证明书后，就去镇政府领取火葬许可证，然后办理户籍注销手续。这是眼前最重要的事。另外还有养老金手续啦，存款账户的户名变更啦，杂七杂八的恐怕不会少。关于这些事，你跟律师谈谈吧。"

"律师？"天吾惊奇地问。

"川奈先生，也就是你父亲，和律师谈过自己死后的手续问题。说是律师，但没什么大不了的。我们疗养院里老人多，时常有些人判断力出现问题，为了避免在财产分割之类的事上发生法律纠纷，就同本地的法律事务所合作，提供一些法律咨询。找个公证人帮忙写写遗嘱啦，诸如此类。费用也花不了多少。"

"我父亲留下遗嘱了吗？"

"这你得跟律师谈谈。这种话不方便由我说。"

"明白了。我最近能见他吗？"

"已经跟他联系好了，请他今天下午三点钟到这里。你看行不行？好像总在催促你。不过，你恐怕也很忙，我就自作主张了。"

"谢谢你。"天吾对她的精明强干表示感谢。不知何故，他身边的年长女性一个比一个能干。

"总之先到镇政府去一趟，办好户籍注销手续，把火葬许可书领来。没有它什么也干不了。"田村护士说。

"那么，我现在得赶到市川去了？我父亲的户籍应该在市川市。但这么一来，三点钟前就不可能赶回这里了。"

护士摇摇头。"你父亲住进这里之后，马上把居民卡和户籍从市川市转到千仓镇来了。说万一遇上紧急情况会方便一点。"

"好周到。"天吾叹道。简直像一开始便知道自己会死在这里。

"真的。"护士说，"这样的人不多见。大家都认为在这里只是一时的权宜之计。可其实……"只说一半便停下来，仿佛在暗示剩下的话语，双手在胸前静静合十。"总之你不必赶到市川去了。"

天吾被领进了父亲的病房。这是父亲度过最后几个月的单人房间。床单已揭去，枕头被子也拿走了，只剩下条纹图案的床垫。桌子上放着朴素的台灯，狭小的壁橱里挂着五个空衣架。书橱里连一本书也没有，其他私人物品也都搬到别处去了。话虽如此，天吾根本想不起这里有过什么私人物品。他把提包放在地板上，环视室内。

房间里还微微残留着药品的味道，甚至能嗅出病人留下的气息。天吾打开窗户，更换屋内的空气。在风的吹拂下，被阳光晒得退色的窗帘宛如正在嬉戏的少女的长裙，摇曳摆荡。看着它，天吾忽然想到，如果青豆在这里，什么也不说只是紧紧握着自己的手该多好。

　　他乘公交车前往千仓镇政府，在窗口出示死亡证明书，领了火葬许可证。从死亡时刻算起经过二十四小时之后，就可以进行火葬。还提交了注销户籍申请，这份证明书也领到了手。办手续虽然花了些时间，原理却简单得出奇，不需要丝毫的考虑。就像汽车报废手续一样。从政府领来的文件，田村护士用办公室里的复印机每样复印了三份。

　　"两点半，在律师来之前，一家叫善光社的殡仪公司的人过来。"田村护士说，"请把一份火葬许可证复印件交给那个人。剩下的事都由善光社办理。你父亲生前已经同他们谈妥了步骤，所需的费用也都存在那里。你不必特意做任何事。当然是说，如果天吾君你没有意见的话。"

　　没有意见，天吾回答。

　　父亲几乎没有留下任何身边的物品，只有几件旧衣服、几本书。

　　"想不想要一样纪念品？说是这么说，其实只有一台带闹钟的收音机，一只旧的全自动手表，一副老花镜，就这么几件东西。"田村护士问道。

　　我什么都不要，你们随意处理好了，天吾答道。

　　正好两点半，穿黑色西服的殡仪公司的人，迈着静静的脚步走进来。一个五十岁出头身材瘦削的男人。十根手指长长的，眼睛很大，鼻侧有一个干干的黑疣。似乎在阳光下待的时间太久，浑身上下甚至连耳朵尖都晒得黝黑。不知是什么缘故，天吾从未见过肥胖的殡仪公司员工。这位男子向天吾说明了葬礼的大致程序。用词非常客气，语速很慢。他仿佛在暗示：这次的事完全不必着急。

"令尊生前表示，希望尽量办一个简朴的葬礼。他说，只要放进能用的简单棺木里，直接送去火葬就行，祭坛、仪式、念经、法号、献花、致词之类的东西一律免了。就连坟墓也不要，把遗骨放在附近随便哪家公共设施里就行。所以，如果您没有异议的话……"

说到这里，他停下来，一双又黑又大的眼睛仿佛倾诉一般看着天吾。

"如果家父希望这样，我当然没有异议。"天吾直直地望着那双眼睛说。

那个男人点点头，微微垂下眼睛。"那样的话，今天就算是守灵，遗体在敝公司安置一夜。因此，现在请允许我们将遗体运回公司。明天下午一点，在近处的火葬场举行火葬，您看是否可以？"

"我没有意见。"

"举行火葬仪式时您在场吗？"

"我在。"天吾答道。

"也有人不愿意在场，这方面您完全自由。"

"我到场。"天吾回答。

"那很好。"对方似乎稍稍松了一口气，说，"说起这个来实在不好意思，这和令尊生前我给他看过的东西，在内容上一模一样。如果您能同意……"

男人说着，长长的手指如昆虫的脚一般蠕动，从文件夹中取出账目单，递到天吾手中。即便是对葬仪之类一无所知的天吾，也看得出这是相当廉价的葬礼。天吾当然没有异议。他借了圆珠笔，在那份文件上签了字。

律师在离三点还有一点时间时到来，和殡仪公司的人在天吾面前闲聊了一会儿。那是专家之间展开的语句简短的对话。天吾不太明白他们在谈什么。两人以前似乎就是熟人。一座小镇。大家一定都彼此熟识。

紧贴着太平间有个不起眼的后门，殡仪公司的面包车就停在外边。除了驾驶座，窗玻璃全部涂成黑色，漆黑的车身上没有任何文字和标志。瘦削的殡仪公司男子和兼任助手的白发司机将天吾的父亲搬到轮床上，推到汽车旁。面包车式样特殊，车顶高上去一截，可以用轨道将床装进车厢。后面的两扇车门发出事务性的响声，关上了。那男子向着天吾彬彬有礼地鞠了一躬，然后面包车开走了。天吾和律师以及田村护士、大村护士四人，对着那辆黑丰田车的后门合掌致意。

律师和天吾在食堂一隅对坐着谈话。律师四十五岁上下，与殡仪公司的人对比鲜明，胖得滚圆，快要没有下巴了。分明是冬天，额头上却薄薄地浮出一层汗。如果是夏天一定惨不忍睹。灰色毛料西装发出刺鼻的防虫剂气味。额头狭窄，上方的头发乌黑，密得过分。肥胖的身躯与茂密的头发很不相配。眼睑沉重地膨起，眼睛很细，不过仔细看去，能看见深处浮着亲切的光芒。

"令尊把遗嘱交给了我保管。说是遗嘱，其实也没那么夸张。和推理小说里出现的遗嘱完全不同。"律师说着，假咳了一声，"相比之下更接近于便条。对，先由我简单地口头说明大致内容。遗嘱中首先指示了自己的葬礼程序。关于内容，我想刚才在这里的善光社的先生已经说明了吧？"

"我已经听过说明了。是个简朴的葬礼。"

"很好。"律师说，"那正是令尊的希望。一切都尽量简朴地收场。葬礼费用从存款中拨出，医疗费用等也用令尊住进这处设施时一次付清的保证金支付。不给您增添任何金钱上的负担。"

"不欠任何人的情，是吗？"

"正是。一切都在事前支付完毕。另外，千仓镇邮局里令尊的账户还有余款，将由身为儿子的您继承。需要办理户名变更手续。那时需要令尊的户籍注销证明、您自己的户籍页以及印鉴证明。请带好这些直接前往千仓镇邮局，必须由您亲笔填写相关文书。这些手续相当费时间。您也知道，日本的银行呀邮局呀对公文格式实在挑剔。"

律师从上衣口袋里掏出一块很大的白手帕，擦拭额头的汗水。

"关于财产继承问题，我要转告您的就是这些。虽说是财产，但除了这笔邮政储蓄，生命保险、股票、房产、宝石、书画古董之类一样也没有。非常明白易懂，或者说，非常省事。"

天吾默默点头。这完全是父亲的做派。但要继承父亲的储蓄存折令天吾感觉郁闷。那心情就像要接过几块摞在一起的又重又湿的毛毯。如有可能，他不想接受这种东西。但面对这位头发浓密像个老好人的胖律师，这样的话他说不出口。

"另外，令尊还把一个信封交给了我保管。今天我带来了，想交还给你。"

那只鼓鼓的茶色大信封用胶带封得严严实实。胖律师把它从黑色文件包中取出来，放在桌子上。

"这是川奈先生刚住进来，我跟他面谈时，他交给我保管的。那时候川奈先生，呃，神志还十分清醒。当然不时也会出现混乱，不过生活上大致没什么困难。他告诉我，如果他去世，就把这个信封交给法定继承人。"

"法定继承人？"天吾有些吃惊，说。

"对，法定继承人。令尊没有提到具体的人名。但说到法定继承人，具体地看就只有天吾先生您了。"

"据我所知，应该是这样。"

"那么，这个，"说着，律师指着桌子上的信封，"就该交给您了。能否请您在收条上签个名？"

天吾在文件上签了名。放在桌子上的茶色事务信封，望上去过于缺乏个性，充满事务性。正反面都没有写字。

"我想问一下。"天吾对律师说，"家父当时对我的名字，也就是川奈天吾，连一次都没有提到吗？也没提'儿子'这样的词？"

律师思考这个的时候，又从口袋里掏出手帕，拭去额上的汗水，然后简短地摇摇头。"没有。川奈先生始终用的是法定继承人这个词。别的表达一次也没用过。我有些奇怪，所以记得很牢。"

天吾沉默不语。律师安慰般说道：

"但说起法定继承人就只有您一个，这一点，呃，川奈先生自己也一清二楚。只是在商谈过程中，他没有说出您的名字而已。莫非您有什么担心的？"

"担心的倒没有。"天吾说，"家父原来就有点与众不同。"

律师似乎放下心来，微笑着轻轻点头，然后将新开具的户籍副本塞到天吾面前。"因为有这种疾病，为了防止出现法律手续上的差错，我冒昧地查了户籍。根据记录，天吾先生是川奈先生唯一的孩子。令堂在生下您一年半后过世了。之后令尊没有再婚，独自一人把您养大成人。令尊的双亲与兄弟姐妹都已过世，您是川奈先生唯一的法定继承人。"

律师站起身，说了几句哀悼的话，回去了。天吾独自坐在那里不动，望着桌上的事务信封。父亲就是血脉相连的亲生父亲，母亲当真已经死去。律师是这么说的。恐怕这就是事实，至少是法律意义上的事实。但他觉得，事实越是明白无误，真实便越加渐行渐远。为什么呢？

天吾回到父亲的房间，坐在桌前，试图剥掉茶色信封那严严实实的封缄。这只信封里也许藏着解答秘密的钥匙。然而这并非简单的工作，剪刀也好刀片也好，其他代用品也好，房间里都找不到。只好用指甲把胶带一点点剥掉。一番苦斗之后打开信封，里面又分装着几只信封，每只都封得严严实实。完全是父亲的做派。

　　有一只信封里装着五十万元现金。崭新的万元钞票正好五十张，用薄纸包了好几层，还有一张写有"紧急用现金"的纸条。货真价实是父亲的字。字很小，一笔一画写得一丝不苟。大概是说万一需要支付预想之外的费用，就动用这笔钱。父亲预料"法定继承人"手头可能没有足够的现金。

　　最厚的信封里塞满了旧剪报和奖状之类，都是关于天吾的东西。小学时他获得的算术比赛优胜奖状，报纸地方版上登的新闻报道。排成一列的奖杯照片。艺术品一般优秀的成绩单，所有的科目全是最高分。还有其他形形色色的证明他是神童的辉煌记录。天吾身穿柔道衣的中学照片，他拿着奖旗在微笑。看到这些，天吾深感震惊。父亲从NHK退职后，便搬出了之前一直居住的公司宿舍，搬进同在市川市内的出租公寓，最后来到千仓这家疗养院。孤身一人多次搬家，身边的东西几乎没有留存下来。而且他们父子关系长期以来冷到了极点。尽管如此，父亲却无比珍惜天吾"神童时代"的辉煌遗物，随身带来带去。

　　另外一只信封里，装着父亲NHK收款员时代的各种记录。他作为年度成绩优异者受表彰的记录。几张朴素的奖状。可能是公司旅行时和同事一起拍的照片。旧身份证。养老金与健康保险的支付凭证。还有几张不知为什么要保存的工资明细单。支付退职金的相关文件……连续三十多年任劳任怨地为NHK卖命，那金额却少得惊人。和小学时代天吾辉煌的成就相比，不妨说几近于无。也许从社会角度来看，那其实就是几近于无的人生。但在天吾看来可不是什么"几近于无"的东西，父亲在天吾的精神上留下了沉重浓密的影子。伴着一本邮政储蓄存折一道。

父亲进入 NHK 之前的人生记录，那个信封里一样也没有。简直像成了 NHK 收款员，父亲的人生才宣告开始。

最后打开的一只既小又薄的信封里，装着一张黑白照片。仅此而已。其他什么也没有。那是一张旧照片，尽管没有变色，却像渗出了水，整体蒙着一层淡淡的膜。拍的是全家福。父亲和母亲，还有幼小的婴儿，从体形来看应该不会超过一岁。身穿和服的母亲慈爱地抱着婴儿，背后能看见神社的牌坊。看他们的服装是在冬天。既然去神社参拜，想来应该是新年的时候。母亲像目眩似的眯着眼睛，面带微笑。父亲身穿暗色调略嫌肥大的短大衣，眉间皱起两条深深的纵纹。那表情仿佛在说，才不会轻易听信那些花言巧语呢。抱在怀中的婴儿，似乎对世界的广袤与冷漠困惑不已。

那位年轻的父亲，怎么看都是天吾的父亲。容貌当然还很年轻，可从那时起就显得老成持重，瘦削，眼睛深深陷在眼窝里。一张寒村里贫穷农夫的面庞，异常固执多疑。头发剪得很短，稍有点驼背。此人不可能不是父亲。既然如此，这个婴儿恐怕就是天吾，而怀抱婴儿的母亲应该就是天吾的母亲了。母亲比父亲身材略高一些，姿势也端正。看去父亲大约三十五岁往上，母亲则像过了二十五岁。

当然是第一次看见这种照片。天吾从未见过称得上家族照片的东西，也不曾见过自己幼时的照片。父亲解释说，是因为生活艰难家里买不起照相机，也没有特地拍全家福的机会。天吾信以为真。然而这是谎言。照片拍过，还保存下来了。他们的衣着说不上华美，但在人前也不必羞愧。看不出贫困到买不起照相机的地步。拍摄时间大约是天吾出生后不久，亦即一九五四年到一九五五年之间。翻过来看了看

303

照片背面，没有记录日期和场所的文字。

天吾仔细观察那位可能是母亲的女子的面庞。照片里拍下来的面孔很小，而且模糊不清。如果有放大镜，也许能看得更细致些，但手头没有这种东西。尽管如此，还是能看清大致的容貌。鹅蛋脸，鼻子小巧，嘴唇丰满。虽然算不上特别美，长相却很可爱，让人有好感。至少和父亲那粗野的相貌相比，要远为高雅和聪慧。天吾对此深感高兴。女子头发整齐地向上盘起，脸上浮出炫目般的表情。也许只是面对照相机镜头感到紧张而已。由于穿着和服，看不出体形如何。

至少从拍在照片里的外形判断，两人似乎很难称得上般配的夫妻。年龄好像也相差很大。他试着在心里想象这两人在某地邂逅，之后心心相通，结为夫妻并生下一个儿子的经过，但没有成功。因为从这幅照片中，他根本感受不到这种迹象。假设如此，那么也许是有某种缘由，使得这两人并不追求心灵的交流，却结为了夫妻。不，或许连缘由之类都没有过。所谓人生，不过是一连串蛮不讲理的，在某些情况下甚至是粗糙至极的推移的归结。

然后天吾试图辨认自己的白日梦——或者说幼时记忆的奔流——之中出现的那个迷雾重重的女人与照片中的女人是否同一个人。这时他才发现，自己根本没有记住她的面容。那个女人脱去衬衫，解开长衬裙的肩带，让一个陌生男人吸吮乳头，并发出呻吟般的深深喘息。他记住的只有这些。某个素不相识的男子在吮吸自己母亲的乳头。本该由自己独占的乳头被别人抢走了。对婴儿来说，这恐怕是迫在眉睫的威胁。他的目光不可能转到面孔上。

天吾暂且将照片放回信封，琢磨它的意义。父亲把这张照片一直珍藏到死，他一定非常珍爱母亲。在天吾懂事时，母亲早已病故。据律师调查，天吾是去世的母亲和身为NHK收款员的父亲生下的唯一的孩子。这是记录在户籍上的事实。然而政府的文件并不能保证这个男人就是天吾在生物学意义上的父亲。

"我没有儿子。"父亲在陷入昏睡状态之前，这样告诉天吾。

"那么，我到底是什么呢？"天吾问。

"你什么都不是。"这是父亲简洁但不容分辩的回答。

天吾听到之后，从那声音中确信了自己和这个男人没有血缘关系。觉得自己终于从沉重的枷锁下解放了。然而随着时间推移，父亲所说的是否真实变得难以确信。

我什么都不是。天吾再次试着说出声。

随后他忽然想到，旧照片上拍的年轻母亲的面容，和年长的女友多少有些相似。安田恭子是她的名字。天吾为了镇定意识，用指尖猛力按了一会儿额头正中，然后再次从信封中取出照片。小巧的鼻子，丰满的嘴唇，下巴微翘。发型不同，所以刚才没有注意到她的容貌的确与安田恭子有些相似。可是，这又意味着什么呢？

而且，父亲为什么要在死后把这张照片交到天吾手中？活着时，他从来没有给过天吾任何有关母亲的信息。甚至连这种家族照片的存在都秘而不宣。最后却不作一句解释，将这么一张模糊不清的旧照片留在了天吾手上。目的何在？是为了拯救儿子，还是为了带来更深刻的混乱？

天吾只明白一点：父亲根本没打算向自己说明其中的某些缘由。活着时就不曾有过，死后依然没有。瞧，这儿有张照片，就交给你吧。剩下的你自己随便推测吧。父亲大概是想告诉他这些。

天吾仰面躺在裸露的床垫上，望着天花板。那是涂着白色涂料的胶合板。平平的既无木纹又无节眼，只有几条笔直的接缝。这光景和父亲在人生最后几个月里从深陷的眼窝底部看到的应当相同。也许那双眼睛什么都没看，但总之他的视线是投向那里，不管看得见也好，看不见也好。

天吾闭上眼，想象着自己正躺在这里缓慢地向着死亡而去。但对一个健康上没有问题的三十岁男子来说，死亡远在想象所及的领域之外。他静静地呼吸，观察黄昏时分的光线勾勒出的影子在墙上移动。什么都别思考，他想。什么都不思考对天吾来说并非难事。冥思苦想已经让他过于疲倦。如果可能，很想小睡片刻，但大概是过于疲倦的缘故，他睡不着。

六点前大村护士来了，告诉他食堂里已经准备好晚餐。天吾感觉不到丝毫食欲。尽管这么说了，这位大胸的高挑护士却绝不退让。只吃一点也好，反正你得在肚子里塞些东西，她说。近乎命令。不必多说，在身体的维持和管理上这样头头是道地命令别人，她本来就是个行家。而天吾生性就无法抗拒别人头头是道的命令，尤其当对方是年长女性时。

走下楼梯来到食堂，只见安达久美在那里，却没有田村护士的身影。天吾和安达久美、大村护士在一张桌子上用了餐。天吾吃了一点沙拉和煮蔬菜，喝了蛤蜊葱花味噌汤，然后喝热热的烘焙茶。

"什么时候火葬？"安达久美问天吾。

"明天下午一点。"天吾答道，"结束后，我大概就直接回东京了。还有工作要做。"

"除了天吾君，火葬时还有谁在场？"

"大概没有别人了吧。应该就我一个。"

"哎，我也可以去吗？"安达久美问道。

"去我爸爸的火葬仪式？"天吾吃惊地问。

"对。说老实话，我挺喜欢你父亲的。"

天吾不由得放下筷子，看着安达久美。她真的是在谈论我爸爸？"比如说什么地方呢？"他问。

"正直，不说废话。"她说，"这些地方很像我过世的父亲。"

"哦。"天吾说。

"我爸爸是个渔夫，还不到五十就去世了。"

"是在海上吗？"

"不是。是死于肺癌。烟抽得太多。不知是什么缘故，渔夫们个个都是老烟枪。简直浑身上下都冒着滚滚浓烟。"

天吾思索片刻。"我爸爸如果是个渔夫就好了。"

"为什么这么想？"

"为什么呢？"天吾说，"不过是突发奇想而已。和做NHK收款员相比，那样没准更好些。"

"对天吾君你来说，如果爸爸是个渔夫，也许更容易接受，是么？"

"至少那样的话，我觉得许多事说不定会更单纯一点。"

天吾想象着孩提时代的自己休息日一大早就跟着父亲坐上渔船的光景。太平洋上狂烈的海风和击打着脸颊的浪花。柴油发动机单调的轰鸣。渔网熏人的气味。伴有危险的艰苦劳动。一个小小的失误就可能丧命。然而和在市川市内四处奔波收取NHK收视费相比，这样的日子却更为自然、更为充实。

"NHK收款员这活儿一定很辛苦吧？"大村护士吃着干烧鱼问。

"大概是。"天吾回答。至少不是他力所能及的工作。

"可是你父亲工作成绩很优秀吧？"安达久美问。

"我猜相当优秀。"天吾说。

"你看过他的奖状？"安达久美问。

"对了，差点误了正事。"大村护士忽然放下筷子，说，"我竟然忘得一干二净。真糟糕。这么重要的事，我怎么一直没想起来呢。哎，你们在这儿等我。有样东西今天说什么也得交给天吾君。"

大村护士用手帕擦擦嘴角，从椅子上起身，扔下吃了一半的饭匆忙走出食堂。

"重要的事？到底是什么呀？"安达久美觉得奇怪。

天吾自然莫名其妙。

天吾一面等着大村护士回来，一面尽义务般将蔬菜沙拉送进口里。食堂里用餐的人不太多。有一张桌子围坐着三位老人，个个都默不作声。另一张桌子上，一位穿白衣的头发花白的男子一边独自用餐，一边表情严肃地读着摊开的晚报。

很快，大村护士步履匆匆地回来了，手上拿着一只百货商店的纸口袋。她从中取出一套叠得整整齐齐的衣服。

"大概一年前，川奈先生神志还清醒时交给我的。"这位高大的护士说，"说是入殓时给他穿上这个。所以送到洗衣店里洗干净了，还搁了些防虫剂呢。"

不可能看走眼，这是 NHK 收款员的制服。配套的裤子上，裤线熨得笔直。防虫剂的气味扑鼻而来。天吾一时说不出话来。

"川奈先生对我说，他想穿着这身衣服火化。"大村护士说，然后又将制服整整齐齐地叠好，放回纸袋，"所以现在交给你，天吾君。明天你拿到殡仪公司去，请他们给他换上。"

"可是，穿这个有点不太合适吧。制服可是借给员工的，退休时必须还给 NHK。"天吾无力地说。

"不必担心。"安达久美说，"只要我们不说出去，谁也不会知道。少了一套旧制服，NHK 也不会犯难。"

大村护士也同意。"川奈先生为了 NHK，可是起早贪晚东奔西走了三十多年呢。只怕还吃足了苦头，又是工作量又是什么，肯定很不容易。一套制服有什么大不了的。又不是穿着它去干坏事。"

"就是嘛。我还把高中时的水手服好好收着呢。"安达久美说。

"NHK收款员的制服和高中生的水手服可是两码事。"天吾插嘴道。但是没人理他。

"嗯。我的水手服也收在壁橱里。"大村护士说。

"那么，你大概时不时穿给老公看吧？弄不好还穿着白袜子？"安达久美逗她说。

"咦，这办法也不坏嘛。"大村护士手臂支在桌子上，托着腮，一脸认真地说，"也许能让他兴奋起来呢。"

"不管怎么说，"安达久美结束了对水手服的讨论，对着天吾说，"川奈先生明确表示希望穿着这套NHK制服火化。这点小小的心愿总得满足他吧。你说是不是？"

天吾用纸袋装着缝有NHK标志的制服回了房间。安达久美也一起跟来，替他铺好床。还散发着浆过的气味的新床单，新毛毯，新被套，新枕头。换上全套崭新的卧具后，父亲的病床似乎模样大变。天吾竟不着边际地想起了安达久美浓密的阴毛。

"最后一段时间，你父亲不是一直昏迷不醒吗？"安达久美一面伸手扯平床单的皱纹，一面说，"不过，我猜他并没有完全丧失意识。"

"你为何这么想呢？"天吾问。

"因为，你父亲时不时地像在给谁发送信号。"

天吾正站在窗前眺望外面，便回过头看着安达久美。"发送信号？"

"嗯。你父亲吧，经常敲打床框。手臂耷拉在床边，像莫尔斯电码似的，嗒嗒，嗒嗒嗒，就像这样。"

安达久美学着样儿，用拳头轻轻敲打木床框。

"你瞧，这不像在发信号吗？"

"我看那不是发信号。"

"那是什么？"

"是在敲门啊。"天吾用缺乏水分的声音说，"在敲别人家的门。"

"嗯，那倒是。这么说来也有可能。听上去的确像敲门。"然后安达久美严肃地眯起眼，"我说啊，那是不是意味着丧失了意识之后，川奈先生还在到处去收收视费呢？"

"大概是。"天吾说，"在脑中的某个场所。"

"就像从前死后也不扔下军号的士兵。"安达久美感叹道。

天吾不知道如何作答，默默不语。

"你父亲可真喜欢他的工作啊。就是到处去收 NHK 收视费。"

"我想，那不是喜不喜欢之类的问题。"天吾说。

"那么，到底是哪一类问题呢？"

"对我爸爸来说，那是他最拿手的东西。"

"哦，是吗？"安达久美说着，就此思索片刻，"不过这种活法在某种意义上也许是正确答案呢。"

"也许吧。"天吾将视线投向防风林，说道。或许的确如此。

"哎，比如说，"她说，"对你来说，最拿手的东西是什么？"

"我不知道。"天吾直直地注视着安达久美的脸，答道，"我真的不知道。"

第22章 牛河
不如说那双眼睛充满怜悯

星期天傍晚六点十五分，天吾出现在公寓门口。步出门外后一度驻足，像搜寻什么东西似的环视四周，视线从右向左、又从左向右移动，仰望天空，俯视脚下。但好像没有不同于平日的东西映入眼帘，于是他向路边疾步而去。牛河从窗帘缝隙间注视着这番情景。

牛河这次没有尾随天吾。天吾没拿行李。两只大手插在裤线消失的卡其裤口袋里。高领毛衫，加上穿旧的橄榄绿灯芯绒上衣，不服帖的头发。上衣口袋里装着一本文库本。大概是想去附近的饭馆吃饭吧。随他去哪儿好了。

星期一天吾有好几节课。牛河事先给补习学校打电话确认过。女事务员告诉他，对，川奈老师的课从下周一开始按教学计划正常进行。很好，天吾从明天起终于恢复平常的日程了。按照他的性格，今晚应该不会出远门。（如果这时跟踪天吾，牛河就会知道他是去四谷的酒吧和小松会面。）

八点前，牛河穿上水手短外套，脖子绕上围巾，将编织帽扣得低低的，留意着四周快步走出公寓。这时天吾还没回家。如果仅仅是在附近吃晚饭，时间未免有点长了。走出公寓时，也许不巧会迎面撞上回家的天吾。但即使要冒这样的风险，牛河今晚这个时候也得出门，他有事非做不可。

他凭着记忆转过好几个拐角，从几幢标志建筑前走过，时而犹豫不决，但总算抵达了儿童公园。昨日凛冽的北风完全停歇，在十二月应该算是暖和的夜晚。夜间的公园里仍然不见人影。牛河再次举目四顾，确认无人在注意自己，便爬上滑梯的台阶。在顶上坐下，背靠着栏杆仰望天空。和昨夜大致相同的位置浮着一轮月亮。三分之二大的明澈的月亮。周围连一片云也不见。而且这个月亮的旁边，并排浮着一轮歪歪扭扭的绿色小月亮。

不是看错了，牛河想。他长叹一声，微微摇头。不是在做梦，也不是眼睛产生错觉。一大一小两个月亮，明白无误地浮在树叶落尽的榉树上空。这两个月亮仿佛自昨夜起就一动不动地守候在那里，等着牛河重新返回滑梯上。它们心中有数，知道牛河会回到这里。在它们周围，像商量好了一般荡漾着沉默。那是充满了暗示的沉默。而且月亮们要求牛河与它们分享这沉默。这件事不能告诉任何人，它们对牛河说。将蒙着淡淡灰尘的食指轻轻放在唇上。

牛河坐在那里，试着向各个角度扯动面部肌肉。并且为了慎重起见，逐一确认那些感觉，看看有无不自然、不同于平日之处。但没有发现不自然的地方。好也罢坏也罢，还是自己平时那张脸。

牛河一直将自己视为现实主义者。实际上，他就是个现实主义者。形而上的思辨并非他的追求。假如某种东西实际存在于某处，那么不管是否合情合理，逻辑是否行得通，就只能姑且作为现实接受。这是他的基本想法。不是先有原则与逻辑，然后再产生现实；而是先有现实，然后才与之相应产生原则和逻辑。因此牛河下了决心，天上并排浮着两个月亮的现象，姑且只能原模原样地作为事实接受，别无选择。

剩下的事情以后再慢慢思考。牛河努力摒除多余的杂念，专心地眺望与观察着那两个月亮。大大的黄月亮和小小的奇形怪状的绿月亮。他试图让自己熟悉这番光景。得原模原样地接受这个，他告诫自己。无从解释为何会发生这样的事，但目前这不是应当深究的问题。说到底，该如何应对这一状况才是问题所在。为此，只能不问青红皂白地将这番光景完完整整接受下来。然后故事方才开始。

牛河在那里待了大约十五分钟。他靠在滑梯扶手上，几乎一动不动，让自己适应那里的景象。像花费时间让身体顺应水压变化的潜水员，沐浴着那些月亮送来的光芒，让它渗入肌肤。牛河的本能告诉他，这么做很重要。

然后，这个脑袋奇形怪状的矮小男人站起来，走下滑梯，满腹心事难以名状，魂不守舍地走回公寓。他觉得满街的景致望上去似乎一点点变得与来时不同。他想，是月光的缘故，是那月光让事物的外观一点点产生了错位。结果好几次差点拐错路。走进大门前，抬眼眺望三楼，确认了天吾家的窗户没有灯光。高大的补习学校教师还没有回家。看来不单是去附近的饭馆吃顿晚饭，只怕是和谁见面。对方弄不好就是青豆，也可能是深绘里。说不定我错过了一个重大机会。然而事已至此，多想也无益。天吾每次外出都去盯梢未免太危险。自己的身影只要被天吾发现一次，就得连本带利都赔进去了。

牛河回到房间，脱去外套、围巾和帽子。在厨房打开咸牛肉罐头，把牛肉夹在面包卷里，站在那里吃了。还喝了罐不冷不热的咖啡。两样几乎都味同嚼蜡。尽管有吃了东西的感觉，却没有滋味。牛河无法断定原因究竟是在食物，还是在自己的味觉。或许也该归罪于那两个深深烙印在眼底的月亮。谁家的门铃被按响，铃声隐约传来。片刻后铃声再度响起，但他没有特别在意。不是在这里，而是在远处，大概是其他楼层的某扇门。

吃完三明治，喝完咖啡，牛河为了将脑袋拉回现实空间，悠悠地吸了一根烟，在脑中再度确认自己现在必须做什么。然后终于走到窗边，在照相机前坐下。打开电暖炉的电源，两手摊在橘黄的光前取暖。星期日晚上九点前，几乎没有人进出公寓大门。但牛河很想弄清天吾回家的时间。

没过多久，一个身穿黑羽绒服的女人走出大门。是个从未见过的女人。她用灰色的围巾遮住下半边脸，戴着黑边眼镜，扣了顶棒球帽。那副打扮显然是为了遮住面孔避人眼目。两手空空，脚步匆匆，步幅也大。牛河条件反射地按下开关，电机驱动装置按三次快门。得查明这个女人的去向，牛河暗忖。但还没等他站起来，女人已经走到路上，消失在黑夜里。牛河皱起眉，只得作罢。照那种走法，即使现在穿上鞋追出去，也追不上。

牛河在大脑中再现刚才看到的人。身高大约一米七，瘦瘦的牛仔裤，白色运动鞋，每件衣物都新得出奇。年龄大概二十五六岁到三十岁。头发掖进了衣领里，长度不明。由于那件臃肿的羽绒服，体形也分辨不清，不过从双腿的形状来看应该身材瘦削。端正的姿势和轻快的脚步表明她身体健康、充满朝气。大概平日坚持从事体育活动。这些特征每一项都与他了解的青豆吻合。当然不能断言这个女人就是青豆，只是她似乎在高度防备着被人看见，周身充溢着紧张。就像害怕狗仔队追踪的女明星。但就常识而言，一个被狗仔队紧追不舍的著名女星不会出入高圆寺这座寒酸的旧公寓。

暂且假定她就是青豆。

她是为了与天吾见面赶到这里的。可是天吾外出，不在家里。房间的灯光始终灭着。青豆赶来见他，屋里却没有回应，于是只得回去。那两声遥远的门铃没准就是这个缘故。但在牛河看来，这个推论略有些不合理。青豆是受人追杀之身，为了避免危险，理应过着尽量避人耳目的生活。想见天吾的话，通常应该事先打电话确认他在不在。那样就能避免无谓的冒险。

牛河坐在照相机前苦苦思索，却想不出合乎情理的推论。那个女人的行为——漏洞百出的乔装，离开藏身处闯入这座公寓——和牛河了解的青豆的性格很不相符。她应是更加慎重更加小心的人。这让牛河头脑混乱。而可能是自己将她引来此地的念头，根本没有浮现在他脑海里。

总之，明天到车站前的冲印店去，把积攒下来的胶卷都冲出来，里面肯定有这个迷雾重重的女人的身影。

他在照相机前一直守候到十点多，可自从那个女人离去，再没有一个人进出过公寓。像看客寥寥的公演后被所有人弃置的舞台，大门口空无一人寂寂无声。天吾是怎么回事？牛河莫名其妙。据他所知，天吾这样深夜外出不归极其罕见。况且明天还得重新开始补习学校的课。会不会是在牛河外出之际，他已经回家，早早上床睡觉了呢？

时针指向十点多时，牛河发现自己十分疲惫，困得几乎睁不开眼。对他这个夜猫子来说非常少见。平时的他有需要便能一直不睡觉。但唯独今晚，睡魔却像古代棺椁的石盖，毫不留情地压在头顶。

说不定是我盯着那两个月亮看得太久，牛河想。说不定那光芒过多地渗进了皮肤。一大一小两个月亮化作朦胧的残像，留在他的视网膜上。这昏暗的剪影麻痹了大脑中柔软的部分。像某种蜂将大大的毛虫蛰得麻痹，然后在它的体表产卵。孵化出的幼虫便将这动不了的虫子当作近前的营养源，活生生吃掉。牛河皱起眉，将不祥的想象从脑中驱赶出去。

哎，算了吧，牛河对自己说。没必要死等着天吾回家。不管他何时回来，那家伙一进门准会倒头便睡。而且除了这座公寓，他也没有别的地方可去。大概。

牛河无力地脱去裤子和毛衣，只剩下长袖衬衣和棉毛裤，钻进睡袋里。然后蜷起身子，马上便睡着了。睡眠极其深沉，几乎近于昏睡。将要睡着时，他似乎听到了敲门声。然而意识早将重心移向了另一个世界，无法准确地区分事物。打算强行予以区分，浑身便吱吱作响。于是他连眼也不睁，也不再追究那声音的意义，再度陷入沉睡的泥沼之中。

天吾告别小松回到家里，大概是在牛河陷入沉睡三十分钟后。他刷完牙，在衣架上挂好染了烟味的上衣，换上睡衣倒头便睡。直睡到凌晨两点电话响起，通知他父亲过世为止。

牛河醒来时，已经是星期一早晨八点过后，这时天吾已坐在驶往馆山的特快列车上，沉入了深深的熟睡，以弥补睡眠不足。牛河坐在照相机前，等着天吾走出公寓前往补习学校。但天吾理所当然没有露面。时钟指向下午一点时，牛河作罢了，用附近的公用电话打到补习学校，询问川奈老师的课今天是否照常进行。

"川奈老师今天的课暂停。听说是家人昨天夜里忽然过世了。"接电话的女子答道。牛河道谢后挂断了。

家人过世？说起天吾的家人，就只有做过 NHK 收款员的父亲一个了。这位父亲住在远方某家疗养院里。天吾为了照顾他，曾经离开东京一段时间，两天前刚回来。这位父亲死了。这么一来，天吾就得再度离开东京。恐怕是在我熟睡时出门的。真是的！我怎么会睡得这么久、这么死？

总而言之，这下天吾真正变成孤身一人了，牛河想。本来就是个孤独的家伙，这一来就更孤独了。形单影只。母亲在他还不到两岁时，在长野县的温泉旅馆被人勒死。凶手至今逍遥法外。她抛下丈夫，带着还是婴儿的天吾跟着这个年轻男人出奔。"出奔"这个词太古老，如今没人再用这种词了。不过，它倒是同某种行为十分相称。不清楚那家伙为什么要杀她。不，其实连是不是那家伙杀的也没弄清。旅馆的一间客房里，女人半夜里被人用睡袍带子勒死，而同行的男子不见了。怎么想那个男人都很可疑。仅此而已。父亲接到通知后，从市川赶来将幼小的儿子领走了。

我也许该把这件事告诉川奈天吾。他当然有知道这个事实的权利。但他说了，不愿从我这样的人口中听到关于母亲的事，所以没告诉他。没办法。这不是我的问题，是他的问题。

不管怎样，天吾在也好不在也好，对这座公寓的监视都得持续下去。牛河告诉自己。我昨夜看到了一个疑似青豆的神秘女子。这颗奇怪的脑袋告诉我，虽然没有那就是青豆本人的确证，可能性却极大。这脑袋尽管不够美观，却具备最先进的雷达般的敏锐直觉。而且，假使那个女子就是青豆，她不久后肯定还会再来找天吾。而天吾父亲过世的消息，她还不知道。这是牛河的推测。天吾大约是在半夜接到通知，早上赶出门去的。而且，看来两人似乎出于某种原因不能用电话联系。这样的话，她肯定还会来这里。她一定有重要的事，哪怕是冒着危险也得亲自前来。下次无论如何都得查明她的去向。为此必须做好周到的准备。

这么一来，或许也能在某种程度上解开这个世界为何存在两个月亮的秘密。牛河很想知道那引人入胜的解释。不，这说到底不过是次要问题。我首要的工作是查明青豆的藏身处，然后贴上漂亮的礼签，把她交给那个可怕的两人组。在那之前，不管月亮是两个还是一个，我都得实实在在地做事。因为这怎么说也是我最大的长处。

牛河前往车站前的冲印店，将五个每卷三十六张的胶卷递给店员。

然后拿着冲印好的照片走进附近的家庭餐馆，一边吃着鸡肉咖喱饭，一边按日期察看。几乎全是平素看惯的住户的面孔。他多少带点兴趣观望的只有三个人的照片。即深绘里和天吾，以及昨夜从公寓出去的那个裹在迷雾中的女子。

深绘里的眼睛让牛河紧张。在照片里，这个少女也是从正面直视牛河的脸。不会有错，牛河想。她知道牛河躲在那里，监视着自己。恐怕还知道他在用暗藏的镜头拍摄。她那双澄净的眼睛在宣告这一点。那双慧眼洞察一切，绝不容忍牛河的行为。笔直的目光毫不留情地刺穿牛河的心脏，直达另一侧。他在那里的所作所为毫无辩解余地。但同时，她并没有给牛河定罪，也没有嗤之以鼻。在某种意义上，那双美丽的眼睛宽恕了牛河。不，也不是宽恕，牛河改变了想法。那双眼睛看上去不如说是在怜悯他。知道牛河的行为不洁不净，却将怜悯给了他。

那是在极其短暂的一瞬发生的事。那天早上，深绘里先看了一会儿电线杆顶端，然后敏捷地转过头来，目光投向牛河藏身的窗边，笔直地注视暗藏的照相机镜头，透过取景器凝望着牛河的眼睛，而后迈步离去。时间冻结，然后再度运动。最多三分钟。在如此短暂的时间内，她巡视了牛河其人灵魂的每个角落，准确地看穿了他的肮脏与卑劣，给了他无言的怜悯后，就此消失踪迹。

看着她的眼睛，他感到肋骨间有种尖锐的疼痛，仿佛被探针刺中一般。觉得自己这个人是异常扭曲丑恶的存在。然而，这也是无可奈何的事，牛河想。因为我实际上就是异常扭曲丑恶的存在。更有甚者，深绘里眼中浮现的那种自然而透明的怜悯之色，令牛河深深地心灰意冷。被揭发、受轻蔑，挨痛骂，遭定罪，反倒会好受一些。用棒球棒猛揍一顿也成。但是，这样让人受不了。

与之相比，天吾容易对付多了。照片里的他站在大门口，同样将目光投向这边，像深绘里一样仔细地观察四周。但那双眼睛什么都没看见。他那纯洁无知的眼睛，既搜索不到隐蔽在窗帘后的照相机，也发现不了照相机前牛河的身影。

然后牛河将视线转向"迷雾重重的女子"。共有三张照片。棒球帽、黑边眼镜、一直遮到鼻子下面的灰色围巾。看不清五官。每张照片的光线都很弱，加上棒球帽的帽檐落下了阴影。但这位女子却与牛河在心里勾勒的青豆的形象完美地吻合。牛河捏着这三张照片，像在确认手中的扑克牌，看来看去。越看越觉得这只能是青豆，不可能是别人。

他叫住女服务员，打听今天的甜点是什么。女服务员回答是桃子派。牛河点了，又要了一杯咖啡。

牛河在等着桃子派送上来时对自己说，假如她不是青豆，我大概永远没有机会遇上那个叫青豆的女子了。

桃子派做得远比预想的要好。脆脆的薄皮里包着富含果汁的桃肉。当然，也许是罐头桃子，但作为家庭餐馆的甜点来说相当不错。牛河把桃子派吃得干干净净，喝完咖啡，心满意足地走出餐馆。顺便去超市买了三天的食品，回到房间里，再度在照相机前坐定。

一面从窗帘缝隙中监视公寓大门，一面靠着墙壁，在阳光中打了几个盹儿。但牛河并没有太在意这个。假寐时也没错过什么重大的事。天吾因为父亲的葬礼离开了东京，深绘里大概也不会回到这里了。她知道牛河在继续监视。那个"迷雾重重的女子"在大白天来访的可能性也低。她行动小心谨慎，应该在天色暗下之后才开始活动。

天色尽管已变暗，那个神秘女子却没有露面。只有平时那些熟面孔和平时一样外出，进行午后的采购、黄昏的散步，外出上班的人们带着比出门时疲惫的表情赶回家来。牛河只是用目光追逐他们的进进出出，连照相机的快门也不按。没必要再拍他们了，他的兴趣如今集中在三个人身上，此外都是无名的路人而已。为了排遣无聊，牛河用随意起的名字呼唤着他们。

"毛先生啊（此人的发型很像毛泽东），您工作一天辛苦了。"

"长耳大爷，今天暖和，最适合散步了吧？"

"没下巴大嫂，您又去买菜吗？今天晚上吃什么呢？"

牛河一直监视到十一点，然后大大地打了个呵欠，决定结束一天的工作。喝着瓶装绿茶，吃了几块咸饼干，吸了一根香烟。在洗脸间刷牙时，顺便将舌头伸得长长的，照了照镜子。很久没观察过自己的舌头了，只见上面生出了厚厚的舌苔。和真正的青苔一样，带着淡淡的绿色。他在灯光下仔细检查了一下舌苔。好恶心的东西。而且它牢牢粘在整个舌头上，似乎怎么也弄不掉。长此以往，我也会变成个青苔人，牛河想。从舌头开始，浑身长出青苔来。或者像生活在沼泽地里的乌龟的壳。这种事情只要想想就让人心情黯淡。

牛河发出一声无声的叹息，不再思考舌头的事，关掉洗脸间的电灯，在黑暗中蠕动着身体脱去衣服钻进睡袋。将拉链拉紧，像虫子一样蜷起身子。

醒来时周围一片漆黑。想看看时间，扭过头去，闹钟却不在理当在的地方。牛河刹那间陷入混乱。他在睡觉前必定确认闹钟的位置，以便在黑暗中也能迅速辨认时间。这是多年来的习惯。怎么会没有闹钟？窗帘的缝隙中微微漏进一缕光线，照出的不过是房间一角。周围笼罩在深夜的黑暗中。

牛河觉察到心跳变得剧烈。为了将分泌的肾上腺素送往全身，心脏在拼命运动。鼻孔张开，呼吸急促。就像做了个令人兴奋、活灵活现的梦，做到一半却醒了过来那样。

但不是做梦。是当真发生了什么事。枕边有人。牛河感到了他的存在。在黑暗中，一个更黑的影子浮现出来，它在俯视牛河的脸庞。脊背首先僵硬起来。在几分之一秒内，意识重新编程，他反射性地想拉开睡袋的拉链。

　　那个人间不容发地将手臂伸向牛河的脖颈，甚至没给他短短叫一声的时间。牛河的脖子感觉到训练有素的男人强韧的肌肉。那只手臂动作简洁，却像老虎钳一般毫不留情地勒紧他的脖子。男人一言不发，连呼吸声都听不到。牛河在睡袋里扭动身躯，挣扎。双手揪扯尼龙内胆，两腿乱踢，企图喊出声。然而是白费力气。对方一旦在榻榻米上摆好姿势，便纹丝不动，只是缓缓加大力度。动作高效且毫不多余。随着他的动作，牛河的气管愈加受到压迫，呼吸越变越细。

　　在这绝望的状态中，一个疑问闪过牛河的脑际——这个男人是怎么进来的？房门的圆筒销子锁锁得很紧，还从内侧上了门链。窗户也关得万无一失。他是怎么进房间的呢？捣鼓门锁的话一定会发出声响，我一听到肯定就会醒来。

　　这家伙是个行家，牛河想。如有必要会毫不踌躇地夺人性命。并为此久经训练。是"先驱"派来的人吗？那帮家伙终于决定要处置我了？认定我是无用且有害的废物了？如果那样，可是大错特错。还差一步，我就要把青豆逼入绝境了。牛河试图喊出声向那个男人倾诉：你先听我解释！但发不出声音来。那里已经没有足以震动声带的空气，舌头也像石头般卡在喉咙深处。

　　气管此时塞得结结实实，空气根本进不来。肺死命地渴求着新鲜氧气，却无处可寻。他感到身体与意识渐渐分离。身体还在睡袋中继续挣扎，意识却被拽进了黏稠沉重的空气层。双手和双脚急速丧失了感觉。为什么？他在逐渐变得稀薄的意识中发问。为什么我非得在如此丢人的地方，以如此丢人的模样死去不可呢？当然没有回答。很快，

321

无边的黑暗从天花板上落下，包拢一切。

恢复神志时，牛河已经被拖到睡袋外边。双手双脚没有知觉。他只知道被蒙住了双眼，以及面颊上有榻榻米的触感。喉咙已经不再被勒住了。肺像风箱一样发出响声收缩着，将新鲜空气吸进去。冷冷的冬天的空气。获得了氧气，新鲜的血液被制造出来，心脏全速运转，将那殷红温暖的液体送往神经末梢。他不时剧烈咳嗽，将精神集中在呼吸上。然后双手双脚徐徐恢复知觉，耳朵深处能听见心脏跳动的声音。我还活着，牛河在黑暗中判断。

牛河脸朝下被扔在榻榻米上。双手被盘到背后，用柔软棉布般的东西捆着。脚踝也被捆着。虽然不是很紧，却是老到而有效的捆法。除了打滚，身子一动也不能动。自己还活着、还在呼吸，牛河感到不可思议。那不是死。已经抵近死亡边缘，但还不是死。喉咙两侧像瘤子一般残留着尖锐的疼痛。失禁的小便渗到内裤上，开始变得冰冷。但那并非不快的感觉，毋宁说值得欢迎。因为痛感和寒意正是自己还活着的标志。

"不会这么简单就死。"男人的声音说。简直像读懂了牛河的心思。

第23章 青豆
光无疑就在那里

半夜已过，日期已从周日移到了周一，但睡意还是迟迟不来造访。

青豆洗完澡，换上睡衣，上床关掉灯。反正睡得再晚也是无事可做。问题已暂且交到Tamaru手里。不管要思考什么，也得先睡一觉，等到明天早上再用新鲜的脑袋去思考比较好。话虽如此，她意识的每个角落都清醒无比，身体漫无目的地渴求着活动，根本睡不着。

青豆只得作罢，爬下床，在睡衣外面罩上件长睡袍。烧开水泡了香草茶，坐在餐厅桌前，一小口一小口啜饮着。脑中确实浮现出某些思绪，却分辨不清究竟是什么念头。像远方遥遥可见的雨云，那形状又厚又密。知道是什么形状，却把握不住轮廓。形状与轮廓之间似乎存在偏差。青豆端着马克杯走到窗边，从窗帘的缝隙中眺望着儿童公园。

理所当然，那里空无一人。深夜一点多，沙坑也好秋千也好滑梯也好，都无人光顾。无比静寂的夜晚。风息人静，纤云不见。而一大一小两个月亮并排浮在冻僵的树木上空。月亮的位置和上一次看时相比，也随着地球的自转相应地产生了变化，但仍然停留在视野中。

青豆站在那里不动，浮想着那座大头娃娃进去的旧公寓，以及三〇三号门边插的名牌。白色卡片上印着"川奈"二字。卡片不是新的，边角皱巴巴地卷着，隐隐约约布满了潮气生出的斑点。那卡片自插进名牌插以来，已经度过了不算短暂的岁月。

Tamaru 肯定会查明那个房间里住的究竟是川奈天吾，还是另一个姓川奈的人。要不了多久，可能明天就会有消息传来。他是个做什么都不会浪费时间的人。到时就会真相大白。说不定我很快就能和天吾见面。这种可能性几乎让青豆窒息。周围的空气仿佛陡然变得稀薄。

但事情也许不会如此顺利。即使三〇三室的住户就是川奈天吾，那个不祥的大头娃娃恐怕也藏在那座公寓某个角落里，正在偷偷谋划什么坏事——不知道那是什么，但反正不是好事。那家伙无疑在巧妙地筹划计谋，要死缠着我和天吾，企图阻碍我们重逢。

不，不必担心，青豆告诫自己。Tamaru 是个可以信赖的人。比我认识的任何人都周到、能干且富有经验。只要交给他，他一定会毫不懈怠地把大头娃娃赶走。不仅对我来说，即使是对 Tamaru 来说，大头娃娃也同样是个棘手角色，是个非排除不可的危险因子。

然而，如果 Tamaru 出于某种理由（是怎样的理由不得而知），认定我和天吾相逢将导致令人不满的变故，那时会出现什么局面？万一如此，他一定会彻底根除我和天吾相见的可能。我和 Tamaru 彼此怀有近乎好感的私人感情，这一点确切无疑。话虽如此，他在任何情况下都将老夫人的利益与安全放在首位。这是他的本职工作，并非只为了保护青豆而行动。

如此一想，青豆不安起来。她不知道天吾与她邂逅并结合的事，在 Tamaru 的优先顺序表中究竟排在什么位置。向 Tamaru 坦白川奈天吾的事说不定是个致命的错误。天吾和我的问题，从头到尾不都应该由我一人去解决么？

　　但如今已经无法恢复原状了。总之，我已向Tamaru说明事情原委。在那个时刻，我不得不如此行事。大头娃娃恐怕正埋伏在那里等着我自投罗网，我孤身一人闯入那种地方无异于自杀。而且时间在一刻刻流逝，我没有余裕保留态度、观望形势。向Tamaru和盘托出一切，把问题交给他处理，是当时的我能做出的最佳选择。

　　青豆不再继续想天吾的事。越是苦苦思索，思绪越是千丝万缕地缠来绕去，让人浑身动弹不得。什么也不想了。也不看月亮了。月光无声地扰乱她的心。它改变海湾的水位，摇撼森林的生命。青豆喝完最后一口香草茶，从窗边走开，在水槽边洗净马克杯。很想喝一小口白兰地，可是怀孕期间不能摄取酒精。

　　青豆在沙发上坐下，点亮旁边的小读书灯，再次从头阅读《空气蛹》。迄今为止，这部小说她至少读过十遍。故事并不算长，几乎连文章的细节都能背诵下来了。然而，她还是打算更细心地再读一遍。反正也睡不着，而且其中也许有自己看漏的地方。

　　《空气蛹》可以说是本暗号书。深田绘里子大概是出于传播某种信息的目的讲述这个故事的。天吾将她的文章改换成技巧高度洗练的东西，有效地重新构建了故事。两人结成搭档，制作出一本吸引众多读者的小说。用"先驱"领袖的话来说，"他们两人具有互补的资质。相互补充，齐心协力完成了一项工作。"如果相信领袖的话，那么就是《空气蛹》成为畅销书，才使得某种秘密被明明白白地揭示出来，小小人因此丧失活力，停止了传递"声音"。结果导致井水干涸断流。这本书便发挥了如此重大的影响力。

　　她将意识集中到这部小说的字里行间。

　　墙上的钟指向两点半时，青豆几乎已读完小说的三分之二。她暂且合上书页，试着把心中深有感触的事转换成语言的形式。在这个时间点，她获得了一种即便不能说是启示，也是近乎确信的意象。

我并非偶然被送进这里来的。

那意象在如此倾诉。

我在这里是事出必然。

以前我一直认为，自己来到这"1Q84年"，是被动地卷入他人意志的结果。由于某种意图，道岔被人扳动，结果我乘坐的列车脱离主线，误入了这个奇妙的新世界。回过神来，我便发现已经在这里了。这天上挂着两个月亮、有小小人出没的世界。这里只有入口，没有出口。

领袖在死前这么向我解释。所谓"列车"就是天吾写的这个故事，我则无可奈何地被包含在这个故事里。正因如此，此刻我才会在这里。说到底是一个被动的角色。打个比方，就像在浓雾深处徘徊的慌乱无知的配角。

但不仅仅是这样，青豆寻思。**不仅仅是这样。**

我并非只是被卷入别人的意志，身不由己被送到这里的被动的存在。确实有这样的成分。但同时，我也是自己选择待在这里的。

待在这里也是我自己的主体意识。

她确信是如此。

而且我在这里的理由清晰无误。只有一个理由，就是与天吾邂逅、结合。这便是我存在于这个世界的理由。不，反过来看的话，就是这个世界存在于我之中的唯一理由。或者说，这也许像两面相对而立的镜子，是无限反复的悖论。我被包含在这个世界内部，这个世界被包含在我自身中。

天吾现在写的小说中有一个怎样的故事，青豆当然不知道。只怕在那个世界里，天上浮着两个月亮吧。只怕其中有小小人出没吧。她的推测最多只能到达这一步。可即便如此，那既是天吾的故事，同时也是我的故事。青豆心知肚明。

　　青豆得知这一点，是在反复阅读身为主人公的少女和小小人一起，每天夜里在土仓制作空气蛹这一幕的时候。目光追逐着那鲜明细致的描写，她慢慢感觉到小腹深处有个暖暖的东西。那是一种令人心旷神怡又不可思议的深邃的温暖。其中存在着虽然小却重甸甸的热源。那热源是什么？发热意味着什么？不言而喻，是小东西。它对主人公与小小人一起制作空气蛹的情景产生了感应，于是发热。

　　青豆把书放在身旁的茶几上，解开睡衣纽扣，手放在肚皮上。手掌感觉到那里在发热，甚至似乎浮现出淡淡的橘黄光芒。她关掉读书灯，在卧室的黑暗中凝视着那个地方。若有若无的幽微的光。但光无疑就在那里。我不孤独，青豆想。我们结合为一体了。恐怕是同时被包含在同一个故事中的缘故。

　　而且，如果那既是天吾的故事，同时又是我的故事，我应该也能写出情节，青豆想。加上些什么，或是对什么情节进行改写，肯定也是可行的。最为重要的是，一定能按照自己的意志决定结果。不是吗？

　　她思考着这种可能性。

　　但是，该怎么做才可以这样呢？

　　青豆还不知道方法。她只明白这种可能性肯定存在。这在目前只是个还缺乏具体性的理论。她在静寂的黑暗中紧闭着嘴唇，沉思默想。此事非常重要。必须深思熟虑。

　　我们两人结成搭档。就像天吾与深田绘里子在写《空气蛹》时结成精明强干的搭档一样，我和天吾在这个新故事里组成搭档。我们两人的意志——或者说作为意志潜流的东西——合而为一，让这个错综复杂的故事拉开大幕，演绎下去。这恐怕是在某个难以看见的深邃之处展开的作业。所以不必见面，我们也能结为一体。我们制作故事，另一方面故事也驱动着我们。难道不是这么回事吗？

有一个疑问。非常重要的疑问。

在我们写的那个故事中，这个小东西究竟意味着什么？它将承担怎样的使命？

这个小东西对小小人与身为主人公的少女在土仓制作空气蛹的场面，竟产生那般强烈的感应。在我的子宫中发出隐约的但可以感知的热量，放出淡淡的橘黄色光芒。简直就像空气蛹一样。这难道意味着我的子宫在发挥空气蛹的作用吗？我是母体，这个小东西对我来说便是子体吗？我没有性行为却怀上了天吾的孩子，其中是否有小小人的意志以某种形式介入呢？是他们巧妙地篡夺了我的子宫，用作了"空气蛹"吗？他们是企图从我这个装置中，取出为他们所用的新子体吗？

不，不是这样，她强烈而明确地想。这不可能。

小小人眼下丧失了活动能力。领袖是这么说的。由于小说《空气蛹》在世间广泛传播，他们原本的行动受到了妨碍。这次怀孕肯定是在他们监视不到的地方，巧妙地躲过他们的力量才实现的。那么到底是谁，或者说是怎样的力量使这次怀孕成为可能的呢？而且是为什么？

青豆不明白。

她只明白一点：这个小东西是天吾与自己孕育的无可替代的生命。她再次把手搁在肚皮上，温柔地轻轻按住那如同给它镶了一道边的、淡淡浮起的橘黄光芒，然后让手掌感受到的暖意缓缓传遍全身。不管发生什么，我都要保护这个小东西。不让任何人夺走它。不让任何人损伤它。我们将保护它，养育它。她在深夜的黑暗中下定决心。

走进卧室，脱去长睡袍爬上床。仰面躺着，手搁在小腹上，再次用掌心感受那暖意。不安已然消失，也没有犹豫。我必须更加坚强。我的心和身体必须成为一体。不久，睡意仿佛缥缈的烟雾，无声地到访，裹住她的全身。天际仍然并排浮着两个月亮。

第 24 章　天吾
离开猫城

父亲的遗体隆重地裹在烫得整整齐齐的 NHK 收款员制服里，装进了朴素的棺材。恐怕是最便宜的棺木吧。就像把装蛋糕的木盒子弄得稍微结实点而已。一个十分冷漠的东西。死者本来就身材矮小，即便这样，长度上仍然几乎没有富余。胶合板制成，几乎没加任何装饰。用这具棺材没关系吧？殡仪公司的人委婉地确认。没关系，天吾回答。这是父亲亲自从商品目录上挑中并付了钱的。既然死者自己没有异议，天吾也没有。

身穿 NHK 收款员的制服、躺在这具朴素棺材中的父亲，看来不像已经去世，倒像是工作时忙中偷闲小睡片刻，似乎随时都能爬起来，戴好帽子出去继续收款。这套缝着 NHK 标志的制服，就像他皮肤的一部分。这个男人是穿着这身制服出生，再裹着它去火化的。实际一看，连天吾也想象不出他在人生最后时刻穿的衣服，除了这个还有什么更合适的。如同瓦格纳歌剧里登场的战士裹着铠甲被送去火葬一般。

星期二早晨，当着天吾和安达久美的面，棺材盖上盖子，钉好钉子，然后装上灵车。说是灵车，却和把遗体从医院运到殡仪公司的车一样，都是注重实务功能的丰田面包车。只不过是把轮床换成了棺材。这大概是最便宜的灵车了。其中丝毫没有庄严的成分。也听不到《众神的黄昏》的音乐声。话虽如此，关于灵车的形状，天吾却找不出有异议的理由。安达久美似乎对这种事也无所谓。不过是交通手段而已。重要的是一个人从这个世界消失了，活着的人们应当将这个事实铭记于心。两人坐进出租车，尾随黑色面包车而去。

离开滨海公路，朝山里稍稍开进去一段，有个火葬场。比较新，却是极其缺乏个性的建筑，说是火葬场，望去倒像家工厂或政府的办公楼。院子倒很美丽，经过精心打理，高大的烟囱威风凛凛地矗立着，直指蓝天。由此可知，这是一座用于特殊目的的设施。这一天，兴许是火葬场不太忙，连等也不用等，棺木就直接运进高温炉了。棺木缓缓送进炉中，潜水艇舱盖般的沉重铁门关上。带着手套的中年工作人员向天吾行了一礼，然后按下点火电钮。安达久美对着关上的铁门双手合十，天吾也依样行事。

到火葬结束大概有一个小时，天吾和安达久美是在楼里的休息厅度过这段时间的。安达久美从自动贩卖机买来两罐热咖啡，两人沉默着喝完了。他们并肩坐在面对落地窗的长椅上。窗外是大片冬日枯黄的草地，还有树叶落尽的小树林。能看见两只黑色的鸟停在树枝上。是不知名的鸟。尾巴长，身躯小，声音却又大又尖。啼叫时尾巴竖得笔直。小树林上空，冬日的蓝天万里无云。安达久美外穿米黄色牛角扣粗呢大衣，里面是一件短短的黑色连衣裙。天吾在黑色圆领毛衫上穿了件深灰色人字呢上衣。鞋子是深咖啡色的平底便鞋。在他的衣物中，这是最为正式的服装了。

"我爸爸也是在这里火化的。"安达久美说，"一起来的人个个都在不停吸烟。结果天花板上像漂着一层云雾。因为来的几乎都是爸爸的渔夫伙伴。"

天吾想象着那番光景。一群晒得黝黑的人，裹在没穿惯的黑西装里，每个人都在一刻不停地抽烟，哀悼死于肺癌的男子。然而此刻，休息厅里只有天吾和安达久美两人。周围充满了静谧。鸟儿锐利的鸣声不时从小树林传来，此外再也没有打破静寂的东西了。没有音乐，也听不见人声。太阳将柔和的光芒倾洒在大地上。那光芒穿过玻璃窗，射进屋内，在他们脚下凝成一片沉默的光。时间像接近了河口的河流，缓缓地流淌。

"谢谢你和我一起来。"天吾在许久的沉默后这么说。

安达久美伸出手，放在天吾的手上。"一个人的话，还是会受不了的。最好身边有个人。就是这样哦。"

"也许真是。"天吾承认道。

"一个人死去，不管有怎样的前因后果，都是件不得了的事。因为这个世界忽然裂开了一个豁口。我们得规规矩矩地表示敬意才行。不然那豁口就堵不上了。"

天吾点点头。

"不能放着它不管。"安达久美说，"弄不好会有人从那个豁口掉下去。"

"不过有时候，死去的人会带走许多秘密。"天吾说，"这样堵上豁口的话，那些秘密就永远成为秘密了。"

"可我觉得那也是必要的。"

"为什么？"

"如果死者把它带走了，那秘密肯定是不能留在身后的东西。"

"为什么不能留在身后呢？"

安达久美松开天吾的手，直直地盯着他的面庞。"大概里面有些事情只有死者才能正确理解。无论花费多少时间、罗列多少词句都没法说透的事情。那就是死者只能自己带走的东西，就像贵重的随身行李一样。"

天吾闭口不言,望着脚下的阳光。亚麻油毡地板微弱地发着光。近前是天吾那双穿旧的平底便鞋,还有安达久美简洁的黑色浅口鞋。那光景让人觉得尽管近在咫尺,却似乎又远在天涯。

"天吾君你大概也有很难对别人说清的东西吧,是不是?"

"也许有。"天吾说。

安达久美什么也不说,交叉起裹在黑色连裤袜中的纤细的腿。

"你上次说,你死过一次。"天吾问安达久美。

"嗯。我以前死过一次。在一个下着冷雨的寂寞的夜里。"

"你记得当时的情景?"

"是呀,我想记得。很久以前我就经常做梦,梦见那时的情形。那是非常清晰的梦,每次都一模一样。让人觉得只能确有其事。"

"那是不是就像 reincarnation 呢?"

"reincarnation?"

"转世。轮回。"

安达久美想了想。"怎么说呢?也许是。也许不是。"

"你死后也像这样被火化了吗?"

安达久美摇摇头。"我不记得了。因为是死后的事情。我记住的是死时的情形。有人勒我的脖子。一个素不相识的陌生男人。"

"你记得他的面孔吗?"

"当然。我在梦里看到过好多次。要是在路上遇到,我一眼就能认出来。"

"要是真在路上遇到,你怎么办?"

安达久美用指腹摩挲着鼻子,像在确认鼻子是否还在那里。"这个嘛,我自己也想过好多次了。如果真在路上遇到怎么办?说不定我会撒腿就逃,也可能悄悄跟在他后面。不到那个时候,谁知道会怎么办呀。"

"跟踪他，然后怎么办？"

"我哪儿知道。不过，也许那个男人掌握着和我有关的重大秘密。顺利的话，说不定还能搞清真相呢。"

"什么秘密？"

"比如说我存在于这里的意义之类的。"

"可那个男人说不定会再次杀了你。"

"说不定。"安达久美微微撅起嘴巴，"那里有危险。这个我当然明白。也许就这么逃跑才是最好的办法。可是，我还是无可救药地被其中肯定存在的秘密吸引。只要有黑暗的洞口，猫儿就非得去窥探不可。就像那个一样。"

火化结束后，和安达久美一起捡拾了父亲的遗骨，装进小小的骨灰罐。骨灰罐交给了天吾。就算接过手来，天吾也不知该如何处置这种东西才好，又不能随便扔在哪里不管。他手足无措地抱着骨灰罐，和安达久美一起坐上出租车，驶向车站。

"剩下的一些琐碎杂事，我会适当处理。"安达久美在出租车中说。然后略作沉吟，加了一句："要是你不介意，安放遗骨也由我来办吧，好吗？"

天吾听了，大为惊讶。"这样可以吗？"

"没什么不可以的。"安达久美说，"连一个亲属都不来参加的葬礼，也不是没有过呢。"

"要是你能这么做，可帮了我大忙。"天吾说，然后多少有些愧疚，但老实说是如释重负，将骨灰罐递给了安达久美。此时他想，我大概永远不会再见到这遗骨了。剩下来的唯有记忆。而且这记忆终有一天也会化作烟尘，消失殆尽。

"我是本地人，差不多的事都有办法通融。所以你还是赶快回东京吧。我们当然都很喜欢你，但这里不是你的久留之地。"

离开猫城，天吾想。

"谢谢你多方关照。"他再度致谢。

"哎，天吾君，我可不可以给你一个忠告？当然，我是不配谈什么忠告的。"

"那当然好啦。"

"也许你父亲的确带着什么秘密去那个世界了。看来你好像为了这件事有点烦乱。你这种心情可以理解。不过呢，天吾君，你最好不要再去窥探那种黑暗的洞口了。那种事尽管交给猫儿们好了。你就是做了，最终也哪儿都去不了。还不如思考将来的事。"

"豁口必须得堵住。"天吾说。

"对了，"安达久美说，"猫头鹰也是这么说的。你还记得猫头鹰吗？"

"当然。"

猫头鹰是森林的守护神，知识渊博，它会把夜的智慧传授给我们。

"猫头鹰还在那座林子里叫吗？"

"它哪儿也不去。"护士说，"一直守在那里。"

天吾乘上驶往馆山的列车，安达久美为他送行。像是必须亲眼确认他乘上列车驶离这座小镇。她在站台上使劲挥手，一直到看不见为止。

星期二晚上七点，回到高圆寺家中。天吾打开灯，在餐桌旁的椅子上坐下，环顾房间。和昨天出门时一样。窗帘拉得紧紧的，严丝合缝。桌子上摞着原稿打印件。六支削得整整齐齐的铅笔插在笔筒里。

洗净的餐具堆在厨房水槽边。时钟默默地刻记着时间的流逝，墙上的挂历昭示着一年已经逼近最后一个月。房间似乎比平时更加寂静。有点太寂静了，让人感觉其中含着某种过度的东西。但也许是心理作用。也许是因为不久前才目睹了一个人的消亡。也许是因为世界的豁口还没完全堵住。

喝了一杯水，洗了个热水澡。仔细地洗了头，掏了耳朵，剪了指甲。从抽屉取出新内裤和新衬衣穿上。必须从身上除掉各种气味。猫城的气味。我们当然都很喜欢你，但这里不是你的久留之地，安达久美说。

没有食欲。没有心思工作，又无意打开书本。也不想听音乐。尽管身体疲倦，神经却异常亢奋，看来也不可能躺下酣睡。就连笼罩着四周的沉默也有某种富于技巧的情趣。

如果深绘里在这儿就好了，天吾想。不管多无聊都行。没有意义也行。宿命般地缺少声调和问句也行。很想听到她那久违的声音。但天吾也知道，深绘里大概再也不会回到这间屋子了。无法说清为什么知道。但她不会再回这个地方了。大概。

不管是谁都行，就想找个人说话。如果可能，想和年长的女友聊聊。但不能跟她联系。不知道联系地址，而且从别人告诉他的来看，她已经丧失了。

试着拨了小松公司的电话号码。是他办公桌的直拨号码。但无人来接电话。让铃声响过十五次后，天吾放弃了，搁下听筒。

还有谁可以打电话呢？天吾盘算着，却连一个合适的人也想不起来。也想过打给安达久美，但再一想，自己其实不知道她的电话号码。

然后他想起世界某个地方犹自洞开着的黑暗豁口来。豁口不太大，然而极深。假如冲着那儿大声呼喊，还能和父亲交谈吗？死者会把真情告诉我吗？

"那种事你就是做了，最终也哪儿都去不了。"安达久美说，"还不如思考将来的事。"

但这话不对，天吾思忖。不仅仅是这样。即使知道了秘密，它或许也不能带我去哪儿。但纵然如此，还是得探究它为何不能指引我。知道了正确的理由，我或许就能去某个地方了。

你是我真正的父亲也好，不是也好，都已经无关紧要了。天吾冲着那黑暗的豁口说。怎样都无所谓。总而言之，你已经带着我的一部分死去了，而我带着你的一部分活下来。不论血脉是否相连，这一事实如今都不会再改变。时间过去这么久了，世界已然迈向前方。

他似乎听见窗外传来猫头鹰的叫声。当然，一定是耳朵的错觉。

第25章　牛河
冷也好不冷也好，上帝都在这里

"不会那么简单就死。"男人的声音在背后响起。简直像读懂了牛河的心思，"不过是暂时失去意识。当然，你是到一纸之隔的地方走了一遭。"

这个声音从未听过。是缺乏感情色彩的中立的声音。不高也不低，不太硬也不太软。是宣布飞机起降时间和股市行情的声音。

今天是星期几？牛河突兀地想道。应该是星期一夜里。不，准确说来，日期也许变成星期二了。

"牛河先生。"男人说，"叫你牛河先生可以吧？"

牛河沉默着，大约沉默了二十秒。然后男人毫无预告地，以短短的一击打中牛河左侧的肾脏部位。没有声音，却是来自背后的强烈得可怕的一击。剧烈的疼痛贯穿全身。所有的脏器急剧收缩，连气都喘不过来，直到疼痛告一段落。之后牛河口中漏出干燥的喘息。

"我可是客客气气地问你，希望你能回答。要是还不能好好说话，那就光点头或摇头也行。这可是礼节。"男人说，"叫你牛河先生，可以吧？"

牛河连连点头。

"牛河先生。这名字很好记。我检查过你裤袋里的皮夹。里面有驾驶证和名片。'新日本学艺振兴会专任理事'。好神气的头衔呀,牛河先生。但'新日本学艺振兴会'的理事先生,居然抱了个秘密相机躲在这种地方,到底在搞什么名堂?"

牛河沉默着,一时说不出话来。

"还是回答为好。"男人说,"这可是忠告。肾脏要是破裂了,可得疼上一辈子。"

"我在监视住在这里的人。"牛河终于回答道。声音高低不稳,断断续续。蒙着眼睛都听不出那是自己的声音。

"是川奈天吾吧?"

牛河点点头。

"是给小说《空气蛹》代笔的川奈天吾?"

牛河再次点头,然后发出几声咳嗽。这家伙知道这件事。

"是谁派你来的?"

"是'先驱'。"

"这种事我也能猜到,牛河先生。"男人说,"可是为什么事到如今教团却要监视川奈天吾?对他们来说,川奈天吾又不算什么重要角色。"

这家伙究竟站在什么立场上?他了解多少情况?牛河迅速开动脑筋。虽然不知道这家伙的来路,但至少不是教团派来的人。然而牛河不知道这是值得欢迎的事实,还是正相反。

"在问你话呢。"男人说,并用指尖捅了捅他的左侧的肾脏部位。力气极大。

"他和一个女人有关联。"牛河呻吟般答道。

"那个女人叫什么名字?"

"青豆。"

"你为什么要追踪青豆？"

"因为她害了教团领袖。"

"害了。"男人检验般地说，"你是说，她杀了他？简而言之的话。"

"是的。"牛河答道。他想，跟这个家伙打交道，根本不可能蒙混过关，早晚会被他逼着说出真相来。

"但是这件事还不为世间所知。"

"这是内部秘密。"

"教团内部有几个人知道这个秘密？"

"就一小撮。"

"其中也包括你。"

牛河点点头。

男人道："就是说，你在教团里处于相当重要的地位。"

"不。"说着，牛河摇摇头。一摇头挨过打的肾脏便生痛。"我只是个跑腿的，偶然得知了这个消息而已。"

"在尴尬的时间，待在了尴尬的地点。是这样吗？"

"我想是的。"

"可是牛河先生，你这次是单独行动吗？"

牛河点点头。

"这可就奇怪了。像这种监视和盯梢之类的事，按常规都是组队来做。精细点的还加上补给人员，至少也得三个。况且你们从来都是抱团行动的。单独行动太不自然了。所以，你的回答让我不太满意啊。"

"我不是教团的人。"牛河说。呼吸稳定下来，终于能像样地说话了。"我只是以个人身份受雇于教团。他们觉得利用外部人员更方便时，就把我叫去。"

"以'新日本学艺振兴会'专任理事的身份？"

"那只是个挂名公司，有名无实。主要是为了教团的税金对策设立的。我是以和教团毫无关联的个人从业者的身份帮他们做事。"

"就像雇佣兵？"

"不，和雇佣兵不一样。我只是接受指令，做些收集信息的工作。如果有必要，动武之类的粗活由教团里的其他人承担。"

"是教团指示你在这里监视川奈天吾，刺探他和青豆之间的关系吗，牛河先生？"

"是的。"

"不对。"男人说，"这个回答就不是真话了。教团要是已经掌握这个事实，就是掌握了青豆和川奈天吾的关联，便不可能让你一个人来监视。他们肯定会动用自己人，组成团队。那样会少犯错误，还能有效地行使武力。"

"但真是这样。我只是奉命行事而已，至于为什么让我一个人来干，我也弄不明白。"牛河的音调又开始不安定，变得断断续续。

假如他知道"先驱"还未掌握青豆与天吾的关联，我弄不好就会被除掉，牛河想。只要我不在，此事就再也没人知道了。

"回答问题时说假话，我可不喜欢哦。"男人冷冰冰地说，"牛河先生，你必须有切身体会。你的肾脏再挨一顿也不妨。不过用力打的话，我的手也会很疼，而且让你的肾脏受重伤并不是我的目的。我和你个人无怨无仇，目的只有一个，就是听到你说真话。所以这次咱们换个新办法。请你去海底走一趟。"

海底？牛河想。这家伙到底想说什么？

男人好像从衣袋里取出一样东西。塑料摩擦时发出的沙沙声传进耳廓。然后牛河的脑袋被什么东西罩住了，是个塑料袋。像是冷冻食品用的厚塑料袋。然后粗大的橡皮筋套上了脖子。牛河明白了，这家伙要闷死我。他刚打算呼吸空气，嘴巴里便塞满了塑料，鼻孔也被堵起来。两片肺叶死命索求着新鲜空气，但哪儿都找不到那东西。塑料紧紧地粘在脸颊上，名副其实地成了死亡面具。很快，浑身肌肉开始剧烈痉挛。牛河企图伸手扯去那只口袋，手当然没法动弹，它们被牢牢捆在背后。脑壳中的脑浆像气球一样膨胀开来，似乎就要这么爆裂。牛河想大声呼叫。无论如何也需要新鲜空气。不管怎样。声音当然没发出来。舌头塞满了口腔。意识从大脑中跌落下去。

终于，脖子上的橡皮筋取了下来，塑料口袋从脑袋上扯掉了。牛河将眼前的新鲜空气拼命送往肺里。此后的好几分钟，他像一只动物企图咬住够不到的猎物一般，反翘着身子，大口大口拼命吸气。

"海底怎么样？"男人等牛河的呼吸平静下来，问道。那声音照旧毫无感情。"你去了很深的地方。只怕看到了不少没看过的东西吧。宝贵的体验哦。"

牛河一言未发。他发不出声来。

"牛河先生，我说过好几次了，我要的是真话。所以再问你最后一次。是教团指示你守在这里监视川奈天吾的动向，刺探他和青豆之间的关系吗？这非常重要。事关人命。你好好考虑，老实地回答我。要是你说假话，可别想瞒过我哟。"

"教团不知道这件事。"牛河好不容易说出这么一句。

"对，这才是真话嘛。教团还没有掌握青豆和川奈天吾有关联。你还没有把这个事实报告给他们。是吧？"

牛河点点头。

"要是你一开始就说真话，就不必去看什么海底了。不好受吧？"

牛河点点头。

"这个我知道。我以前也受过同样的罪。"男人像聊天似的说，"这到底有多痛苦，没体验过的人是不会知道的。痛苦可不是能简单地一般化的东西。每种痛苦都有不同的个性。把托尔斯泰的那句名言改一下——快乐的滋味总是相似的，而痛苦却各不相同。当然，大概还说不上是滋味。你不这么看吗？"

牛河点点头。他还在微微喘息。

男人继续说道："所以咱们别再遮遮掩掩了，何不推心置腹、实话实说呢？你看这样如何，牛河先生？"

牛河点点头。

"要是你还不肯说实话，就得再请你去海底走一趟。这次要请你走得再慢一点，时间再长一点，离极限再近一点。万一失了手，也许就回不来了。你大概不想受这份罪吧？怎么样，牛河先生？"

牛河摇摇头。

"看来咱们很有些共通之处。"男人说，"一看就知道彼此都是独狼，或者说是落单的野狗。老实说，都是不能见容于这个社会的角色，天生和组织之类合不来，也根本不会被组织接纳。一切都得自己干。独自决断独自行动，独自承担责任。虽然听命于上司，可没有同僚也没有部下。唯一能依赖的就是自己生就的头脑和手腕。是不是？"

牛河点点头。

男人说："这是你我的强项，有时也是你我的弱点。比如说这一次，你有点急于求成了。也不把中途经过向教团汇报一下，就打算自己解决问题。想尽量干得漂漂亮亮，一个人夺得全功。结果疏于防范了。对不对？"

牛河再次点头。

"你这么卖力，难道有什么理由？"

"对于领袖的死，我犯有过失。"

"怎样的过失？"

"青豆的身世调查是我做的。让她去见领袖之前进行过严格的审查，我没发现任何不妥之处。"

"但是她处心积虑要杀领袖，还当真要了他的命。你没能好好完成下达的任务，总有一天得为此承担责任。说到底，你不过是个用完就扔的外人，何况现在又成了个知道太多内情的家伙。你想活命，就只能把青豆的人头献给他们。大概是这么回事吧？"

牛河点点头。

"对不起了。"

对不起？牛河那奇形怪状的脑袋里思忖着这话的意思，随即恍然大悟。

"杀领袖那件事，是你策划的吗？"牛河问。

男人没有回答。但牛河理解，那无言的回答绝非否定。

"你打算把我怎么办？"牛河问。

"怎么办呢？老实说，我还没想好。接下去再慢慢考虑。一切都得看你的态度。"Tamaru 说，"我还有几件事要问你。"

牛河点点头。

"把‘先驱’联系人的电话号码告诉我。你肯定有一个直线联络人。"

牛河略一踌躇，结果还是说出了号码。事已至此，这也不是什么值得舍命相瞒的事了。

"姓名？"

"我不知道。"牛河说了谎。但对方并不在意。

"他们厉害吗？"

"相当厉害。"

"但还算不上是行家。"

"能力很强。执行命令时毫不犹豫。但不是行家。"

"关于青豆，你已经追查到什么程度了？"Tamaru 问，"找到她的藏身处了吗？"

牛河摇摇头。"还没找到，所以才守在这里继续监视川奈天吾。要是知道青豆的下落，早就转移到她那边去了。"

"有道理。"Tamaru 说，"可是，你是怎么发现青豆跟川奈天吾有关联的？"

"靠走访。"

"怎么走访？"

"我逐一调查了青豆的履历，一直查到她小时候。她在市川市的公立小学念过书。川奈天吾也是市川市出身。我想弄不好那时候便认识，就跑到小学一查，果然，他们有两年是同班同学。"

Tamaru 在喉咙深处像猫那样低低呻吟一声。"原来如此。你的调查可真是锲而不舍呀，牛河先生。肯定花了相当的时间和精力。佩服啊。"

牛河沉默着。现在不是在问他问题。

"我再问你一遍。"Tamaru 说，"眼下知道青豆和川奈天吾的关系的人，只有你一个？"

"还有你知道。"

"我不算。我是说在你的周围。"

牛河点点头。"在我这方面，知道此事的就我一个。"

"不是谎话？"

"不是。"

"那好，你知不知道青豆怀孕的事？"

"怀孕？"牛河说。声音里可以听出惊愕的余响。"是谁的孩子？"

Tamaru 没有回答。"你真不知道这件事？"

"我不知道。不是说谎。"

Tamaru 片刻不语，观望牛河的反应是真是假，然后说：

"好吧。看来你是真不知道。我相信你。不过，你曾经有一段时间在麻布的柳宅附近嗅来嗅去。没错吧？"

牛河点点头。

"为什么？"

"那处宅第的女主人是附近一家高级体育俱乐部的会员，她的私人教练就是青豆。她们的个人关系好像十分亲密。那位女子还在邻近自家宅子的地方开设了一间庇护所，专门保护遭受家庭暴力的妇女，戒备森严。在我看来好像有点过于森严了，所以就顺理成章地推测，青豆很可能是受雇于那间庇护所。"

"那又怎样？"

"但考虑了一下，我觉得不对头。那位女子拥有足够的金钱和实力。这种人就算要把青豆藏起来，也不会放在眼前，一定藏在尽量远离自己的地方。所以我没再继续探查麻布那边，改而调查川奈天吾这条线了。"

Tamaru 再次发出低低的呻吟。"你的悟性很好，逻辑思维能力也强，还能吃苦耐劳。只当个跑腿的太可惜啦。你一直都做这种工作吗？"

"以前我做过律师。"牛河说。

"怪不得。想必手段很高明。可是有点得意忘形，太出格了，半路上失足栽了个大跟头。如今是一落千丈，为了挣两个小钱，替新兴宗教当跑腿的。大概是这么回事吧？"

牛河点点头。"是的。"

"没办法呀。"Tamaru 说，"像咱们这种独狼全凭自己两只手，要在社会上混下去可不容易。看上去好像事事如意，可一不小心就会栽个大跟头。就是这种世道。"他攥紧拳头，关节发出响声。那是尖锐而不祥的声音。"那么，你向教团汇报过柳宅的事情吗？"

"我对谁也没说。"牛河老实地回答,"我怀疑柳宅,归根到底不过是出于个人的推测。因为戒备森严,也没有弄到确切证据。"

"很好。"Tamaru 说。

"一定是你在那里负责吧?"

Tamaru 没有回答。他是提问者,没必要回答对手的问题。

"你到目前为止,回答问题时没有说假话。"Tamaru 说,"至少在大体上。只要到海底走过一趟,就会丧失说谎的力气。硬要说假话,马上就会表现在声音上。恐怖使然。"

"我没有说假话。"牛河说。

"这很好。"Tamaru 说,"你不必故意体味痛苦。顺便问一句,你知道卡尔·荣格这个人吗?"

牛河不由得在蒙眼布下皱起眉头。卡尔·荣格?这家伙究竟想说什么?"是那个心理学家荣格吗?"

"是。"

"算是知道吧。"牛河小心翼翼地答道,"十九世纪末生于瑞士。曾经是弗洛伊德的弟子,后来与他分道扬镳。集体无意识。我知道的就这么一点。"

"很好。"Tamaru 说。

牛河等待他说下去。

Tamaru 说:"卡尔·荣格在瑞士苏黎世湖畔宁静的高级住宅区里有一幢雅致的房子,和家人一起过着富足的生活。但是,他需要一个可以独处的地方,以便沉湎于深思默想。所以在湖畔一个叫波林根的偏僻角落,找到一块面朝湖水的地,造了一座小房子。称不上是别墅,没那么讲究。自己用石头一块块垒起来,造了一座屋顶很高的圆形房子。是从附近的采石场里采来的石头。当时在瑞士,要垒石头必须拥有采石工资格。荣格为此特意去考取资格,还加入了行业公会。建造这座房子，而且是自己动手建造，对他来说就有如此重大的意义。母亲去世也成了他造这座房子的重要原因之一。"

Tamaru 停顿了一会儿。

"这座建筑被称作'塔'。他是比照在非洲旅行时看到的部落小屋，自己设计的。一堵隔墙也没有的空间里，容纳了生活中的一切。非常简朴的住房。他认为这样就足够生活下去了。电、煤气和自来水都没有。水是从附近的山上引来的。但后来才搞清楚，这说白了不过是个原型。不久，'塔'根据需要被隔开与分割，造出了二楼，后来又加造了几栋。在墙上，他自己动手作画，原原本本地暗示了个人意识的分割与展开。这座房屋不妨说发挥了立体曼荼罗①的功能。这座房子大致完工花了约有十二年。对研究荣格的人来说，它是一座饶有兴味的建筑。你以前听过这个故事吗？"

牛河摇摇头。

"这座房子现在仍然矗立在苏黎世湖畔，由荣格的子孙管理。遗憾的是它不向一般公众开放，所以没办法看到房子内部。据说，在最初那座'塔'的入口，至今仍然镶嵌着那块由荣格亲手雕刻上文字的石头。'冷也好不冷也好，上帝都在这里。'这就是荣格亲手在石头上刻下的文字。"

Tamaru 再度停顿了一会儿。

"'冷也好不冷也好，上帝都在这里。'"他又一次用平静的声音重复道，"你懂这话是什么意思吗？"

牛河摇摇头。"不，我不懂。"

"是啊。是什么意思，我也不懂。这里面有太深刻的暗示。太难解释。不过，在亲自设计、亲手用石头一块块垒起来的房子的入口处，

①语出梵文 mandala，意译为坛场，指一切圣贤、一切功德的聚集之处。

别的姑且不问，卡尔·荣格一定要亲自挥舞凿子刻上这么一句话。而且我也不知是为什么，一直被这句话牢牢吸引。意思不太理解，可不理解归不理解，这句话却令我深深感动。上帝的事我不清楚。不如说，我在天主教经营的孤儿院里吃足了苦头，所以对上帝没什么好印象。而且那里总是很冷，甚至在盛夏也是。不是相当地冷，就是无比地冷，非此即彼。就算有上帝，对我也很难说是仁慈。尽管如此，这句话却静静渗透进我灵魂细小的皱褶里去了。我常常闭上眼睛，在心里一遍又一遍重复它。于是十分神奇，我就会变得心平气和。'冷也好不冷也好，上帝都在这里。'对不起，能请你出声念一下吗？"

"'冷也好不冷也好，上帝都在这里。'"牛河莫名其妙地小声念道。

"听不太清楚哪。"

"'冷也好不冷也好，上帝都在这里。'"牛河这下用尽量清晰的声音念道。

Tamaru 闭上眼睛，玩味片刻这句话的余韵。然后仿佛终于痛下决断，深深地吸气，随即又吐出来。睁开双眼，望着自己的双手。为了防止留下指纹，手上带着手术用的一次性薄手套。

"对不起。"Tamaru 静静地说。从中能听出严肃的韵味。他再次拿起塑料袋，严严实实地罩在了牛河头上。然后用粗橡皮筋绕住他的脖子。动作快得不容分说。牛河企图表示抗议，可最终没来得及吐出口，当然没能传入任何人的耳廓。为什么？牛河在那个塑料袋里思忖。我把知道的都老老实实说出来了，为什么现在却要杀我？

他那似乎快要爆裂的脑袋中，想到了中央林间的独栋小楼和两个幼小的女儿。想到了养在那里的狗。他从来没喜欢过那条长身子的小型犬，而狗也从来没有喜欢过他。那是一条蠢头蠢脑、喜欢乱叫的狗，经常撕咬地毯，在崭新的走廊里撒尿。和他小时候养的那只聪慧的杂种狗完全不同。尽管如此，牛河在人生最后一刻浮上脑际的，竟是那

348

只在院中草坪上跑来跑去的一无是处的小狗的身影。

牛河那被捆得紧紧的浑圆躯体，就像被甩上陆地的巨大的鱼，在榻榻米上猛烈地翻来滚去。Tamaru以眼角余光看着这一幕。身体捆成向后反翘的样子，任怎么挣扎扭动，也不必担心声音会传到隔壁去。他非常清楚这种死法充满了怎样的痛苦。但作为杀人方法，这却是最巧妙最干净的手段。既听不见哀号，也看不到流血。他的眼睛追逐着豪雅潜水表的秒针。三分钟过去，牛河的手脚停止了激烈挣扎，仿佛与什么东西共振一般，细细地痉挛、抽搐，最终戛然静止。然后，Tamaru盯着秒针继续观察了三分钟。随后将手指搭在牛河腕上测脉搏，确认牛河已经失去全部生命体征。他闻到了微弱的尿味，是牛河再度失禁了。膀胱此时已完全敞开。不能责怪牛河，那就是如此痛苦。

他把橡皮筋从牛河脖子上解下，从他脸上扯去塑料袋。袋子紧紧吸附在口腔里。牛河大睁着双眼，张着扭歪的嘴，死去了。一口不齐的脏牙暴露无遗，还能看见长着绿色舌苔的舌头。那是蒙克大概会画进作品里的表情。原本就奇形怪状的大脑袋越发强调着自身的诡异性。大概痛苦极了。

"对不起。"Tamaru说，"其实我也不愿这么干。"

Tamaru用十根手指把牛河的面部肌肉按摩得松弛下来，调整了下颚关节，把那张脸弄得稍微耐看一点。拿来厨房的毛巾，将嘴角的污物拭去。虽然很费时间，但总算变得好看些了，至少不会让人身不由己地转过脸去。只有眼皮怎么都合不起来。

"就像莎士比亚写的那样。"Tamaru对着那只奇怪而沉重的脑袋，用平静的声音说道，"今天死去了，明天就可以不死。尽量去看对方良好的一面吧。"

是《亨利四世》还是《理查三世》？他想不起这句台词的出处了。但这对Tamaru来说算不上重要问题，他此刻并不想搞清正确的来源。

Tamaru 解开捆绑着牛河手足的绳索。为了不在皮肤上留下痕迹，他用的是柔软的毛巾绳与特殊的绑法。他把绳索、套在头上的塑料袋，还有绕在脖子上的橡皮筋收集起来，装进了备好的塑料包。迅速地检查牛河的东西，将他拍摄的照片一张不漏地回收，连照相机和三脚架也装进包里带回。万一被人知道他在这里进行监视，难免招来麻烦。他们会猜测他到底在监视谁。于是川奈天吾的名字很可能会浮出水面。密密麻麻写满小字的记事本也回收了。此外没留下任何重要的东西，只剩下睡袋、食物和换洗衣服，皮夹和钥匙，以及牛河那具可怜的尸体。最后，Tamaru 从牛河皮夹里印有"新日本学艺振兴会专任理事"头衔的名片中抽了一张，放进自己的风衣口袋。

"对不起。"离去时，Tamaru 再次对着牛河致意。

Tamaru 在车站附近钻进公用电话亭，插入电话卡，按下牛河告诉他的号码。那是东京市内的号码。大概是涩谷区。响了六次后，对方接了电话。

Tamaru 省略了开场白，把高圆寺公寓的地址和房间号告诉对方。

"写下来了吗？"他问。

"能不能请您重复一遍？"

Tamaru 重复了一遍。对方记下来，又复述了一遍。

"那里有一位牛河先生。"Tamaru 说，"你知道牛河先生吧？"

"牛河先生？"对方说。

Tamaru 无视对方的话，继续说道："牛河先生就在那里，遗憾的是他已经不再呼吸了。看上去不像自然死亡。皮夹里装着几张'新日本学艺振兴会专任理事'的名片。如果警察发现那东西，只怕早晚会查清和贵方的关系。鉴于形势，那样一来说不定会有麻烦。恐怕早点处理掉为好。这种业务不是你们的拿手好戏吗？"

"你是谁？"对方问。

"热心的通报人。"Tamaru说，"我也不太喜欢警察。和贵方差不多。"

"非自然死亡？"

"至少不是寿终正寝，也不是含笑而终。"

对方沉默片刻。"那么，那位牛河先生究竟在那种地方干什么？"

"这我就不知道了。详情得去问问牛河先生，但刚才我告诉过你，他现在处于无法作答的状态。"

对方略一停顿。"你大概到大仓饭店来的年轻女人有关系吧？"

"这可是别指望有答复的提问。"

"我和那位女子见过面。你这么说她就会明白。有话希望你转告她。"

"我听得见。"

"我们没有加害她的打算。"对方说。

"可照我理解，你们是在死命搜寻她的下落。"

"完全正确。我们一直在寻找她的下落。"

"可你说不打算加害她。"Tamaru说，"根据是什么？"

在回答之前，有一段短暂的沉默。

"说得简单一点，在某个时刻情况发生了变化。当然，领袖的去世被周围的人深深悼念，话虽如此，但这件事已经结束，时过境迁了。领袖痼疾缠身，在某种意义上其实是自求了断。所以关于这件事，我们并没有继续追究青豆女士的打算。我们现在希望和她见面谈谈。"

"谈什么？"

"谈谈双方共同的利害得失。"

"但是，这说到底不过是贵方的想法。就算对你们来说有谈的必要，她或许也不希望这样。"

"谈一谈的余地肯定是有。我们这边也有些东西可以提供给你们。比如说自由和安全，还有知识和情报。能不能找个中立的地方谈谈呢？不管哪里都行，由你们指定地点好了，我们一定会来。百分之百保证你们的安全。不光是她，和这次事件有关的所有人员的安全都能得到保证。谁都不必再东躲西藏了。这对双方来说应该都不是坏事。"

"那是你的说法。"Tamaru 说，"可是，没有依据能证明你这个提案值得信任。"

"总之，能不能请你转告青豆女士？"对方耐心地说，"事态十分紧急，我们还有一些让步的余地。如果需要具体证据证明我们的诚意，也可以考虑。只要往这里打电话，随时都能联系上。"

"你能不能说得明白一点？你们为什么如此需要她？究竟发生了什么，导致情况变化如此之大？"

对方轻轻呼吸一下，说："我们必须继续倾听声音。那对我们来说就像丰沛的水井，我们不能失去它。现在我只能告诉你这些。"

"为了维持那口水井，你们需要青豆。"

"这不是一句话能讲清楚的事。我只能说，和这个有关。"

"深田绘里子怎么样？你们已经不再需要她了？"

"我们现阶段并不需要深田绘里子。不管她人在哪里、在做什么都没关系。她的使命已经结束了。"

"什么使命？"

"其中的前因后果非常微妙。"对方停了一下，说，"很抱歉，现在不能说得更详细了。"

"你不妨好好考虑一下自己的处境。"Tamaru 说，"目前比赛的发球权在这边。我可以自由地跟你们联系，你们却不能。你们连我是谁都没搞清楚。不是吗？"

"完全正确。主动权目前在你们那边。我们连你是谁也不知道。

虽然如此，这种事仍然不能在电话里说明。刚才我说的那些，就已经过头了，恐怕超越了赋予我的权限。"

Tamaru 沉默了一会儿。"好吧。我们会考虑你的提案。这边也需要商量。以后也许会跟你们联系。"

"等着你们的联系。"对方说，"请允许我再啰唆一遍：这对双方来说应该都不是坏事。"

"假如我们无视或拒绝这个提案呢？"

"那样的话，就只能按照我们的方式去做了。我们有一点小小的力量。事态可能会变得稍微暴烈一些，说不定要殃及周围的人，虽然那并非出自本愿。你们那边不管是谁，都别想安然脱身。这对双方来说，大概不是愉快的前景。"

"也许是吧。不过事情发展到那一步，看来还需要一些时间。而借用你的话来说，事态十分紧急。"

对面那个男人轻轻假咳一声。"也许是需要些时间，不过，也可能不需要多少。"

"等实际做起来才知道。"

"完全正确。"对方说，"另外，还有很重要的一点得指出来。借你的比喻来说，你们的确拥有发球权，但好像还不了解这场比赛的基本规则。"

"那也是等实际做起来才知道。"

"等实际做起来，万一不顺利的话就麻烦了。"

"彼此彼此。"Tamaru 说。

含有多种暗示的短暂沉默。

"那么，牛河先生的事，你们怎么办？"Tamaru 问。

"我们会尽早领回。就在今天夜里。"

"房门没有上锁。"

"那太好了。"对方说。

"顺便问一句，你们会深切哀悼牛河先生的死吗？"

"不论去世的是谁，我们这里都会深切哀悼。"

"不妨悼念他一下。他是个本事相当大的人。"

"但仍然有不足之处。是这个意思吧？"

"本事大到永生不死的人，哪里都不会有。"

"你这么认为。"对方说。

"当然。"Tamaru 说，"我这么认为。你不是吗？"

"等你联系。"对方没有回答这个问题，冷冷地说。

Tamaru 默默挂断电话。不必继续交谈了，有需要时再打过去就行。出了电话亭，他朝着停车处走去。一辆暗淡的藏青色老式丰田卡罗拉面包车，毫不起眼。驱车十五分钟，停在一个杳无人迹的公园前，确认无人窥视后，将塑料袋和橡皮筋扔进垃圾箱。手术用的手套也扔了。

"不论去世的是谁，在他们那里都会受到深切悼念。"Tamaru 启动引擎，系上安全带，小声低语道。这样太好了，他想。人去世后，都应当受到哀悼，哪怕只是短短一段时间。

第 26 章　青豆
好浪漫

星期二正午过后，电话铃响起来。青豆正坐在瑜伽垫上，双腿大大地拉开，舒展腰肌。这运动看上去简单，却十分苛酷。身上的衬衫渗出薄薄的汗水。青豆中断了运动，一面用毛巾擦汗，一面拿起听筒。

"大头娃娃已经不在那座公寓里了。"Tamaru一如既往，略去开场白，开口便说。连一声喂都没有。

"已经不在了？"

"离开了。经过劝说之后。"

"经过劝说之后。"青豆重复道。大头娃娃大概被Tamaru用某种方式强行排除了。

"而住在那座公寓里的姓川奈的人，就是你要找的川奈天吾。"

在青豆四周，世界猛然膨胀又猛然收缩，如同她那颗心脏。

"在听吗？"Tamaru问。

"在听。"

"但川奈天吾这会儿不在公寓里。他要离家几天。"

"他没事吧？"

"他现在不在东京，但肯定没事。大头娃娃在川奈天吾住的公寓一楼租了个房间，等着你去找他。还装了台秘密照相机，监视大门口。"

"他拍下我的照片了吗？"

"拍了三张。因为是夜里，你又把帽子压得那么低，戴着眼镜，还用围巾遮着脸，所以看不清相貌。但毫无疑问是你。要是你再去，恐怕会惹出麻烦来。"

"交给你去处理是正解吧？"

"如果这里面有正解的话。"

青豆说："但总而言之，他已经变成不必忧虑的存在了。"

"那家伙不会再危害你了。"

"因为被你说服了。"

"有过需要调整的局面，但最终，"Tamaru说，"照片都被没收了。大头娃娃的目的是等你露面，川奈天吾不过是达到目的的活诱饵。所以现在还找不到他要加害川奈天吾的理由。肯定不会有事。"

"太好了。"青豆说。

"川奈天吾在代代木的一间补习学校教数学。好像是个很有才华的教师，不过每周只工作几天，收入看来不会太高。仍然独身，在那座外观很朴素的公寓里，独自过着俭朴的生活。"

一闭上眼，耳中就能听见心脏在狂跳。世界与自己之间的界线模糊不清。

"他一面在补习学校当数学老师，一面在写自己的小说。很长的小说。代写《空气蛹》不过是替人打工，他有自己的文学野心。好事情。适度的野心会让人成长。"

"这是怎么查到的？"

"家里没人，我就擅自进去看了看。门倒是上了锁，但那东西不能叫锁。我也知道侵犯隐私权不好，但有必要进行最基本的调查。作为一个单身汉，房间里收拾得算是很整洁。煤气灶也擦干净了。冰箱里也整理得清清爽爽，没有卷心菜之类烂在里面。还有熨过衣服的痕迹。作为伴侣应当是不错的对象。我是说，假如他不是同性恋的话。"

"还了解到什么了？"

"我给补习学校打电话，询问了他的课程安排。据接电话的女子说，川奈天吾的父亲周日深夜在千叶县某地的医院去世，这么一来他为了出席葬礼不得不离开东京，所以周一的课取消。什么时候在哪里举行葬礼，她不知情。总之下一次课是周四，好像在那之前他会赶回东京。"

天吾的父亲是 NHK 收款员的事，青豆当然还记得。星期日天吾随着父亲一起上门收款。在市川市街头曾几度与他相遇。想不起他父亲的面容了。是个瘦削矮小的人，身穿收款员制服，而且和天吾长得一点也不像。

"既然大头娃娃已经不在了，那我可以去见天吾君了吗？"

"这个还是免了的好。"Tamaru 当即说道，"大头娃娃是顺利地说服了，但说老实话，为了收拾残局，我不得不和教团方面联系。因为有一件东西，可能的话最好不要落到司法当局手里。如果被发现，只怕整座公寓的住户都得接受审查，一个也不能幸免。你的朋友可能会受到连累。而要我一个人处理那东西实在吃不消。半夜独自吭哧吭哧地扛着那东西走路，万一遇上执法人员盘查，无论如何也搪塞不过去。教团人手又多机动力又强，做这种事也习以为常，就像从大仓饭店把别的东西运出去那样。我要说的你听懂了吗？"

青豆在脑中将 Tamaru 的用语翻译成现实语言。"看来是用相当粗暴的方式进行说服的？"

Tamaru 低低呻吟一声。"可怜啊。可那家伙实在知道得太多。"

青豆问："大头娃娃在那座公寓里做什么，教团知道吗？"

"大头娃娃是在为教团工作，但到现在为止他是单独行动，还没向上面汇报此刻在做什么。这对我们来说当然是好事。"

"但他在那里有事要做，现在他们也该知道这个了。"

"没错。你最好暂时不要接近那里。川奈天吾作为《空气蛹》的执笔者，姓名与地址肯定上了他们的黑名单。那帮家伙大概还没有掌握川奈天吾和你的关系。但只要追究大头娃娃潜伏在那座公寓的理由，川奈天吾的存在最终肯定会浮出水面。这只是时间问题。"

"但碰得巧的话，弄清这些也许需要很长时间。或许不会马上判明大头娃娃的死和天吾君的存在有联系。"

"碰得巧的话。"Tamaru 说，"要是那帮家伙不像我想的那样行事谨慎的话。不过，我从不把碰得巧这类假设当前提，才能没犯什么大错活到今天。"

"所以我不去接近那座公寓为好。"

"当然。"Tamaru 说，"我们就活在一纸之隔的地方。再怎么小心都不为过。"

"大头娃娃有没有查清我藏在这处公寓里？"

"要是查清楚了，你此时恐怕就在我力所不及的地方了。"

"但他已经逼到了我的眼皮底下。"

"没错。不过我猜，也许是某种偶然因素把那家伙引到这里的。肯定没有更深刻的原因。"

"所以他才会毫无戒备地把自己暴露在滑梯上。"

"对。那家伙根本不知道被你看到了，也没预料到。结果这个要了他的命。"Tamaru 说，"我不是说了吗。每个人的生与死之间，都只隔着一层纸啊。"

数秒的沉默降临。是人的死——不管是谁的死——带来的凝重的沉默。

"虽然大头娃娃不在了，教团还在继续追寻我。"

"这是我也觉得不好理解的地方。"Tamaru说，"那帮家伙一开始是想抓你，搞清在杀害领袖的计划背后有怎样的组织。光是你一个人，不可能筹措得如此无懈可击。谁都能看出背后肯定有人支援。如果被他们抓住，等待你的一定是严刑逼供。"

"就是为了这个，我才需要手枪。"青豆说。

"大头娃娃也以为这是理所当然。"Tamaru继续说道，"他坚信教团追寻你，是为了审讯你处罚你。但是半路上，情况好像发生了巨大变化。大头娃娃退下舞台之后，我和那帮家伙中的一个通过电话。对方告诉我，他们已经没有加害你的打算了。要我把这句话转告你。当然这也可能是个圈套。但在我听来很像他们的真心话。那家伙对我解释道，领袖的死在某种意义上是他本人追求的。不妨说类似自杀，所以现在没必要再为这个惩罚你。"

"他说得没错。"青豆声音干涩地说，"领袖从一开始就知道我是去杀他的，而且希望被我杀掉。那天夜里，就在大仓饭店的豪华套房里。"

"负责警卫的家伙没看穿你的本来面目，领袖却一清二楚。"

"对。我不知道是什么原因，但他事先就洞察一切。"青豆说，"他是在那里等着我去的。"

Tamaru稍微隔了一会儿，然后问："那么，发生了什么？"

"我们做了一笔交易。"

"这话我可没听说过。"Tamaru僵硬地说。

"我没有机会对你说。"

"是什么交易，你现在告诉我。"

"我给他做了大约一个小时的肌肉舒展，其间他说了些话。他知道天吾君的事，不知为何还知道我和天吾君的关系。然后他对我说，希望我杀了他，说他希望尽快从无休无止的剧烈肉体痛苦中解放出来。他还说，要是我赋予他死亡，就作为报答救天吾君一命。所以我下定决心，夺取了他的性命。其实就算我不下手，他也在确实无疑地走向死亡。想到那家伙干过的坏事，我宁愿把他丢弃在痛苦中不管。"

"而且，你没有向夫人汇报过这桩交易。"

"我到那里去是要杀领袖，而且完成了使命。"青豆说，"天吾君的事，按理说是我的私人问题。"

"好吧。"Tamaru 半是认输地说，"的确，你圆满完成了使命。这一点我承认。而且川奈天吾的问题在你个人范畴之内。不过，在此前后你不知为何怀孕了。这可不是个应当随意放过的问题。"

"不是前后。正是在那个雷声大作、市中心突降暴雨的夜里，我受孕了。就是在我处置领袖那天夜里。以前我跟你说过，是在没有任何性行为的情况下。"

Tamaru 长叹一声。"从问题的性质来看，我只能两者选一：要么完全相信你说的，要么根本不信。我之前一直认为你是个值得信任的人，现在仍然愿意相信你。不过在这件事上，我怎么也看不到事物的逻辑。说起来，我是个只能进行逻辑推理的人。"

青豆继续保持沉默。

Tamaru 问："领袖被害与这神秘的受孕之间，有什么因果关系吗？"

"我说不清楚。"

"是否可以考虑你肚子里的胎儿是领袖之子的可能性？不知道他用了什么方法，反正是用了某种方法，当时让你怀孕了。假定是这样，就能理解那帮家伙拼命想把你抢到手的理由了。他们需要领袖的继承人。"

青豆紧捏着听筒，摇头道："不可能。这是天吾君的孩子。我心里明白。"

"对此，我也只能两者选一：完全相信你，或者根本不信你。"

"我也没办法更进一步说明。"

Tamaru 再度长叹。"好吧。我姑且全盘接受你的说法。那是你和川奈天吾的孩子，你心里明白。可就算这样，还是看不出事物的逻辑。他们起初想抓住你严加惩处。可是有一天发生了什么，或者说搞清了什么，于是他们现在需要你了。他们声称保证你的安全，还可以向你提供某种东西，并希望与你当面商谈这件事。到底出了什么事？"

"他们并不是需要我。"青豆说，"我看他们需要的，是我肚子里的东西。他们在某一刻知道了这件事。"

"嘀嘀。"负责起哄的小小人在某个地方发出声音。

"事态的发展对我来说太快了。"Tamaru 说着，在喉咙深处再次低低呻吟，"还是看不出逻辑来。"

逻辑不通，是因为天上有着两个月亮，青豆想。是它们从一切事物中将条理统统剥夺了。然而她说不出口。

"嘀嘀。"其余六个小小人在某个地方齐声附和。

Tamaru 说："他们需要倾听声音者。那个人在电话里这么对我说。说是万一失去声音，教团可能就此消亡。倾听声音具体意味着什么？我不明白。总之那家伙口中提到了这些。难道是说，你腹中的孩子就是'倾听声音者'？"

青豆把手伸向自己的小腹。母体和子体，她想。但没说出声来。不能让月亮们听见这个。

"我不知道。"青豆谨慎地挑选着词句，"不过，我想不出他们还有什么需要我的理由。"

"但川奈天吾和你的孩子到底为什么会有那种特殊能力？"

"不知道。"青豆说。

说不定是领袖以自己的生命为交换，将自己的后继者托付给了我。这个念头浮上青豆脑际。说不定领袖为此在那个雷雨之夜，临时打开了让不同世界得以交叉的回路，将我和天吾结合为一体。

Tamaru 说："不管那是谁的孩子，不管将带着什么能力出生，你都没有和教团进行交易的打算，是不是？不管从交易中能获得什么。哪怕他们会主动向你揭示隐藏在深处的种种秘密。"

"不管发生什么。"青豆说。

"可是，他们恐怕不会在乎你的想法，即使动用武力也要把它弄到手。不择手段。"Tamaru 说，"而你有川奈天吾这个弱点。也许该说是唯一的弱点，又是极大的弱点。如果知道这一点，那群家伙毫无疑问会集中火力冲着那里猛攻。"

Tamaru 说得对。对青豆来说，川奈天吾就是她活着的意义，同时也是致命的弱点。

Tamaru 说："在那个地方再待下去过于危险。在那帮家伙查清川奈天吾和你的关系前，必须转移到更安全的场所去。"

"事到如今，这个世界的任何地方都没有安全的场所了。"青豆说。

Tamaru 玩味着她的意见，然后平静地开口："让我听听你的想法。"

"首先我一定要见到天吾君。在那之前我不能离开这里。哪怕那意味着有多危险。"

"你见到他打算怎么办？"

"我知道该怎么办。"

Tamaru 短暂地沉默。"绝不含糊？"

"我不知道这会不会成功。但知道该做什么。绝不含糊。"

"但是你不打算把内容告诉我。"

"对不起，现在还不能告诉你。不光是你，谁都不行。如果我说出口，它立刻就会袒露在整个世界面前。"

月亮们竖起了耳朵。小小人竖起了耳朵。房间竖起了耳朵。它不能从她心里走出去一步。得用厚实的墙壁把心牢牢围住。

Tamaru 在电话那端用圆珠笔敲着桌面。咔嗒咔嗒，规则而干燥的声音传进青豆的耳朵。缺乏回音的孤独响声。

"好吧。我来和川奈天吾联系，但此前还必须征得夫人同意。我得到的命令是争分夺秒把你转移到别处去。可是你坚持说，不见到天吾绝不离开那里。要向她解释清楚理由看来不大容易。这个你明白吧？"

"要逻辑分明地解释不合逻辑的事，非常困难。"

"正是。说不定像在六本木的牡蛎餐馆里遇上真正的珍珠那样困难吧。不过我会尽力。"

"谢谢你。"青豆说。

"我觉得你主张的事，哪一样拿出来都不合情理。原因与结果之间看不到任何逻辑关系。但和你这么谈着谈着，竟开始觉得不妨暂且接受你的意见了。这是怎么回事？"

青豆沉默不言。

"而且夫人她非常倚重你，信任你。"Tamaru 说，"既然你如此顽固地坚持，我猜夫人大概也想不出不让你和川奈天吾见面的理由吧。看来你和川奈天吾的结合是不可动摇的。"

"胜过世界上的一切。"青豆说。

胜过任何世界上的一切，她在心底改口说。

"而且，"Tamaru 说，"就算我说太危险，拒绝和川奈天吾联系，你肯定也会自己到那座公寓去见他吧。"

"我想我肯定会这么做。"

"谁都不可能阻止你。"

"我看很难。"

Tamaru 稍微停了一下。"那么，我该向川奈天吾转达什么呢？"

"请他在天黑后到滑梯上来。只要是天黑后，什么时候都行。我等着他。你只要告诉他是青豆说的，他就会懂。"

"知道了。我会这么转告他。在天黑后到滑梯上来。"

"还有，请对他说，如果有什么重要的东西舍不得丢下，请他随身带上。不过要空出两只手来。"

"要把行李运到哪里去？"

"运到远处。"青豆答道。

"有多远？"

"不知道。"青豆说。

"好。如果夫人批准，我会把这些告诉川奈天吾。我还会尽力而为，用自己的方式确保你的安全。尽管这样，只怕危险还是在所难免。那帮家伙一副要拼命的样子。自身安全说到底只能靠自己保护。"

"我明白。"青豆平静地说。她的掌心仍然轻轻搁在小腹上。不单单是自身安全，她想。

挂掉电话后，青豆像瘫倒一般坐进沙发，然后闭上眼想着天吾。除此之外，她已经无法思考任何事情。胸口上仿佛压着巨石，痛苦不堪。不过那是令心情欢快的痛苦，再严重也能忍受的痛苦。他果然就生活在咫尺开外，在步行不足十分钟的去处。只是想一想，暖意就从心底漫向全身。他独身，在补习学校教数学，住在收拾得很整洁的简朴房间里，做菜，熨衣服，写长篇小说。青豆羡慕 Tamaru。可能的话，她也想进入天吾的房间，想在无人的静寂中触摸那里的每一件东西。想确认他使用的铅笔有多尖，把他喝咖啡的杯子端在手中，嗅闻衣服上残留的气味。想在与他实际见面之前，完整地经历这一个个阶段。

略过这样的热身阶段，忽然和他独处，该如何开口呢？青豆心中没有主意。一想象这样的事，呼吸就变得粗重急促，头脑恍惚不清。有太多太多的话要说。但事到临头，要说的话却一句也没有。她想说的事情，都是一旦形成语言便会失去意味的东西。

总而言之，如今青豆能做的事只有等待。冷静谨慎地等待。她收拾行李，一旦发现天吾的身影就能立即奔出门外。为了能迅速上路、不必再返回这套房子，她把必不可缺的东西都塞进黑色皮质大挎包里。东西不多。成捆的现金，几件换洗衣服，装满子弹的赫克勒－科赫。就这些。这只包放在伸手便可拿到的地方。把用衣架挂着的岛田顺子套装从衣橱里拿出来，确认没有被褶后挂在客厅墙上。相配的白衬衫、连裤袜和查尔斯·卓丹高跟鞋也准备好了。还有米黄色春季风衣。和当初爬下首都高速公路的避难阶梯时相同的服装。风衣在十二月的夜晚稍嫌太薄，但没有挑选的余地。

完成这些准备，便坐在阳台的园艺椅上，从挡板的缝隙间凝望着公园的滑梯。星期日的深夜里，天吾的父亲去世了。从确认死亡到火化，好像需要经过二十四小时。应该有这么一条法律。据此推算，举行火葬应当在星期二以后。今天就是星期二。天吾在结束葬礼后从那个地方赶回东京，最早也是今天傍晚。Tamaru 把来自我的话转告他还要更晚些。之前天吾不可能到公园来。况且现在天还很亮。

领袖在临死之际，把这个小东西安置在了我的腹中。这是我的推测，或者说直觉。假定真是这样，结果我不就成了被那个死人留下的意志操纵，被引向他设定的目的地了么？

青豆扭歪了脸，无从判断。Tamaru 推测说，大概是由于领袖的阴谋，我受孕怀上了“倾听声音者”。恐怕是作为“空气蛹”怀上的。

可是，为什么那个人非是我不可呢？而且，为什么对方非是川奈天吾不可呢？这也是无从解释的事之一。

总之到现在为止，在前因后果不明不白的情况下，种种事情在我周围发生，其原理和方向都无法辨清。我最终也被卷入其中。然而，到此为止。青豆下了决心。

她扭动嘴唇，将脸扭得更歪。

从此以后和迄今为止大不相同。我再也不会被别人的意志操控了。从此以后我只听从唯一的原则——亦即我自己的意志——去行动。不管会发生什么，我一定要保护这个小东西。为此，我会竭尽全力去战斗。这是我的人生，在这里的是我的孩子。不论是谁出于什么目的设定了程序，这无疑也是我和天吾的孩子。我决不交给任何人。不论什么是善，什么是恶，从此以后我就是原理，我就是方向。不论是谁，这一点都牢牢记住为好。

第二天，星期三下午两点，电话铃响起。

"已经转达了。"Tamaru仍然略去开场白，开口便说，"他正在公寓内自己的房间里。今天早上和他通了电话。他今晚七点整，准时到滑梯那里去。"

"他还记得我吗？"

"当然，记得清清楚楚。他好像也一直在找你。"

领袖说得果然没错。天吾也在寻找我。知道这一点便足够了。她内心充满了幸福。这个世界上此外所有的话语，对青豆来说都不再有意义了。

"到时他会把重要的东西带去。按照你说的那样。我估计肯定包括写了一半的小说原稿。"

"肯定。"青豆说。

"我查看过那所朴素的公寓周围。看上去很干净。没发现可疑人物在附近探头探脑。大头娃娃的房间里也空无一人。周边很安静,又不至于安静得过分。那帮家伙好像连夜把东西收拾好,马上就走了。大概是觉得不宜久留。我观察得还算仔细,应该没有看漏什么。"

"太好了。"

"但说到底只是恐怕如此、眼下如此。事态每时每刻都在变化。我当然也不是完美无缺,说不定看漏了什么要点。当然还有种单纯的可能:他们就是胜我一筹。"

"所以一言以蔽之,自身安全只能靠自己保护。"

"就像我上次说的。"

"谢谢你多方照顾。非常感谢。"

"我不知道你打算今后到哪里去,去做什么。"Tamaru 说,"不过如果你就此远去,我们从此再也不会见面,我大概会感到小小的寂寞。就算说得再含蓄,你也算是一个相当难得的人。像你这样的人可不多见。"

青豆握着听筒微笑了。"我也想把几乎相同的感想留给你。"

"夫人其实很需要你,做一个和工作毫无关系的所谓闺中密友。不得不以这种方式分别,她感到深深的伤怀。此刻她无法跟你通话,希望你理解。"

"我明白。"青豆说,"我可能也会说不出话来。"

"你说了要去远方。"Tamaru 问,"究竟有多远?"

"这是无法用数字测量的距离。"

"就像将人心与人心隔开的距离。"

青豆闭上眼,深深地吸气。泪珠差一点就夺眶而出,但总算止住了。

Tamaru 用平静的声音说:"祝你一切顺利。"

"对不起，赫克勒－科赫也许没法还给你了。"青豆说。

"没关系。那是我个人送给你的礼物。如果带着不方便，就扔进东京湾好了。那样做尽管微不足道，世界也多少朝着裁减军备迈进了一步。"

"手枪或许到最后也不会开火。好像违背了契诃夫的原则。"

"那也没关系。不开火当然再好不过。二十世纪现在已经接近尾声。和契诃夫生活的时代相比，情况总会有些不同。没有马车跑来跑去，也看不到女人们穿紧身胸衣了。世界虽然经历过了纳粹主义、原子弹和现代音乐，却好歹延续了下来。其间小说的写法也发生了极大的变化。你不必介意。"Tamaru 说，"我有一个问题。今晚七点，你要和川奈天吾在滑梯上见面。"

"顺利的话。"青豆说。

"如果见到了他，你们要在滑梯上做什么呢？"

"一起赏月。"

"好浪漫。"Tamaru 像是羡慕不已地说。

第27章　天吾
只有这个世界也许不够

星期三早晨，当电话铃响起时，天吾还在睡梦中。后来天快亮了他才睡着，那时候喝下的威士忌还积存在体内。他从床上爬起来，见外面天已大亮，心里一惊。

"川奈天吾先生？"一个男子说。从未听过的声音。

"是我。"天吾说。大概是关于父亲后事的手续问题，因为从对方的声音中听出了肃静而务实的韵味。但闹钟的指针还没到上午八点。并非政府部门或殡仪公司打电话来的时间。

"一大清早就打搅您，实在不好意思。但我必须抓紧时间。"

十万火急。"您有什么事？"脑袋还恍恍惚惚。

"您还记得青豆这个名字吗？"对方问。

青豆？于是醉意与睡意顿时消散。仿佛舞台上的暗转，意识急速转换。天吾重新握好听筒。

"我记得。"天吾答道。

"一个很少见的姓。"

"小学时和我一个班。"天吾好容易调整了声音，说道。

男子稍微停了一下。"川奈先生，现在谈谈青豆，感不感兴趣？"

这个男人的说话方式非常奇怪，天吾想。语法很独特，简直像在听翻译过来的先锋派戏剧台词。

"如果您不感兴趣，那么对彼此来说都是浪费时间。我立刻就挂掉。"

"我感兴趣。"天吾慌忙答道，"但是对不起，请问您是什么人？"

"青豆托我带话给您。"男子不理睬天吾的提问，说，"青豆希望见到您。川奈先生您那边怎么样呢？有没有和她见面的打算？"

"有。"天吾答道。假咳一声，清除了喉咙里的障碍。"我很久以来一直想见她。"

"很好。她很想见您。您也希望见她。"

天吾忽然感到房间里的空气冰冷刺骨，便抓起身旁的羊毛开衫，披在睡衣外边。

"那么，我应该怎么做？"天吾问。

"能不能请您天黑后到滑梯上去？"男子说。

"滑梯？"天吾道。这个人在说什么？

"她说只要这么一说，您就会明白。请您到滑梯上去。我只是在原样转达青豆的话。"

天吾无意识地把手放到头发上。头发睡得又硬又乱，还结了块。滑梯。我在那里看到了两个月亮。当然是说的那个滑梯。

"我想我明白。"他用干燥的声音说。

"很好。还有，她说请您把想带走的重要东西带上，以便能立即动身远行。"

"想带走的重要东西？"天吾惊讶地反问。

"就是您不舍得扔下的东西。"

天吾左思右想。"我不太明白。动身远行，是意味着不再回这里了吗？"

"这个我也不太懂。"对方答道，"刚才说过，我只是原样转达她的话而已。"

天吾一面用指头梳着缠在一起的头发，一面思考。远行？然后说道："说不定我得带上一定分量的文件。"

"应该没问题。"男子说，"挑选什么带走是您的自由。只是关于要用的箱包，她说希望您用可以让双手活动自如的东西。"

"可以让双手活动自如的东西。"天吾说，"就是说旅行箱之类的不行喽？"

"我想大概是这样。"

很难从男子的声音推断他的年龄、风貌和体格。那是缺乏具体线索的声音。只要一挂断电话，很可能再也想不起来的声音。个性与感情——假定有这种东西存在的话——隐藏在深处。

"我必须向您转达的就是这些。"男子说。

"青豆身体好吗？"天吾问。

"身体上没有问题。"对方谨慎地回答，"只是她现在处于比较紧迫的状况。一举一动都必须慎之又慎。一不小心就可能受到伤害。"

"受到伤害。"天吾机械地重复道。

"而且不宜拖得太晚。"男子说，"在这里时间是重要因素。"

时间是重要因素，天吾在大脑中重复道。是这位男子的选词用字有问题呢，还是我变得过于神经质了？

"我想今晚七点能到滑梯上去。"天吾说，"今晚要是出于某种理由不能见面，我会在明晚同一时刻去那里。"

"好吧。那是哪个滑梯，您明白吧？"

"我想我明白。"

天吾瞅了一眼时钟。接下来还有十个小时的余裕。

"顺便提一句，听说令尊在周日去世了。向您表示哀悼。"

天吾几乎是反射性地道了谢。然后才想到，此人怎么会知道呢？

"能再告诉我一些青豆的事吗？"天吾说，"比如说她在哪里，在做什么之类。"

"她独身，在广尾一家体育俱乐部当教练。是位优秀的教练，但眼下由于某种缘由暂停了这份工作。而且就在不久前，完全是出于偶然，她住到您附近来了。更多的话题，您还是直接问她本人为好。"

"也包括她现在处于怎样的紧迫状况？"

男子置之未答。自己不愿回答或认为没必要回答的问题，便极其自然地不回答。看来天吾的身边总是围着这种人。

"今天晚上七点，在滑梯上。"男子说。

"请等一等。"天吾急忙说，"我有一个问题。我曾经接到过一个朋友的忠告，说是有人在监视我，叫我当心。问一句失礼的话，说的会不会就是您呢？"

"不，不是我。"男子当即回答，"监视你的恐怕是别人。但总而言之，谨慎行事总不为过。你那位朋友说得对。"

"我可能受到监视的事，和她处于相当特殊的状况有没有关系？"

"是比较紧迫的状况。"男子订正道，"对，我想恐怕有关系。在某一点上。"

"那是否伴随着危险？"

男子仿佛在甄别混在一起却种类不同的豆子，顿了一顿，谨慎地挑选着词句："如果对你来说，见不到青豆可以称作危险，那么其中的确伴随着危险。"

天吾在大脑中把这句委婉的表达转换为便于理解的话。虽然读不出原委和背景，但还是从中感到了紧张气氛。

"万一出了差错，我们也许就再也无法相见了。"

"没错。"

"明白了。我会当心。"天吾说。

"大清早就打搅您，实在抱歉。"

男子一说完，便立即挂断电话。天吾盯着手中的黑色听筒望了一会儿。电话一挂断，果然如先前猜想的那般，那声音就变成想不起来的东西了。天吾再度扫了一眼时钟。八点十分。该如何打发从现在起到晚上七点这段时间呢？

他先洗了个澡。洗头，将纠结在一起的头发收拾得多少像样一点。然后站在镜子前刮胡子。把牙齿边边角角都刷了个遍，还用了牙线。从冰箱里拿出番茄汁喝了，用水壶烧开水，磨豆子泡咖啡，烤了一片吐司。设定好时间，煮了个半熟的鸡蛋。聚精会神地做每个动作，比平时多花许多时间。然而只是到了九点半。

今晚在滑梯上和青豆见面。

只要一想这件事，那种感觉便会袭来——身体机能似乎四分五裂、七零八落。手脚和脸分别要朝不同的方向扭去。无法将感情长久地束缚在一处。不论做什么，都集中不了注意力。书读不下去，文章当然也写不下去。无法在一个地方端坐不动。好歹能做的事，便是在厨房里洗洗餐具，洗洗衣服，整理衣橱抽屉，铺铺床之类。但无论做什么，每隔五分钟就会停下手来，看向墙上的时钟。越是思考时间问题，它似乎就越发缓步不前。

青豆知道。

天吾在水槽上一边磨着并不需要磨的菜刀，一边想。她知道我不止一次去过儿童公园的滑梯。她一定看见了我独自坐在滑梯上仰望着天空。除此之外，他想不到别的可能性。他想象着自己在水银灯照耀的滑梯上的身影。天吾当时根本没感觉到有人在看着自己。她究竟是在哪里看着我呢？

在哪里都无所谓，天吾想。那不算什么大问题。不管是在哪里看着，反正她一眼就认出了现在的我。这么一想，深深的喜悦便充满全身。自那以来，像我始终在思念她一样，她也始终在想念我。天吾觉得这是难以置信的事：处于这个剧烈动荡、有如迷宫的世界里，二十年间连一次面也没见过，可人与人的心灵——少男与少女的心灵——竟然还始终不渝地紧紧相连。

可青豆为什么没有当场呼唤我？如果那么做了，事情肯定会更简单。首先，她怎么会知道我住在这里？她，或者说那个男人怎么会知道这个电话号码？我讨厌别人打电话来，并没有把号码登在电话簿上。甚至连查号台都不知道。

无法理解的要素太多。这件事的线索错综复杂。无法辨清哪条线索同哪条相连，之间有怎样的因果关系。但细想起来，从深绘里登场以来，他就一直生活在这样的场所。疑问太多、头绪太少已然成为常态的场所。但这混沌也在一点点地走向平息——他隐约有这种感觉。

不管怎样，到了今天晚上七点，至少有几个疑问会揭晓。我们在滑梯上会面。不再是无力的十岁少男少女，而是两个独立而自由的成年男女。补习学校数学教师和体育俱乐部教练。我们在那里到底会说些什么？不知道，但反正会交谈。我们必须填补空白，共同分享彼此的信息。借用打电话来的男子奇妙的表达，我们也许要从那里动身远行。因此必须收拾好不可丢弃的重要东西，放进可以让双手行动自如的包里。

即将告别这里，他并没有恋恋不舍。在这间屋子里生活了七年，每周三天在补习学校教书，他却一次都不曾觉得这里就是自己的生活场所。像浮在河流中的岛屿，这里不过是一时的栖身之地罢了。每周一次来此处幽会的年长女友也行踪不明。曾在这里住过一些时日的深绘里也离去了。她们两人如今在哪里，在做什么，天吾一无所知。反正她们从天吾的生活中悄然消失了。就连补习学校里的工作，他不在也自会有人填补空缺吧。没有天吾，这个世界只怕也照常运转。如果青豆说希望和他一起动身远行，他能毫不犹豫地伴她同行。

对自己来说，想带走的重要东西到底是什么呢？五万元左右的现金和一张塑料银行卡。称得上财产的东西只有这些。活期账户里有将近一百万元存款。不，不止这些。还有汇入的自己那一份《空气蛹》版税。打算还给小松，至今未还。此外就是还没有写完的小说打印稿。这不能扔下。在世人看来一文不值，对天吾来说却是宝贝。把原稿装进纸袋，再放入补习学校上班用的暗红色硬质尼龙挎包里。于是挎包变得沉甸甸的。软盘放进皮夹克的口袋里。文字处理机不便带走，所以行李中又加上了笔记本和钢笔。好了，还有什么？

他想起了在千仓从律师手上接过的事务信封。里面有父亲遗留下来的存折和私章、户籍副本以及谜一般的家庭照片（一般的东西）。这些大概带上为好。小学时代的成绩通知书和 NHK 的奖状当然扔下了。换洗衣服和盥洗用具也不带了。上班用的挎包放不下这么多，而且这种东西需要时应该能买到。

把这些东西塞进包里，该做的事基本就做完了。没有该洗的餐具，也没有要熨的衬衣。再次将视线投向墙上的挂钟。十点半。他想应该给友人打个电话托他代补习学校的课，又想起上午打过去对方总是不高兴。

天吾和衣躺在床上，思索着种种可能性。最后一次见到青豆是十岁时，而如今双方都已年届三十。其间两人经历了许许多多。有称心如意的事，也有难说是称心如意的事（只怕是后者略多一点）。外貌也好人格也好生活环境也好，肯定都发生了相应的变化。我们已经不再是少男少女。那里的那个青豆，果真是我苦苦追寻至今的青豆吗？

而这里的这个我，真是青豆追寻的川奈天吾吗？天吾心中浮现出两人今晚在滑梯上相见、在咫尺之间凝望着对方的脸庞、各自失望不已的光景。说不定连可谈的话题都找不到。这种情况完全可能发生。不，甚至该说不发生才不自然。

其实，也许根本不该见面。天吾冲着天花板问。将满腔的思念深埋心底，直至最后始终天各一方，难道不是更好吗？这样肯定能永远怀着希望活下去。那希望是温暖灵魂根基的微小却宝贵的热源。是一直珍惜地用手围拢着、保护它免受风吹的小小火苗。一旦遭受现实的狂风吹袭，也许轻易便会熄灭。

天吾盯着天花板呆望了一个多小时，游走在两种针锋相对的感情之间。他非常盼望和青豆相见。与此同时，与青豆相见又无比可怖。或许会因此而生的冷峻的失望与生硬的沉默，令他的心缩紧。身体好像会从正中整齐地裂成两半。天吾知道，自己虽然比常人高大粗壮，但面对从某个方向袭来的力量却意外地脆弱。然而，他不能不去见青豆。那是他的心在这二十年间始终不渝地强烈追求的东西。无论结果会带来怎样的失望，也不能转过身逃之夭夭。

天花板看累了，他仰卧在床上睡了一会儿。不是四十分钟就是四十五分钟，无梦而安详的睡眠。是全力地开动脑筋、想累了之后那种深邃惬意的睡眠。回想起来，他最近几天只是零零散散极不规律地睡过几觉。在黄昏到来前，必须从体内排除积蓄的疲倦，必须以强健而崭新的面貌迈出门去，赶赴儿童公园。他的身体本能地知道，需要纯粹的休息。

就在被拖进睡眠之际，天吾听见了——或者说觉得听见了——安达久美的声音。天一亮，天吾君你就得离开这里。趁着出口还没被堵死。

这是安达久美的声音，同时也是猫头鹰的声音。在他的记忆里，这两者混为一体，难解难分。天吾那时比什么都需要智慧。深深植根于大地的夜的智慧。那恐怕是在深邃的睡眠中才能找到的东西。

到了六点半，天吾将挎包斜背在身上，走出房间。跟上次去滑梯时完全相同的装束。灰色游艇夹克和皮夹克，蓝色牛仔裤配棕色工作靴。每一件都是旧的，却十分合体，甚至成了身体的一部分。或许再也不会回到这里了。为慎重起见，把插在门边和信箱上的名牌取了下来。无论事态以后会如何变化，也只能到时候再考虑了。

站在公寓门口，细心地观察四周。如果相信深绘里的话，他肯定正被某个人暗中监视。然而和上次相同，周围并没有这样的感觉。不过是一如平素的风景看去仍然一如平素。日落后的马路上不见人迹。他先朝着车站缓步走去，不时回头张望，确认无人跟踪。一次又一次在不必转弯的小路口转弯，站在那里确认有无盯梢。必须小心，打电话的人说了。为了自己，也为了身处紧迫状况的青豆。

可是打电话来的人真是青豆的熟人吗？天吾蓦地想到。或许这是个设计巧妙的圈套？一想到这种可能性，天吾便渐渐不安起来。万一是圈套的话，准是"先驱"安排的。天吾作为《空气蛹》的代笔者，恐怕（不对，应该是毫无疑问）上了他们的黑名单。正因如此，那个姓牛河的奇怪家伙才会充任教团的爪牙找上门来，声称要提供什么莫名其妙的资助金。况且天吾——尽管不能说有意为之——竟将深绘里在家里藏匿了三个月，与她同吃同住。教团有充分的理由对他不满。

但就算是那样，他们为何特意拿青豆当诱饵来设置圈套，诱我上钩呢？天吾在心里盘算。他们明明知道他在何处。他不躲也不逃。假如有事要找天吾，完全可以直接上门。不必多此一举，将他诱到儿童公园的滑梯上去。当然，如果情况相反，他们是要拿天吾当诱饵引青豆上钩，则又另当别论了。

但他们为何要引青豆上钩呢？

找不到任何理由。难道"先驱"与青豆有什么关联？但天吾无法继续推论。只能直接询问青豆。当然是说，假如能见到她的话。

总之，就像那个男人在电话里说的，谨慎行事总不为错。天吾周密地绕圈子，确认无人盯梢，然后疾步赶向儿童公园。

到达儿童公园时，还差七分七点。周围已经很黑，水银灯将均匀的人造光倾洒在狭小公园的每个角落。下午天气晴好，暖洋洋的。可太阳一落，气温便急剧下降，开始刮起寒风。持续了数日的平静的小阳春倏然离去，真实而严峻的冬日又将盘踞不退。榉树的枝头宛如提出警告的老人的手指，发出干枯的声响，颤抖不已。

周围的建筑有几个房间亮着灯。但公园里看不到人影。皮夹克下面，心脏敲击着徐缓而粗重的节奏。他连连搓着双手，确认是否有正常的感觉。不要紧，我准备好了。我什么也不怕。天吾下定决心，开始爬上滑梯的台阶。

爬上滑梯后，摆出和上次相同的姿势坐下。滑梯表面冰冷彻骨，还微微带着湿气。双手插在皮夹克口袋里，背靠在扶手上仰望天空。大小不一的云挤作一团，漂浮在天上。有几块大云团，还有些小云团。天吾眯起眼，寻找月亮的身影。但月亮此刻似乎躲在云层后边。云不密也不厚，可以说是轻滑的白云，却有足以遮掩月亮不让世人看见的厚度与质量。云朵由北向南缓慢地漂移。吹过上空的风似乎不强烈。也许是云在极高的空中。总而言之，它们绝不急于赶路。

天吾瞟了一眼手表。表针指向了七点零三分。秒针还在继续准确地刻记着时间。青豆还没有露面。连续几分钟，他仿佛在观看什么罕见的事物，注视着秒针的行进。然后闭上眼。他也如同被风儿吹送而去的云，并不急于赶路。要花时间也没关系。天吾中断思考，置身于流逝的时间中。让时间这么自然而均匀地前进，此刻至关重要。

天吾闭目不动，就像调节收音机旋钮一般，仔细地聆听周围世界发出的响声。环七线上不断的车声首先传入耳廓。那和在千仓疗养院里听到的太平洋的涛声有些相似。其中似乎还隐约混杂着海鸥尖利的叫声。传来一阵重型卡车倒车时发出的短促断续的警告音。大型犬急促激烈地吠着，好像在示警。远处有人在高声呼唤谁。

各种声音不知是来自何处。眼睛闭得久了，传入耳廓的种种声音便失去了方位与距离感。冰冷的风不时吹舞，却觉不到寒冷。一时间，天吾彻底忘却对现实中的寒冷——或者对其中一切刺激与感觉——进行感受与反应了。

回过神来，有人在他身边，握住了他的右手。那只手像追寻温暖的小生物，钻进皮夹克口袋里，紧握着里面天吾的大手。时间似乎在某地纵身跃起，待意识觉醒时，一切事情都已发生。连开场白都没有，事态便完全进入下一阶段。好奇怪，天吾依旧闭着眼睛想。怎么会发生这种事？有时候，时间缓慢地流逝，矫揉造作得令人难以容忍；而有时候，又会一口气跳越过好几个过程。

那人为了证实那里存在的东西当真存在，更加用力地握紧他那宽大的手。纤长而光滑的手指，有骨子里的强韧。

青豆，天吾想。然而他没有喊出声，也没睁开眼，只是回握了对方的手。他记得这只手。二十年来一次也不曾忘记过那感觉。这当然不再是十岁少女的小手了。这二十年间，这只手肯定触摸过形形色色的东西，拿起并紧握过形形色色的东西。一切形态各异的东西。而且注入手上的力量也愈加强大。但天吾一下子就知道，它就是同一只手。握法相同，传达的心情也相同。

二十年的岁月刹那间在天吾的心中融化，交混为一，卷起旋涡。

长年累月蓄积下来的所有风景、所有话语、所有意味聚合一处，在他心里形成一根巨柱，围绕着中心像辘轳般旋转。天吾无言地凝视着那光景。像目睹了一颗行星的崩溃与重生的人。

青豆也沉默着。两人在冰冷的滑梯上无言地双手紧握。他们又成了十岁的少年和十岁的少女。一个孤独的少年和一个孤独的少女。初冬季节，放学后的教室。该向对方奉献什么？该向对方索求什么？两人没有力量也没有知识。有生以来从未被别人真正爱过，也没有真正爱过别人。没有拥抱过别人，也没有被人拥抱过。他们也不知道这件事将把两人带往何处。他们那时闯进了没有门的房间，无法出去，其他人也因此无法进来。那时他们不知道，那其实是世界上唯一完善的去处。一个无比孤立，却不会染上孤独的去处。

大约过了很长时间。也许是五分钟，也许是一个小时。也许是过去了整整一天。还可能是时间早已静止不动。关于时间，天吾又懂得什么呢？他只懂得，在这儿童公园的滑梯上，两人就这样握着彼此的手，便能在沉默中厮守到永远。十岁时就是如此，二十年后的现在也是如此。

而且他还需要时间，以便将自己与这个新来造访的世界同化。如何调整心态，如何欣赏风景，如何选词用字，如何呼吸，如何行动，今后得一一重新调整与学习。为此，必须把这个世界所有的时间都汇集起来。不，只有这个世界的话，也许远远不够。

"天吾君。"青豆在耳畔悄声唤道。声音不高也不低，是向他允诺的声音。"把眼睛睁开。"

天吾睁开眼。时间重新在世界上流淌。

"月亮出来了。"青豆说。

第28章 牛河
于是他灵魂的一部分

　　牛河的身体被天花板上的日光灯照得通亮。暖气已经关闭，开着一扇窗户，房间冷得像冰窟。房间中央，几张会议桌拼在一起，牛河仰面朝天躺在上面，身穿一套冬季内衣，盖着一块旧毛毯。肚子的部分像原野上的蚁冢，滚圆地隆起。仿佛在质问的圆睁的双目上——结果谁也没能把那双眼睛合起来——盖着一小块布。嘴唇微张，但那里已然不会再漏出气息或话语。头顶比生前显得更加扁平、更加谜团重重。让人想起阴毛的又黑又粗的卷毛，寒酸地围拢在四周。

　　光头身穿深蓝色羽绒服，马尾则穿一件领子上有皮毛的棕色翻毛皮短大衣。尺寸都微妙地不合身。简直像在有限的库存中匆忙挑出两件来凑合。虽然在室内，他们却呼着白气。房间里只有他们三人。光头和马尾，以及牛河。墙壁靠近天花板处并排着三个铝合金窗，其中一个为了保证室内处于低温状态而大开着。除了停放尸体的桌子，没有一件家具。毫无个性可言、只追求实用性的房间。一旦安放在那里，即便是尸体——哪怕那是牛河的尸体——都显得缺乏个性，只剩下实用性了。

没有人说话。房间里完全处于无声状态。光头有太多的事情要思考，马尾原本就不开口。牛河按说是个能言善辩的家伙，可惜在两天前的夜里出乎意料地一命归西了。光头在横卧着牛河尸身的桌子前缓缓地踱步，一边深思着。除了在墙边转弯之处，步调一丝不乱。他的皮鞋踏在淡黄绿色的廉价地毯上，不发出任何声响。马尾照例选择门边的位置，身子一动不动。双腿微微分开，脊背挺直，目光盯向空中的一点。似乎没感到丝毫疲倦，也没觉出些微寒冷。只有从那偶尔飞快的一眨眼和口中规律地呼出的白气，才能勉强判断他这个生命体仍在活动。

这天中午，在这间冷冰冰的屋子里，几个人聚集在一起商谈。干部中有人前往外地了，等所有人都到齐费了一天时间。会议内容保密，为了不泄露出去，会话都小声进行。其间，牛河的尸体像工作机械展销会上的展品，始终横躺在桌子上。尸体此刻处于尸僵状态，解除这种状态重新变得柔软至少需要三天。人们不时对牛河的尸体扫上一眼，讨论了几个实际问题。

讨论过程中，即使在提及死者本人时，这个房间里也没有飘漾过一丝对遗体的敬重或哀悼之情。这具直粗短的尸体在人们胸中唤起的，不过是某种教训或某些被再次确认过的省察。不管发生什么，逝去的时间都不可能倒流，而就算死亡会带来某种解决，那也无非是面向死者的解决。就是那样一种教训或省察。

牛河的尸体该如何处理？其实一开始就有结论了。死于非命的牛河万一被发现，警察恐怕会展开详细调查，他与教团的联系必定浮出水面。切不可冒这种危险。尸体的尸僵状态一旦消除，就避开众人耳目运往属地内的大型焚烧炉，迅速处理，让它化作黑烟与白灰。烟被吸入天空，灰则撒到田地里成为蔬菜的肥料。这是在光头的指挥下干过多次的工作。领袖身体太大，需要用链锯"处理"成几部分。但这位矮个子男人就不必如此了。这对光头来说是一大解脱。他原本就不喜欢血淋淋的差事。无论是以活人还是以死人为对手，只要有可能他就不愿见血。

相当于上司的人物向光头提问：杀牛河的到底是谁？为什么要杀他？牛河又是出于什么目的藏在高圆寺那间公寓的？光头作为保卫部门的头目，必须回答这些问题。但他实际上并没有答案。

他在星期二凌晨接到一个身份不明的神秘男子（就是Tamaru）的电话，被告知牛河的尸体留在那处公寓一个房间里。双方的交谈既具体又转弯抹角。挂断电话后，光头马上召集在东京市内的部下，四个人身穿统一的工作服，伪装成搬家公司的人，乘丰田海狮赶往现场。花了些时间确认这不是对方设的圈套。将车停在稍微离开一些的地方，先由一个人若无其事地侦察公寓四周。必须提高警惕。警察严阵以待，只等他们踏入房门便逮个正着——无论如何都得避免这样的事态。

将牛河已开始发硬的尸体硬塞进了随车带来的集装箱，从公寓大门抬出，装进海狮的货厢。所幸是个寒冷的深夜，周围没有一个行人。查找室内有没有留下线索也用了不少时间。借助手电筒的光亮，将室内角落全部搜索一遍，却没发现足以引起注意的东西。除了备用食品、小小的电暖炉和登山用睡袋外，只有最低限度的生活用具。垃圾袋里几乎全是空罐头和空塑料瓶。牛河恐怕是潜伏在这个房间里监视什么人。光头高度警惕的眼睛没放过窗边榻榻米上隐约留下的相机三脚架的痕迹，但不见相机，也没留下照片。大概是夺走牛河性命的人拿走了，当然是和胶卷一起。从死时只穿了内衣来看，好像是在睡袋里睡觉时遭到袭击的。那个人恐怕是无声无息侵入房间的。而且死亡时似乎伴随着巨大的痛苦——内裤上残留着大量遗尿的痕迹。

开着那辆车去山梨的只有光头和马尾两人。另外两人留在东京处理善后问题。从头到尾都由马尾开车。海狮从首都高速公路驶上中央高速公路，向西驰去。凌晨的公路上空空荡荡，可是他们严格地遵守限速。万一被警察拦截下来，便万事皆休了。车子前后安的都是偷来的牌照，货厢里装有塞着死尸的集装箱。毫无辩解的余地。一路上，两人始终无言。

黎明时分抵达教团，守在那里的医师检查了牛河的尸体，确认是窒息死亡。但颈部没有绞杀的痕迹。据推测，为了不留下痕迹，大约是用袋子之类的东西从头套下的。检查了双手双脚，没发现用绳索捆绑的印痕。也没有遭受过殴打和拷问的迹象。表情中也看不到苦闷的神色。那张脸上浮现出来的，如果强作形容的话，很像别指望有解答的纯粹的疑问。怎么想都是死于他杀，尸体却干干净净。医师对此感到奇怪。或许是死后有人为他按摩过脸部，才显得表情平和吧。

"是无懈可击的行家干的。"光头向上司解释道，"没有留下任何痕迹。恐怕连声音都没让他喊出来。因为事件发生在半夜，如果发出痛苦的哀号，只怕整幢公寓都能听得见。门外汉根本不可能做到。"

为什么会有行家出手除掉牛河？

光头小心翼翼地斟词酌句："大概，牛河是踩着谁的尾巴了。踩不得的老虎尾巴。在连他自己都没搞清是怎么回事的时候。"

那会不会和处置领袖的对手是同一个？

"没有明确的证据，但可能性大概很高。"光头说，"还有，牛河大概受到了和拷问差不多的对待。虽然不知遭受了什么，但无疑受过严厉的审问。"

牛河都说了些什么？

"肯定把知道的信息统统说出去了。"光头说，"这大概没有疑问。只是在这件事上，牛河本来就只知道很有限的信息。不管他说了什么，应该都不会对我们造成实际的危害。"

其实光头自己也只被告知了很有限的信息，但当然要比局外人牛河知道得多。

所谓行家，难道是黑社会参与了？上司问。

"这不是流氓和黑社会的手法。"光头摇摇脑袋，说，"那帮家伙干起来要更加血腥，更加杂乱，不会这么精细。杀牛河的人是在向我们发出信息：他们的体系高度洗练；只要有人生事，就会毫不留情地反击；不许再纠缠这个问题。"

这个问题？

光头摇摇脑袋。"具体是指什么问题，我也不清楚。牛河最近一直在单独行动。我多次要求他汇报中途进展，他却坚持说还没有收集到足够的材料，无法完整地汇报。恐怕是打算凭自己的力量彻底查明真相。所以，他是把情报藏在自己的心里，遭人杀害了。牛河原来就是领袖自己不知从什么地方带来的人，以前也一直像别动队那样单独行动，跟组织格格不入。从指令系统上来说，我并不处于辖制他的地位。"

光头不得不划清责任范围。教团已作为组织建立起来。所有的组织内部都有规则，有规则便伴有处罚条例。若将掉以轻心的责任完全推给自己，那可不行。

牛河躲在那间公寓里到底在监视谁？

"这个还没有搞清。合理地推测，应当是住在那座公寓里的人，要不就是住在附近的某人。留在东京的人正在进行调查，不过还没得到他们的汇报。好像挺费时间。我恐怕还是赶到东京去，亲自确认一下为好。"

光头并不看好留在东京的部下的工作能力。固然忠心耿耿，却不得要领。也没有对他们详细解释现状。不管做什么，还是自己动手效率高得多。牛河的事务所或许也该彻底搜查一遍。或许打电话的家伙已经抢先去搜查过了。然而上司没有批准他去东京。在情况更为明朗之前，他和马尾必须留在总部。这是命令。

牛河监视的会不会是青豆？上司问。

"不会。肯定不是青豆。"光头说，"假如青豆住在那里，他肯定会在查明她住处的第一时间向我们汇报。这样他就算完成了任务，交给他的工作也结束了。牛河在那里监视的，恐怕是个和青豆的藏身之处有关或可能有关的人。不这样考虑，逻辑上就说不通。"

于是在监视那个人的中途，反而被对方察觉，采取了措施？

"恐怕是这样。"光头说，"独自一人过于靠近危险区域了。他为了获取有力的线索，大概太急于求成。如果是几个人一起去监视，可以互相掩护，就不至于造成这种结局了。"

你和那个家伙直接通过话。你看我们有希望和青豆商谈吗？

"我也无法预测。只不过，如果青豆本人不打算和我们谈判，大概就没希望商谈了吧。从打电话来的那个男人的口气里，能听出这样的意思。归根结底，一切都要看她如何考虑。"

不再追究领袖之事，保障她的人身安全，这样的条件在对方来说也很难得嘛。

"可他们还是要求更详细的情报。我们为什么要和青豆见面？为什么希望与他们保持和平状态？具体要谈什么问题？"

要求提供情报，恰恰说明对方没有掌握准确的情报。

"您说得对。不过同时，我们也没有掌握关于对方的准确情报。他们为什么要制订如此周密的计划，处心积虑地杀害领袖？我们甚至连理由都没搞清。"

总之，我们在等待对方答复的同时，还必须继续搜寻青豆。不管在过程中会踩到什么人的尾巴。

光头略作停顿，然后说："我们拥有严密的组织，能够集中人力，有效而迅速地采取行动。既有明确的目的，士气也高昂，必要时还勇于牺牲自己。但从纯粹的技术层面来看，不过是一群七拼八凑的业余人士，也没有受过专门训练。相对而言，对手却是行家。精通技术，行动冷静，无论干什么都毫不踌躇，好像还很有经验。您也知道，牛河绝不是个麻痹大意的人。"

具体说来，今后你打算如何展开搜索？

"看来眼下最有效的，是把牛河好像已弄到手的有力线索接过来，继续追查下去。不论那是什么。"

就是说除此之外，我们并没有掌握有力线索？

"的确如此。"光头老实地承认。

不论遭遇什么样的危险，不论付出多大的牺牲，我们都必须找到青豆这个女人，把她控制在手里。分秒必争。

"这就是声音给我们的指示吗？"光头问，"不论付出多大牺牲，也要分秒必争地把青豆控制在手里。"

上司没有回答。再进一步的情报不会传达到光头这个级别。他不是干部，只是实战部队的头目而已。但光头心里明白：这就是他们发来的最后通牒，恐怕是巫女们听到的最后的"声音"。

冰冷刺骨的房间里，光头在牛河的遗体前来回踱步时，一个东西蓦地掠过意识的一角。他站在那里，皱起面孔，蹙起眉头，试图认准那掠过脑际的东西是什么。他中断踱步时，马尾在门边微微改变一下姿势，长呼一口气，将重心移到另一只脚上。

高圆寺，光头在心中念道。他轻轻皱起眉，开始探索记忆昏暗的底层。小心而徐缓地将那根线向身边扯动。一个与这件事相关的人就住在高圆寺。到底是谁？

他从衣袋里摸出一个皱巴巴的厚本子，急急忙忙翻着，证实了自已的记忆无误。是川奈天吾。他的住址也是杉并区高圆寺，与牛河死去的地址完全相同。同一座公寓，只有房间号码不同。一个三楼，一个一楼。牛河是在那里监视天吾的动向吗？不容置疑。地址相同不太可能只是纯属偶然。

但在如此紧迫的状况中，牛河为何要去探查川奈天吾的动向？光头一直没想起川奈天吾的住址，就是因为对他的兴趣已荡然无存。川奈天吾改写了深田绘里子的《空气蛹》。在那本书夺得了杂志的新人奖、得以出版、成为畅销书期间，川奈无吾也是必须关注的人物之一，也曾被认为极可能担负着重要职责、掌握着重大秘密。然而现在，他的使命已告终结。已判明他不过是个单纯的枪手，接受小松委托改写小说，赚得一笔小小的收入。一个仅止于此的角色，没有任何背景。如今教团的兴趣完全集中在青豆的行踪上。可牛河竟然将行动焦点集聚在这个补习学校教师身上，构建起万全的态势进行监视，结果还赔上了一条命。为什么？

光头百思不解。毫无疑问，牛河是抓住了什么线索，似乎还认为只要紧紧盯住川奈天吾，就能探明青豆的行踪。正因如此，他才特意租下那间屋子，在窗边装好三脚架安上相机，恐怕从很久以前起就在监视川奈天吾了。难道川奈天吾与青豆有什么关联？假如有，到底是怎样的关联？

光头一言不发地走出房间，来到开着暖气的隔壁，给东京打了个电话。那是涩谷樱丘一座高档公寓中的一个房间。他叫来守在那里的部下，令其立即返回高圆寺牛河待过的房间里，在那里监视川奈天吾的进进出出。对方是个短头发高个子的男人，应该不会看漏。假如那个家伙离开公寓外出，就跟在后面盯梢，注意别被他发现。绝不能跟丢。看他去什么地方。不管发生什么都必须跟牢。我们会尽早赶到那边。

光头回到安放牛河遗体的房间，告诉马尾立刻出发，去东京。马尾简短地点头。他从不要求解释，只管领会命令，并迅速付诸行动。光头走出房间，锁好门以防外人进入。然后走出建筑，从停车场上的十多辆车中选了一辆黑色日产GLORIA。两人坐进去，转动原本插在上面的钥匙，发动引擎。汽油按规定永远装得满满的。这次仍然由马尾驾驶。日产GLORIA的牌照合法，车子的来源也干净。即使偶尔超速也没问题。

开上高速公路后不久，光头想起返回东京一事还未得到上司批准。日后也许会有麻烦。事出无奈，这是分秒必争的紧急问题。只能等抵达东京后再好好解释。他微微皱起眉。组织这种制约有时令他不胜其烦。规则的数量只可能增加，绝不会减少。但他也知道自己离开了组织就活不下去。他并非独狼，不过是忠实执行上级命令的众多螺丝钉中的一颗。

打开收音机，收听了八点的正点新闻。新闻播完后，光头关掉收音机，放倒副驾驶座的椅子，小睡片刻。醒来时，感觉肚子饿了（上次正经吃饭是什么时候来着），却没有时间在服务区停车。必须加紧赶路。

然而这时，天吾已经在公园滑梯上与青豆重逢。他们没能弄清天吾的下落。在天吾和青豆的头上，浮着两个月亮。

牛河的尸体静静躺在冰冷刺骨的黑暗中。房间里除了他，再没有别人。电灯熄灭，房门从外面锁上了。苍白的月光从靠近天花板的窗口射进来。由于角度的关系，牛河看不见月亮，所以不知道那是一个还是两个。

房间里没有钟，不知道确切的时间。光头和马尾离去后大概又过了一个小时。假如有人在场，目睹牛河的嘴巴突然蠕动起来，一定会吓得魂飞魄散。那是从常识角度无法想象的骇人之事。此时牛河不用说已经丧命，身体完全处于尸僵状态。但他的嘴巴却在不停蠕动，似乎在微微颤抖，然后发出干枯的声响，猛然张开。

如果有人在场，大概会以为牛河要开始说话了。那也许是只有死者才知道的重要情报。那人肯定会吓得浑身发抖，紧张地等待。看，接下去将会揭示什么秘密？

然而牛河大张的口中并没有发出声音。从那里出来的并非话语，也非气息，而是六个很小的小小人。身高最多五厘米。他们小小的身体上穿着小小的衣服，踏着生出绿苔的舌头，跨过东倒西歪的脏牙，秩序井然地走出来。就像黄昏时分完成了工作返回地面的矿工。但他们的衣服和面孔都极为清洁，没有一点污迹。他们是与污秽和磨损毫不相干的人。

六个小小人从牛河口中出来，下到躺着尸体的会议桌上，在那里各自摇晃身体，将身躯逐渐弄大。他们可以根据需要让身体改变成适当的大小，但身长不会超过一米，也不会短于三厘米。很快，身高大约达到了六七十厘米，他们停止摇动，按顺序从桌子上下来，到了地板上。小小人脸上没有表情，但也不是长着面具一样的脸。他们的脸长得极其普通。除了大小，和你我的脸基本相同。只是现在没有浮现表情的必要罢了。

他们看起来似乎不是特别急迫，也不是特别悠闲。他们被赋予了恰好够用的时间，去完成必做的工作。那时间既不太长，也不太短。六个人不约而同地在地板上静静坐下，围成一个圈。完美无缺的圈，直径约为两米。

很快，一个人无言地伸出手，从空中扯住一根细细的丝。丝大约十五厘米，是近乎白色的奶油色，半透明。他把丝放在地板上。下一个人如法炮制。同样长度同样颜色的丝。另外三人也重复了相同的动作。只有最后一个采取了不同的行动。他起身离开圈子，再度爬上会议桌，将手伸向牛河那奇形怪状的脑袋，掐下一根卷毛。噗地发出一声轻响。对他来说，那代替了丝。用那五根空中的丝和一根牛河的头发，第一个小小人娴熟地织起来。

就这样，六个小小人制作着新的空气蛹。这次谁都没有说话，甚至不发出起哄声。不言不语中从空中扯来丝，从牛河的头上拔下头发，维持着稳定流畅的节奏，麻利地织着空气蛹。尽管在冰冷刺骨的房间里，他们呼出的气息却不会变白。假如有人碰巧在场，大概会觉得太不可思议。但也可能因为令人骇异的怪事太多，根本顾不上这种事。

无论小小人如何热心地工作（他们实际上没有休息过），也不可能在一夜之间就把空气蛹织好。恐怕至少也要三天。但六个小小人毫无焦急的样子。牛河的尸僵状态消除，被送入焚烧炉还要两天时间。他们知道这一点。两天内纺织出大致的形态就行。他们手头有足够的时间，而且不知道什么叫累。

牛河沐浴着惨白的月光躺在桌上。嘴巴大张着，不暝之目上盖着厚厚的布。那双眼睛在最后的瞬间，看到了中央林间的独栋小楼，还有在长满绿草的小院子里神气地东奔西跑的小狗。

于是，他灵魂的一部分现在即将化作空气蛹。

第 29 章　青豆
再也不放开这只手

天吾君，睁开眼睛，青豆悄声唤道。天吾睁开眼。时间重新开始在世界上流淌。

月亮出来了，青豆说。

天吾抬脸遥望天空。云层恰好散开，在榉树枯枝的上方，可以看见月亮浮在那里。一大一小两个月亮。大大的黄月亮和形状诡异的绿色小月亮。母体与子体。刚要飘然散去的云团，此刻边缘淡淡染上了两个月亮混合的色调，就像长裙的下摆不留神浸在了染料里。

然后，天吾看着身旁的青豆。她已经不再是穿着不合体的旧衣服、头发由妈妈草草剪短、一看便知营养不良的瘦骨伶仃的十岁小女孩了。往昔的面容荡然无存。尽管如此，却能一眼认出她就是青豆。在天吾眼里，她和谁都不像，就是青豆。那双瞳孔里浮出的神采，历经二十年的岁月也没有改变。坚定有力、毫不浑浊、清澄无比。那是对自己的希求确信不疑的眼睛，是谁也无法阻挡、熟知该看什么的眼睛。这双眼睛笔直地注视着他、一直看进他心里。

青豆在他一无所知的地方送走了这二十年岁月，成长为一位美丽的成年女子。然而天吾却在转瞬之间，便将那些场所和时间毫无保留地吸纳进体内，化作自己鲜活的血肉。这一切此刻也成了他自己的场所、自己的岁月。

我该说点什么，天吾想，却说不出话来。他的嘴唇微微翕动，在空中探寻恰当的表达，但哪里都找不到那种东西。除了让人想起漂移的孤岛的白色呼气，唇间没有涌出任何东西。青豆望着他的眼睛，短促地摇一下头。天吾明白那意思。是在告诉他：什么都不必说。她一直握着衣袋中天吾的手，一刻都没有松开。

我们在望着一样的东西，青豆凝视着天吾的眼睛，静静地说。那是疑问同时又不是疑问。她已经知道此事，但仍旧需要有形的承认。

有两个月亮浮在那里，青豆说。

天吾点点头。有两个月亮浮在那里。他不说出声。不知为何，他发不出声来，只是在心里默念。

青豆闭上眼，弯身向前，把脸贴在天吾的胸口，耳朵靠着心脏，仔细聆听他的心思。我很想知道那件事，青豆说。想知道我们是在同一个世界，看着同样的东西。

回过神来，天吾心中那巨大的涡流已然消失，唯有宁静的冬夜笼罩在他的四周。马路对面的公寓——那是青豆度过逃亡时光的地方——几扇窗户亮着的灯光，暗示着除了他们还有人在这个世界上活着。这对两人来说似乎极其不可思议。不，他们甚至觉得这是个逻辑错误。除了他们两个，居然还有人存在于这个世界，各自在恬然度日。

天吾微微弯下身子，去闻青豆头发的香味。笔直而美丽的头发。小巧的粉红耳朵像羞怯的生物，从头发中探出脸来。

好久了，青豆说。

好久了，天吾想。但与此同时，他发觉这二十年的岁月已然不再具有实质。不如说是转瞬即逝，而唯其如此，才在转瞬间即可填平。

天吾从衣袋里抽出手来，搂住她的肩膀。掌心感觉到她身体的密度。再次仰面眺望月亮。一对月亮仍然从云缝中将混合成奇妙色调的光洒向大地。云缓慢地流漾。在这月光下，天吾痛感心的作用究竟能将时间改变为何等相对的事物。二十年的漫长岁月。其间各种各样的事情都可能发生。许许多多的东西降生，几乎同样多的东西消逝。幸存下来的东西也会变形变质。漫长的岁月。然而对坚定的心来说，那却不算太长。纵使两人的重逢再晚二十年，他面对青豆时的心情大概仍然与此刻一样。天吾心里明白。即便两人都已年届五十，他面对青豆时仍然会像此刻一样激动不已，像此刻一样心慌意乱。心底肯定会充满同样的喜悦同样的确信。

天吾只是在心里这样想，却不发出声来。但他明白，这些未形成声音的话，青豆每个字每个词都在仔仔细细地听。她小巧的粉红耳朵紧贴在他胸前，倾听着那颗心脏的跳动。像一个用手指在地图上寻路，就能从中觅得鲜活风景的人。

多想就这么一直待下去，把时间什么的忘个干净，青豆小声说。但我们有事非做不可。

我们要动身远行，天吾想。

对，我们要动身远行，青豆说。而且越早越好。因为留给我们的时间已经不多，虽然我还不能大声说出接下来要去哪里。

不必说出声来，天吾想。

你不想知道要到哪里去？

天吾摇摇头。心中的火不曾被现实的狂风吹灭。再没有什么比这更有意义了。

我们再不分开，青豆说。这比什么都明确。我再也不会放开这只手。

新的云团涌来，将两只月亮缓缓吞噬。包罗着世界的阴影愈加浓重，仿佛舞台上的大幕无声地落下。

咱们得快一点，青豆小声说。于是他们从滑梯上站起来，两人的影子再次合而为一。仿佛一对幼童摸索着穿越笼罩在黑暗中的密林，他们的手紧紧地握在一起。

"我们马上要离开猫城了。"天吾第一次开口说话。青豆珍重地接纳这刚刚降生的崭新的声音。

"猫城？"

"就是由深刻的孤独支配白昼，巨大的猫儿们支配黑夜的小城。有一条美丽的小河流过，河上架着古老的石桥。但是，那里不是我们应该停留的地方。"

我们各自用不同的名字称呼这个世界，青豆想。我用"1Q84年"称呼它，他则把它称作"猫城"，但指的却是同一个东西。青豆把他的手握得更紧。

"对，我们马上就要离开猫城。两人一起。"她说，"只要离开这座城，不管是白昼还是黑夜，我们都永不分开。"

两人疾步走出公园时，一大一小两个月亮仍然躲在缓缓流漾的云团背后。月亮的眼睛被遮住了。少男少女手牵着手穿越森林。

第 30 章　天吾
如果我没弄错

　　走出公园，两人来到大路上，拦下一辆出租车。青豆告诉司机，沿着二四六号国道到三轩茶屋去。

　　直到这时，天吾才留意青豆的衣着。她身穿浅色调的春季风衣。一件在这个季节里显得过于单薄的风衣，胸前的纽扣扣得紧紧的。里面穿着线条简洁的绿色套装，裙子短而紧身。脚穿连裤袜和艳丽的高跟鞋，肩头背着黑色皮挎包。挎包鼓鼓囊囊似乎很重。没戴手套，也没系围巾。戒指、项链、耳环一律不戴，更没有香水的味道。她身上戴的东西也好没戴的东西也好，在天吾看来都自然至极，想不出任何一样应该减去，也想不出任何一样应该添上。

　　出租车沿着环状七号线向二四六号国道疾驰。车流不同于往常，畅通无阻。车子开动后，两人许久没有说话。车内收音机也关掉了，年轻司机一语不发。连续不断的单调的车轮声传入两人耳中。她在座位上依偎着天吾，始终握着他的大手。只怕一旦松开，就再也找不回来了。两人周围，夜晚的街市如同缀满了夜光虫的海流，奔泻而去。

"有许多事情得告诉你。"过了许久，青豆说，"可在到达那里之前，只怕说不完。因为没有多少时间。但就算有再多的时间，或许也没法全解释清楚。"

　　天吾短促地摇摇头。不必勉强。到达以后，再花时间慢慢将空白一个个填充起来——假如有空白要填充的话。然而对此刻的天吾来说，只要那是两人共有的东西，纵然是搁置不问的空白，甚至是永远无解的谜团，似乎都能从中发现近乎慈爱的愉悦。

　　"关于你，我首先该知道什么？"他问。

　　"关于现在的我，你知道些什么呢？"青豆反问天吾。

　　"几乎一无所知。"天吾回答，"除了你是体育俱乐部的教练，单身，现在住在高圆寺。"

　　青豆说："对于现在的你，我也几乎一无所知，但还是知道一点。你在代代木的补习学校教数学，一个人生活，而且小说《空气蛹》实际上是你写的。"

　　天吾望着青豆的脸，他的嘴唇因为惊讶而微微张开。知道此事的人极其有限。难道她与那个教团有关？

　　"别担心。我们站在同一边。"她说，"要问我怎么会知道，那就说来话长了。但《空气蛹》是你和深田绘里子共同的作品，这个我是知道的。而且你我两人都在不知不觉中，进入了天上浮着两个月亮的世界。还有一件事。我怀孕了。大概是你的孩子。我想这是你必须首先知道的重要的事。"

　　"你怀了我的孩子？"也许司机在偷听，但天吾没有余裕管这些。

　　"我们在这二十年间连一次面都没见过。"青豆说，"但是我怀上了你的孩子，还打算生下来。这话听上去当然不合情理。"

　　天吾沉默着听她说下去。

　　"九月初曾经下过一场大雷雨，你还记得吗？"

"记得很清楚。"天吾答道,"白天本来天气很好,可天一黑,忽然就响起雷来,成了暴风雨。大水流进了赤坂见附地铁站里,地铁停运了好长时间。"深绘里说,小小人在闹腾。

"我就是在那个雷雨之夜怀孕的。"青豆说,"不过在那一天,甚至在前后的几个月里,我都没和任何人发生过那种关系。"

她看准这个事实渗进天吾的意识之中,接着说道:

"不过毫无疑问,那肯定发生在那天夜里。而且我确信怀的是你的孩子。没办法说明,可我明白就是这样。"

那天夜里与深绘里仅此一次的奇妙性行为的记忆,掠过天吾的脑际。外边雷声大作,硕大的雨粒敲击着窗户。借用深绘里的表达就是小小人在闹腾。他全身麻痹地仰面躺在床上,深绘里骑在他身上,将他僵直的阴茎插入自己的体内,榨干了精液。她望上去完全处于恍惚状态。一双眼睛始终紧闭,仿佛沉湎于冥想之中。乳房又大又圆,没长阴毛。不像现实的风景。然而不容置疑,那是实际发生过的事。

到了第二天早晨,深绘里看上去似乎根本不记得前夜的种种。或者说,没有表现出记得的样子。于是天吾感到那与其说是性行为,不如说更接近完成任务。深绘里在那个暴风雨之夜,趁着天吾的身体处于麻痹状态,有效地采集了精液,名副其实地直至最后一滴。天吾至今还记得那时的奇妙感觉。当时的深绘里似乎拥有完全不同的人格。

"我想到了一件事。"天吾用干枯的声音说,"也是逻辑上无法说清楚的事,那天夜里发生在我身上。"

青豆注视着他的眼睛。

天吾说:"当时我没弄懂那意味着什么。就算是现在也不能准确理解它的意义。但如果你是那天夜里受孕的,而且除此之外想不到其他的可能性,你腹中肯定就是我的孩子。"

当时的深绘里恐怕是个中介体。这便是那位少女当时被赋予的使命。以她自身为通道，将天吾与青豆结合为一体。在限定的时间，物理性地把两人连接起来。天吾明白了。

"当时发生了什么，以后我可以详细地告诉你。"天吾说，"不过此时此地，我现有的词汇还不够用。"

"但你是真的相信吧？相信我肚子里的小东西是你的孩子。"

"完全相信。"天吾说。

"太好了。"青豆说，"我只想知道这么一件事。只要你相信，其他的我根本无所谓。不需要什么说明。"

"你怀孕了。"天吾再度确认。

"四个月了。"青豆引导着天吾的手，隔着风衣放在小腹上。

天吾屏息凝神，寻觅生命的征兆。那还只是个很小很小的东西，他的手掌却能感觉到它的温暖。

"我们现在要去什么地方，你和我，还有这个小东西？"

"一个不是这里的地方。"青豆答道，"天上只有一个月亮的世界。我们本来应该生活的地方。小小人无力作乱的地方。"

"小小人？"天吾微微蹙起面孔。

"你在《空气蛹》里详细地描写了小小人。他们是什么模样，干什么事情。"

天吾点头。

青豆说："他们真的存在于这个世界里。和你描写的一模一样。"

在改写《空气蛹》时，小小人不过是一个想象力丰富的十七岁少女虚构的东西。至多不过是某种比喻或象征。但这个世界上小小人当真存在，发挥着真实的力量。如今天吾能相信这件事。

"不光是小小人。还有空气蛹，母体与子体，两个月亮，在这个世界里都存在。"青豆说。

"你知道逃离这个世界的通道？"

"顺着我进入这个世界的通道，我们走出去，离开这里。除此以外，我想不出别的出口。"然后，青豆补充一句："你把写了一半的小说带来了吗？"

"就在这里。"天吾用手掌轻轻拍着斜背在肩头的暗红色挎包，随后觉得奇怪：她怎么会知道？

青豆迟疑地微笑。"反正我知道。"

"你好像知道很多事。"天吾说。青豆的微笑，他是第一次看到。虽然只是极其细微的笑意，可在他的周遭，天地的潮位开始发生变化。天吾明白这些。

"不要丢掉它。"青豆说，"因为对我们来说，它具有重大意义。"

"放心吧。我不会丢掉。"

"我们就是为了与对方相逢，才来到这个世界的。虽然连我们自己都浑然不知，可这就是我们进入这里的目的。我们必须经历种种困阻。不可理喻的事物，无法解释的事物，奇妙的事物，血腥的事物，悲哀的事物。有时还是美丽的事物。向我们索要誓约，我们交出了。考验摆在面前，我们度过了。于是我们来到这里的目的实现了。但现在危险正在逼近。他们在搜索我腹中的子体。子体意味着什么，天吾君你知道吧？"

天吾深吸了一口气，然后说："你要和我生出一个子体来。"

"对。我不懂具体的原理，但是通过空气蛹，或是我自己发挥了空气蛹的功能，我将生出子体来。而他们企图把我们三人都抓到手，形成'聆听声音'的新体制。"

"在那里我能发挥什么作用，假如我被赋予了比子体的父亲更多的使命？"

"你……"青豆欲言又止，后面的话接不上来。两人周围留存着几片空白。他们今后必须齐心协力，耗费时日慢慢填充的空白。

"我下定决心要找到你。"天吾说，"可是没能找到你。是你找到了我。实际上我等于什么也没做。该怎么说呢，我觉得这样不公平。"

"不公平？"

"我亏欠你很多啊。说到底，我没起任何作用。"

"你什么都不欠我。"青豆干脆地说，"到这里来，是你为我引的路。用肉眼看不见的形式。我们两个人是一体。"

"我想，我曾经亲眼看过这个子体。"天吾说，"或者说意味着这个子体的东西。她和十岁时的你一模一样，在空气蛹淡淡的光芒中睡着了。我还触摸了她的手指。虽然只有一次。"

青豆把头倚在天吾的肩上。"天吾君，我们都不曾亏欠对方，从来没有。我们现在必须考虑的，是如何保护这个小东西。他们在我们身后紧追不舍，迫在眉睫。我能听见他们的脚步声。"

"不管发生什么，我绝不会把你们两个交给任何人。你和小东西。我们今天重逢，到这个世界来的目的就实现了。这里是个危险的地方，而你知道出口在哪里。"

"我想我知道。"青豆说，"如果我没弄错的话。"

第 31 章　天吾与青豆
就像豆子裹在豆荚里

在那个眼熟的地方下了出租车，青豆站在十字路口四下环顾，在高速公路下面找到了那个用金属板围着的材料堆积场。然后牵着天吾的手穿过人行横道，朝那里走去。

怎么也想不起脱落了螺栓的金属板在哪里，但他们耐心地逐一试验众多的金属板，终于弄出了一条能让一个人钻过去的缝隙。青豆弯下身子，留神不钩破衣服，然后钻了进去。天吾也蜷缩着高大的身躯跟在后面。围墙内部和青豆在四月看到的一模一样。弃置的退色的水泥袋，生锈的钢筋，没精打采的杂草，遍地散乱的废纸屑，到处粘着的白花花的鸽子粪。八个月来没有丝毫变化。自那以后，也许没有一个人到这里来过。这里虽然处于都市正中央，几乎是主干线上的河心沙洲般的位置，却是被抛弃被遗忘的场所。

"这就是那个地方？"天吾环望四周，问道。

青豆点头。"假如这里没有出口，我们就哪里也去不成了。"

青豆在黑暗中寻找自己曾经走下的避难阶梯。那个连接首都高速公路与地面的狭窄阶梯。阶梯应该在这里，她告诉自己。我必须相信这一点。

　　避难阶梯找到了。那说是阶梯，实际上更接近简陋的梯子。比青豆记忆中的更为寒酸，更令人心惊胆战。我就是顺着这东西从上面下到这里的！青豆再度感慨不已。然而，总之阶梯就在这里，接下去只要和上次方向相反，一级一级爬上去就行。她脱下查尔斯·卓丹高跟鞋，塞进挎包里，斜背在肩头。只穿着连裤袜的脚踏在了第一级上。

　　"你跟在我后面上来。"青豆扭头对天吾说。

　　"还是我走在前头更好吧。"天吾担心地说。

　　"不。我走在前面。"这是她走下来的通道，必须由她先爬上去。

　　楼梯与上次爬下时相比，冰冰的远为寒冷。握着它时手冻得发僵，几乎要失去感觉。从高速公路支柱间穿过的风也远为锐利严酷。这阶梯异样地冷漠、充满挑衅，不给她任何允诺。

　　九月初从高速公路上寻找时，避难阶梯消失了。那条通道被堵塞了。然而从地上的材料堆积场通往上方的通道此刻依然存在，正如青豆预想的那样。她有预感，如果从这个方向寻找，阶梯说不定还在。我肚子里有小东西。假如它拥有什么特殊力量，一定会保护我，告诉我正确的方向。

　　阶梯还在。但是否真的与高速公路相连呢？这一点还不清楚。可能半道上被封堵，变成一条死路。没错，这个世界上什么事都可能发生。只有一个办法，凭借自己的双手双脚爬到顶端，亲眼确认那里到底有什么——抑或没有什么。

　　她一级又一级，小心翼翼地踩着阶梯向上爬。低头往下看，只见天吾紧跟在后面。狂风不时卷过，发出尖锐的啸声掀起她的春季风衣。风利如刀。裙子短短的下摆缩到了大腿，头发被风吹得蓬乱纠结，紧贴在脸上遮蔽了视野，几乎连气都喘不过来。早知如此，事先该把头发束在脑后，青豆心中后悔。手套也早该准备的。怎么就没想到这种事呢？但后悔也无济于事。总之满脑子想着要和爬下时的打扮相同。不管怎样，我现在只能抓紧每层梯子，一鼓作气往上爬。

青豆冻得浑身发抖，顽强地向上移步，一面将视线投向路对面的公寓阳台。用茶色砖建成的五层楼。上次往下爬时也看到过同一幢楼。大约一半的窗子亮着灯。距离之短堪称近在眼前。半夜攀爬高速公路避难阶梯，如果有住户目击，只怕会惹来麻烦。此刻在二四六号国道的照明灯下，两人的身影一览无遗。

万幸的是哪扇窗户里都不见人影。窗帘全拉得严严实实。呃，说起来也是理所当然。如此寒冷刺骨的冬夜里，大概不会有人特地跑到阳台上观赏首都高速路的避难阶梯吧。

一个阳台上摆着一盆橡皮树。脏兮兮的园艺椅旁，它瑟缩着身躯蹲在那里。四月里爬下阶梯时，也在那里看见过橡皮树。比她留在自由之丘家里的那棵更加落魄潦倒。恐怕在这八个月间，那棵橡皮树一直以同一个姿势蹲在同一个地方。它受了伤退了色，被塞进世界上最不显眼的角落，一定被所有的人遗忘了。也许连水都很少得到。尽管如此，那棵橡皮树却把勇气与嘉许给了满怀不安与迷惘、手足冻僵但依然爬着不稳的阶梯的青豆——虽然微不足道。不要紧，没错。至少我是沿着与来时相同的路逆向行走。这棵橡皮树在为我指路。悄然无声地。

上次顺着阶梯往下爬时，我看到了几张寒酸的蜘蛛网。随后想起了大冢环。想起了高中时代，夏天，和最亲密的好友一起旅行，夜里在床上相互抚摸对方的裸体。为什么早不想晚不想，偏偏在沿着首都高速路的避难阶梯往下爬的途中，忽然想起这种事来？青豆沿着同一个阶梯逆向往上爬，再次想起了大冢环，想起她那光滑美丽的乳房。青豆始终很羡慕环的乳房。和我这发育不良的可怜乳房完全不同。可是，那乳房如今已消失了。

然后青豆又想起了中野亚由美。八月的一个夜晚，在涩谷旅馆里被人用手铐铐住双手，拿浴袍腰带勒死的孤独的女警察。带着内心的重重问题，迈向毁灭深渊的年轻女子。她也拥有丰满的胸。

青豆由衷地哀悼两位友人的死亡。为她们已不存在于这个世界而深感寂寞。惋惜那两对美好的乳房消失得无影无踪。

一定要保护我，青豆在心中倾诉。拜托，我需要你们的帮助。那两位不幸的友人肯定能听见她无声的祈求。她们一定会保护我。

终于爬到阶梯的尽头，那里有一条通向公路外侧的狭窄过道。尽管装有低低的栏杆，却得弯下腰才能前行。在过道尽头能看见之字形阶梯。算不上正经的阶梯，却至少要好过简陋的梯子。在青豆的记忆中，爬上台阶就应该来到高速公路的紧急停车处了。公路上重型卡车来来往往，这条过道犹如承受着波浪袭击的小船，不安地摇摇晃晃。汽车噪音现在变得相当大。

她确认爬完阶梯的天吾就在身后，伸手握住他的手。天吾的手很温暖。在如此寒冷的夜里，徒手抓着冰冷的阶梯攀爬，他的手怎么还能如此温暖？青豆觉得不可思议。

"还剩最后一点了。"青豆将嘴巴凑近天吾的耳朵，说。为了和汽车噪音与风声对抗，她不得不大声说话。"从那个阶梯爬上去，就到公路上了。"

如果阶梯没有被封死的话。不过，她没有说出口。

"你一开始就准备从这个阶梯爬上去？"天吾问。

"对。我想，如果能找到阶梯的话。"

"可你故意打扮成这样。紧身裙，外加高跟鞋。这身服装看上去好像不适合爬这么陡的楼梯。"

青豆微笑。"穿这身衣服，对我来说是必须的。以后我会告诉你理由。"

"你的腿很好看。"

"喜欢吗？"

"很喜欢。"

"谢谢。"青豆说着，在狭窄的过道上探出身子，轻轻地亲了亲天吾的耳朵。像花椰菜般皱巴巴的耳朵，冻得冰冷。

青豆领头沿着过道前行，开始攀爬尽头那陡直狭窄的阶梯。脚底冻僵，指尖的感觉变得迟钝。必须留神脚下不能踩空。她一面用手撩着被风吹乱的头发，一面继续沿着阶梯往上爬。冰冷刺骨的寒风让她的眼睛渗出泪水。为了不被狂风吹翻失去平衡，她双手紧紧抓住扶手，小心谨慎地一步步走着，心里想着背后的天吾。想着他那双大手和冻得冰冷的花椰菜般的耳朵。想着在她腹中熟睡的小东西。想着放在挎包里的黑色自动手枪。想着装在弹仓里的七发九毫米子弹。

不管发生什么，都得逃离这个世界。为此，必须发自内心地相信这阶梯肯定通往高速公路。要相信，她告诫自己。青豆想起了那个雷雨之夜领袖在临死前说的话。那是一首歌的歌词。她现在依然记得清清楚楚。

　　　　这是巴纳姆与贝利的马戏世界，

　　　　一切都假得透顶，

　　　　但如果你相信我，

　　　　假将成真。

不管发生什么，不管要做什么，都必须依靠我的力量让它成真。不，依靠我和天吾君两个人的力量，让它成真。我们必须汇集起所有的力量，两人一心。为了我们自己，同时也为了这个小东西。

青豆在阶梯转弯处的平台上停住，转过脸。天吾就在眼前。她伸出手，天吾握住了。青豆感觉到和刚才一样的暖意。这给了她实实在在的力量。她再次探出身，将嘴巴凑近他那皱皱的耳朵。

"哎，为了你，我一度打算舍弃性命。"青豆坦白道，"差一点就真的死了。只差几毫米。你相信吗？"

"当然。"

"你能告诉我，你打心底相信吗？"

"我打心底相信。"天吾由衷地说道。

青豆点点头，放开紧握的手。然后继续爬楼梯。

几分钟后，青豆爬到了阶梯的尽头，来到首都高速公路三号线上。避难阶梯没有封堵。她的预感正确，努力获得了回报。她在跨越铁栅之前，用手背拭去了眼角渗出的泪水。

"首都高速公路三号线。"天吾一时无言，环视四周，然后感慨般说道，"这里就是世界的出口了。"

"对。"青豆答道，"这里就是世界的入口，也是出口。"

青豆将裙裾掀到腰部，翻过了铁栅，天吾在身后托着她帮忙。铁栅对面，是能停放两辆车的紧急停车处。已经是第三次来到这里了。眼前还是那块巨大的埃索广告牌。请让老虎为您的车加油。同一句话，同一只老虎。她光着脚，无语地立在那里，然后将充满尾气的夜间空气深深吸入胸中。她觉得这比任何空气都让人神清气爽。回来了，青豆想，我们回到这里了。

高速公路像上次一样严重堵车。驶向涩谷的车列几乎一动不动。她看到这情形，心中一惊。怎么回事？每次我来到这里，一定会堵车。平常这种时间三号线的上行线难得出现拥堵。或许是前方某处发生了车祸。反向车道畅通无阻，上行线却是毁灭性地拥堵。

紧跟在她身后，天吾也翻过铁栅。他高高抬起腿，轻松地跳过来，随后站在青豆身边。仿佛有生以来第一次看到大海的人，站在岸边目瞪口呆地望着汹涌而至的拍岸惊涛，两人凝望着眼前拥挤的车流，一时无言。

坐在车里的人也紧盯着他们。人们对眼前的光景困惑不已，不知该采取何种态度。他们的眼中浮现出的色彩其说是好奇，不如说是疑惑。这对年轻男女到底在这里干什么？二人从黑暗中陡然现身，茫然呆立在首都高速路的紧急停车处。女子身穿线条鲜明的套装，风衣却是薄薄的春装，只穿连裤袜，没有穿鞋。男子身材高大，穿一件旧皮夹克。两人都斜背着挎包。难道他们的车在附近发生了故障？或者出了车祸？却看不见事故车辆。而且他们看上去也不像在求助。

青豆终于缓过神来，从包里拿出高跟鞋穿上。扯平裙子下摆，把挎包在肩头挎好，系好风衣前面的纽扣。用舌头舔湿干燥的嘴唇，用手指理顺刘海。掏出手帕拭去渗出的眼泪，然后再度依偎着天吾。

如同二十年前，也是十二月，在放学后的小学教室里那样，两人并肩而立，默默地手拉着手。在那个世界里，除了他们再没有别人。两人望着眼前徐缓的车流，但实际上什么也没看见。自己在看什么，在听什么，对他们而言已无关紧要。在他们周围，风景、声音和气味彻底丧失了本来的意义。

"那么。我们是来到了另一个世界？"天吾终于问道。

"大概是。"青豆说。

"最好确认一下。"

确认的方法只有一个，没有必要特意说出口。青豆默默仰起脸，遥望天空。天吾也几乎在同时做了同一件事。两人在空中寻找月亮。从角度来判断，位置应该在埃索广告牌上方。但他们没有在那里看到月亮的身影。此刻月亮可能躲进了云层。云朵被掠过上空的风吹动着，缓慢而悠闲地流向南方。两人等待着。不必急躁。时间有的是。此地存在的，是用来收复失去的时间的时间，是两人共有的时间。不必慌张。埃索广告牌上的老虎一只手拿着加油泵，脸上露出洞知一切的微笑，斜眼看着双手交握的两人。

这时青豆忽然发觉，有某个东西和上次不同。是什么？又怎样不同？一时辨识不出。她眯起眼睛，聚精会神。然后想起来了。广告牌上的老虎将左脸朝向这边。但她记忆中的老虎好像是将右脸朝向世界的。老虎的姿势反转过来了。她的面孔自然地皱起来，心跳频率大乱。她感觉体内有东西在逆流。不过，真能如此断言吗？我的记忆究竟准确到什么程度？青豆没有足够的自信。只是如此觉得。记忆有时会捉弄人。

青豆将这疑念藏在心底。还不能说出去。她先闭上眼睛调整呼吸，让心跳恢复原状，等待云团通过。

人们透过玻璃窗，从车中注视着两人。这两个人如此专注地抬头看，到底在观察什么？为什么把手握得那样紧？有好几个人拧过脖子，将视线投向两人凝望的方向。但那里只能看到白云，以及埃索的大广告牌。请让老虎为您的车加油。这只老虎左脸对着从眼前路过的人，笑嘻嘻地劝告人们消费更多的汽油。橘黄色条纹的尾巴得意扬扬地伸向空中。

不久，云层裂开，月亮在空中露出身姿。

只有一个月亮。平时见惯的那个孤高的黄色月亮。那个默默地悬挂在芒草丛生的原野上，化作白色圆盘漂浮在宁静的湖面上，悄然照耀着寂静的千家万户屋顶的月亮。那个专注地将满潮引上沙滩，让兽毛柔柔发光，笼罩与护佑着夜晚旅人的月亮。有时化作锐利的娥眉月，削切灵魂的肌肤，有时又变成新月，将昏暗孤绝的光点无声地洒向大地——就是那个古已有之的月亮。那月亮将位置固定在埃索广告牌的正上方，身旁没有那个形状诡异的绿色小月亮。月亮并未带领着谁，只是沉默地悬在那里。不必相互确认，两人目睹了相同的光景。青豆无言地握住天吾的大手，倒流的感觉已然消失。

我们返回 1984 年了，青豆告诉自己。这里已经不再是 1Q84 年，而是原先那个 1984 年的世界。

可是果真如此吗？世界竟然如此简单便恢复原状了？返回旧有世界的通道已经不复存在。领袖在临死之际如此宣布。

这里会不会又是一个不同的场所？我们会不会只是从一个不同的世界，走进了更加不同的第三个世界？走进了一个老虎不是将右脸而是将左脸笑嘻嘻地朝向我们的世界？在这里，新的谜团和新的规则会不会正虎视眈眈地等着我们？

也许果真如此，青豆想。至少此刻我还不能断然否认。尽管如此，起码有一件事可以坚信不疑：不管怎样，这里不是天上浮着两个月亮的世界。而且我正紧握着天吾的手。我们踏入了逻辑无能为力的危险场所，历经严峻磨炼才找到对方，从那里逃出。现在到达的不论是旧有的世界，还是更新的世界，又有什么可怕的呢？如果这里有新的磨炼，就再闯一次好了。不过如此。至少我们已不再孤独。

她将身上所有的力气卸去，相信该相信的事，依偎在天吾宽厚的胸前。将耳朵贴上去，倾听心脏的跳动，然后把身躯交付给他的双臂。就像豆子裹在豆荚里。

“我们接下来该去哪里？”不知过去了多少时间，天吾问青豆。

不能永远待在这里。的确。然而首都高速公路没有路肩，池尻出口虽然不远，但再怎么严重堵车，行人走在狭窄的高速路上的汽车间也太危险。而在首都高速路上，很难想象会有司机爽快地回应搭车的要求。当然可以打紧急电话给道路事务所求助，可那么一来必须将两人陷入困境的理由说得让人信服。就算安然走到池尻出口，收费站的职员也会盘查。从刚才爬上来的楼梯再走下去，自然更不在讨论之列。

"我不知道。"青豆说。

接下去怎么办才好？该去哪儿才对？她的确不知所措。从避难阶梯爬上来之后，青豆的使命便完成了。苦苦思索，还得抉择与判断，她浑身的能量已经用尽，一滴燃料也没剩下。此后的事情只能借助于某种力量。

　　我们在天上的尊主，愿人都尊你的名为圣，愿你的国降临。愿你免我们的罪。愿你为我们谦卑的进步赐福。阿门。

祈祷文自然而然地脱口而出。近乎条件反射，无需思考。一个个词语不具备任何意义。这些语句如今仅仅是声音，是符号的罗列而已。然而机械地念诵着这祈祷文，她却生出不可思议的心情。甚至可以称为虔诚。在身体深处，什么东西悄悄地打动她的心。好在不管发生了什么，我这个人毫发未损，她想。好在我能作为我自己存在于这里——不论这是什么地方。

愿你的国降临，青豆再度出声重复道。就像在小学里吃配给餐前所做的那样。不管那意味着什么，她由衷地如此期望。愿你的国降临。

天吾仿佛为青豆梳头一般，用手指抚摸她的头发。

十分钟后，天吾拦下一辆过路的出租车。两人一时无法相信自己的眼睛。严重堵塞的首都高速公路上，一辆空驶的出租车竟慢吞吞地驶过。天吾将信将疑地扬起手，于是后车门打开，两人赶紧坐进去。好像害怕幻影会立即消失。匆匆忙忙地，慌慌张张地。戴眼镜的年轻司机扭过头。

"堵车这么严重，我打算马上从前面的池尻出口下去，不要紧吧？"司机问。作为男人来说，声音较尖。但还不到刺耳的程度。

"不要紧。"青豆答道。

"其实在首都高速公路上停车载客是违法的。"

"违反什么法律？"青豆问。驾驶座上方的后视镜映出她微微皱起的面孔。

禁止在高速公路上停车载客的法律叫什么，司机猛然间想不起来。而后视镜中青豆的脸隐隐地威吓着他。

"算了。"司机放弃了这个话题，"那么，我们去哪里？"

"在涩谷车站附近让我们下去就行。"青豆说。

"现在我不打表。"司机说，"只收下了高速后的车钱。"

"不过，出租车为什么会在这种地方空驶呢？"天吾问司机。

"这事说起来还挺复杂。"司机用透着疲倦的声音说，"您想听吗？"

"想听。"青豆说。不论多冗长多无聊都没关系，她想听这个新世界的人讲的故事。说不定其中会有新的秘密，新的暗示。

"有个中年男子在砧公园附近坐上来，要我上高速赶到青山学院大学那边去。从下面走的话，涩谷一带怕会很堵。当时还没收到首都高速堵车的消息，说是畅通无阻。所以我就照他说的，从用贺上了首都高速。结果好像在谷町附近发生了撞车事故，就成了现在这副模样。一旦上了高速，到池尻以前想下都下不去啊。谁知到了后来，那位客人遇到了一个熟人。就在驹泽附近车停着不动时，旁边车道上并排停着一辆银色奔驰双门轿车，开车的女人碰巧是他的熟人。于是，他们开窗说了会儿话，结果说请他到那边去。就这样，客人对我说，对不起，我可不可以在这里结账，坐到那边去？客人在首都高速上下车，这种事闻所未闻，好在实质上车子根本就没动，我又不好说不行。于是客人坐到那辆奔驰上去了。说是不好意思，多付了点车钱。但我这边可不好办呀。您瞧这车堵得寸步难移啊。就这么一步步地好不容易才挪到了这里，还差一点就是池尻出口了。这不正好瞧见这位客人在招手呢。真是难以置信哪，您说是不是？"

"我信。"青豆简洁地说。

两人那天夜里，在赤坂的高层宾馆里开了房间。他们关了灯，各自脱去衣服，上床拥抱在一起。有许许多多的话要告诉对方，不过那可以等到天亮之后。还有别的事必须先完成。两人不声不响，在黑暗中仔细地探寻彼此的身体。用十指和手掌逐一确认什么东西在哪里、又是什么模样。就像一对小孩在秘密房间里探宝，心狂跳不已。每当确认了一样，便用嘴唇亲吻，盖上认证的封印。

仔细地完成这项作业之后，青豆把天吾硬硬的阴茎久久握在手里，像当年在下课后的教室里紧握着他的手一样。她觉得这比她所知的任何东西都硬，硬得近乎奇迹。然后，青豆张开两腿，把身体靠上去，将它缓缓导入自己体内，一直到纵深处。她在黑暗中闭上眼睛，深深地忧郁地吸了一口气，再徐徐吐出。天吾的胸口感觉到那温暖的吐息。

"我一直在想象这样和你抱在一起。"青豆停止身体的动作，双唇凑到天吾耳旁，低语道。

"是和我做爱么？"

"是啊。"

"从十岁开始一直在想象这件事？"

青豆笑了。"怎么可能呢？是稍微长大一点之后。"

"我也一直在想象同样的事。"

"是进入我的体内么？"

"是。"天吾说。

"怎么样？和想象的一样么？"

"我还不能相信这是真的。"天吾如实地回答，"觉得自己还在想象中。"

"不过这可是真的。"

"我觉得作为真事，美妙得太过分了。"

青豆在黑暗中微笑，随后将嘴唇交叠在天吾的唇上。两人的舌头久久缠绕在一起。

"哎，我的胸是不是不够大？"青豆问。

"这样正好。"天吾把手放在她的胸上，说。

"你真这么想？"

"当然。"他说，"再大就不是你了。"

"谢谢你。"青豆说。然后加上一句："可是不止这些，左右两边的大小也差了不少。"

"像现在这样就好。"天吾说，"右边是右边，左边是左边。没有必要改变。"

青豆将耳朵贴在天吾胸前。"唉，很久以来我一直很孤单，而且因为好多事深受伤害。要是再早一点和你重逢该多好。那样就不必兜这么大的圈子了。"

天吾摇头道："不对，我不这么想。这样就很好。现在正是时候。对你我来说都是。"

青豆哭了。忍耐已久的泪水夺眶而出。无法阻止。大颗大颗的泪珠，如同雨水一般簌簌地落在床单上。她将天吾深深地纳入体内，身体细细地颤抖，泪流不止。天吾将手伸到她背后，稳稳支撑着她的身体。这是他从此以后将一直支撑下去的身体，他为此感到无比喜悦。

他说："要知道我们曾经有多么孤独，我们各自就要这么多时间啊。"

"动吧。"青豆在他的耳边说,"慢慢地,多花些时间。"

天吾照做了。非常缓慢地动着身体,静静呼吸,倾听自己心脏的跳动。其间,青豆如同溺水者一般,紧紧抱住天吾庞大的身体。她停止了哭泣,停止了思考,将自己与过去和未来全部隔绝开来,让自己的心与天吾身体的动作同化。

将近黎明时分,两人裹着宾馆的浴袍,并肩站在落地窗前,喝着请宾馆送到房间的红葡萄酒。青豆只是象征性地抿一口。他们还不需要睡眠。透过十七层的客房窗户可以尽情地眺望月亮。云团已经不知去向,没有任何东西遮蔽他们的视野。黎明时分的月亮虽然移动了很长距离,但依然漂浮在都市尽头的天际。它增添了近似灰色的白,即将完成使命,消失在地平线上。

青豆在前台要了可以眺望月亮的高层房间,说房钱贵也没关系。"这是最最重要的条件。要能清楚地看到月亮。"青豆说。

前台女服务员对这对忽然闯入的年轻男女十分客气。晚上宾馆正好比较空闲,而且她一见之下便对两人有自然的好感。她让男服务生专门去房间里确认,见窗外可以清楚地看到月亮,再把简易套房的钥匙递给青豆。还给了他们特别折扣。

"今天是满月吗?"前台女服务员好奇地问青豆。她以前从无数客人那里听到过无奇不有的要求、希望和恳托,但还从未遇到过一位客人认真地要求住进能从窗口清晰地看见月亮的房间。

"不。"青豆说,"满月已经过去了。今天是大约三分之二的大小。不过没关系,只要能看见月亮就行。"

"您喜欢看月亮?"

"那是重要的事。"青豆微笑着说,"非常重要。"

直到黎明时分，月亮的数目也没有增加。只有一个——那个平日里见惯了的月亮。从无人能回忆起来的往昔开始，就一直绕着地球忠实地以相同速度旋转的独一无二的卫星。青豆望着月亮，轻轻地将手放在下腹，再一次确认那里怀着小东西。觉得隆起似乎比刚才又大了一点。

还未判明这里是个怎样的世界。但不论这个世界结构如何，我大概都将留在这里，青豆想。我们大概都将留在这里。这个世界里恐怕自有相应的威胁，会潜伏着危险。还会充满自有的众多谜团与矛盾。我们今后只怕得走过许多不知通向何方的黑暗道路。但那也不怕。没关系。主动去迎接吧。我决不离开这里去任何地方。无论发生什么，我们都要坚持留在这只有一个月亮的世界里。天吾，我，以及这个小东西，我们三人。

请让老虎为您的车加油，埃索的老虎说。它将左脸朝向这边。不过哪边都无所谓。那个灿烂的微笑自然又温暖，而且径直冲着青豆。现在暂且相信那微笑。这很重要。她也同样微笑了。非常自然，非常温柔。

她悄悄把手伸向空中。天吾握住那只手。两人并肩而立，彼此合为一体，无言地凝望着浮在楼宇上方的月亮。它被初升的崭新的太阳照耀着，急速地失去夜间深邃的光芒，化作浮在天上的普通的灰色剪影。

图书在版编目(CIP)数据

1Q84．BOOK3．(10月-12月)／〔日〕村上春树著；
施小炜译.-海口：南海出版公司，2011.1
ISBN 978-7-5442-4986-7

Ⅰ.①1… Ⅱ.①村…②施… Ⅲ.①长篇小说-日本
-现代 Ⅳ.①I313.45

中国版本图书馆CIP数据核字(2010)第205645号

1Q84 BOOK 3 (10月-12月)

〔日〕村上春树 著

施小炜 译

出　　版　南海出版公司　　(0898)66568511
　　　　　　海口市海秀中路51号星华大厦五楼　　邮编 570206
发　　行　新经典文化有限公司
　　　　　　电话(010)68423599　　邮箱 editor@readinglife.com
经　　销　新华书店
责任编辑　翟明明　张　苓
装帧设计　金　山
内文制作　田晓波

印　　刷　北京国彩印刷有限公司
开　　本　850毫米×1168毫米　1/32
印　　张　13.25
字　　数　320千
版　　次　2011年1月第1版
印　　次　2011年1月第1次印刷
书　　号　ISBN 978-7-5442-4986-7
定　　价　39.50元

著作权合同登记号　图字：30-2010-111

1Q84 Book 3 by Haruki Murakami
Copyright © 2010 Haruki Murakami
Originally published in Japan by SHINCHOSHA Publishing Co., Ltd., Tokyo.
Chinese (in simplified character only) translation rights
arranged with Haruki Murakami, Japan.
through THE SAKAI AGENCY and BARDON-CHINESE MEDIA AGENCY.